KB058046

옮긴이 **이승재**

한국외국어대학교 불어교육과, 동 대학 통번역대학원을 졸업하였으며 현재 유럽 여러 나라의 다양한 신인 작가들을 국내에 소개하고 있다. 옮긴 책으로는 로맹 사르두의 《13번째 마을》, 야스미나 카드라의 《테러》, 프랑수아 베고도의 《클래스》, 가욤 뮈소의 《스키다마링크》, 제롬 들라포스의 《피의 고리》, 도나토 카리시의 《속삭이는 자》 등이 있다.

ODJURET (THE BEAST)
by Anders Roslund & Börge Hellström

Copyright © 2004 by Anders Roslund & Börge Hellström
Korean Translation Copyright © 2011 by Sigongsa Co., Ltd. All rights reserved.
The Korean language edition is published by arrangement with Anders Roslund &
Börge Hellström c/o Salomonsson Agency through MOMO Agency, Seoul.

이 책의 한국어판 저작권은 모모 에이전시를 통해 Anders Roslund & Börge Hellström c/o
Salomonsson Agency 사와의 독점 계약으로 (주)시공사에 있습니다.

비스트

THE BEAST

안데슈 루슬룬드+버리에 헬스트럼 지음

이승재 옮김

　맨 처음, 우리 두 사람을 한 자리에 있게 만들어준 건 KRIS
(Kriminellas revansch i samhället : 재소자 사회복귀 지원 프로그램)
였다. KRIS는 새 삶을 살고 있는 전과자나 약물중독에서 벗
어난 사람들이 운영하는 기구로서, 출소를 눈앞에 둔 장기
수들이 사회와 그 이후의 일상생활에 제대로 적응할 수 있
도록 지원하는 단체이다. 다년간의 수감생활을 통해 새사람
으로 거듭난 '과거' 전과자들. 버리에와 같은 사람들. 버리
에는 수감생활을 경험하면서 단순히 자기 자신만을 변화시
킨 게 아니라 자신과 비슷한 곤경에 빠졌던 사람들을 돕는
일에 물불을 가리지 않게 되었다. 한편, 스웨덴 교정행정체
제에 관한 특집 다큐멘터리를 준비하고 있던 안데슈는 창설
1주년을 맞는 KRIS의 활동 내역에 관심을 갖고 취재하던
중, KRIS라는 곳이 어떻게 운영되고 있으며 왜 존재해야 하
는지를 열정적으로 설명하던 버리에와 조우하게 된다.

특집기사에 대한 반응은 대단히 고무적이었고 여러모로 성공적이었다. 이 일로 우리 두 사람 사이에 친분이 싹텄다. 각자의 일을 즐기는 만큼 서로의 일도 같이 즐기고 있었고 무엇보다 우리 두 사람 역시 할 이야기가 너무 많다는 사실을 깨닫게 되었다.

공저(共著)의 결과물에는 그 무엇과도 견줄 수 없는 힘이 담겨 있다고 우리는 믿는다. 왜냐하면 때로는 한데 어우러지기도 하고, 때로는 이질적이기도 한 서로의 경험과 이해를 가지고 하나의 그림을 그려낼 수 있기 때문이다. 범죄소설은 치밀한 연구를 통해 사회의 어두운 단면을 신랄하게 들춰내는 기능을 가진 하나의 매체라고 할 수 있다. 또한 문학 예술장르이면서도 개인을 범죄자로 몰고 가는 불가항력적인 힘, 또 그로 인해 범죄자가 된 사람들이 행사하는 폭력 행위에 대한 고차원적인 분석도구의 역할도 겸할 수 있다.

범죄란 어느 날 갑자기 하늘에서 뚝 떨어진 하나의 개별적인 현상이 아니기 때문이다. 어떻게 보면 범죄란 전염성이 매우 강하다. 범죄로 인해 한 피해자가 발생하게 되면 그 뒤로 2차, 3차 피해자가 연이어 발생하고, 그런 현상은 가족, 심지어 국가 전체에까지 급속도로 퍼져나갈 수 있다.

우리의 소설 속에서 비중 있게 다룬 부분이 바로 이런 점이었다. 물리적인 범죄행위의 끔찍함뿐만 아니라 그로 인해 잊히지 않고, 지워지지 않는 그런 끔찍한 여파들을 수면 위로 드러내고자 했던 것이다. 제아무리 기가 막힌 스토리라인과 반전도 소설이 가져다주는 파급효과와 영향력을 능가할 수 없다는 것. 하지만 아쉽게도 최근의 스릴러소설은 이런 부분들을 못보고 지나가는 것 같다.

우리의 공동 목표는 충분한 근거자료를 바탕으로 통찰력

과 재미로 무장한 범죄소설을 씀으로써 기존의 스릴러 독자
들을 비롯해 사회문제에 관심이 많은 일반 독자들도 끌어안
는 것이다.

이 한 권의 소설을 읽는 시간이 독자에게 즐거운 시간이
되기를 바라며.

2011년 스톡홀름
안데슈 루슬룬드, 버리에 헬스트럼

차례

대략 4년 전의 일

그래선 안 될 일이었다.

아이들은 저쪽에서 다가오고 있다. 거의 가까이 왔다.

저기 보이는 언덕 너머, 계속해서 이어지는 계단을 내려오는 여자아이들.

남자와의 거리는 20이나 30미터 정도. 세테르 병원 입구에서 이미 여러 번 보았던 그 꽃, 한동안 장미라고 여긴 바로 그 붉은 꽃들이 피어 있는 근처.

그래선 안 될 일이었다.

예전 같은 느낌은 들지 않았다. 훨씬 약해진 그 느낌. 무뎌지기도 한 그 느낌.

여자아이 둘이다. 두 아이는 나란히 걸으며 수다를 떨고 있다. 친한 친구사이임이 분명하다. 말하는 방식, 손동작 하나하나에서 그런 티가 난다.

밤색 머리 계집애가 대화를 주도하는 것 같다. 호들갑을 떨며 한 번에 모든 걸 이야기하고 싶어 하는 분위기다. 금발 머리 계집애는 처음부터 끝까지 친구의 이야기를 듣기만 한다. 피곤해서일까? 아니면 쉴 새 없이 수다를 떨거나, 존재감을 드러내기 위해 항상 주도권을 거머쥐기 좋아하는 아이가 아닌, 그냥 원래 조용한 아이일 수도. 둘의 관계가 원래 그랬을 수도 있다. 하나가 주도하고 다른 하나는 끌려가고.

자위를 하지 말았어야 했다.

하지만 벌써 열두 시간이나 지난 일. 하면 안 된다고 정해놓은 것도 아니다. 그랬다고 달라질 건 없을 것이다.

그날 아침, 남자는 잠에서 깬 순간부터 그날 저녁이 '거사'를 치를 적기라는 확신이 들었다. 목요일. 지난번 역시 목요일이었다. 작열하는 태양, 빗방울이 떨어질 기미가 전혀 없는 건조한 날씨는 그때와 꼭 닮은꼴이었다.

두 아이는 똑같은 외투를 걸쳤다. 나일론 같은 얇은 소재에 하얀색, 그리고 후드가 달린 외투. 월요일부터 그런 옷을 걸치고 다니는 아이들을 벌써 여럿 본 터였다. 두 아이는 어깨에 가방을 메고 있다. 별별 물건들을 다 쑤셔 넣는 그런 가방. 남자는 왜 그래야 하는지 이해하지 못한다. 그리고 영원히 이해할 수 없을 것이다.

아이들이 가까이 다가왔다. 아주 가까이. 아이들의 말소리며 웃음소리가 들린다. 둘 다 웃고 있었지만 밤색 머리 쪽의 웃음소리가 더 크게 들리고 금발 머리 쪽의 웃음엔 살짝 주저하는 느낌이 배어 있다. 겁을 내서가 아니라 친구보다 크게 웃을 틈이 없었기 때문이다.

남자는 옷차림에 매우 신경을 썼다. 청바지, 티셔츠, 그리고 거꾸로 뒤집어쓴 야구모자. 모두들 챙이 뒤로 가도록 모자를 썼다. 지난 월요일부터 공원을 들락거리며 유심히 관찰한 결과였다.

"안녕!"

아이들은 깜짝 놀라 그의 앞에서 멈춰 선다. 순간, 사방이 고요해진다. 마치 대수롭지 않게 들리던 소리가 갑자기 멈춰버리자 사라진 소리에 귀가 자동적으로 반응하는 듯한 그런 분위기가 감돌았다. 남부의 스코네 억양이 나온 듯했다. 지난 사흘 동안 사람들의 말을 주의 깊게 들어본 결과, 스코네 억양이나 북부의 노를란드 억양은 들리지 않았다. 즉, 이곳은 표준어를 쓰는 마을인 것이다. 그래서 남자는 자신의 말투를 표준어인 스벤스카 억양으로 바꾸는 연습을 해온 터였다. 이중모음은 줄이고, 가급적이면 속어 사용도 자제하고 단조로운 문장만. 남자는 모자를 만지작거린다. 챙이 뒤로 돌아가게 돌리고 목덜미가 덮일 때까지 내려쓴다.

"안녕, 얘들아. 이렇게 늦은 시간에 밖에 돌아다녀도 되는 거야?"

두 아이는 남자를 바라보고는 다시 서로를 바라본다. 그러고는 가던 길을 계속 가려 한다.

남자는 애써 태연한 척하느라 벤치의 등받이에 기대어본다. 어떤 동물을 고를까? 다람쥐? 토끼? 아니면 자동차? 사

대략 4년 전의 일

탕? 준비를 제대로 했어야 했다.

"저기요, 우린 지금 집에 가는 길이거든요. 그리고 허락 받고 나갔다 오는 거예요."

소녀는 남자에게 말을 걸어선 안 된다는 걸 알고 있다.

낯선 어른과는 말해선 안 된다고 배웠다.

소녀도 뻔히 아는 상식이다.

하지만 남자는 어른이 아니다. 아니, 정말 어른 같아 보이지 않다는 말이다. 그래 보이지 않았다. 그러니까 그런 어른 같지 않았다. 모자를 썼기 때문이었다. 어른처럼 앉지도 않았다. 어른들은 그렇게 뒤로 기대고 앉지 않는다.

소녀의 이름은 마리아 스탄크치크. 폴란드 태생의 성이다. 소녀의 부모님은 폴란드 출신이다. 하지만 마리아는 마리프레드에서 태어났다.

마리아에겐 언니가 둘 있다. 디아나와 이사벨라. 결혼을 눈앞에 둘 정도로 터울이 많이 져 오래 전에 집에서 독립한 상태였다. 마리아는 두 언니가 보고 싶었다. 언니들과 같이 사는 건 정말 행복한 일일 것이다. 하지만 이제는 집에 들어가 봐야 항상 어디 갔었는지, 누구 집에 갔었는지, 몇 시에 돌아올 건지를 꼬치꼬치 캐묻는 부모님만 있을 뿐이다.

엄마, 아빠 모두 그렇게 다그쳐 묻지 말았어야 했다. '벌써' 아홉 살이나 되었는데.

대꾸를 한 것은 밤색 머리 소녀였다. 분홍색 고무줄로 머리를 묶은 계집아이. 그 소녀가 남자에게 대답했다. 낯선 사람에게. 거들먹거리면서. 그러고는 거만하게 금발 머리 친구를 쳐다본다. 친구 사이의 주도권을 밤색 머리 계집아이가 쥐고 있는 게 눈에 훤히 보였다.

"너희처럼 꼬마들이? 에이, 믿을 수 없는걸. 이렇게 늦은 시간까지 돌아다닐 정도로 너희한테 중요한 일이 있다고?"

남자의 마음에 드는 아이는 약간 통통해 보이는 금발 머리 계집아이였다. 그 아이는 제법 신중한 눈빛으로 상황을 판단하고 있었다. 그런 아이를 보는 게 처음은 아니다. 금발 머리 소녀는 그제야 은근슬쩍 친구의 표정을 살피고는 남자에게 시선을 돌린다.

"운동하고 오는 길이에요."

원래 대답을 하는 건 마리아의 몫이었다. 마리아는 항상 친구의 생각까지도 자신이 대변하는 그런 아이였다.

하지만 이번에는 금발 머리 소녀의 차례였다. 소녀 역시 뭔가를 말하고 싶었던 것이다.

남자는 위험해 보이지 않는다. 못된 짓을 할 것 같지도 않다. 뒤로 돌려쓴 모자가 우스꽝스러워 보이는데, 큰 오빠 마르빈이 쓰는 모자와 똑같은 것이다. 소녀의 이름은 이다. 오빠가 그렇게 부르는 걸 좋아하기 때문이다. 그래서 엄마와 아빠도 이다라고 부르게 되었다. 정말 마음에 들지 않는 이름이다. 아무튼 소녀의 생각은 그렇다. 차라리 산드라라는 이름이 훨씬 낫다. 아니면 이시도라. 그런데 이다라니!

소녀는 배가 고프다. 점심을 건너뛴 탓인데, 점심메뉴가 보기만 해도 끔찍한 스튜였기 때문이다. 소녀는 운동을 하고 나면 항상 배가 고프다. 평소에는 운동이 끝나면 두 아이 모두 부리나케 집으로 돌아가 저녁을 먹었는데, 오늘은 마리아가 수다를 멈추지 않았고 모자 쓴 남자가 말을 걸었다.

동물도, 자동차도, 사탕도 필요 없다. 여자아이들이 남자의 말에 반응을 보이기 때문이다. 남자는 대충 예상대로 되어간다는 확신이 들었다. 말을 걸었을 때 아이들이 반응을 보이면 일이 성사되기 마련이니까. 남자는 약간 통통한 금발 머리 여자아이를 쳐다본다. 과감하게 한 문장을 만들어 뱉어낸 그 아이를. 남자는 금발 머리 아이가 그런 반응을 보일 거라고는 전혀 생각지 못했다.

남자는 웃는다. 언제나 그렇다. 아이들도 그런 걸 좋아한다. 남자가 웃으면 여자아이들은 남자를 믿게 된다. 남자가 웃으면 여자아이들도 따라 웃는다. 약간 통통한 금발 머리 계집아이, 그 아이 혼자만 웃는다.

"그래? 운동하고 오는 길이라고? 그런데 무슨 운동하는 건지 물어봐도 될까?"

금발 머리 아이가 웃는다. 남자는 그럴 걸 알고 있었다. 아이가 남자를 쳐다본다. 마치 남자의 뒤쪽을 바라보는 척하면서. 남자도 알고 있다. 남자는 모자를 앞으로 돌려 벗은 뒤 금발 머리 아이의 머리 위로 올린다.

"이 모자, 마음에 드니?"

아이는 인상을 쓰면서 눈썹만 들어올려 머리 위에 가만히 떠 있는 모자로 시선을 돌린다. 고개를 움직이면 마치 보이지 않는 천장에 머리라도 부딪힐까 두려워하듯 오히려 몸을 움츠린다.

"네. 마음에 들어요. 마르빈 오빠도 똑같은 게 있어요."

금발 머리 아이만 말을 한다.

"마르빈 오빠?"

"우리 큰오빠예요. 열두 살이고요."

남자는 여자아이의 머리 위에 들고 있던 모자를 내려놓았다. 일단은 성공. 보이지 않던 천장이 무너져 내린 셈이다. 남자는 재빠른 동작으로 금발 머리를 은근슬쩍 쓰다듬는다. 윤기 있고 보드라운 머릿결. 남자는 아이의 머리에 모자를 씌워준다. 빨간색과 초록색이 잘 어울린다.

"예쁘네. 모자가 너한테 잘 어울리는구나."

소녀는 아무런 대답이 없다. 밤색 머리 아이가 뭔가 말을 하고 싶어 하는 눈치였기에 남자는 서둘러 먼저 치고나온다.

"그 모자 너 줄게."

"저한테요?"

"그래, 쓰고 싶으면 가져. 너한테 아주 잘 어울린다."

금발 머리 소녀는 다른 쪽을 바라본다. 그러고는 밤색 머리 친구의 손을 붙잡는다. 친구를 데리고 멀리 가고 싶다는 생각이 든다. 벤치에서 멀리, 방금 전까지 머리에 빨간색과 초록색이 들어간 모자를 쓰고 있던 남자에게서 아주 멀리.

"왜, 갖기 싫으니?"

소녀는 가만히 서서 밤색 머리 친구의 손을 놓는다.

"아니요."

"그럼 네가 써라."

"고맙습니다."

금발 머리 아이는 고개를 숙여 인사한다. 요즘은 이런 아이들을 보기 힘들다. 예전에는 모든 여자아이들이 고개를 숙여 인사를 했었다. 하지만 지금의 세상은 남자와 여자가 서로 동등한 권리를 주장하고 닮아가는 세상이다. 절을 하거나, 고개를 숙여 감사의 뜻을 표현하지 않는 세상.

밤색 머리 아이는 한참 동안 말이 없다가 금발 머리 친구의 손을 힘차게 잡았다. 그러고는 둘 다 넘어질 정도로 거의 잡아끌 듯 손을 당긴다.

"이리 와. 가야지. 이상한 아저씨야."

금발 머리 아이는 먼저 밤색 머리 친구를 쳐다본 뒤 남자를 쳐다본다. 그러고는 다시 밤색 머리 친구를 쳐다보며 마치 맞서듯 대답한다.

"기다려봐."

밤색 머리 친구는 언성을 높인다.

"아니야. 가야 한다니까."

밤색 머리 소녀는 남자를 향해 돌아선다. 그러고는 자신의 긴 머리를 살짝 잡아당기며 말한다.

"솔직히 이 모자, 영 아니에요. 이렇게 안 예쁜 모자는 처음 봤어요."

소녀는 친구의 머리에 씌워진 빨간색과 초록색이 들어간 모자를 가리키고는 손가락으로 쿡 찌른다.

동물이다. 그래 동물이야. 고양이가 좋을까. 그래, 죽은 고양이가 낫겠군. 아무리 많이 쳐줘도 아홉 살 이상은 아니다. 그래, 고양이면 넘어가겠어.

"그런데 너희들, 무슨 운동하고 오는 길인지는 아직 말 안 해줬잖아?"

밤색 머리 아이가 두 주먹을 허리춤에 올린다. 마치 아이들을 야단치는 나이 든 할머니처럼. 세테르 정신병원에 갔을 때 맨 처음 그를 담당했던 나이 든 간호사처럼. 남자를 교육하고 바꿔놓겠다고 큰소리치던 늙은 간호사. 그 누구도 남자를 바꿔놓을 순 없을 것이다. 그는 바뀌고 싶지 않다. 있는 그대로의 모습으로 살아가기 때문이다.

"헬스 하고 오는 거예요. 우린 매일매일 헬스 한다고요. 이제 가자."

두 소녀가 발걸음을 재촉한다. 밤색 머리가 앞에, 금발 머리가 뒤에. 친구만큼 빠른 걸음도, 친구만큼 가고 싶어 하는 눈치도 아니었다. 남자는 여자아이들 뒤를 쫓아 앞지른 뒤 길을 막고 두 팔을 내민다.

대략 4년 전의 일

"도대체 왜 그러는 거예요, 이 바보 아저씨야!"

"어디서 하는데?"

"뭐가 어디예요?"

"헬스는 어디서 하는 건데?"

언덕 쪽에서 대략 중년으로 보이는 여성 둘이 걸어 내려
오고 있다. 두 사람은 붉은 꽃이 있는 지점에 거의 도달한
상태. 남자는 두 여자를 살핀다. 그러고는 시선을 아래로 깐
뒤 재빨리 열을 세고 다시 고개를 들어올린다. 두 여자는 여
전히 그 자리에서 다른 길로 방향만 튼다. 분수대가 있는 쪽
으로.

"뭐 하는 거예요? 기도하는 거예요?"

"너희들이 헬스 하러 가는 곳이 어디냐고?"

"아저씨 알 바 아니잖아요."

성이 난 금발 머리 계집아이는 친구를 쏘아본다. 또다시
마리아가 자신의 대변인인 양 행동하기 때문이다. 금발 머
리 소녀는 공평하지 못하다고 생각한다. 소녀는 남자한테
그렇게 못되게 굴 필요가 없다고 생각한다.

"우린 스칼폴름 체육관에서 헬스 해요. 이젠 알았죠? 체
육관은 저기 있어요."

소녀는 언덕을 가리키며 말한다. 두 아이가 걸어온 방향
을.

고양이. 죽은 고양이. 동물 따윈 없어도 그만이겠다.

"괜찮니, 그 체육관은?"

"아니요."

"거긴 아저씨보다 훨씬 구려요."

두 아이 모두 미끼를 문 셈이다. 밤색 머리 계집아이까지 미끼를 꽉 물고 놓지 않는다.

남자는 여전히 두 아이 앞에 서 있다. 팔을 내린 다음, 한 손을 검은 턱수염으로 가져간다. 그러더니 긁적거린다.

"내가 새로 생긴 체육관을 알거든. 지은 지 얼마 안 된 곳이야. 여기서 아주 가까워. 저기, 커다란 집 있는 곳이야. 밋밋한 하얀색 건물 옆에 있는 거, 너희들도 보이지, 저기? 아저씨가 거기 주인을 잘 알아. 나도 매일 거기 가서 운동하거든. 아마 너희들도 거기서 운동할 수 있을걸? 그러니까 헬스클럽 시설을 전부 이용할 수 있을 거라고."

남자는 재빨리 한쪽 팔을 뻗어 헬스클럽이 있다는 쪽을 가리킨다. 아이들의 시선은 남자의 손가락을 따라 움직인다. 키 작고 약간 통통한 금발 머리의 시선도, 시종일관 거만하던 밤색 머리의 시선도.

"그런 게 어디 있어. 거긴 헬스클럽 없어요, 바보 아저씨."

"너 저기까지 가본 적 있니?"

"없어요."

"너도 모르면서! 정말로 헬스클럽이 생겼어. 바로 얼마 전에. 그리고 거긴 네 말처럼 구리지 않아."

"거짓말."

"아저씨가 거짓말한다고?"

대략 4년 전의 일

"그래요, 거짓말이에요."

마리아만 말한다. 혼자서만 말한다. 남 대신 말할 수는 없다. 남에게 못되게 굴어선 안 된다. 그런데 마리아는 지금 그러고 있다. 자기만 모자가 없으니까.

이다는 그렇게 생각하고 있다. 남자가 자신에게만 빨간색과 초록색이 들어간 모자를 주었으니까. 남자는 헬스클럽의 주인을 잘 알고 있을 것이다. 이다는 스칼폴름 체육관이 끔찍할 정도로 싫다. 쓰레기 냄새에, 카펫을 밟을 때마다 토가 나올 정도로 악취가 심하기 때문이다.

"아저씨 말이 맞아요. 마르빈 오빠도 새로운 헬스클럽이 생겼다고 말한 적이 있어요. 거기서 운동하는 게 훨씬 좋을 것 같아요."

이다는 저쪽에 새로운 헬스클럽이 생겼다고 믿는다. 그냥 덮어놓고 남자의 말을 믿는 것이다. 멍청하게. 그 이유는 단지 남자가 모자를 선물로 주었기 때문이다.

마리아는 새로 지어진 헬스클럽이 어떻게 생겼는지 알고 있다. 부모님과 함께 바르샤바에 갔을 때 본 적이 있었다.

"저긴 새로 생긴 헬스클럽 없다니까, 으이그 멍청이들! 아저씨 말은 거짓말이에요. 만약 저기 갔는데 헬스클럽 없으면 우리 엄마, 아빠한테 이를 거예요."

화창한 날이다. 6월의 어느 목요일, 무덥고 햇살이 따가운 그런 날. 음탕한 꼬마 창녀 둘이 앞장서서 공원의 오솔길을 걷고 있다. 밤색 머리 계집은 누구든 건드릴 수 있는 창녀. 키 작고 약간 통통한 금발 머리 계집은 남자만의 창녀. 음탕한 계집들. 창녀들. 화냥년들. 긴 머리며, 얇은 외투, 딱 달라붙는 바지까지. 용두질을 하지 말았어야 했다.

키 작은 금발 머리 창녀가 뒤로 돌더니 남자의 눈을 정면으로 바라본다.

"그런데 우린 일찍 집에 가야 해요. 저녁 먹어야 하거든요. 엄마하고 마르빈 오빠하고 저하고요. 운동하고 나면 항상 배가 고파서요."

남자가 웃는다. 여자아이들은 그렇게 웃어주면 좋아하니까. 남자는 손을 뻗어 금발 머리 아이의 모자를 만지작거리고는 챙을 살짝 바로잡아준다.

"당연하지. 가서 확인하는 데 1분도 안 걸릴 거야. 약속해. 거의 다 왔어. 마음에 드는지 보면 알 거야. 거기서 헬스하고 싶은지도 말이야. 아직도 새 건물 냄새가 난다니까. 넌 알지, 그 냄새가 어떤지. 그렇지?"

어른 하나와 아이 둘이 건물 안으로 들어간다. 남자는 지난 사흘을 그곳에서 보냈다. 자물쇠 따는 건 식은 죽 먹기였다. 개인 창고 형식으로 나누어진 건물의 지하실에는 책이 가득 든 상자, 유모차, 이케아 책장, 낡은 카펫과 스탠드 등이 들어차 있다. 고물상이 따로 없었다. 하지만 맨 구석, 33번

대략 4년 전의 일

창고에는 검정색 어린이용 5단 변속 자전거 한 대가 보관되어 있었다. 남자는 250크로나에 그 자전거를 팔아치웠다. 창고에 든 게 달랑 어린이용 자전거 한 대라니.

남자는 지하로 내려가면서 두 여자아이의 팔을 붙잡는다. 한 손에 한 명씩 붙잡고 끌고 가자 두 꼬마 소녀들은 비명을 지른다. 아이들이 소리를 지르면 지를수록, 남자는 팔을 붙잡은 손에 더더욱 힘을 준다. 결정은 남자가 한다. 그가 결정하고 창녀들은 비명을 지른다.

남자는 그곳에서 사흘을 보낸 터였기에 저녁을 지나 밤새도록 그곳으로 찾아오는 사람이 아무도 없다는 걸 아주 잘 알고 있다. 두 차례 정도, 그것도 아침 시간에만 창고 사이의 복도를 지나가다 누군가의 목소리를 들었을 뿐, 언제나 적막감에 사로잡힌 곳이었다. 그러니 창녀들이 비명을 지르건 말건 무슨 상관이겠는가.

소녀는 마르빈 오빠를 생각한다. 마르빈 오빠를 떠올린다. 그리고 또다시 마르빈 오빠의 얼굴을 그려본다. 그러고는 마르빈 오빠의 방을 상상한다. 오빠는 지금 방에 있을까? 소녀는 오빠가 방에 있기를 바란다. 집에서. 아마 지금쯤 엄마와 함께 침대에 누워서 책을 읽고 있겠지? 매일 밤 그러니까. 주로 도널드 덕 만화책을 읽는다. 언제나 그랬다. 최근들어서는 《반지의 제왕》을 읽고 있었다. 하지만 오빠는 도널드 덕 만화를 가장 좋아한다. 아마 지금쯤 그 책을 읽고 있을 것이다. 오빠는 항상 그랬으니까.

　나쁜 새끼. 나쁜 새끼. 나쁜 새끼.

　절대로 그런 인간과는 말을 하지 말았어야 했는데. 소녀
의 부모는 끊임없이 그런 사실을 강조했고 소녀는 매번, 그
런 인간과는 절대로 말을 하지 않겠노라 대답했다. 게다가
지금까지 그런 적도 없었다. 그런 인간들을 보면 사납게 쏘
아붙이는 걸로 만족했을 뿐이었다. 이다는 그럴 엄두를 내
지 못한다. 하지만 마리아는 그럴 수 있다. 마리아는 부모
님이 나중에 자신들의 딸아이가 그런 인간과 대화를 나누
었다는 사실을 알게 되면 대단히 속상해할 거라고 생각했
다. 그런 건 원치 않는다. 엄마, 아빠가 화나는 건 바라지
않는다.

　33번 창고는 그야말로 명당자리다. 자전거를 발견한 곳도
그 창고였다. 잠자리를 해결한 곳도 그 창고였다.

　소녀들은 더 이상 비명을 지르지 않는다. 금발 머리 꼬마
창녀가 울음을 터뜨리고 콧물을 쏟아낸다. 눈까지 시뻘겋게
충혈된 상태. 밤색 머리 창녀는 맞서 싸울 듯 증오에 가득
찬 시선으로 남자를 노려본다.

　남자는 회색 벽을 따라 설치된 파이프에 두 소녀의 손을
묶는다. 뜨거운 파이프 때문에 팔이 데는 것 같다. 두 소녀
는 남자를 향해 발길질을 해대지만 남자는 맞을 때마다 받

아친다. 현실을 깨닫고 체념할 때까지. 결국 두 소녀는 발길질을 멈추고 만다.

두 소녀는 얌전히 앉아 있다. 창녀들은 고분고분 앉아 있어야 한다. 창녀들은 얌전히 기다려야 한다. 여기서 결정은 바로 그가 한다. 남자가. 남자는 옷을 벗는다. 티셔츠, 청바지, 팬티, 신발, 양말. 순서대로. 남자는 두 소녀 앞에서 그렇게 옷을 벗는다. 소녀들이 쳐다보지 않으면 발길질을 해댄다. 창녀들은 쳐다봐야 한다. 남자는 창녀들 앞에 서 있다. 알몸으로. 남자는 멋지다. 남자도 자신이 멋지다는 걸 알고 있다. 운동선수 같은 근육질의 몸매. 탄탄한 두 다리. 단단한 엉덩이. 쳐진 뱃살 하나 없다. 멋진 모습.

"너희들 보기엔 어떠니?"

밤색 머리 창녀가 울음을 터뜨린다.

"야, 이 나쁜 새끼야!"

소녀는 엉엉 운다. 시간은 좀 걸린 편이지만 드디어 밤색 머리 역시 그 전의 다른 창녀들과 마찬가지로 똑같은 반응을 보인다.

"나 어떠냐니까? 멋있지?"

"나쁜 새끼야! 집에 가고 싶단 말이야!"

남자의 물건이 빳빳이 선다. 여기서 명령을 내리는 건 남자다. 그는 두 소녀에게 다가가 아이들 얼굴에 자신의 물건을 들이대고 흔들어댄다.

"쓸 만해 보이지, 안 그래?"

용두질을 하지 말았어야 했다. 그날 아침, 두 번이나 연거 푸 해버렸다. 두 번은 더 할 수 있을 것 같다. 남자는 두 아이 들 앞에서 자위행위를 한다. 남자는 거칠게 숨을 몰아쉬다 금발 머리 아이가 순간 등을 돌리자 발길질을 한다. 그러고 는 아이들의 얼굴과 머리 위에 사정을 한다. 아이들이 계속 해서 고개를 흔들어 댈 때마다 액체가 머리 위에 *끈끈하게* 달라붙는다.

두 소녀는 다시 울음을 터뜨린다. 도대체 창녀들은 왜 항 상 울기만 하는 걸까?

남자는 아이들의 옷을 벗긴다. 위에 걸친 스웨터는 찢을 수밖에 없었다. 아이들 양 손이 모두 뜨거운 파이프에 묶여 있었기 때문이다.

남자는 아이들의 옷을 전부 벗긴다. 신발만 빼고. 아직은 때가 아니니까. 금발 머리 창녀는 분홍색 에나멜 구두 같은 것을 신고 있다. 밤색 머리 창녀는 흰 운동화를 신었다.

남자는 금발 머리 꼬마 창녀에게 몸을 숙인다. 그러고는 분홍색 구두의 발끝에 입맞춤을 한다. 발끝 부분부터 구두 굽까지 핥는다. 신발을 벗긴다. 꼬마 창녀의 발은 정말 귀엽 다. 남자가 한쪽 발을 들어올리자 꼬마 창녀는 뒤로 넘어간 다. 남자는 발목을 핥고 발가락 하나하나를 핥는다. 남자는 한쪽 눈으로 금발 머리 창녀의 얼굴을 흘깃 쳐다본다. 창녀 는 소리 없이 울고 있다. 주체할 수 없는 격한 욕구가 남자 를 휘감고 돈다.

대략 4년 전의 일

＊

그녀를 깨운 건 집으로 날아든 신문 소리였다. 매일 벌어지는 일이다. 현관 마루판을 퍽 때리는 소리. 다음 집, 그리고 또 다음 집. 그녀는 이미 여러 차례 배달원을 따라잡기 위해 집 밖으로 뛰쳐나가보았지만 항상 한 발 늦었다. 뒷모습만 본 게 벌써 몇 번이었는지 모를 정도다. 말총머리를 한 젊은 녀석. 언젠가 붙잡기만 하면 일요일 새벽 5시에 날아드는 신문 소리에 잠에서 깨는 게 어떤 기분인지 아주 제대로 가르쳐주리라 다짐한다.

그렇게 깨고 나면 다시 잠드는 게 쉽지 않다. 그녀는 이리저리 뒤척인다. 다시 자야만 한다. 제발 잠들어야 하는데, 죽었다 깨어나도 꼭 다시 자야만 하겠는데……. 이미 물 건너간 일이다. 전에는 전혀 문젯거리도 아니었지만, 이제는 머릿속에 상념이 가득 들어찬 상태로 오전 6시부터 바짝 긴장한 채 하루를 시작하게 된다. 빌어먹을 말총머리 신문 배달부, 지옥에나 떨어져버려라!

일요일자 〈다겐스 뉘헤테르〉는 성서만큼이나 무겁다. 그녀는 침대에 누워 아무 페이지나 펼쳐본다. 흥미로운 사람들에 대한 흥미로운 보도기사들. 응당 읽어야 하지만 단어만 눈에 들어올 뿐, 전혀 머리에 들어오지 않는다. 그래서 일단은 나중에 다시 읽어보기로 하며 머리 한 구석에 일일이 기억해둔다. 물론 다시 읽는 일은 거의 없지만.

그녀는 가만히 있을 수가 없다. 신문 읽기, 커피 끓이기, 아침식사 준비, 침대 정리, 설거지, 이 닦기까지. 6월의 햇살은 오전 7시 반도 채 되기 전인데 벌써부터 블라인드를 뚫고 집 안으로 들어온다. 그녀는 얼굴을 찌푸린다. 아직 이른데 이렇게 강한 햇살이라니. 여름이 되면 손을 꼭 쥐고 걷는 사람들, 서로의 품에 기대 잠든 사람들, 웃고 놀고 서로 사랑하는 사람들이 너무 많다. 어쨌든 그녀는 그런 것들을 참을 수가 없다. 지금은 절대로.

그녀는 지하실로 내려간다. 더럽고 어수선하고 어둡기까지 한 창고로.

창고에 가면 버릴 짐을 골라 정리하는 데 적어도 두 시간가량은 아무 생각 없이 보낼 수 있다는 걸 잘 알고 있다. 그것만 해도 벌써 9시 반. 그게 어딘가.

그런데 맨 처음 그녀의 시야에 들어온 건 부서진 자물쇠였다. 이웃사람들의 창고 자물쇠 역시 망가진 상태였다. 32번, 34번 창고를 쓰는 사람들에게 확인해볼 일이었다. 그런데 이 아파트에 들어와 산 게 벌써 7년째인데 이웃들과 얼굴 한 번 마주친 적이 없었다. 이제야 이웃과 대화를 나눌 기회가 온 듯했다.

그리고 자전거. 고가의 검정색 5단 변속 자전거가 보이지 않는다. 유나탄의 최신형 자전거인데. 그녀는 그 자전거를 팔 생각이었다. 적어도 5백 크로나는 받을 수 있을 거라 기대하면서. 아빠의 집에 가 있는 아이에게 일단 전화로 미

대략 4년 전의 일

31

리 알려두는 게 좋겠다. 그러면 집에 돌아올 때쯤엔 진정돼 있겠지.

나중의 일이지만, 그녀는 왜 자신이 처음부터 그 상황을 파악하지 못했는지 이해할 수 없었다. 어떻게 32번이나 34번 창고의 주인이 누구인지가 궁금했는지, 도대체 어떻게 유나탄의 검정색 자전거를 생각할 수 있었는지 그녀는 이해할 수 없었다. 그것도 그 상황에서. 아니, 어쩌면 그녀는 그 장면을 보고 싶지 않았거나, 볼 수가 없었을 것이다. 경찰 조사에서 창고 문을 열자마자 맨 먼저 본 게 뭐냐고 묻는다면 그녀는 발작 상태에 가까운 웃음을 터뜨릴 것이다. 그렇게 한참을 웃다가 컥컥거리며 기침을 해댈 것이다. 그리고 다시 웃겠지만 양 볼을 타고 눈물이 주르르 흘러내릴 것이다. 그 당시 맨 처음 머릿속에 떠오른 생각은 도둑맞은 자전거 때문에 유나탄이 슬퍼할 것이란 것. 자전거를 판 5백 크로나 정도의 돈으로 비디오 게임기를 사주겠다고 한 약속을 지킬 수 없다는 것.

그렇게 가까운 거리에서 죽음을 목격한 건 평생 처음이었다. 숨이 멎은 상태로 자신을 바라보는, 움직이지 않는 인간을 정면으로 마주대한 것도 평생 처음이었다.

그렇다. 돌베개라도 되는 양 화분을 벤 상태로 시멘트 바닥에 널브러진 채 시체들은 그녀를 쳐다보고 있었다. 어린 여자아이들이었다. 아무리 많이 쳐도 열 살 정도 되어 보이는, 유나탄보다도 어린 여자아이들. 하나는 금발 머리, 다른 하나는 밤색 머리. 얼굴, 가슴, 넓적다리, 가랑이 등 전신에 피가 말라붙은 상태였다. 발만 빼고. 발은 마치 방금 씻겨주기라도 한 듯 깨끗했다.

한 번도 본 적 없는 아이들이었다. 아니, 분명 어디선가 본 아이들이었다. 슈퍼마켓에서 봤을 수도. 아니면 공원이나. 공원은 항상 어린아이들이 넘쳐나니까.

두 아이가 변사체가 되어 그녀의 창고에 유기된 건 사흘 전이라고 한다. 최소 60시간 전부터. 두 아이 모두 정액을 뒤집어 쓴 상태였다. 성기며 항문이며 가슴, 그리고 머리카락까지. 법의학자의 설명에 따르면 성기와 항문에는 날카로운 도구가 들고난 흔적이 남아 있다고 했다. 금속 재질의 끝이 뾰족한 물체가 수차례 강제로 성기와 항문을 들락거렸고 그로 인해 심한 내출혈을 일으켰을 것이란 설명이었다.

두 아이들은 유나탄과 같은 학교에 다니는 아이들이었을 것이다. 학교 운동장에 가면 비슷비슷하게 생긴 또래의 아이들이 수도 없이 많다.

아이들은 나체 상태였다. 옷가지들은 시체 앞에 놓여 있었다. 마치 진열이라도 해놓은 듯 가지런히 정돈되어 있었다. 잘 개어놓은 외투, 단정히 말아놓은 바지, 블라우스, 팬티, 양말, 신발, 머리 리본 등 모든 옷가지들은 정성스럽게 정리된 상태로 각각 2센티미터 간격을 두고 줄 지어 늘어서 있었다.

아이들은 그녀를 보고 있었다. 숨이 멎은 상태로.

대략 4년 전의 일

대략 최근의 일

I
24시간

　남자는 가면을 쓰고 놀 때마다 자신이 멍청하다는 생각이 들었다. 다 큰 어른이 아이들 가면 뒤에 얼굴을 숨기면 그런 기분이 드는 게 당연할 거라고. 하지만 그는 다른 남자들이 푸나 도널드 덕 가면을 쓰고도 당당하게 노는 모습을 여러 차례 본 적이 있었다. 그런 가면 따위는 전혀 개의치 않는다는 듯 말이다. 그에게는 죽었다 깨나도 받아들일 수 없는 일이었다. 익숙해질 일도 없고. 내게도 있었으면 했던 모범적인 아빠. 그런 아빠가 되는 꿈은 불가능할 것만 같았다.

　남자는 자신의 얼굴을 덮고 있는 얇고 알록달록하면서 화려하기까지 한 플라스틱 가면을 만지작거렸다. 양쪽에 묶인 고무줄은 뒷머리를 조이더니 급기야 머리카락까지 엉키게 만들었다. 숨쉬기도 힘들었는데 매번 숨을 내쉴 때마다 침 냄새와 땀 냄새가 진동했다.

　"뛰어야지, 아빠! 왜 안 뛰는 거야! 아빤 지금 멍하니 서

대략 최근의 일

37

있잖아! 무시무시한 늑대는 언제나 뛰어다닌단 말이야!"

아이는 남자의 앞에 멈춰 서서 고개를 빳빳이 쳐든 채 남자를 노려보았다. 구불거리는 긴 금발 머리에는 잔디와 흙이 군데군데 묻어 있었다. 화난 것처럼 보이려고 애를 쓰고 있었지만, 아이는 웃고 있었다. 화난 아이는 웃지 않는 법이다. 늑대의 탈을 쓴 아빠가 더 이상은 못 하겠다고, 이제는 늑대 혓바닥과 송곳니 달린 플라스틱 가면을 쓰지 않은 멀쩡한 인간이 되고 싶다는 생각을 할 때까지 쫓겨 다니면서도 계속 웃고 있었다.

"마리, 아빠 너무 힘들어. 늑대는 이제 앉아야겠다. 무시무시한 늑대가 이제는 귀엽고 착한 늑대가 되고 싶대."

아이는 고개를 가로저었다.

"한 번만 더 해, 아빠! 딱 한 번만, 응?"

"방금 전에도 그렇게 말했잖아."

"진짜, 진짜 마지막!"

"방금 전에도 똑같은 말 했거든."

"정말, 진짜, 진짜 마지막으로!"

"정말, 진짜, 진짜 약속?"

"약속!"

사랑스런 내 딸. 남자는 그런 생각을 한다. 저 아이는 내 딸이야. 첫 대면부터 딸아이의 소중함을 깨달았던 건 아니다. 시간이 좀 걸리긴 했지만 지금은 아주 잘 알고 있다. 난 내 딸아이를 사랑한다.

그런데 갑자기 그림자 하나가 시야에 들어왔다. 바로 뒤에서. 서서히 살금살금 다가오는 그림자. 처음에는 앞에 있는 나무들 사이에서 그림자 하나를 본 것 같다는 느낌이 들었다. 그런데 이제 그 그림자는 등 쪽으로 옮겨오더니 점점 빠르게 다가왔다. 바로 그 순간, 머리에 잔디와 흙을 뒤집어쓴 소녀가 정면에서 그를 덮쳤다. 소녀와 등 뒤의 그림자는 협공하듯 앞뒤로 남자를 둘러싸고 조르기 시작했다. 남자가 비틀거리다 바닥에 쓰러졌다. 그러자 그들은 남자의 위에 올라탔다. 머리에 잔디와 흙을 묻힌 소녀가 한 손을 번쩍 들어올리자, 또래로 보이는 검은 머리의 소년도 따라서 손을 들어올렸다. 소녀와 소년은 손바닥을 맞부딪혔다. 하이파이브!

"이거 봐, 다비드! 우리 아빠가 졌어!"

"우리가 이겼다!"

"돼지가 천하무적이라니까!"

"돼지는 언제나 천하무적이야!"

다섯 살 동갑내기 친구 둘이 협공을 가할 때면, 제아무리 무시무시한 늑대라 해도 가망이 없었다. 언제나 그랬다. 남자는 자신이 어떻게 반응해야 하는지 잘 알고 있었기 때문에 바닥에 넘어졌던 것이다. 넘어진 틈을 타 두 아이들이 자신의 상체에 올라타도록. 남자는 바닥에 등을 대고 누운 채로 두 손을 뻗어 얼굴을 가리고 있던 플라스틱 마스크를 벗어버린 뒤 두 눈을 강타하는 강렬한 햇살에 눈을 깜빡거렸다. 남자는 크게 웃었다.

"이거 웃기지 않니? 정말이지 너희 둘이 합치면 이길 수가 없다니까! 아빠가 한 번이라도 이긴 적이 있나? 도대체 이게 가능하긴 한 건지 누가 말 좀 해주겠니?"

쓸데없는 질문이었다. 그의 말이 아이들 귀에 들어올 리 없었다. 승리의 포상인 마스크를 빼앗았기 때문이다. 아이들은 서로 돌아가며 마스크를 쓰고 승리의 기쁨을 누릴 것이다. 그러고는 2층에 있는 마리의 방으로 가서 탁자 위에 전시된 또 다른 트로피 옆에 그 가면을 진열해둘 것이다. 그리고 다섯 살짜리 동갑내기 단짝의 영광을 상징하는 수집품 보관소 앞에서 묵념하듯 의식을 올릴 것이다.

남자는 멀어지는 아이들의 모습을 눈으로 좇았다. 그는 옆집 아이를 한 번 바라보고, 그다음으로 자신의 딸을 바라보았다. 몇십 년의 세월과 몇백 달의 시간을 양손에 움켜쥐고 살아갈 아이들. 또 얼마나 많은 날들을 경험하게 될까……. 남자는 그 아이들이 부럽다는 생각이 들었다. 아이들에게 남아 있는 끝없는 시간들, 한 시간도 너무나 길게 느끼는 아이들의 마음, 겨울이 영영 끝나지 않길 바라는 순진한 기대, 그 모든 게 부럽기만 하다.

아이들이 집 안으로 들어가자 남자는 그대로 땅바닥에 누운 채 각기 다른 파란색이 층을 이룬 것처럼 펼쳐진 하늘을 올려다보았다. 어렸을 때 자주 했던 놀이였지만 간만에 다시 동심으로 돌아간 기분이었다. 철부지 꼬마였던 시절, 그

땐 좋았다. 아버지는 직업군인이었다. 계급은 대위로, 그 점이 중요했다. 장교라는 사실은, 어깨에 다는 계급장이 계속해서 높아질 가능성을 말하기 때문이었다. 아니, 그러기를 바랐다. 어머니는 평범한 가정주부였다. 그와 형이 학교에 갔다 돌아와도 여전히 집에서 기다리는 전업주부. 어린 그는 도대체 엄마가 그 긴 시간 동안 3층짜리 집에서 방 네 칸을 돌아다니며 무슨 할 일이 그리 많았는지 이해할 수 없었다. 날마다 똑같은 일을 반복해야 하는 일상을 어떻게 참을 수 있었는지도 이해할 수 없었다.

그러나 그의 열두 번째 생일에 모든 게 달라지고 말았다. 아니, 더 정확히 말하자면 생일 바로 다음날이었다. 곰곰이 생각해보면 형 프란스는 그의 생일이 지날 때까지 기다린 것 같기도 했다. 남은 사람들의 인생을 망쳐버리고 싶지 않았던 것처럼. 자신의 동생에겐 생일이 그 어느 날보다 중요한 날이었다는 걸, 단지 그날 하루를 위해 1년을 살아온 걸 알고 있던 것처럼.

프레드리크 스테판손은 몸을 일으켜 셔츠와 바지에 묻은 흙과 잔디를 털어냈다. 그는 전보다 자주, 자신의 친형 프란스를 떠올렸고 그리워했다. 자신의 열두 번째 생일 바로 다음날부터 형은 없었다. 형의 침대는 그렇게 텅 비어 있었다. 형과 나누었던 수많은 대화는 침묵이 대신하고 있었다. 너무나 갑작스러운 변화였다. 그날 아침 프란스는 동생 프레드리크를 한참 동안 꼭 안아주었다. 프레드리크의 기억 속 그 어느 순간보다도 훨씬 긴 시간이었다. 프란스는 동생을 끌어안은 다음 "나중에 보자."는 말을 뒤로 하고 스트렝네스 역으로 가 스톡홀름 행 고속열차에 몸을 실었다. 프레드리크의 형은 한 시간 후 기차에서 내린 뒤 남쪽에 있는 팔스타 방향의 초록색 노선 열차표를 구입했다. 지하철을 타고 가다 메드보리아르플라첸 역에서 내린 프란스는 승강장에서 선로로 뛰어내린 다음 스칸스툴 역으로 이어지는 터널로 서서히 걸어 들어갔다. 6분 뒤, 열차를 몰던 기관사는 터널 속에서 전조등 불빛을 통해 인간 형상의 그림자를 발견하고, 그 즉시 자신의 전 체중을 실어 브레이크 페달을 밟았다. 그는 미친 듯이 떨며 공포의 비명을 질러댔지만 열차의 맨 앞 칸은 그대로 열다섯 살 소년을 들이받고 말았다.

그 일이 있은 뒤, 가족은 프란스의 침대를 그날 아침 상태 그대로 남겨두었다. 팽팽하게 당겨놓은 침대커버, 침대 발치에 잘 개어놓은 빨간 이불. 프레드리크는 당시 가족들이 왜 그런 반응을 보였는지 이해할 수 없었다. 지금도 마찬가지이다. 혹시라도 형이 다시 돌아오면 환영한다는 의미로 그렇게 남겨두었을 수도. 프레드리크는 그후로도 오랫동안 아무 일 없었다는 듯 형이 그 침대로 돌아오기를, 그 모든 게 오해였기를 바랐다. 사실 그런 오해가 세상에 없는 것도 아니었으니까. 그런 일도 있을 수 있으니까.

마치 남겨진 가족 모두가 그날, 메드보리아르플라첸 역과 스칸스툴 역을 잇는 선로에서 죽은 것 같았다. 그날 이후, 어머니는 더 이상 집에서 아들들이 돌아오기를 기다리지 않았다. 누구에게도 어디 간다는 말을 남기지 않고 사시사철 밖으로 나갔지만 새벽녘이 되면 언제나 다시 집으로 돌아왔다. 아버지는 철저히 무너져내렸다. 언제나 꼿꼿한 자세를 유지하던 대위는 그날 이후 완전히 맥 빠진 모습으로 등까지 휘어 보였고, 원래 과묵했던 성격에 더해 거의 언어장애 수준으로 말문을 굳게 걸어 잠갔다. 그리고 더 이상 아들을 때리지 않았다. 최소한 프란스가 죽은 뒤로 프레드리크는 아버지에게 단 한 번도 맞아본 기억이 없다.

마리와 다비드가 다시 나타나 현관 앞에 서 있었다. 두 아이 모두 키는 고만고만했다. 어린이집에서 보내온 알림장 어딘가에서 마리의 신장과 체중을 본 것도 같았지만 기억이 나지 않았다. 그래도 두 아이 모두 대략 또래들만큼 성장하고 있었다. 마리의 긴 금발 머리에는 여전히 잔디와 흙이 묻은 반면, 다비드의 짧고 짙은 검은 머리는 땀에 젖어 이마와 관자놀이에 착 달라붙어 있다. 한마디로 집 안에서도 다비드는 계속해서 마스크를 쓰고 있었다는 소리다. 프레드리크는 안 봐도 알겠다는 표정으로 아이들을 바라보다 크게 웃었다.
"어디 보자, 이 녀석들 꼴이 아주 말이 아니구나! 아저씨도 마찬가지고 말이야. 우리 셋 다 목욕을 해야 할 것 같은

데. 그런데 혹시 너희들 돼지도 씻는다는 거 알고 있니?"

프레드리크는 아이들의 대답을 기다리지 않았다. 그는 두 아이의 가녀린 어깨에 손을 올리고 천천히 아이들을 집 안으로 밀고 들어가 거실을 지나, 마리의 방, 자신의 방을 그대로 통과해 커다란 욕조가 딸린 욕실로 밀어 넣었다. 그러고는 욕조 안에 물을 받았다. 낡았지만 제법 깊은 편이고 안에 두 자리가 나오는 데다가 받침대까지 달렸다. 스빈네간 55번가 근처의 대저택에서 대물림해오다 벼룩시장에 나온 물건이었다. 프레드리크는 긴장을 풀기 위해 매일 밤 그 욕조에 들어가 물이 식기까지 대략 30여 분 정도 몸을 담그고 생각을 비우곤 했다. 단, 다음날 쓸 내용이나 집필하고 있는 책의 다음 챕터, 방금 전까지 쓰던 다음 단어를 고르는 일에만 집중했다.

그러나 지금은 두 아이에게 적절한 물 온도를 맞추는 일에만 전념했다. 물에 손가락을 담그고 너무 뜨겁지도, 너무 차갑지도 않게 조절했다. 그러고는 초록색 거품비누 용기를 꾹 눌러 짰다. 하얀 거품은 보기만 해도 절로 욕조로 뛰어들고 싶을 정도로 부드럽게 느껴졌다. 놀랍게도 아이들은 씻기 싫다고 징징거리지도 않고 기다렸다는 듯 욕조로 들어가 한 자리씩 차지하고 앉았다. 프레드리크도 재빨리 웃옷을 벗고 욕조 앞에 자리를 잡았다.

다섯 살짜리의 몸은 정말 조그맣다. 씻기려고 옷을 벗겨놓으면 얼마나 아담한지를 실감할 수 있다. 보드라운 피부, 앙

증맞은 체구, 항상 기대에 찬 얼굴 표정까지……. 그는 경탄의 눈빛으로 자신의 딸을 쳐다보았다. 아이의 이마에 묻은 하얀 비누거품이 코로 흘러내리고 있었다. 다비드는 거품을 뒤집어쓴 채로 빈 거품비누 통을 위아래로 흔들며 더 짜내보려고 안간힘을 쓰고 있었다. 프레드리크는 자신의 다섯 살 때 모습이 기억나지 않았다. 사람들은 두 부녀가 놀라울 정도로 닮았다고들 했고, 아빠와 딸은 그 사실을 종종 화젯거리로 삼았다. 다른 점이라면, 아빠는 자랑스러워한 반면, 딸은 창피해한다는 점이었다. 마리의 몸에 다섯 살로 돌아간 자신의 얼굴이라니, 그로서는 쉬 상상이 되지 않았다. 뭐라도 떠오르고, 뭐라도 느껴져야 정상이었겠지만 그에게는 오로지 얻어맞은 기억뿐이었다. 거실에 있던 그와 아빠. 엉덩이를 후려갈기는 무지막지하게 커다란 아빠의 손. 그리고 거실의 판유리 문에 짓이겨진 형의 얼굴.

"아저씨, 이거 다 쓴 거잖아요."

다비드가 그에게 빈 병을 건넸다. 아이는 자신의 말이 사실임을 입증하기 위해 건네기 전에 살짝 흔들어 보였다.

"그렇구나. 그런데 혹시 많이 들어 있던 거품비누를 네가 다 쏟아 부은 건 아니고?"

"그러면 안 되는 거예요?"

프레드리크는 한숨을 내쉬었다.

"안 될 것도 없지. 괜찮아."

"새 거 하나 다시 사야 해요."

프레드리크 역시 형이 두들겨 맞는 장면을 지켜보는 일에 익숙해져 있었다. 아빠는 유리문 뒤의 세계에서 어떤 일이 벌어지고 있는지 지켜보고 있던 형제의 존재를 전혀 눈치채지 못했다. 프란스는 형이었다. 그래서 훨씬 혹독한 주먹세례를 동생보다 긴 시간 동안 견뎌야 했다. 적어도 유리문을 사이에 두고 몇 미터 떨어진 곳에서 본 장면은 그렇게 느껴졌다. 프레드리크는 성인이 될 때까지 당시의 일을 까맣게 잊고 지냈었다. 그런데 폭력으로 얼룩진 어린 시절의 기억은 15년이란 세월 동안 그의 머릿속에서 종적을 감추고 있다가 어느 날 불현듯 찾아오고 말았다. 아빠의 커다란 손과 유리문 너머의 세상이. 서른 살 생일을 앞둔 시점이었다. 그날 이후 프레드리크는 당시의 감정을 잊기 위해, 거실 유리문을 통해 바라보던 잔인한 세상에서 벗어나기 위해 몸부림쳤다. 신기하게도 분노가 치밀지도, 복수심이 불타오르지도 않았다. 도리어 비탄에 잠길 뿐이었다. 그랬다. 당시의 일이 떠오를 때마다 그가 느꼈던 심정을 가장 잘 대변하는 말이 바로 비탄이라는 단어였다.

"아빠, 집에 하나 또 있어."

그는 멍한 시선으로 마리를 쳐다보았다. 딸아이는 유일하게 그 공허감을 채워주는 존재였다.

"아빠, 아빠!"

"뭐가 또 있다고?"

"거품비누 집에 또 있다고."

"정말?"

"선반 아래 칸에 두 개나 더 있어. 세 개 샀잖아."

형이 받았던 상처는 훨씬 깊었을 것이다. 몇 살 더 많은 만큼 더 많이 맞았어야 했을 테니까. 형은 유리문 뒤에서 방관자가 되어야 할 때만 울었다. 형은 비탄에 싸여 살았지만 그런 사실을 꾹꾹 감추고 지냈다. 그런 심정이 가슴속에 꽉 들어차 결국 자신을 위협하는 무섭고 치명적인 흉기가 될 때까지, 그래서 어느 날 아침 30톤짜리 기차에 몸을 날릴 때까지 꼭꼭 눌러 담으며 지냈다.

"여기 있잖아."

마리는 욕조에서 튀어나와 욕실 선반 앞에 섰다.

"이거 봐. 두 개나 더 있잖아. 왜냐하면 우리가 세 개 샀거든."

그러고는 자랑스럽게 흔들어댔다.

딸아이는 욕실 바닥에 물과 비누거품을 뚝뚝 흘리고 있었지만 그런 건 아무래도 좋은지, 사태 파악이 안 되는 눈치였다. 그러고는 곧바로 다시 욕조로 뛰어들었다. 마리는 놀라울 정도로 능숙하게 거품비누 통의 뚜껑을 열었다. 그러자 다비드가 순식간에 병을 낚아채 일말의 주저함도 없이 눈 하나 깜빡하지 않고 환호성을 지르며 병을 거꾸로 들어 내용물을 모조리 쏟아냈다. 두 아이는 그러고 나서도 좋다고 또다시 하이파이브를 했다.

*

그는 성폭행범을 끔찍이 싫어했다. 누구나 그렇다. 하지만 그는 프로다. 그래서 속으로 자신에게 주문을 걸 듯 되뇌었다. 업무의 일환일 뿐이라고. 직업은 직업일 뿐이라고.

오케 안데숀은 지난 32년간 온갖 종류의 재소자들을 이쪽 수감시설에서 저쪽 수감시설로, 정신병원 등지로 실어 나르는 일을 한 사람이었다. 59세의 나이에 반백이지만 숱만큼은 여전히 풍성한 머리를 그는 단정히 잘 다듬고 다녔다. 평균체중보다 1에서 2킬로그램 정도 더 나가지만 장신이었다. 동료들이나 그가 항상 호송차량에 태우고 다니는 그 어느 범죄자들과 비교해도 머리 하나는 더 큰 편이었다. 안데숀은 자신이 1미터 99센티미터라고 말은 하지만 원래는 2미터 2센티미터였다. 하지만 신장이 2미터가 넘어가는 순간부터 주변사람들은 그를 자연이 빚어낸 실수로 인한 돌연변이 취급을 했고, 그는 그런 대접이 항상 못마땅했기 때문에 일부러 신장을 줄여서 말했다.

그는 성폭행범을 죽도록 싫어했다. 자신의 성적 쾌락을 위해 무력을 동원하는 변태 족속들. 그중에서도 그가 혐오하는 부류는 어린아이에게 그런 몹쓸 짓을 하는 짐승 같은 부류였다. 속은 부글부글 끓어올랐지만 그런 감정을 아무에게나 드러낼 수는 없었다. 하지만 그런 종자들을 대할 때마다 혐오감은 주체할 수 없을 정도로 강렬하게 타올랐다. 자

신의 마음속에서 끓어오르는 공격성향은 본인조차 두려울
정도로 극단을 달리고 있었다. 안데숀은 이러한 감정에 기
름을 붓지 않으려고, 당장 시동을 끄고 칸막이 뒤의 죄수에
게 달려들어 머리를 붙잡고 유리창에 박아버리지 않으려고
안간힘을 써야 했다.

  안데숀은 감정을 절대로 드러내지 않았다. 그보다 더한
쓰레기들, 중형을 선고받은 망종들까지 호송차량에 싣고 다
니던 그였다. 안데숀은 신문 1면을 장식한 사악한 범죄자
들의 손에 손수 수갑을 채워 호송차량에 밀어 넣은 뒤 싸늘
한 시선으로 그들을 노려보곤 했다. 그런 범죄자의 대부분
은 말 그대로 상병신들이었다. 쳐죽일 놈들. 무언가를 얻으
려면 그에 상응하는 대가를 치러야 한다는 단순한 생각조차
지니지 못한 종자들. 보호하고 배려하고 사회복귀에 힘쓰겠
다는 선서 따위나 믿는 바깥세상의 멍청한 인간들이 뭐라
하건 상관없다. 물건을 사려면 대가를 지불해야 하는 것. 그
게 그의 철칙이었다.

  안데숀은 성폭행 전과자는 한눈에 알아볼 수 있었다. 그
들에겐 특징이 있었다. 굳이 기소내용을 확인해볼 필요도,
기소장 따위의 서류도 필요 없었다. 벌써 여러 차례 바에서
동료들과 맥주잔을 앞에 두고, 누구나 그런 쓰레기 범죄자
를 알아볼 수 있으며 자신은 어떻게 구분하는지에 대해 설
명을 했다. 하지만 문제는 동료들이 구체적으로 설명해보라
고 하면 도무지 설명할 말을 찾을 수가 없다는 것이었다. 오

히려 동료들은 차별이니 편견이니 하는 말로 시작해 동성애 혐오증에 걸렸기 때문이라고 매도하더니 심지어 아예 인간을 싫어한다는 식으로 몰아세우곤 하는 데 질려 더 이상 그런 이야기를 입에 담지 않게 되었다. 하지만 지금도 여전히 안데슌은 얼굴만 봐도 성범죄자를 알아볼 수 있었고, 그런 쓰레기 역시 상대가 자신의 죄명을 꿰뚫어 본다는 사실을 느꼈다. 그래서 그와 시선이라도 마주치면 숨으려 들었다.

뒷자리에 타고 있는 강간범은 안데슌이 모는 호송차를 정기노선처럼 여기는 녀석이었다. 적어도 여섯 번 이상은 녀석을 태운 기억이 났다. 1991년에는 대법원과 크로노베리 구치소를 두 차례씩 왕복했고, 1997년에는 그곳에서 탈옥했다 붙잡혀 온 그놈을 다시 감방으로 호송했다. 그리고 1999년에 다시 세테르 정신병원과, 어딘지는 기억나지 않지만 아무튼 어딘가로 데려가느라 또 만났었다. 그리고 지금, 그 녀석을 데리고 한밤중에 쇠데르 남부종합병원으로 향하는 중이다.

안데슌이 룸미러로 녀석을 쳐다보자, 상대 역시 그의 눈을 노려보았다. 누가 더 오래 노려보는지 겨루기라도 하듯 무의미한 눈싸움이 벌어질 분위기였다. 천하의 짐승만도 못한 그 녀석은 여느 때처럼 언뜻 보기엔 멀쩡해 보였다. 다른 사람들의 눈에는 충분히 그렇게 보일 것이다. 175센티미터에 중간 정도의 체구. 시원하게 밀어버린 머리. 침착한 표정. 정상적인 분위기. 하지만 녀석은 상습 아동 성폭행범이었다.

링베겐 대로의 내리막길 시작점에 설치된 신호등에 빨간 불이 들어왔다. 한밤중이라 통행량도 거의 없었다. 뒤쪽에서 발산되는 파란 경광등 불빛이 시야에 들어왔다. 앰뷸런스 한 대가 요란하게 사이렌을 울리며 접근하고 있었다. 안데숀은 앰뷸런스의 통행을 막지 않으려고 차선을 바꾸지 않았다.

"곧 도착한다고, 룬드. 30초만 기다리면 내릴 수 있다고. 그러면 끝이라고. 미리 전화해뒀으니까 의사가 도착 즉시 나와서 상태를 살펴볼 거야."

안데숀은 절대 아동 성폭행범과는 말을 섞지 않는다. 단 한 번도 그런 적이 없었다. 그의 동료도 익히 아는 사실이다. 울리크 벤트포슈 역시 그와 같았다. 다만 다른 점이라면, 울리크는 그 범죄자들을 죽도록 혐오하지는 않는다는 것이다.

"미리 알려놔야 우리가 아침식사 때까지 기다릴 필요가 없지 않겠어. 자네도 각종 장비가 늘어선 곳에서 지루하게 기다릴 필요도 없고 말이야."

울리크는 배 주변이 쇠사슬로 결박된 상태의 룬드에게 손짓을 해가며 말했다. 허리에 차고 있는 쇠사슬은 두 발목을 감고 있는 족쇄와 네 줄의 쇠사슬로 이어져 있고, 수갑에서 연결되는 또 다른 두 개의 쇠사슬이 상체와 팔을 마음대로 움직이지 못하도록 불편하게 감고 있었다. 울리크가 룬드에게 적용된 형구(形具)를 직접 본 것은 교도행정 관련 연수차

방문했던 인도에서였지만, 스웨덴에서는 생전 처음이었다. 스웨덴 교도당국은 범죄인 이송에 제소자보다 교도관의 수를 많게 책정하는 원칙을 세웠다. 간혹 수갑 정도는 채우지만 상체와 하체를 동시에 쇠사슬로 묶는 경우는 생전 처음이었다. 이번에는 상부에서 직접 엄명을 내렸다. 죄수를 싣고 교도소를 떠나기 직전, 오스카숀 부장이 직접 전화를 걸어 특별히 강조하고 점검했던 부분이었다. 룬드는 옷을 벗으라는 명령에 빈정거리는 미소를 짓더니 음란하게 엉덩이를 흔들어댔다.

"이런 황송할 데가 있나. 고마워서 정말 눈물이 다 나겠군 그래. 당신들, 괜찮은 친구들인데."

룬드는 낮은 소리로 말했다. 겨우 들릴락 말락 할 수준이었다. 울리크는 그 말이 진심인지, 비꼬는 말인지 의중을 파악할 수 없었다. 룬드가 쇠사슬을 철걱거리며 호송차량의 운전석과 뒷자리를 가르는 방탄유리문 문턱에 얼굴을 들이대고 구시렁거리기 전까지는.

"어이, 거기 짭새 양반 둘. 이건 아니잖아. 똥구멍까지 쇠사슬로 조일 필요까진 없는 거 아니야? 이 빌어먹을 사슬 좀 풀어달라고. 절대 안 될 테니까. 내 장담한다고."

오케 안데숀은 룸미러로 상대를 노려보았다. 그는 응급실로 향하는 내리막길에서 갑자기 속력을 내더니 불시에 브레이크를 밟았다.

그 덕에 룬드는 날카로운 모서리에 턱을 들이받고 말았다.

"뭐야, 이런 씨발! 지금 뭐 하자는 짓거리야, 이 개새끼야!"

평상시 룬드는 이성을 잃지 않고 침착하게 말하는 법을 터득한 범죄자였다. 단, 모욕을 당했다는 기분이 들면 돌변한다. 룬드는 그 즉시 버럭 소리를 지르며 욕을 퍼부었다. 오케 안데숀은 그 점을 잘 알고 있었다. 성폭행범들은 다 똑같은 종자다. 울리크는 신나게 웃었다. 단지 속으로만. 오케 안데숀이란 인간 역시 어딘가 골 때리는 구석이 있다. 그는 성폭행범을 태우면 항상 그런 식으로 바짝 약을 올리곤 했다. 하지만 절대로 말을 섞지는 않았다.

"딱한 일이긴 한데 우리도 별 수가 없어. 오스카숀 부장 명령이야. 자넨 위험한 친구잖아. 이 사회에 암적으로 위험한 존재. 그러니까 그냥 참고 가."

울리크는 저절로 튀어나오려는 말들을 참기 힘들었다. 밥벌이 때문에 이곳저곳으로 실어 나르는 죄수 앞에서 실없는 사람으로 보이지 않기 위해, 터져 나오는 웃음보를 꼭 틀어막고 부르르 떨리는 안면근육을 고정해야 하는 것도. 행여 웃음이 새어나와 상대의 귀에 들리기라도 하면 더더욱 '승객'을 자극하는 결과만 불러일으킬 게 뻔했다. 그래서 몇 마디 말은 하되, 그 뒤로는 안데숀과 똑같이 아무 말 없이 앞만 주시했다.

"만약 우리가 자네가 차고 있는 번쩍이는 장신구를 풀어주는 날엔 오스카숀 부장한테 그 즉시 모가지가 날아가게 된다고. 엄연히 규정 위반이기도 하고. 자네도 알잖아."

　호송차량을 앞질러 간 앰뷸런스는 응급실 현관 앞에 멈춰 섰다. 두 명의 남성 응급구조대원이 들것을 들고 황급히 계단을 올라갔다. 울리크는 언뜻 보면서 들것에 실린 환자가 여성임을 확인했다. 긴 머리에 묻어 있던 피가 앞쪽에 있는 구조대원의 다리에 얼룩을 만들어놓았다. 그의 눈에는 오렌지색 유니폼에 묻은 붉은 얼룩이 왠지 어색해 보였다. 그러면서 항상 현장에서 피를 묻히며 일해야 하는 구조대원들의 유니폼이 도대체 왜 오렌지색일까 생각해보았다. 감정이 격해질 때마다 그는 엉뚱한 생각을 하곤 했다.

　"개 같은 오스카숀, 그 씹새끼는 내가 뭘 어쨌다고 날 안 믿는 건데? 내가 그 새끼한테 절대 도망치지 않을 거라고 아스프소스에서 분명히 말했다니까! 근데 왜 못 믿어, 씨발!"

　룬드는 방탄유리문에 대고 고래고래 소리를 지르더니 뒤로 조금 물러선 뒤 있는 힘껏 벽에다 몸을 부딪쳤다. 쇠사슬이 호송차량 벽면을 때리면서 엄청난 소음을 만들어냈다. 안데숀은 순간적으로 자신이 무언가를 들이받지 않았나 양 옆을 살펴보았다.

　"그 새끼한테 분명히 말했다고, 이 개새끼들아! 근데도 못 들었다고? 좋아, 좋다고. 마지막 제안이다. 지금 당장 이거 풀어주지 않으면 난 내 갈길 갈 거야. 알아들었냐, 이 병신들아? 난 갈 거라고. 그게 무슨 뜻인지 알기는 하냐?"

　오케 안데숀은 룬드와 눈을 마주치려 했다. 그는 상대의 상태를 살피기 위해 룸미러를 조정했다. 혐오감이 주체할 수 없을 만큼 치솟기 시작했다. 룬드는 쓰레기 주제에 넘지 말아야 할 선을 넘어버렸기 때문이다. '개새끼, 씹새끼'란 말을 너무 많이 했던 것이다.

32년간 한 일이다. 일은 일일 뿐. 하지만 더 이상은 참을 수 없었다. 어차피 조만간 터질 일이었으니까.

안데숀은 안전벨트를 풀고 차 문을 열었다. 울리크는 어떤 일이 벌어질지 예감했지만 동료를 말릴 틈도 없었다. 울리크는 오케 안데숀이 드디어 성폭행범을 패죽일지도 모르며, 룬드는 그 어느 누구보다도 혹독한 주먹세례를 받게 될 거라는 생각은 했지만 그다지 걱정은 되지 않았다. 그는 그냥 앉은 자리에서 속으로 웃기만 했다. 굳이 동료를 말릴 생각은 없었기 때문이다.

＊

새벽 4시가 조금 넘은 시각, 마을을 감싼 적막감이 정점을 이루는 시간이다. 항구와 해변에서 고래고래 소리를 지르던 바의 마지막 손님들이 토스테뢰의 낡은 교각 쪽으로 발걸음을 돌리고 나면, 신문 배달부들이 바람을 가르며 나타나 스투르가탄 가를 따라 지역 일간지 〈스트렝네스 티드닝〉을 현관이나 우편함에 던져 넣고 사라지기 전까지는 일대에 잠시나마 평온이 자리잡는다.

프레드리크 스테판손은 그 분위기에 익숙하다. 밤에 제대로 잠을 이루지 못하고 지낸 게 벌써 몇 년째인지 기억도 나지 않는다. 그는 창문을 열어놓은 채 침대에 누워 작은 마을이 서서히 잠들었다가 다시 깨어나는 소리에 귀를 기울였다. 아침을 깨우는 사람들은 대부분 그가 잘 알고 지내거나, 적어도 얼굴을 보면 누구인지 아는 사람들이었다. 가족 같은 분위기의 작은 동네에 살면 반대편 길이 멀게 느껴지지 않기 때문이다. 그는 거의 평생을 그 동네에서 살았다. 울프 룬델의 소설 《자크》를 읽고 난 뒤, 프레드리크는 스톡홀름 남부의 끝자락인 쇠데르로 이사가 대학에서 종교사를 공부했고, 이스라엘 북부의 키부츠에 가서 얼마간 지내기도 했다. 그곳은 몇십 킬로미터만 가면 레바논 국경이 나오는 곳이었다. 하지만 모든 학업 과정을 마치고 난 뒤, 그는 스트렝네스로 다시 돌아왔다. 그는 고향집을 완전히 등진 적이 없었다. 어린 시절의 기억과 형을 잃은 슬픔은 언제나 그를 그곳에 묶어두었다. 앙네스를 만난 곳도 스트렝네스였다. 언제나 검은 정장만 입고 다니며 이런저런 경험을 즐기고 늘 새로운 길을 모색하던 젊은 그녀와 프레드리크는 미친 듯이 사랑에 빠졌다. 두 사람은 함께 살게 되었지만, 마리가 태어난 후 대략 1년을 못 채우고 결국 이혼에 이르게 되었다. 프레드리크와 앙네스는 헤어진 뒤 서로를 원수처럼 여기진 않았지만, 마리를 서로에게 데려다주고 데려오는 문제를 상의할 때를 제외하곤 거의 연락도 하지 않고 지냈다.

앙네스는 친구들이 많이 살고 있는 스톡홀름으로 이사를 갔다. 직업상 이 도시, 저 도시를 옮겨 다니기도 하는 그녀는 대도시에 어울리는 여성이었다.

누군가 거리를 걸어가고 있었다. 프레드리크는 시간을 확인해보았다. 5시 15분 전. 지랄 같은 밤의 연속. 뭔가 의미 있는 생각이라도 할 수 있었으면. 집필 중인 책의 다음 전개 내용, 아니, 단 두 페이지 분량의 내용이라도……. 하지만 아무것도 떠오르지 않았다. 창문 너머로 흘러들어오는 문 닫는 소리, 자동차 시동 걸리는 소리만 들릴 뿐, 속절없이 허망하게 시간만 흘러갔다. 어디서도 집필활동에 끌어쓸 기력을 찾을 수 없었다. 마리를 유치원에 데려다놓고 집으로 돌아와 컴퓨터 앞에 앉는 순간 긴 하루를 맞이하게 되지만, 만성수면부족으로 인한 피곤이 그를 가만두지 않았다. 두 달 동안 겨우 세 챕터. 끔찍한 결과였다. 담당 편집자는 도대체 뭘 하고 있냐며 수차례 그를 닦달했다.

트럭이다. 트럭 소리를 들은 것 같았다. 하지만 5시 반 이전에 인근을 지나다니는 트럭은 거의 없었다.

마리의 방과는 얇은 벽을 경계로 나뉘어 있다. 방에서 나는 소리까지 들을 수 있을 정도다. 마리는 코를 골고 있다. 다섯 살짜리 꼬마가 어떻게 늙고 살찐 노인처럼 코고는 소리를 내는지 의아하기만 하다. 간드러지는 목소리에 귀엽기로 이루 말할 수 없는 다섯 살짜리 꼬마가? 프레드리크는 자신의 딸아이만 유독 심하게 코를 곤다고 생각했었다. 하지만 간혹 옆집의 다비드가 놀러와 같이 자기라도 하는 날이면 코고는 소리가 두 배로 심해진다는 사실을 깨달았다. 서로 번갈아가며 엇박자로 코를 골기 때문이었다.

트럭은 아니었다. 버스, 그래 버스였다.

프레드리크는 등을 돌려 창가에서 멀어졌다. 미카엘라는 알몸으로 침대에 잠들어 있다. 언제나처럼 발에만 담요와 시트를 감은 채로. 미카엘라의 나이는 겨우 스물넷, 한창 나이다. 미카엘라는 그에게 사랑받는다는 느낌을 심어주고 바라볼 때마다 흥분하게 만들지만, 동시에 자신이 늙었다는 생각이 들게 하는 여자였다. 특히 음악이나 책, 혹은 영화에 관한 이야기를 주고받을 때면 어느 순간 갑자기 그런 생각이 들곤 했다. 둘 중 하나가 어느 음악가의 음악, 어느 작가의 글, 혹은 어느 배우의 연기에 대한 말을 꺼내면 신세대와 구세대의 취향이 극명하게 갈렸다. 열여섯 살 차이면 좋아하는 기타 연주나 영화 대사가 똑같을 순 없는 법. 옛 취향은 시간이 흐르면 사라지고, 결국은 다른 것들로 대체되기 마련이다.

미카엘라는 프레드리크 쪽으로 고개를 돌린 채 엎드려 있다. 그는 미카엘라의 뺨을 어루만지고 엉덩이에 입을 맞추었다. 프레드리크는 미카엘라를 마음에 두고 있었다. 사랑에 빠졌다고 할 수 있을까? 감히 그렇다고 말할 엄두가 나지 않았다. 그녀가 자신의 곁에서 시간을 공유해준다는 점은 더없이 기쁜 일이었다. 외로움을 끔찍이 싫어했기 때문이다. 무의미한 외로움은 숨통을 조이는 고통이었다. 따라서 그에게 외로움은 일종의 죽음과도 마찬가지였다. 프레드리크는 뺨을 어루만지던 손을 등으로 옮겼다. 그러자 그녀가 뒤척였다. 미카엘라는 왜 그의 곁에 누워 있는 것일까? 애 딸린 홀아비 곁에? 외모가 그럴싸한 것도 아닌, 나이 든 남자 곁에? 못생긴 건 아니지만 분명 잘생긴 얼굴은 아니고, 돈 많은 부자도 아닌 데다 유머감각도 형편없는 그런 남자 곁에? 도대체 무슨 이유로 그런 남자 곁에 누워서 밤을 보내는 걸까? 눈부시게 아름답고 젊은 데다 살날도 창창한 그런 아가씨가? 프레드리크는 허리춤으로 위치를 옮겨서 다시 입을 맞추었다.

"아직도 안 잔 거예요?"

"미안해. 내가 깨운 거야?"

"몰라요. 당신은요? 정말 한숨도 안 잔 거예요?"

"내 상태 알잖아."

미카엘라는 실오라기 하나 걸치지 않은 자신의 몸을 그에게 밀착했다. 살짝 잠에서 깼지만 여전히 잠에 취한 상태여서 온기가 필요했기 때문이다.

"당신은 잠을 자야 해요, 사랑하는 늙은이 아저씨."

"늙은이?"

"잠 안 자면 하루를 보내기가 힘들다고요. 잘 알잖아요. 이리 와요. 얼른 같이 자요."

미카엘라는 프레드리크를 쳐다보고는 입을 맞춘 뒤 그를

끌어안았다.

"형 생각을 하고 있었어."

"프레드리크, 지금은 형님 생각할 때가 아니라고요."

"아니, 난 형 생각을 해. 형에 대한 기억을 떠올리고 싶다
고. 옆방에서 자고 있는 마리가 코고는 소리를 낼 때마다 형
생각이 나. 그렇게 두들겨 맞던 형도 그때만큼은 어린아이
였다는 생각이. 두들겨 맞는 나를 지켜보던 그 형도. 그래서
스톡홀름 행 기차에 몸을 던진 그 형도 어린아이였다는 생
각."

"눈 좀 감아봐요."

"어떻게 어린아이를 그렇게 두들겨 팰 수 있는 거지?"

"가만히 눈 감고 있으면 스르르 잠이 들 거예요. 잠이란
그렇게 자는 거라고요."

"어째서 어린아이를 때리는 거지? 결국 아이가 커서 어
른이 되면 여러 가지를 알게 될 거라구. 그러면 때린 사람만
원망하는 게 아니라 자기 자신을 탓하게 된다구."

미카엘라는 그의 등짝을 한 번 치고는 돌아눕게 한 뒤 등
뒤에서 그를 꼭 끌어안았다. 두 사람은 마치 착 달라붙은 나
뭇가지처럼 침대에 누워 있었다.

"도대체 왜 계속해서 아이를 때리는 거냐고? 그렇게 맞
다보면 아이는 폭행을 일삼는 게 아빠의 의무라고 생각하게
될 테고 자신은 쓸모없는 존재라는 생각을 갖게 될 텐데 말
이야. 자신은 잘하는 것도 없고, 남자답지도 못하다고. 그리

고 그런 잘못을 순전히 자기 탓으로 돌리게 될 텐데. 적어도 부분적으로는 자기 잘못이라고. 빌어먹을, 바로 내가 그랬어. 폭행을 당하거나 버림받은 느낌이 아니라 내가 못나서 그런 거라고 애써 생각했었다고."

미카엘라는 잠들어 있었다. 목덜미에서 느껴지던 호흡이 규칙적이고 느린 박자로 변해 있었다. 살갗이 축축해질 정도로 밀착된 상태였다. 창문 너머로 다른 버스 한 대가 멈추는 소리가 들려왔다. 후진했다가 멈추고 또다시 후진하는 소리였다. 전날 저녁에 들었던 그 버스 같았다. 큼지막한 관광버스.

*

렌나트 오스카숀에겐 말 못할 비밀이 한 가지 있었다. 철저히 혼자만의 비밀은 아니었지만, 그는 그렇게 행동했다. 그 비밀은 그의 오른쪽 어깨를 무겁게 짓눌렀고 뱃속을 다 차지하고 들어앉아 있다. 그는 매일 밤 다짐을 했다. 다음날 그 비밀을 입 밖으로 털어놓으리라고. 거기서 해방되면 평정을 되찾을 수 있고, 홀가분한 마음으로 하루하루를 보내면서 일에 더 집중할 수 있을 것 같았다.

하지만 그럴 수가 없었다. 그럴 용기가 없었다. 고래고래 소리를 질러보았지만 들어주는 이는 아무도 없었다. 비명을 지르려면 우선 입부터 벌려야 하는 건 아닐까?

렌나트는 매일 아침 똑같은 일상을 반복했다. 부엌에 있는 소나무 원탁에 자리를 잡고 앉아 숟가락으로 요구르트를 떠서 입으로 가져갔다. 마리아는 항상 그의 옆자리에 앉는다. 마리아는 그의 삶과도 같은 여자였다. 16년 전, 처음 만난 뒤로 지금까지 열정적으로 사랑해온 아름다운 여인. 마리아는 여느 때와 마찬가지로 뜨거운 우유를 탄 커피를 마시고 버터 바른 호밀빵을 먹으며 신문의 문화면을 읽고 있다.

'지금이야, 지금이라고!'

렌나트는 당장이라도 자신의 비밀을 털어놓을 기세였다. 그렇게 한 번만 털어놓으면 될 일이었다. 다른 사람들은 몰라도 마리아만큼은 그 비밀을 알 권리가 있으니까. 아주 간단한 일이었다. 단 몇 분의 시간, 몇 개의 문장, 그것만으로도 충분하리라. 그러고 나서 아침식사를 마치고 각자의 일을 보러 갈 수 있으리라. 그리고 저녁이 되면 숨겨야 할 비밀이 없다는 해방감 속에서 집으로 돌아오리라……. 렌나트는 숟가락을 내려놓고 용기에 남아 있던 요구르트를 그대로 입 속에 털어 넣었다.

렌나트 오스카숀은 아스프소스 교도소에서 일한다는 사실에 자부심을 갖고 살았다. 그는 아스프소스 교도소에서 특별감호구역의 책임자라는 나름의 고위직 간부였지만, 더 높은 곳으로 승진하겠다는 야심이 있었다. 형사시설관리에 관한 연수 등에는 반드시 얼굴을 내밀었다. 더 높은 계급장을 달고 싶다는 의지를 주변에 보여줘야 한다는 사실을 잘 알고 있었기 때문이다. 그는 어딘가에서 누군가가 자신을 지켜보며 인사고과에 관한 점수를 매기고 있다는 사실을 의식했다.

7년 전, 그는 아스프소스 교도소에서 성범죄자들만 수감하는 특별감호구역의 책임자로 임명되었다. 그 뒤로 렌나트는 그들이 보호해주었어야 할 민간인들을 폭행한 죄로 감방에 들어온 죄수들을 대면하는 일을 했다. 그들은 이 사회에 남은 최후의 금기사항을 무너뜨린 범죄자들이었다. 죄수들과, 그들을 담당하는 교도관들을 통제하는 게 렌나트의 역할이었다. 죄수들을 관리하고 처벌하는 일, 그것이야말로 교도관의 사명이다. 관리와 처벌, 그 둘을 혼동하지 않을 것. 렌나트에게도 자기 나름의 관점과 생각은 있었지만 겉으로 표현하지 않는다. 렌나트는 단지 의욕만을 내비칠 뿐이었다. 그러면 누군가가 그 과정을 지켜보며 꾸준히 점수를 매길 테니까.

그와 동시에 그가 간직하고 있던 그 빌어먹을 비밀 역시 점점 자라나기 시작했다. 그 비밀을 털어놓고 싶은 마음은 굴뚝같았다. 비밀을 고백했다면 차라리 지금보다는 덜 끔찍했을 것이다. 배신감이 결혼 생활 깊숙이 똬리를 틀고 앉아 그가 마리아와 나누는 한 마디, 한 마디 말을 의심스럽게 만들고 더러운 기분이 들게 만드는 지금보다는.

렌나트는 자리에서 일어나 음식물 묻은 접시를 집어 들고 식기세척기에 밀어 넣은 뒤 식탁을 훔치고 식탁보에 묻은 부스러기들을 걷어냈다.

그는 파란색 제복으로 갈아입었다. 스웨덴 교도소 소속 직원이라면 공통적으로 착용하는 제복이지만 그 모양새가 영락없는 택시기사였다. 그는 부엌에서 바지, 셔츠, 그리고 넥타이를 차례로 입으면서 마리아와 몇 마디 나눌 수 있기를 바랐다. 이 거지 같은 기분에서 벗어날 수만 있다면 대화 내용이 무엇이 되든 상관없었다.

"여보, 오늘은 바람이 많이 분다는데."

마리아가 곁으로 다가와 뺨을 어루만졌다. 렌나트는 아내의 손에 자신의 얼굴을 더 가까이 대고 비볐다. 그에겐 아내의 손길이 필요했다. 마리아는 정말 아름다운 여인이었다. 아내도 그 사실을 알아주기를 바랐다.

"오늘 하루 종일 그럴 거라는데, 당신 장갑도 챙기지그래요."

"좀 지나면 풀리겠지. 그리고 겨우 몇백 미터만 걸어가면 그만인데 뭘."

"그게 중요한 게 아니잖아요. 그러다간 관절에 통증이 시작된 뒤에나 후회하게 될 거라고요."

마리아는 그의 가죽 장갑을 집어 들었다. 렌나트는 장갑을 받아들고 손에 끼웠다. 그러고는 아내의 입술, 어깨 순으로 입을 맞추었다. 외투는 현관의 모자 진열장 아래 걸려 있었다. 그는 현관문을 열고 뜰을 지나 아스프소스 교도소를

향해 발걸음을 옮겼다. 우중충한 콘크리트 벽돌 장벽이 도
시 전체를 내려다보고 있었다. 걸어서 2분이면 도착하는 거
리였다.

*

호송차 운전석 문을 열고 나온 오케 안데숀은 이제껏 단 한
번도 경험해보지 못한 격한 감정에 사로잡혔다. 분노와 증오
심이 폭발하며 제어가 불가능한 상태가 되어버린 것이다.
　지난 30년간 범죄자들에게 별의별 욕을 다 듣고 살아온
그였다. 그는 끔찍이도 혐오스런 존재들에게 욕을 먹어가면
서도 언제나 평정을 잃지 않고 묵묵히 운전만하며 교도소
와 법정, 병원과 교도소를 오갔다. 안데숀은 인간쓰레기들
을 실어 나르는 일을 했지만 그들과 말 섞는 일은 언제나 동
행하는 다른 교도관에게 일임하고 자신은 전방의 도로를 주
시하며 주어진 업무만 생각했다. 하지만 처죽여도 시원찮을
짐승 같은 행동을 더 이상은 묵과할 수 없었다. 그는 이전에
도 룬드를 호송하면서 자칫 이성을 잃을 뻔했었다. 파렴치
한 그 짐승이 여자아이들을 어떤 식으로 고문했는지, 그 고
문이 끝났을 때 피해아동들이 어떤 상태로 발견되었는지를
알면서도 가만히 참고 차만 몰던 그였다. 그날 이후, 조소하
듯 빈정거리던 룬드의 미소와 철면피처럼 냉담하던 그의 태
도는 오케 안데숀의 꿈속까지 따라와 그를 괴롭혔다. 밤마

다 룬드의 범죄행각이 끝없이 눈앞에서 반복되는 악몽에 시달려야 했다. 심한 날에는 아침에 눈을 뜨자마자 화장실로 달려가기도 전에 바닥에 토악질을 하기도 했다. 마치 통제력이 멈춰버린 탓에, 위장 속에서 한없이 부풀어 오른 구역질을 잠시만이라도 더 담아둘 공간조차 남아 있지 않을 듯한 기분이었다.

오케 안데숀은 더 이상 자신을 주체할 수 없었다. 룬드가 세 번째로 '개새끼'라는 욕지거리를 내뱉던 순간, 안데숀의 이성과 직무수행에 대한 책임감은 온데간데없이 사라져버렸다. 그의 머릿속에는 오직 발가벗겨진 채로 누워 있던 어린 소녀들의 사진, 뾰족한 금속 도구로 무참하게 훼손된 그 소녀들의 생식기만 떠오를 뿐이었다. 안데숀은 거구의 몸을 거의 날리다시피 차에서 뛰어내려 호송차량 뒷문으로 향했다.

울리크 벤트포슈가 룬드의 호송을 담당했던 건 딱 한 번뿐이었다. 지하실 소녀 살해사건의 두 번째 재판이 열리던 날이었다. 당시 신참이었던 그에겐 수많은 기자들이 법원 앞에 장사진을 친 모습을 경험한 최초의 대형 사건이었다. 무참히 살해된 두 명의 아홉 살짜리 소녀. 그 사건은 전국민의 가슴을 쓰리게 만든 동시에 신문 판매 부수를 끌어올렸다. 울리크는 그날 자신의 행동에 수치심을 느꼈다. 피해소녀들을 애도하는 마음도 별로 없었고, 사건의 정황조차 제대로 파악하지 못한 데다 경험까지 부족했던 것을. 그는 오직 룬드를 대동하고 법원으로 들어서던 자신이 특별하다고만 느꼈고 심지어 자랑스럽기까지 했었다. 하지만 얼마 후, 그의 딸아이는 룬드가 왜 두 어린 소녀를 살해했는지, 왜 그 아이들의 삶을 그토록 무참하게 짓밟았는지를 물었다. 피해소녀들보다 고작 한 살 더 먹었을 뿐인 딸아이는 관련 신문기사들을 꼼꼼히 읽고 아빠에게 질문을 던졌다. 아빠가 그 살해범을 대동해서 법정을 드나드느라 수차례 텔레비전에 등장했기 때문이었다. 물론 울리크는 딸아이에게 아무런 대답도 해줄 수 없었다. 하지만 그 뒤로 딸아이의 두려움과 질문은 그가 자신이 하는 일과 관련돼 받은 어느 교육보다 더 많은 것을 느끼게 해주었다.

오케 안데숀이 증오에 불타오른다는 것을 울리크는 잘 알고 있었다. 그런 내용을 직접 말로 주고받았기 때문은 아니었다. 하지만 이해하기 어려운 일도 아니었다. 언젠가 룬드 같은 쓰레기에게 계속해서 '개새끼'라는 욕을 듣다보면 그 역시 그렇게 변해버릴지도 모를 일이니까. 그래서 죄수들과 대화하는 일은 자신이 담당했던 것이다. 누군가는 해야 할 일이었으니까. 온갖 범죄자들을 호송하는 일도 버젓한 직업이니까.

하지만 룬드가 세 번째로 '개새끼'라는 욕설을 내뱉던 순간, 울리크는 어떤 일이 벌어질지 충분히 상상할 수 있었다. 안데숀이 차를 세우고 자리에서 일어서던 순간 직감할 수 있었다.

그가 만약 응급실로 향하는 계단만 주시하고 있었더라면

무슨 일이 벌어지는지 굳이 보지 않아도 됐었을 것이다. 그리고 아무것도 보지 않았더라면, 조사관에게 굳이 거짓말을 해야 하는 상황은 벌어지지 않았을 것이다.

응급실 정면의 주차장은 텅 비어 있었다. 차 한 대, 지나가는 사람 하나 보이지 않았다. 오케 안데숀은 후에 그렇게 진술했다. 그러면서 만약 주차장이 텅 빈 상태가 아니었고, 그의 행동을 지켜보는 사람들이 있었다 하더라도 자신은 몰랐을 것이라고 덧붙였다. 분노와 증오에 눈이 멀어 호송차량 뒷문으로 달려갔기 때문이었다.

그는 뒷문을 열어젖혔다. 그런데 문손잡이가 터무니없이 작게 느껴졌다. 극도로 흥분한 상태에서 자신의 신체 크기에 비례해 큼지막했던 손으로 철제문을 조작하는 일은 쉽지 않았다.

그 순간부터 끔찍한 비극이 시작되었다.

벤트 룬드는 가성으로 목이 터져라 '개새끼'를 연발했다. 그러고는 수갑과 족쇄, 그리고 벨트와 연결되어 옷 속으로 들어갔다 나온 쇠사슬을 한 손에 쥐고 세차게 휘둘렀다. 미친 듯이 달려들던 오케 안데숀은 자신에게 무슨 일이 벌어지게 될지 눈으로 볼 틈도, 머리로 이해할 틈도 없었다. 상대가 휘두른 쇠사슬은 그의 얼굴을 정통으로 후려갈겨 심한 상처를 만들고는 그를 바닥에 쓰러뜨리고 말았다. 룬드는 열린 문으로 튀어나와 바닥에 쓰러진 안데숀이 의식을 잃고 기절할 때까지 쇠사슬로 그의 머리와 얼굴을 내리쳤다. 그러고 나서도 발로 그의 복부를 수차례 걷어찼다.

한편, 울리크 벤트포슈는 그런 일이 벌어지는 동안 그저 앞만 바라보고 있었다. 이번만큼은 안데슌이 더러운 성폭행범에게 호된 맛을 보여주리라 기대하고 있었기 때문이다. 하지만 룬드는 여전히 '개새끼'라고 고함을 질러댔다. 질겨도 더럽게 질긴 놈이다. 그러다 문득, 무언가 잘못됐다는 생각이 뇌리를 스치고 지나갔다. 안데슌이 너무 뜸을 들인다는 생각이 들었다. 같은 동료지만 도가 지나쳐도 한참 지나친 것 같았다. 당장 말리지 않으면 심각한 사태가 벌어질 것 같다는 불길한 예감이 스쳤다. 그가 동료의 폭행을 말리기 위해 차에서 내리려던 바로 그 순간, 뜬금없이 룬드가 그의 앞에 나타났다. 룬드는 긴 쇠사슬로 유리문을 부수고는 울리크의 얼굴을 쇠사슬로 가격한 뒤 그를 차에서 끌어내리고 사정없이 두들겨 팼다. 그 뒤, 그의 머릿속에 남아 있던 기억은 룬드가 계속해서 새된 소리를 지르며 그의 바지를 벗기고는 쇠사슬로 성기를 때리며 두 교도관이 덩치만 산만하지 않아도 벌써 따먹어버렸을 거라는 말뿐이었다. 덩치 큰 것들은 관심대상이 아니라고, 오직 작고 귀여운 창녀들만이 자신의 진가를 알아준다고, 작고 귀여운 갈보들만이 자신을 느낄 수 있다고.

*

집 현관문에서부터 그의 근무지인 교도소 철문까지는 180걸음이다. 렌나트 오스카숀은 거의 매일 아침 출근길에 발걸음 수를 세어보곤 한다. 한번은 161걸음에 주파한 적도 있는데, 그게 최고 기록이었다. 벌써 몇 년 전 일로 교도소 체육관에서 재소자들과 함께 체력단련을 하던 시절 이야기였다. 하지만 어느 날 아침, 성폭행 전과의 장기수 하나가 다른 재소자들에게 맞아죽은 뒤로 습관처럼 해온 운동을 그만두었다. 의사의 설명에 따르면 살해에 사용된 둔기는 아령과 역기였는데, 흔적이 확연히 남아 한눈에 알 수 있었다고 했다. 물론, 목격자는 단 한 사람도 나오지 않았다. 한 인간이 육중한 둔기에 의해 머리가 묵사발이 될 정도로 폭행을 당하면서 죽어라고 비명을 질렀을 게 뻔했는데도 숨통이 끊어질 때까지 무언가를 본 사람도, 들은 사람도 없었다는 것이다. 아령이 쌓여 있던 곳이 피바다로 변해버렸는데도 해명에 나서는 이는 단 한 명도 없었다. 렌나트는 그 뒤로 오랫동안 체육관에 발 한 번 들이지 않았다. 두려움 때문은 아니었다. 제아무리 범죄자들이라도 교도관을 잘못 건드려 형량을 늘이는 멍청한 짓을 하지는 않는다. 그건 두려움 때문이 아니라, 역겨웠기 때문이다. 자신이 책임지고 관리해야 할 죄수하나가 잔인한 방식으로 살 권리를 빼앗긴 그곳을 또다시보고 싶지 않았다.

렌나트는 호출 버튼을 누른 뒤 머리 위에 달린 소형 감시 카메라가 자신의 얼굴을 인식하고 확성기를 통해 내부직원의 목소리가 들려올 때까지 기다렸다. 그러면서 그는 뒤로 돌아 방금 떠나온 자신의 집 현관과 침실 창문을 유심히 살폈다. 컴컴한 데다 블라인드가 반쯤 내려간 상태였기에 창문에 비친 얼굴도, 전화기가 놓인 탁자 근처를 돌아다니는 그림자도 보이지 않았다.

"누구십니까?"

"오스카숀이야."

"문 개방합니다."

출입문이 열리자 렌나트는 안으로 걸어 들어갔다. 그는 사방이 벽으로 막힌 폐쇄된 세상을 슬쩍 둘러보았다. 그곳은 그가 자유롭게 돌아다닐 수 있는 또 다른 세상이었다. 다음 출입문 앞에 선 렌나트는 감시초소의 유리문을 두드리며 근무를 서고 있던 베리에게 손을 흔들었다. 도대체 무슨 생각으로 살아가는지 알다가도 모를 멍청한 인간. 그제야 베리도 손을 흔들며 출입문 개방 버튼을 눌렀다. 기계 소리와 함께 두 번째 출입문이 열리자 그 뒤로 긴 통로가 나타났다. 통로에는 세제를 비롯한 각종 약품 냄새가 진동하고 있었다.

침울하고 따분한 하루가 그를 기다리고 있었다. 회의, 회의, 회의 그리고 또 회의. 교도행정을 책임지는 각 구역 담당자들은 마치 미로 속으로 빠져들 듯 서로가 서로에게 부과하는 온갖 문제에 대한 회의 일정을 잡는다. 하지만 각각의 회의는 무의미한 일상의 절차에 대한 무의미한 결정으로 귀결되고, 회의 참석자들은 하나같이 점점 더 경직된 관점으로 모든 상황을 바라보게 되는 식이었다. 각각의 현행 사안들을 해결하기 위해 각기 다른 해법이 동원되어야 했고, 예리한 통찰력과 지치지 않는 에너지를 필요로 했다. 회의의 안건들만 놓고 보면 보다 안전한 선진 교도행정의 내실을 다지는 것처럼 보였지만, 창의적인 결과는 언제나 요원해 보일 뿐이었다.

빌어먹을 커피 자판기는 걸핏하면 고장이었다. 렌나트는 자판기를 발로 한 대 걷어차고는 주머니에서 5크로나 동전 두 개를 꺼내 옆에 있는 시원한 음료 자판기 동전 투입구에 집어 넣고 콜라 캔 하나를 뽑았다. 어쨌든 콜라도 카페인을 함유하고 있으니까.

"출근한 거야, 렌나트?"

"어, 닐스."

닐스 로트. 그는 다른 감호구역의 책임자였다. 그와 렌나트는 아스프소스 교도소 입사동기였으며 각자의 자리에서 비슷한 위치까지 승진도 함께 했다. 두 사람은 신출내기 교도관의 스트레스를 함께 겪었고, 그 스트레스가 노련한 베테랑의 무료한 일상으로 변해가는 과정을 함께 경험한 사이였다. 두 사람은 나란히 회의실로 들어갔다. 회의실에는 긴 테이블과 화이트보드, 그리고 프로젝터가 설치되어 있다.

어느 관공서에서나 볼 수 있는 집기들이었다.

"안녕들 하십니까."

회의 참석자들은 서로 인사를 주고받았다. 여덟 명의 감호구역 책임자들과 교도소장인 아네 베톨손은 이미 자리에 앉았다. 그중 몇몇이 커피를 홀짝이고 있다. 렌나트는 커피 마시는 사람들을 노려보았다.

"커피는 어디서 난 거야?"

그는 새로 부임해온 몬손에게 물었다.

"커피 자판기에서요."

"고장 나 있던데?"

"제가 뽑을 땐 멀쩡했습니다. 겨우 몇 분 전이었는데."

베톨손 소장은 구역 담당관들의 잡담이 성가셨는지 바로 프로젝터를 작동해 회의를 시작하려 했다. 프로젝터는 윙 소리를 내며 돌아가는 것 같았지만 그게 전부였다. 스크린 은 텅 빈 상태였다.

"빌어먹을 기계까지 성가시게 하네!"

베톨손 소장은 쪼그려 앉아 닥치는 대로 버튼을 눌러보았 다. 렌나트는 그를 한 번 쳐다보고는 테이블에 앉아 있던 나 머지 사람들을 둘러보았다. 회의에 참석한 이들은 렌나트 오스카숀과 서열상 가장 가까이 지내는 동료들이다. 매일같 이 얼굴을 마주대하고 하루에도 몇 시간씩 함께 시간을 보 내는 그런 사람들이었다. 하지만 업무 외적인 친분이나 교 류는 전혀 없었다. 닐스만이 예외였다. 렌나트는 그들 중 누구의 집을 방문해본 적도, 그들을 자신의 집으로 초대해본 적도 없었다. 간혹 시내에서 맥주 한 잔 정도 같이 하면서 축구중계를 시청하긴 하지만 그 자리가 집으로 이어진 적은 단 한 번도 없었다. 이런 관계 속에서 과연 서로를 잘 알고 있다는 말을 할 수 있을까? 그들은 대략 엇비슷한 나이에 외모 역시 중년의 택시기사와 닮은꼴이었다.

소장은 결국 프로젝터 사용을 포기했다.

"안 써! 일정이고 뭐고 필요 없어. 누가 먼저 시작할 텐가?"

아무도 나서지 않았다. 구스타프손은 커피만 마셔댔고 닐스는 노트에 무언가를 끼적거렸다. 나머지 참석자 역시 꿀 먹은 벙어리처럼 굳게 입을 닫고 있었다. 익숙했던 회의 진행방식에 변화가 발생하자 모두들 허둥대는 모양새였다.

렌나트는 목청을 가다듬으며 말했다.

"제가 시작하겠습니다."

다들 안도하는 분위기였다. 적어도 회의 안건 하나는 건졌기 때문이었다.

소장은 고개를 끄덕였다.

"전에도 이미 언급했던 문제인데 달라지는 게 아무것도 없습니다. 다들 살로넨이라는 재소자가 어떻게 죽어나갔는지 벌써 잊어버리신 건 아니겠지요? 물론 아닐 겁니다. 저도 똑똑히 기억하고 있으니까요. 하지만 아직도 일반감호구역 재소자들이 우리 쪽 재소자들과 동시에 체육관이나 간이도 서관을 출입하고 있단 말입니다. 어제도 작은 사고가 발생했습니다. 브란트와 페숀이 적절한 시점에 끼어들지 않았다면 아마 이번에도 참사가 벌어졌을 겁니다."

참석자들은 여전히 굳게 입을 다물고 있었다. 하지만 렌나트는 물러서지 않았다. 그는 역기와 아령이 인간의 신체에 어떤 손상을 가할 수 있는지 아주 잘 알고 있었다.

렌나트는 설명을 하는 동안 회의실에 앉아 있던 사람들의 반응을 일일이 살펴본 뒤 유일한 여성인 에바 베나드를 한동안 노려보았다. 두 사람은 전에도 여러 차례 언쟁을 벌인 앙숙이었다. 도대체 좋게 보려야 좋게 볼 수 없는 여자였기 때문이다. 에바 베나드는 매뉴얼에 적힌 규정만 부르짖을 뿐, 눈에 보이지 않는 역사와 전통이 만들어놓은 규칙을 전혀 이해하지 못했다.

베톨손 소장은 렌나트의 눈빛에서 힐난의 시선을 감지했다. 그래서 또다시 언쟁으로 번지는 일을 막기 위해―그럴 상황이 아니었다.―황급히 끼어들었다.

"그러니까 자네 말은 감호구역 간에 협조관계를 더 긴밀히 하자는 건가?"

"그렇습니다. 여긴 단순한 일상을 보내는 그런 세계가 아닙니다. 교도소란 말입니다, 교도소. 별개의 세상이잖습니까. 이 자리에 앉아 있는 모든 분들이 그걸 알고 있습니다. 모르고 있다면 꼭 알고 있어야 합니다."

렌나트는 여전히 에바 베나드를 노려보고 있었다. 이번만큼은 언쟁이라면 덮어놓고 싫어하는 겁쟁이 베톨손 소장이 은근슬쩍 넘어가도록 내버려둘 수 없었다.

"만에 하나 일반감호구역의 재소자 중 적절치 못한 인간 하나가 우리 구역 재소자와 마주치는 날엔 끝장입니다. 비극이 따로 없단 말입니다. 이건 모두가 아는 사실입니다. 여기는 성폭행범 하나가 맞아 죽어도 도처에서 박수갈채가 쏟아지는 그런 세상이란 말입니다."

렌나트는 에바 베나드를 지목하며 말을 이어나갔다.

"어제 우리 쪽으로 넘어와 개판을 치고 간 죄수도 그 사실을 잘 알고 있었습니다. 그런데 그 죄수는 바로 당신 구역에서 넘어왔다고."

신경전이 드디어 전면전으로 접어들고 말았다. 에바 베나드 역시 남에게 지고는 못 사는 성격이었다. 렌나트 역시 그 사실만큼은 인정해야 했다. 에바는 쉽게 겁먹는 여성이 아니었다. 오히려 자신을 도발한 상대를 쏘아보기 시작했다. 추하고 멍청해 보이긴 했지만 '용맹'한 여성이었다.

"지금 0243번, 린드그렌을 말하는 것 같은데, 그런 거라면 왜 솔직하게 까놓고 그렇다고 말을 못 하는 겁니까?"

"그래요, 린드그렌 맞습니다."

"일명 릴마셴으로 불리는 스티그 린드그렌은 기분 내킬 때면 언제든 골칫거리로 변신하는 인물이긴 합니다. 하지만 그럴 때를 제외하면 침착하고 조용한 모범수입니다. 전혀 문제를 일으키지 않습니다. 그저 감방 침대에 드러누워 자신이 직접 만 담배나 피우는 게 전부입니다. 책을 읽거나 텔레비전을 보지도 않습니다. 그저 단순히 시간만 때우는 게 그 친구 하는 일입니다. 각기 다른 형을 포함해서 총 42년을 선고받고 지금 27년째 복역 중입니다. 그러니까 릴마센은 현재, 교도소에서만 통용되는 옛 속어인 로마니어를 구사하는 몇 안 되는 인물이란 말입니다. 그 친구가 문제를 일으키는 건 신참들이 들어올 때뿐입니다. 누가 왕고참인지를 과시하기 위해서 말입니다. 전적으로 죄수들 사이의 위계질서에 관한 문제입니다. 서열을 지키라는 경고 말입니다."

"웃기는 소리 하지 말아요. 어제는 새로 들어온 죄수도 없었습니다. 하지만 제때 말리지 않았다면 분명히 우리 쪽 재소자를 죽였을 겁니다."

회의실에 앉아 있던 다른 사람들은 슬슬 짜증이 나기 시작했다. 오늘의 안건은 도대체 어디로 사라져버린 걸까? 베톨손 소장은 침묵으로 일관하고 있었다. 두 사람의 언쟁이 흥미로웠거나, 중간에 끼어들 엄두가 나지 않았기 때문이었으리라.

"좀 더 솔직히 말해볼까요? 린드그렌이 문제 삼는 건 성폭행범들입니다. 단지 그런 부류의 인간들이란 말입니다. 성폭행 전과자만 만나면 아예 꼭지가 돌아버립니다. 증오보다도 훨씬 강한 감정이 표출된단 말입니다. 그 친구 기록을 살펴보니 그런 인간들을 못 잡아먹어 안달인 이유는 있더군요. 본인 역시 어렸을 때 성폭행 피해자였기 때문입니다. 수도 없이 말입니다."

렌나트 오스카숀은 음료수 캔에 남아 있던 내용물을 남기지 않고 싹 비웠다. 달착지근한 거품. 그리고 카페인까지. 그는 릴마셴 린드그렌이 어떤 인물인지 아주 잘 알고 있었다. 릴마셴의 과거 전력이라면 따로 설명이 필요 없을 정도였다. 릴마셴은 잡범 수준의 마약 딜러였지만, 제 집 드나들듯 교도소를 들락거린 탓에 감방 생활에 완벽히 '적응한' 인간이었다. 자유의 몸으로 출소하는 날을 얼마나 두려워했는지 철문을 나서자마자 교도소 담벼락에 노상방뇨를 하며 정문을 지키는 교도관에게 현행범으로 적발되기를 바랄 정도였다. 그게 마음대로 되지 않을 경우 시내로 향하는 첫 버스에 올라타자마자 버스 기사를 상대로 폭력을 휘둘렀다. 지난번에도 그래서 들어왔던 것이다. 릴마셴은 민간인 세상에 나오면 무슨 수를 써서라도 자신이 살 수 있는, 자신의 이름값을 알아주는 유일한 사회인 교도소로 돌아갈 방법을 찾아냈다.

렌나트는 베나드를 쏘아보던 시선을 닐스에게로 돌렸다. 그는 여전히 고개를 숙인 채 노트에 무언가를 끼적거리고 있었다. 렌나트는 그와 눈을 마주치려 애썼다. 이 상황이 수치스러운 걸까, 불편한 걸까? 그는 닐스가 베나드를 도발하는 자신의 방식을 그리 좋아하지 않는다는 사실은 알고 있었다. 닐스는 전에도 그를 만류했었다. 그녀에게는 좋은 점이 많지만, 모두가 그녀를 눈엣가시처럼 여기기 때문에 장

점을 보지 못한다고 했다. 렌나트는 그 빌어먹을 비밀을 폭로해버리고 싶었다. 그들의 비밀을. 단 몇 초만이라도 닐스가 고개를 들어 자신의 눈을 바라봐주기를 바랐다. 하지만 닐스는 끝끝내 내리깔고 있던 시선을 들어 올리지 않았다. 닐스, 날 좀 보라고, 빌어먹을. 당신 도움이 필요해. 우린 이제 어떡해야 하냐고? 마리아에게 고백해야겠어…….

"방금 전에 로마니어에 대해 언급했는데……."

말뫼에서 온 지 얼마 되지 않은 몬손이 흥미롭다는 듯 에바 베나드를 쳐다보며 물었다. 성만 기억날 뿐, 이름이 전혀 떠오르지 않았다.

"그렇습니다."

"린드그렌이라는 죄수가 로마니어를 한다는 말이군요."

"맞습니다."

"그게 무슨 상관이 있는지 설명 좀 해주시겠습니까?"

에바 베나드는 경멸스러운 미소를 입가에 올렸다. 그런 표정 때문에 모두에게 지탄의 대상이 되고 있는데도 말이다. 렌나트 오스카숀과 더 이상 입씨름을 할 필요가 없어졌다는 사실에 대단히 만족스러운 듯했다. 자신이 유리한 고지를 점령했다는 판단이었다. 그녀는 말뫼에서 온 몬손에게 고개를 돌렸다.

"하긴, 멀리서 오셨으니 모르시는 것도 당연하겠지."

비록 몬손은 갓 부임해온 신참이었지만, 교도소 돌아가는 내부사정에 대한 유용한 정보를 그대로 놓칠 멍청한 친구는

대략 최근의 일

79

아니었다. 에바 베나드와 엮여서 좋을 게 없다는 것을.

"됐습니다. 그만둡시다."

"아닙니다. 알 건 알아야지요. 과거에 이곳 재소자 대부분은 자신들끼리 로마니어로 의사소통을 했습니다. 집시 언어와는 또 다른 차원의 새로운 언어인데 교도소 내에서만 통용되는 일종의 암호와 같습니다. 현재 로마니어를 구사하는 재소자는 없는 상태입니다. 다만, 린드그렌처럼 바깥세상보다 철창에 갇혀 산 시간이 더 많은 재소자를 제외하면 말입니다."

그녀는 자신의 대처 방식이 스스로도 만족스러웠다. 자신에게 교도소 전통도 모른다며 시비를 걸고 도발을 한 건 렌나트였지만 결과적으로 자신의 역습이 제대로 먹혔다고 생각했기 때문이다. 멍청한 인간, 나한테도 결정적 한 방이 있다는 걸 모르고 설치다니! 매번 언쟁을 벌일 때마다 최후의 승자는 나였다는 사실을 까맣게 잊고 지내는 거야, 뭐야?

베톨손 소장은 가까스로 프로젝터 작동에 성공했다. 화이트보드 위에 회의 안건이 뜨자 안도하는 것 같았다. 정상궤도를 벗어나 엉뚱한 곳으로 향하던 회의를 수습할 수 있다는 자신감이 들었다. 회의 참석자들의 역설적인 박수갈채가 쏟아지던 순간 전화벨이 요란하게 울려 퍼졌다. 소장의 휴대전화는 아니었다. 그는 다른 사람들과 마찬가지로 회의 시작 전 휴대전화 전원을 꺼두었다. 이미 신경이 날카롭게 곤두선 상태의 소장은 폭발하기 일보직전이었다. 순간, 렌

80

나트 오스카숀이 자리에서 일어났다.

"죄송합니다. 제 전화입니다. 꺼두는 걸 깜빡했습니다."

두 번째 벨소리. 액정화면에 뜬 번호는 모르는 번호였다. 세 번째 벨소리. 회의 중에는 전화를 받을 수 없었다. 네 번째 벨소리. 렌나트는 결국 전화를 받았다.

"오스카숀입니다."

회의실에 앉아 있던 여덟 명의 참석자가 통화 내용을 듣고 있었다. 하지만 그는 개의치 않는 듯 행동했다.

"그래서?"

렌나트는 의자에 털썩 주저앉았다.

"지금 무슨 말도 안 되는 소릴 하고 있는 거야!"

그를 잘 아는 사람들은 렌나트 오스카숀이 얼마나 큰 충격에 휩싸인 상태인지 단번에 파악할 수 있었다. 닐스 역시 그중 하나였다. 대형 사고가 발생한 게 분명했다. 동료가 그토록 질겁한 표정을 짓는 건 처음이었기 때문이다.

"그 자식은 안 된다고!"

그는 똑같은 말을 반복했다. 먼저보다 힘주어 말하고 있었지만 목소리는 찢어져라 날카로웠다.

"그 녀석만큼은 안 된다고! 알아들었어? 그 자식은 절대 안 돼!"

동료들은 숨을 죽인 채 앉아 있었다. 렌나트는 실신하기 일보직전의 상태였다. 언제나 자신감이 넘치는 모습으로 명성이 자자했던 그가 사시나무 떨듯 떨고 있었다.

"이런 개 같은 경우가 세상에 어디 있어!"

렌나트는 전화를 끊었다. 낯빛이 붉으락푸르락거렸고 호흡이 짧아졌다. 모두가 그의 해명을 기다리고 있었다.

그는 다시 자리에서 일어나 모두를 한 번에 바라보기 위해 뒤로 한 걸음 물러섰다.

"감시초소에서 근무하는 베리 교도관의 전화였습니다. 나사 하나 빠진 멍청한 녀석 말입니다. 쇠데르 종합병원으로 죄수 하나를 호송하던 중 탈옥사건이 발생했다고 합니다. 제 감호구역 재소자 중 하나인 벤트 룬드입니다. 교도관 둘을 폭행하고 호송차량을 훔쳐 도주했다고 합니다."

＊

스톡홀름 시, 베리스가탄 대로변에 있는 경찰서. 그곳에서 시브 말름크비스트(Siw Malmkvist, 1955년 첫 앨범을 낸 이래 1960년대 스웨덴을 비롯해 유럽 전역에서 인기를 독차지했던 여자 가수 겸 배우. 여러 개의 언어로 총 6백여 곡의 싱글을 발표했다.—옮긴이)의 매력적인 목소리가 울려 퍼지고 있었다. 적어도 1층 복도 맨 끝 방만큼은 그랬다. 매일 아침 이른 시간일수록 그 목소리는 크게 울려 퍼졌다. 목소리의 진원지는 구시대 유물 격인 120분짜리 테이프가 들어간 대형 카세트 플레이어였다. 지난 30년간 매번 똑같은 테이프들만 반복해서 재생한 기계. 시브의 최고 히트곡 모음집 테이프 세 개.

82

매일 아침 다른 순서로. 그날 아침의 선곡은 〈우리 엄마도 그녀의 엄마 같아(Mamma är lik sin mamma)〉, 그리고 〈스코네보다 더 좋은 곳은 없어(Ingenting gär upp mot gamla Skåne)〉로 메트로놈 레코드사에서 1968년에 발매된 싱글이었다. 앨범 재킷은 시브가 가정주부처럼 앞치마 차림으로 기다란 싸리비 하나를 손에 들고 마이크 스탠드 앞에 서 있는 흑백사진이었다.

에베트 그렌스가 그 낡은 휴대용 카세트플레이어를 선물로 받은 건 스물다섯 번째 생일이었다. 그 뒤로, 여러 차례 이곳저곳으로 사무실을 옮겨 다니면서 카세트플레이어도 함께 따라다녔다. 경정이 된 지금도 그는 가장 먼저 출근도장을 찍는 장본인으로 무슨 일이 있어도 오전 5시 반 전에는 서에 도착했다. 그래야 사무실 문을 두드리거나 전화를 걸어오는 얼간이들의 방해를 받지 않고 최소 두 시간에서 세 시간 정도 느긋하게 자신만의 시간을 보낼 수 있기 때문이었다. 7시 반 정도가 되면 쓸데없이 그의 사무실 앞을 지나다니며 불평을 늘어놓는 불청객들 때문에 볼륨을 낮춰야 했다. 하지만 무슨 일이 있어도 누군가가 먼저 찾아와 간청을 하기 전까지는 절대 자발적으로 볼륨을 낮춰본 적이 없었다.

에베트 그렌스, 그는 흑과 백이 분명한 사람이었다. 시브 말름크비스트의 앨범 재킷 사진처럼.

장신에 거구, 피곤에 찌든 얼굴을 한 그의 머리 위에는 흰 머리가 마치 왕관처럼 자리를 잡고 있었다. 걸음걸이가 불규칙적인 게 마치 다리를 저는 것처럼 보였다. 뻣뻣한 상태로 잘 가누지 못하는 목은, 몇 년 전 기동대를 이끌고 리투아니아 강도단을 검거하기 위해 본거지를 급습했다가 풀매듭에 걸려 거의 죽다 살아났기 때문이었다. 그 덕에 한동안 병원신세를 져야 했다.

에베트는 훌륭한 경찰이었다. 하지만 자신이 여전히 그런지는 의문이었고, 별로 그러고 싶지도 않았다. 달리 무슨 일을 해야 할지 몰라 여전히 경찰 노릇을 하고 있는 건 아닐까? 혹시 실제 생각하고 있는 것보다 경찰이라는 직업에 더 큰 의미를 두고 있었던 건 아닐까? 나머지 것들을 희생해가면서까지? 몇 년 뒤면 그를 기억하는 사람은 하나도 남아 있지 않을 것이다. 강력계 경정 자리는 말썽 한 번 일으킨 적 없는 후배들로 채워질 것이다. 예전엔 뭐가 더 중요했고 그 옛날에는 비공식석상에서 누가 권력을 쥐고 있었는지, 또 왜 그랬었는지 전혀 이해할 턱 없는 풋내기들로. 경찰이라면 그 정도는 알아야 한다는 게 그의 지론이었다. 신참 교육에서는 경찰 일이 너무나 덧없는 일이라는 것, 믿기 힘들 정도로 짧은 순간이라는 것, 그리고 나면 남는 게 아무것도 없다는 것까지 다 가르쳐주어야 한다고 생각했다. 그가 그 자리에 오르기 전에도 수많은 선배들이 있었다. 그 자신도 무시 했던 그런 선배들이.

누군가 노크를 했다. 제발 음악 좀 줄여달라고 통사정할 병신 자식 하나가 또 찾아왔나보다. 소심한 인간들.

하지만 문을 두드린 사람은 스벤이었다. 그나마 서에서 경찰 구실 제대로 하는 유일한 후배.

"선배?"

"왜?"

"대형 사건이에요."

"무슨 일인데?"

"벤트 룬드요."

에베트 그렌스는 이맛살을 찌푸리더니 무언가를 하려고 손에 들고 있던 것들을 팽개치고 물었다.

"벤트 룬드? 그 자식이 뭐?"

"탈옥했답니다."

"빌어먹을!"

"벌써 두 번째입니다."

스벤 순드크비스트는 자신의 선배를 높이 평가했다. 그는 나이 든 선배의 신랄함을 잘 받아넘기는 후배였다. 그리고 자신의 선배가 회한을 갖고 가끔 두려워하는 이유가 은퇴 날짜가 점점 다가오기 때문이라는 것도 잘 알고 있었다. 더도 말고 덜도 말고 딱 35년만 하겠다던 그 일이 종착지를 눈앞에 두고 있었기에……. 에베트에겐 적어도 야심이라는 게 있었다. 그래서인지 더더욱 고집이 셌고 집념 또한 그에 뒤지지 않았다. 그는 대부분의 동료들과는 다르게 자신이 하고 있는 일에 대한 신념이 있었다.

"자세히 설명 좀 해봐, 스벤. 어서!"

스벤은 아스프소스 교도소에서 시내의 종합병원까지 룬드를 호송하던 과정에서 벌어진 일을 간단히 설명해주었다. 그리고 그자가 자신의 형구인 쇠사슬을 어떤 식으로 이용해 두 명의 교도관을 때려눕히고 호송차량을 탈취했는지도. 자유의 몸이 된 뒤에 어딘가에 숨어서 이제 막 취학 연령대에 접어든 여자아이들을 범행 대상으로 물색하고 있을 거라는 말도 덧붙였다.

에베트는 자리에서 벌떡 일어났다. 그러고는 스벤이 설명을 이어나가는 동안 거구의 몸을 이끌고 의자와 화분을 올려놓은 받침대 사이에 있는 자신의 책상 주변을 절뚝거리며 돌아다녔다. 그러다가 쓰레기통 앞에 멈춰서더니 성한 발로 냅다 쓰레기통을 걷어찼다.

"아니, 도대체 얼마나 멍청한 짓을 했으면 교도관이 둘이나 따라붙었는데 벤트 룬드 같은 녀석이 도망갈 수 있었던 거야? 오스카숀, 그 친구는 도대체 무슨 생각이었던 거지? 아니, 우리한테 전화 한 통만 했어도 지원 차량을 보내줬을 거 아니야? 그러면 그 거지 같은 자식이 유유히 도망칠 일도 없었을 테고!"

날아간 쓰레기통은 바닥에 떨어지면서 구겨진 빈 봉투들과 바나나 껍질, 그리고 코담뱃갑들을 쏟아냈다.

스벤은 전에도 여러 차례 같은 광경을 목격했다. 하지만 그저 잠시만 기다리면 모든 건 제자리로 돌아오기 마련이었다.

"오케 안데숀과 울리크 벤트포슈였다면 나름 경험 많은 친구들이라고. 안데숀은 199센티미터의 장신이고. 아마 자네하고 비슷한 나이일 거야."

"저도 안데숀이라는 사람은 압니다."

"그래?"

"어쨌든 제가 아는 건 다 말씀드린 겁니다. 전 지금은 머리가 전혀 안 돌아가요."

스벤은 녹초가 된 상태였다. 퇴근하고 집으로 돌아가 집사람 아니타랑 아들 유나스랑 시간을 보내고 싶었다. 근무도 이미 마친 상태였지만 탈옥사건의 여파에 대한 생각을 좀처럼 떨쳐낼 수 없었다. 당장에라도 어린아이가 잔인하게 성폭행당하는 사건이 벌어질지도 모를 일이었기 때문이다. 벤트 룬드라면 무슨 짓이든 할 인간이었다. 사실, 근무시간을 3교대의 오전 근무로 바꾼 이유는 퇴근 후에 잠시 쉬었다가 가족과 같이 생일파티를 하려 했기 때문이었다. 와인 몇 병과 케이크도 이미 차에 실어놓은 상태였다. 조만간 집으로 돌아가 가족과 함께 생일파티를 벌이며 건배를 할 예정이었는데…….

에베트는 스벤의 정신이 딴 곳에 팔려 있음을 간파했다. 그러면서 동시에 쓰레기통을 발로 차버린 걸 후회했다. 후배가 자신의 그런 행동을 별로 좋아하지 않는다는 것은 그도 익히 아는 사실이었다. 에베트는 무슨 말이라도 하는 게 낫겠다 싶어 다시 입을 열었다. 이번에는 점잖게.

"스벤, 자네 피곤해 보여. 괜찮은 거야?"

"별거 아니에요. 퇴근하려던 참이었어요. 집에 가려고요. 오늘이 제 생일이거든요."

"오늘이었나? 젠장! 아무튼 축하하네! 그럼 올해 나이가 몇이야?"

"마흔이요."

에베트는 환호하듯 휘파람을 불고는 경의를 표했다.

"좋아, 좋아! 우리 악수나 하자고."

에베트는 한 손을 건넸고 스벤은 그 손을 붙잡고 한참 동안 흔들었다. 그렇게 악수를 하는 동안 에베트가 다시 말을 이어나갔다.

"그런데 말이야, 애석하게도 자네가 마흔이 됐든 아니든 자넨 아직 집에 못 간다고. 젊은 친구야."

에베트의 입에서 악취가 풍겨 나왔다. 사실 스벤은 항상 자신의 선배와는 일정 거리를 유지하고 다녔다.

"농담하시는 거겠죠."

"이거 하나 알려주지."

에베트는 명령에 가까운 동작으로 방문객 의자를 가리켰다. 스벤은 악수하던 손을 놓고 의자 끄트머리에 살짝 걸터 앉았다. 어찌됐든 퇴근하고 집으로 돌아갈 생각이었기 때문이다.

"지난번 사건은 내가 담당했었어."

"여자아이들 사건이요?"

"둘 다 아홉 살이었지. 녀석은 두 아이들을 묶어놓고는 자위를 하면서 아이들 온몸에 정액을 뿜어댔어. 그러고도 강간을 하고 생식기까지 못쓰게 만들어버렸지. 범행수법도 그 전하고 똑같았어. 아이들의 시체는 지하실 시멘트 바닥에 누워 있었고 시선은 문으로 들어온 우리에게 고정된 채였어. 법의관 설명에 따르면 아이들은 그 개 같은 자식이 정체 모를 날카로운 흉기로 그 아이들의 성기와 항문을 쑤셔대는 동안 살아 있었다고 하더군. 난 그랬을 거라고 생각하지 않아. 아니, 그랬을 거라고 믿을 수가 없어. 자네도 그런 생각 해보지 않았나, 스벤? 믿고 싶은 게 뭐든 그렇다고 마음만 먹으면 뭐든지 믿을 수 있다고 말이야."

구겨진 셔츠, 몽땅한 바짓단, 그리고 시종일관 움직이는 거구의 몸……. 에베트 그렌스는 외양만으로도 뭇사람들을 두렵게 만든다. 스벤은 왜 사람들이 그에게 반감을 느끼며 거리를 두려하는지 잘 알고 있었다. 에베트 그렌스 본인이 사람 자체를 기피하는 성향이 있기 때문이었다. 하지만 알수 없는 어떤 계기로 인해 에베트 그렌스는 후배 형사 스벤을 받아들였다. 아니, 오히려 스벤 순드크비스트가 나머지 사람들을 대표해서 그의 선택을 받았다고 해야 옳을지도 모르겠다. 그 이유는 알 수 없었다. 나이 든 형사라서 말상대가 필요했을지도 모르고, 그 말상대의 '운'이 스벤에게 돌아갔던 건지도 모를 일이다.

에베트 그렌스는 전처럼 위험인물이란 꼬리표를 달고 다

니진 않는다. 거구에 반백의 머리, 그리고 여전히 다소 과격한 편이긴 하지만 위험인물은 아니었다. 두 소녀의 죽음이 노형사의 마음 한구석에 상처로 남은 듯했다. 하지만 그는 눈물을 보이진 않았다. 절대로 그럴 일은 없을 것이다.

"녀석을 취조했던 건 바로 나였어. 난 녀석의 두 눈을 똑바로 노려보려고 했어. 그런데 그럴 수가 없었지. 그 자식은 내 위나 오른쪽 혹은 왼쪽, 아니면 엉뚱한 곳만 바라보고 있었거든. 단 한 번도 내 눈을 바라보지 않았어. 나를 똑바로 쳐다보라는 말을 취조 중에 몇 번이나 했는지 모를 정도였어."

당신도 이해 못하는군, 그렌스 형사.

젠장, 빌어먹을!

당신은 이해할 줄 알았는데 말이야.

모든 여자아이들이 다 나를 흥분시키는 건 아니라고.

어떻게 그런 식으로 말을 할 수 있어?

내가 좋아하는 애들은 그중 일부라고. 조금…… 큰 아이들 말이야.

금발 머리 꼬마처럼 말이야, 통통한 애들.

그런 애들.

그건 중요한 거라고, 그렌스 형사.

걔들은 창녀야.

거기도 조그만 꼬마 창녀들.

거시기만 생각하는 그런 창녀들.

그런 생각하면 안 되는 거잖아. 안 그래, 젠장!

거기도 조그만 꼬마 창녀들이 거시기 생각만 하고 있으면 안 되는 거라고.

"자네도 알잖아, 스벤. 정상적인 인간이라면 대화를 할 때 서로를 쳐다본다는 걸. 그런데 그 자식은 아니었어. 단 한 번도 날 쳐다보지 않았다고."

에베트는 스벤을 쳐다보았다. 스벤 역시 선배를 쳐다보았다. 그들은 정상적인 인간이었다.

"이해는 가요. 하지만 만약 놈이 선배를 정면으로 바라보지 못하는 그런 비정상적인 환자 중 하나였다면 왜 정신병원에 수감하지 않은 건데요? 세테르나 카슈우덴, 시드셴 같은 시설에 말이에요."

에베트는 허리를 숙여 쓰레기통을 바로 세웠다. 그러고는 입술 사이에 붙여두고 우물거리던 담배를 뱉어냈다.

"처음에는 그렇게 했어. 세테르에서 3년을 보냈지. 그런데 병원 측에서 환자의 증상이 경미하다는 판단을 내버렸던 거야. 그런 경우 그냥 일반 교도소로 보내지 요양원으로 보내주진 않거든."

에베트는 눈물인지 뭔지 모를 것을 도로 삼켰다. 그러고는 카세트플레이어 앞으로 다가가 시브 말름크비스트의 또 다른 테이프로 바꿔 끼웠다. 1959년에 발표된 곡 〈재즈광(Jazzbacillen)〉 오리지널 타이틀은 〈더 프리처(The Preacher)〉.

노형사는 눈을 감은 채로 잠시 스피커 앞에 서 있다가 볼륨을 높이고는 다시 허리를 숙여 바나나 껍질과 구겨진 종이봉투 등을 쓰레기통에 담았다. 그러더니 뒤로 한 세 걸음 물러섰다가 달려와 창문을 향해 쓰레기통을 날려 보냈다.

그러고는 말을 이었다.

"자네, 그게 무슨 말인지 알아? 경미한 증상이라는 거? 아홉 살짜리 여자아이들을 무자비하게 강간해서 살해한 뒤에 시체를 자기 방식대로 진열해놓는 행위를 두고 경미한 증상이라고 치부한다는 게 말이 돼? 아니, 그러면 심각한 증상은 도대체 어떤 경우라는 거야?"

아직 이른 아침이었다. 기온은 섭씨 24도. 또다시 30도를 오르내리는 무더위가 시작될 기세였다. 3주째 계속이었다. 〈아우구스틴(Augustin)〉이 흐른다. 1959년 유로비전 송 콘테스트 스웨덴 대표 참가곡, 곡 길이 2분 8초.

*

그는 두 팔로 상대를 끌어안았다. 그리고 자신 쪽으로 더 끌어당겼다. 두 남자는 키가 비슷했기 때문에 끌어안기도 쉬웠고 어깨, 목덜미, 뺨을 어루만지기도 수월했다. 그리고 그의 촉촉한 입술에 키스를 하는 것도 훨씬 편했다.

"난 당신이 필요해."

"나 여기 있잖아."

렌나트 오스카숀은 다시 상대에게 키스를 퍼부었다. 평소와는 다른 강한 욕정에 이끌렸다. 렌나트는 그와 함께 있고 그를 믿고 기댈 수 있다는 사실이 너무나 감사했다. 기분도 거지 같은 빌어먹을 그날 아침에.

"문 제대로 잠근 거야, 닐스?"

"당연하지."

"고마워."

그는 닐스를 바라보았다. 직장 동료이자 그의 연인, 그 빌어먹을 비밀의 주인공을. 하지만 그를 바라볼 때마다 자신의 아내 마리아, 자신의 삶이자 사랑하는 그녀에 대한 생각을 떨쳐낼 수가 없었다.

닐스는 꼭 끌어안은 상태로 가죽 시트 달린 사무실 의자에 앉아 그를 자신의 무릎 위에 앉혔다.

"옷 벗어봐."

"나도 그러고 싶어, 정말이야. 내 온몸이 당신을 원하고 있어. 하지만 지금은 안 돼. 당장 기자회견장으로 가야 해. 기자들 질문에 답해야 한다고. 나도 어쩔 수가 없어."

"시간은 충분하잖아."

"닐스, 당신을 정말 사랑해. 지금 당장 당신을 원한다고. 하지만 지금은 안 돼. 지금은."

닐스는 더 이상 강요하지 않았다. 렌나트는 그가 얼마나 낙담했는지 표정만으로도 알 수 있었다. 그에겐 더 힘든 일일거란 생각도 들었다. 집으로 돌아가 봐야 기다려주는 사람도, 침대에 같이 누워 살을 부빌 사람도, 눈치 보지 않고 사랑을 나눌 상대도 없었기 때문이다. 닐스의 마음속에는 오직 렌나트와 함께 하겠다는 꿈밖에 없었다. 오직 그 외에는 다른 누구도 필요 없었다. 그에겐 숨겨야 할 비밀도 없었다.

렌나트는 애인의 뺨을 어루만지다가 이마에 입을 맞추었다. 닐스는 너무나 아름다웠다. 자신감도 넘쳐보였다. 자신보다 두 살 위라 그런지 검은 머리에 듬성듬성 흰머리가 보였다.

"이제 정말 가야겠어."

"이따 다시 볼 수 있는 거야?"

"일단 베톨손 소장을 만나야 해. 점심이나 같이 먹자더라고. 위로 차원인지 아니면 협박인지는 모르겠어. 소장 만나고 와서 우리 같이 급수탑 쪽으로 산책 나가는 건 어떨까?"

"기다릴게."

렌나트는 가능한 한 오래 닐스를 끌어안고 있었다. 그러고는 서서히 포옹을 푼 뒤 자리에서 일어났다.

우중충한 잿빛 콘크리트 담장은 높이가 7미터에 달했다. 숲 끝자락부터 1.5킬로미터 거리를 마치 뱀처럼 구불거리듯 이어지며 다섯 개의 벽돌건물을 감싸 안고 있다.

그 안에는 외부에서 일하는 사람들도 있고, 내부에만 머물러야 하는 사람들도 있었다.

아스프소스는 스웨덴 내에서 수감 기준에 따라 분류된 열두 곳의 보안 2등급 교정시설 중 한 곳이었다. 쿨마, 할, 그리고 티다홀름 같은 보안 1등급 교정시설은 살인범이나 거대 마약 조직의 조직원들을 수용하는 곳이다. 아스프소스에서는 대부분 2년에서 4년 형을 받고 단골손님처럼 들락거리는 잔챙이 마약 딜러 정도가 대부분이다. 여덟 개의 감호구역으로 나뉘어 수감된 재소자의 수는 160명이고 대부분이 마약 중독자들이다. 강도나 가택침입으로 약간의 돈을 마련하면 마약을 사고, 돈이 떨어지면 다시 강도나 가택침입으로 돈을 마련해서 또다시 마약을 구입하고, 그러다 경찰에 붙잡힌 뒤 26개월 형을 선고받고, 자유의 몸이 되면 또다시 같은 수법으로 마약에 손을 대고, 그러다 걸리면 34개월을 때려 맞는 식으로 형량만 늘이는 일을 반복하는 인간들.

이곳은 다른 곳과 마찬가지로 나 아니면 너, 너 아니면 교도관 같은 분위기가 지배적이었다. 그리고 목숨을 걸고 지켜야 할 두 가지 규칙은 첫째, 절대 밀고하지 않는다. 둘째, 원치 않는 감방 동료들을 겁탈하지 않는다.

아스프소스에는 특별히 성범죄자들을 수용하는 두 개의 특별감호구역이 있다. 원치 않는 사람들을 겁탈한 자들이 가는 곳. 그들은 모두의 혐오대상이자 끝없는 위협에 시달리는 존재들이었다. 마치 집단 수치심과 재소자 개개인의 자기혐오를 달래줄 일종의 배출구가 되는 셈이었다. 담장 밖 세상에서 모욕당한 분풀이로 '남다른 범죄'를 지은 다른 누군가를 모욕하는 식. 나보다 더 비열하고 불순할 뿐만 아니라 더 혹독한 배척의 대상이 존재한다는 사실을 깨닫는 순간 내가 비록 살인범일지라도 편하게 숨을 쉬고 살 수 있게 만들어주는 존재들. 전 세계 어느 나라의 교도소라도 비슷한 분위기가 지배적이다. 살인범은 강간범에 비해 '품위' 있는 범죄자라는 분위기. 누군가의 목숨을 앗아가는 행위가 자신의 물건을 강제로 '그곳'에 쑤셔 박는 행위보다 더 낫다는 것이다.

아스프소스의 경우 이들에 대한 혐오감이 다른 어느 교정 시설에 비해 월등히 높다. 왜냐하면 일반 재소자들과 성범죄자들이 구분되지 않고 동일한 구역에 수감되는 경우가 빈번하기 때문이다. 폭행상해로 18개월 형을 받고 들어왔다가 사형수가 되어 나갈 수도 있고, 누구라도 언제든 성범죄자 취급을 받을 수 있다. 아스프소스를 거쳐 다른 교정시설로 이송될 경우, 자신이 무슨 범행으로 재판을 받았는지 제대로 된 판결문을 소지하지 않으면 성범죄자 취급을 받게 된다.

H감호구역은 잔챙이 잡범이 주로 수감되는 여덟 곳의 일반감호보호구역의 하나로 딜러, 절도범, 사기꾼 및 폭행상해로 들어온 사람들이 대부분이다. 거기다가 점점 높은 중범죄자 서열로 진입하는 인간들, 그래서 다음 번엔 더 높은 형량을 받게 될 인간들, 아니면 단순 잡범이지만 상습범이란 꼬리표를 떼지는 못하고 그렇다고 음주 운전자나 초범

과 같이 둘 수 없는 그런 재소자들이 추가된다. H구역은 다른 교도소들과 마찬가지로 적정 형기를 마치고 나간 뒤 재범자가 되어 돌아오는 죄수들을 수감하는 평범한 구역과 다를 바 없었다. 계단통으로 이어지는 철창. 노란색 타일이 깔린 기다란 복도. 반쯤 문이 열린 채 좌우 각각 열 개씩 배치된 감방. 테이블 몇 개가 놓인 간이부엌. 텔레비전을 볼 수 있는 휴게실과 초록색 천이 깔린 당구대. 재소자들은 그곳을 자유롭게 오가며 아무 생각 없이, 지나간 적도 없고 앞으로도 올 일 없는, 오직 현재에만 존재하는 시간을 때우며 지낸다. 출소 날짜를 기다리는 건 아까운 생을 허비하는 행위일 뿐이다. 그곳에 들어와 등 뒤로 문이 닫히는 순간부터 당신이 해야 할 일은 오직 살아남아서 시간을 때우는 일 밖에 없기 때문이다.

스티그 린드그렌은 텔레비전 휴게실을 차지하고 있었다. 텔레비전은 켜져 있었지만 소리는 줄여놓은 상태였다. 그는 테이블 위에 자신의 패를 올려놓은 채 다른 다섯 명의 죄수들과 둘러앉아 킹과 퀸이 자신의 수중에 떨어지기를 기대하며 순서를 기다리고 있었다. 스티그 린드그렌, 통칭 릴마셴. 그는 제집 드나들 듯 교도소를 들락거리는 단골손님이다. 그는 전국의 거의 모든 교도소를 경험했고 전과만 42범에 생의 27년을 감방에서 보낸 사람이었다.

릴마셴은 자신의 카드를 거머쥔 뒤 황금처럼 누런 앞니를 드러내며 씨익 웃었다.

"어라? 이번에도 에이스가 다 나한테 떨어졌잖아! 자네들 그렇게 순진하게 카드 쳐서 되겠어?"

다섯 명의 재소자들은 자신의 패를 들여다보더니 아무런 말도 없이 카드를 펼쳐놓았다.

"나한테 카드를 보여주면 어쩌자는 거야!"

린드그렌은 마흔여덟이었지만 겉보기에는 훨씬 더 들어 보였다. 되는대로 몸을 굴렸으니 그럴 만도 했다. 35년간 암페타민에 찌들어 산 결과, 안면근육에는 틱 장애가 생겨 항상 경련이 일었고 그 덕에 양 볼이 눈 쪽으로 치켜 올라갔다. 게다가 두 눈은 시도 때도 없이 깜빡거렸다. 밤갈색 머리도 듬성듬성 빈자리가 보였다. 목에는 굵직한 금사슬 목걸이를 둘렀다. 아스프소스로 돌아와 19개월을 보내면서 체중은 80킬로그램으로 제법 늘었지만, 형을 마치고 다시 바깥세상으로 나가면 약에 취해 살다 순식간에 60킬로그램으로 줄어 돌아올 게 뻔했다.

린드그렌은 갑자기 자리에서 일어나 발작에 가까운 반응을 보이며 테이블 위에 어지럽게 쌓인 카드와 신문 사이를 뒤적여 텔레비전 리모컨을 찾았다.

"씨발, 어디 있는 거야?"

"카드 칠 거야, 말 거야?"

"닥쳐! 어디 있냐고, 리모컨? 힐딩, 카드 좀 내려놓고 찾아봐, 당장!"

힐딩 올데우스는 그 즉시 카드를 내려놓고 신경질적인 동작으로 린드그렌이 방금 전 펼쳐놓았던 신문 더미를 뒤적거렸다. 작은 키에 홀쭉한 힐딩은 간드러지는 고성의 목소리를 가졌다. 지난 11년간 벌써 열 번째 교도소 체류 중이다. 헤로인에 취한 상태가 되면 항상 코를 긁는데 그 덕에 코 오른쪽에 만성 피부염이 아예 상처처럼 자국으로 남아 있다.

테이블 위를 뒤지던 힐딩은 자리에서 벌떡 일어나 자신의 주변을 비롯해 창가까지 살펴보았다. 한편, 릴마센은 카드를 치던 테이블을 아예 치워버리고 같이 카드 치던 죄수들을 밀치며 텔레비전 앞으로 다가가 직접 볼륨을 높였다. 동료 죄수들은 기분이 나빴지만 싫은 소리 한 번 못하고 가만히 앉아만 있다.

"아가씨들, 조용히 좀 해봐! 지금 텔레비전에 히틀러가 나온다고!"

텔레비전 휴게실, 간이부엌, 복도 할 것 없이 주변에 있던 죄수들은 모두 하던 일을 멈추고 릴마센 뒤에 자리를 잡고 앉아 정오 뉴스에 시선을 고정했다. 다음 소식으로 장면이 넘어가자 누군가 환호에 가까운 휘파람을 불었다.

"닥치라는 말 못 들었어!"

렌나트 오스카숀이 아스프소스 교도소를 배경으로 마이크 앞에 서 있었던 것이다.

상당한 스트레스에 시달린 몰골이었다. 텔레비전 카메라 앞에 서는 일이나, 자신의 책임 아래에 있는 교도 행정업무가 어쩌다 이 지경까지 이르게 되었는지 그 이유를 해명해야 하는 자리에 서는 것이 어색했기 때문이다.

 ……어떻게 빠져나갔느냐 하면…… 이미 말씀드렸다시 피…… 교정시설은 보안에 관한 한 최고로 정평이 난 곳입니다. ……이곳에서 벌어진 일이 아니라…… 교도관의 감시 하에 쇠데르 종합병원으로 호송하는 과정에서…… 그렇습니다. 교도관이 동행해서…… 동행한 교도관은 다년간의 경험으로…… 두 명이었습니다. ……베테랑 교도관이 전신형구를…… 그렇게 결정을…… 범인은 교도관 두 명을 때려눕히고…… 교도관 두 명이면 충분하다고 결정을…… 호송차량을 탈취해 도주 중에…….

 렌나트의 얼굴이 화면에 클로즈업 되었다. 이마에 맺힌 굵은 땀방울까지 보일 정도였다. 카메라 기자는 마치 그의 불안한 모습을 즐기고 있는 듯했다. 텔레비전은 일시적이고 피상적인 언론매체에 해당한다. 하지만 시청자들을 사로잡는 긴장감만큼은 최고조로 끌어올리는 능력을 가졌다. 렌나트는 침을 삼키며 도망치듯 시선을 회피했다. 교도행정관 교육 과정을 통해 카메라 앞에서의 행동요령은 이미 수차례 배운 그였다. 하지만 이번에는 실제 상황이었다. 생각하는 시간은 한없이 길어졌고 말을 더듬거렸을 뿐만 아니라 치밀하게 준비한 답변은 꺼내놓지도 못하고 까맣게 잊어버렸다. 무슨 질문이든 하나만 붙잡고 늘어지는 게 상책이었다. 인터뷰에 임하는 기본적인 수칙까지 달달 외우고 있던 그였지만 바로 눈앞에 카메라가 들이닥치고 답변을 강요하는 기자들에게 둘러싸이자 머릿속에 들어 있던 생각은 두려움 속에 파묻혀버렸고, 시청자의 눈에는 당황하는 모습만 보일 수밖에 없었다. 무언가 답변을 하려 했지만 그의 눈에는 각자 텔레비전 앞에 앉아 있을 닐스와 마리아만 보일 뿐이었다. 방송을 보며 수치스러웠을까? 나를 이해해줄까? 두 사람의 손이 얼굴을 만져주고, 목덜미를 따라 내려가 가슴, 그리고 허리까지 감싸주기만을 바랄 뿐이었다.

"저런 병신!"

힐딩의 날카로운 한 마디가 릴마셴이 조성해놓은 정적을 갈랐다.

"히틀러 새끼, 아주 질질 싸네!"

릴마셴은 순식간에 그의 앞으로 다가가 큼지막한 주먹으로 목덜미를 한 대 후려쳤다.

"닥치라고 했잖아! 무슨 말인지 몰라? 뉴스 듣는 거 안 보이냐고!"

힐딩은 신경질적으로 몸을 배배 꼬며 의자에 앉아 입을 굳게 다문 채 코에 난 상처를 벅벅 긁었다. 그는 교도소에 첫 입소하던 날부터 대처요령을 터득했다. 스톡홀름 시 쇠데르말름 인근에 있는 세븐일레븐을 털다 8개월 형을 받고 들어온 때가 열일곱이었다. 당시 그는 마약에 취한 상태로 자신도 겁에 질린 채 부엌칼로 점원을 위협해 계산대에서 5백 크로나 지폐 두 장을 훔쳐 그 즉시 상점 입구에서 기다리고 있던 딜러에게 약을 구입했다. 그러고는 경찰이 범행현장에 도착할 때까지 약에 취한 채 그 자리에 그대로 주저앉아 있었다. 그는 교도소에 들어오자마자 구역 내 최고참에게 굽실거려야 살 수 있다는 생존법칙을 깨우쳤다. 강자 앞에서 어느 정도 비굴한 모습을 보여주는 건 자신의 안전을 위한 일종의 보험에 해당했다. 하지만 그 덕에 공포에 떨 일은 없었다. 힐딩은 릴마센과 1998년 마리프레드 교도소에서 한 번, 1999년 노르셰핑 인근의 프리투나 교도소에서 또 한 번 같이 수감 생활을 하며 그에게 충성을 했다. 하지만 릴마센이라고 해서 다른 구역 내 군기반장보다 더 나을 것도 없었다.

뉴스 화면은 비탄에 빠진 눈빛을 한 렌나트의 얼굴에서 아스프소스 교도소의 담장으로 넘어가고 있었다. 담장의 끝에서 하늘을 향해 서서히 줌인과 줌아웃이 반복되더니 묵직하면서도 무미건조한 기자의 음성이 들려왔다. 그의 설명에 따르면 벤트 룬드가 병원으로 호송되던 도중 호송차량을 탈취해 도주했다는 것이었다. 룬드는 여러 차례 미성년 성폭행 전과가 있을 뿐만 아니라, 4년 전 두 여자아이를 잔인하게 살해하고 건물 지하실에 유기한 죄로 쿰라 교도소의 독방에서 몇 년을 살다가 최근 아스프소스 교도소의 성폭행 전과자 특별감호구역으로 이송되었다는 설명과 함께 요주의 인물이므로 사진을 배포해 공개수배 해야 한다는 말도 덧붙였다.

화면 속에 공개된 흑백사진 속에서 벤트 룬드는 셔츠와 바지 차림으로 의자에 앉아 웃고 있었다. 릴마셴은 몇 걸음 더 다가가 아예 텔레비전 앞에 달라붙었다.

"봤어, 저 새끼? 어제 내가 체육관에서 반 죽여놓으려던 바로 그놈이잖아! 맞아, 저 짐승 같은 놈!"

그가 버럭 고함을 내지르자 바로 옆에 있던 몇몇 죄수들이 화들짝 놀라며 옆으로 비켜섰다. 모두들 그가 성폭행범에 관한 이야기가 나오면 얼마나 과격하게 반응하는지 잘 알고 있기 때문이다.

"도대체 씨발, 저런 놈들을 왜 여기 데려다놓는 거야? 아니, 저런 거지 같은 놈들을 위한 구역이 왜 있어야 하는 거냐고? 그것도 여기에!"

릴마셴은 자신의 머릿속에 떠도는 이미지들을 지워내려고 더욱 크게 고함을 질렀다. 스베드뮈라에 있던 그의 집, 인간쓰레기 그 자체였던 삼촌 페르, 아버지의 장례식이 있던 날의 기억을. 당시 그는 다섯 살이었다. 등을 어루만져주던 삼촌의 손은 갑자기 그의 엉덩이를 더듬었다.

"저런 놈들은 보이기만 하면 거시기를 아예 뽑아버릴 거야!"

당시의 장면들이 생각의 흐름을 가로막았다. 떠올리기 싫어도 눈앞에 아른거렸고, 지우려 해도 반복적으로 그를 괴롭혔다. 삼촌은 어린 그를 아빠의 가게로 데려갔다. 그리고는 스티그 린드그렌의 바지와 팬티를 차례차례 벗긴 다음 자신의 바지도 벗었다. 그러더니 몸을 밀착하고 자신의 물건을 꼬마 스티그의 엉덩이에 비벼댔다.

"저런 놈들은 다 똑같아! 젠장, 힐딩! 저놈들 거시기 다 잘라버리게 연장 좀 가져와봐!"

그는 목청을 가다듬듯 가래를 모으더니 벤트 룬드가 웃고 있는 흑백사진을 향해 걸쭉한 액체를 뱉어버렸다. 그러고는 경직된 듯 웃고 있는 표정을 따라 흘러내리던 침이 바닥으로 떨어질 때까지 화면을 노려보았다.

그 자리에 모여 있던 무리는 뿔뿔이 흩어졌다. 일부는 자신의 감방으로 돌아갔고 일부는 복도 끝 쪽으로 향했다. 그중 몇몇은 그대로 남아 카드를 주워 모았다. 릴마센도 앉았던 자리로 돌아왔다. 하지만 힐딩이 카드 패를 건네자 손사래를 쳤다. 머릿속을 떠돌던 이미지의 잔상이 가시지 않았기 때문이다. 소리를 지르고 정신을 집중하고 장면이 떠오를 때마다 넓적다리를 있는 힘껏 내리쳐도 소용없었다. 또다시 삼촌 페르의 얼굴이 떠올랐다. 블레킹에 있던 시골집의 기억까지 그 뒤를 이었다. 삼촌의 커다란 손은 첫 경험때와 마찬가지로 똑같은 짓을 반복했고 소년은 하혈하듯 피를 흘렸다. 하지만 소년은 엄마에게 들키지 않으려고 피 묻은 속옷을 헛간에 있는 낡은 서랍장에 숨겨버렸다. 엄마는 헛간을 들여다보는 일이 없었기 때문이다.

"릴마센, 카드 한 판 치자고!"

"됐어. 나 빼고 자네들끼리나 쳐."

"히틀러 새끼 걱정할 거 뭐 있어."

"니 걱정이나 해. 한 번만 더 지껄이면 아예 쳐죽여버린다!"

계속 떠다니는 이미지. 어느덧 열세 살이 된 소년은 마약에 취해 있었다. 맥주와 프렐루딘 등의 약물을 섞어 마시고 다녔기 때문이다. 그는 라렌을 따라다녔다. 라렌은 덩치가 크고 두려움이 없는 친구였다. 스티그와 라렌은 길 가던 차를 얻어 타고 블레킹에 있는 삼촌의 집으로 갔다. 집 안으로 들어가, 부엌에서 설거지를 하던 숙모를 지나쳐 거실에 앉아 있는 삼촌 앞에 섰다. 무슨 일이 벌어질지는 아무도 몰랐다. 라렌이 페르 삼촌을 벨트로 묶고 스티그가 얼음송곳으로 삼촌의 고환을 사정없이 찌르기 전까지는.

"풀 하우스야!"

"어떻게 풀 하우스야?"

"6하고 8이잖아."

"그게 왜 풀 하우스야!"

"당연히 풀 하우스지! 릴마센, 이 머저리한테 설명 좀 해 줘!"

"카드 안 친다고 했지! 자네들끼리 알아서 하라고."

절그럭거리는 열쇠 소리가 들렸다. 구역으로 넘어오는 문 너머로 교도관 둘이 나타났다.

릴마센은 그들 쪽으로 시선을 돌렸다. 새 수감자를 데려온 것이다. 보얀의 감방을 차지할 새 손님 같았다. 전날 아침, 보안은 긴급 이감조치 명령에 따라 서둘러 할 교도소 쪽으로 보내진 터였다. '환영 인사'를 받아 마땅한 녀석이었지만 누군가 교도관들에게 살벌한 구역 내 분위기를 귀뜸해줬고, 교도관들도 즉각적으로 민감한 반응을 보이며 서둘러 그를 다른 곳으로 보냈다. 잠시 동안이라도 더 이상 피를 보는 일은 막아야 했기 때문에.

신참은 별로 마음에 들지 않는 거구의 사내였다. 민머리에 똥을 처바른 듯 까맣게 탄 피부. 아니, 일광욕 기계에서 방금 튀어나온 호모 같은 분위기를 풍겼다. 릴마센은 교도관 두 명의 호위 속에서 철문 안으로 들어오는 신참을 바라보며 한숨을 내쉬었다. 교도관을 대동한 신참이 텔레비전 휴게실 근처를 지나가자 힐딩과 카드를 치고 있던 나머지 세 명의 수감자들이 고개를 돌렸다. 신참은 아무런 말없이 앞만 응시하며 걸었다. 교도관들은 그를 보안이 쓰던 감방에 집어넣었다. 감방 안으로 들어간 신참은 문을 닫지 않았다.

"저 자식은 뭐야?"

릴마센은 신참을 가리키며 말했다. 힐딩은 숨을 깊게 들이마시며 다른 교도소에서 본 적이 있었는지 기억을 되짚어보았다.

"모르겠는데. 한 번도 본 적 없어. 자네들은 어때?"

드라간은 고개를 가로저었다. 스코네도 어깨를 들썩였다. 베키르는 테이블에 놓인 카드 두 장을 집어 들었다.

"무슨 상관이야. 카드나 치자고. 이번에 패가 아주 좋아."

릴마셴은 신참이 차지한 감방 문에서 시선을 떼지 않았
다. 그리고 기다렸다. 그의 방식이었다. 신참이 밖으로 나와
서성거리면 구역 돌아가는 판세를 가르쳐주는 것이.

1시간 20분이 지났다. 그제야 신참이 밖으로 걸어 나왔다.
"어이, 거기! 이리 와봐!"
릴마셴은 신참에게 손짓을 해보였다. 그건 명령이었다.
하지만 신참은 그가 부르는 소리를 듣고도 빤히 앞만 바라
보면서 상대의 위협에 불응했다. 그러더니 아예 보란 듯이
느릿느릿한 걸음걸이로 간이부엌으로 가 수도꼭지를 틀고
민머리를 가져다댄 뒤 벌컥벌컥 물을 들이켰다.
"너, 이리 오라고!"
릴마셴은 슬슬 성질을 내기 시작했다. 그곳은 그가 관리
하는 구역이었다. 누가 무엇을 하는지에 대한 결정권이 그
의 손에 있는 구역. 그런데 스킨헤드 하나가 제대로 분위기
파악을 못하고 있는 것이다.
"여기!"
릴마셴은 자신의 발 아래를 가리키고 기다렸다. 신참은
끄떡도 하지 않았다.
"당장 오라고!"
대머리 신참은 사태파악이 전혀 안 되는 듯한 분위기였
다. 힐딩은 정적의 무게를 가늠하고는 걱정스런 눈빛으로
릴마셴의 눈치를 살폈다. 그러고는 카드를 손에 들고 나머

대략 최근의 일

107

지 동료들에게 가만히 기다려보자고 손짓했다. 드라간, 스코네 그리고 베키르도 이미 상황을 간파하고 있었다. 신참 길들이기의 순간이 무르익고 있다는 것을. 하지만 그들이 상관할 문제는 아니었다. 단지 명당자리를 차지하면 그만이었기 때문이다. 조만간 제대로 싸움판이 벌어질 참이었다.

신참은 릴마센이 손가락으로 가리킨 곳까지 걸어왔다. 하지만 정확히 그 자리가 아니라 10여 센티미터 정도 벗어난 곳에 멈춰 섰다. 마치 두 사냥꾼이 서로 정탐하는 듯한 분위기였다.

릴마센은 단 한 번도 상대의 분위기에 위압감을 느껴본 적이 없었다. 이번에도 마찬가지였다. 신참은 그보다 키가 큰 편이었다. 적어도 185센티미터는 되어 보였다. 게다가 왼쪽 귀에서부터 입 언저리까지 길게 이어진 흉측한 상처를 훈장처럼 달고 있었다. 한 결로 곧게 뻗은 모습이 칼, 더 정확하게 말하면 면도칼에 베인 상처였다. 예전에도 본 적이 있었다. 또렷하고 깊게 파인 자국이 똑같았다.

"난 릴마센이야."

"그런데?"

"들어왔으면 자기소개부터 해야지."

"까는 소리하네."

또다시 과거가 떠올랐다. 라렌과 페르 삼촌, 피범벅이 된 삼촌의 고환, 개수대 앞에 선 채로 비명을 지르던 리알라 숙모, 얼음송곳을 들고 거실을 돌아다니며 그 정도로 충분한

지 아니면 다른 곳도 쑤셔주길 바라느냐며 고함을 지르던 자신의 모습. 페르 삼촌은 개처럼 울부짖었다. 릴마센이 얼음송곳으로 삼촌의 눈을 겨냥하던 순간 라렌이 갑자기 삼촌을 놓아주었다. 눈은 아니었다. 라렌은 그것까지 받아줄 순 없었다.

릴마센은 부르르 떨고 있었다. 애써 숨기려고 했지만 모두들 그가 떨고 있는 모습을 지켜보고 있었다. 그는 부들부들 떨면서 머뭇거리다가 결국 바닥에 침을 뱉었다.

"어디서 굴러들어온 놈이냐?"

신참은 하품을 했다. 두 번씩이나.

"유치장."

"이 새끼 봐라? 당연히 빵에 있었겠지, 새끼야. 나랑 장난하냐? 전과기록 서류 가지고 왔어?"

세 번째 하품이 이어졌다.

"이봐, 니가 릴다센(작은 페니스를 뜻함.—옮긴이)인지 뭔지 라고 했지? 지 전과기록 들고 빵에 들어오는 미친놈이 없다는 건 너도 잘 알 거 아니야."

릴마센은 왼쪽 다리에서 오른쪽 다리로 체중을 옮겨 실었다. 페르 삼촌은 오래 전에 죽었다. 시신에는 고환이 거의 남아 있지 않았다. 얼음송곳은 현장 증거로 압수되었고 소년원에 수감되기까지 여러 법정을 도는 동안 계속해서 그를 따라다녔다.

"그 따위 서류, 엿 먹으라 그래! 내가 알고 싶은 건, 니 전과가 뭐냐는 거야! 여기선 미성년 성폭행범하고 호모 새긴 있을 수 없으니까!"

이상하게도 갑자기 주변 공간이 꽉 줄어드는 것 같았다. 입에서 튀어나온 말들이 벽에 부딪히고 튀어나와 공간을 다 차지한 것처럼 중압감이 느껴졌다. 오직 숨소리만 들리는 가운데 사태의 전개에 대한 기대감과 불안감이 팽배해졌다.

신참은 더 가까이 다가가선 안 될 처지였다. 하지만 그는 그렇게 한 걸음 더 가까이 다가갔다. 그러고는 침까지 튀겨 가며 혀를 찼다.

"지금 죽으려고 환장한 거야, 뭐야?"

둘 중 하나가 물러서거나 혹은 기가 꺾여야 했다. 하지만 그런 일은 벌어지지 않았다.

"내 말 잘 들어, 머저리 선생. 분명히 말하지만 그 누구도 나한테 호모 새끼니 씹질 하는 새끼니 그렇게 부르지 않아. 만약 너희들 중에 대가리에 총 맞아 뒈지고 싶은 놈 있으면 어디 그렇게 불러보라고. 단단히 후회하게 만들어줄 테니까."

신참은 검지를 들어 릴마센의 가슴을 마치 뒤로 밀 듯 여러 차례 쿡쿡 찌르며 말했다. 그러고는 혀 차는 소리로 뭐라고 중얼거렸다. 아무도 이해할 수 없었던 그 말은 로마니어였다.

"Honkar di rotepa burabeng(너 로마니어 쓰는 놈이지)?"

그러더니 다시 한 번 릴마센의 가슴을 쿡 찌르곤 발걸음을 돌려 자신의 감방으로 돌아갔다.

릴마센은 돌기둥처럼 굳은 채 서 있었다. 그는 신참이 자신의 감방 안으로 사라질 때까지 멍한 시선으로 바라보고만 있다, 힐딩과 다른 수감자들에게 시선을 돌렸다. 그러고는 텅 빈 복도를 향해 고래고래 소리를 질렀다.

"이런 젠장, 뭐 이런 개 같은 경우가 다 있어!"

신참은 밖으로 나오지 않았다. 그저 열린 감방 문, 그리고 그를 강하게 떠밀던 손가락만 느껴질 뿐이었다. 릴마센은 다시 한 번 고함을 질렀다.

"너 잘 들어, 이 새끼야. Raklar di romani, tjavon(로마니아어 할 줄 알았냐)?"

*

렌나트는 동쪽 감시탑에서 기다리다 그를 발견했다. 점심시간에 짬이 날 때 혹은 근무 담당자들이 교대하는 시간이 바로 두 사람이 밀회를 즐기는 시간이었다. 닐스는 외투를 벗어 어깨에 걸쳤다. 셔츠 차림이 마치 젊은 청년 같았다. 애인을 만나러 오는 순진한 소년의 모습이랄까……

닐스한테 들키지 않고 몰래 바라볼 수 있는 시간은 몇 초 정도에 지나지 않았다. 렌나트는 그래서 즉각 모습을 드러내지 않고 뜸을 들였던 것이다. 닐스는 다른 방향을 바라보고 있었다. 평소 렌나트가 오가는 방향. 하지만 오늘은 달랐다. 렌나트는 베톨손 소장과 함께 시내로 나가 광장에 있는 허름한 식당에서 점심을 먹었기 때문이었다. 두 사람은 완두콩과 찐 감자를 곁들인 쇠고기 스테이크를 먹었다. 식사를 마치고 베톨손 소장의 차를 타고 오다가 좀 걸으면서 그날 있었던 일에 대해 생각을 하고 싶다는 핑계를 대고 중간에 내렸다. 자신에게 집중된 마이크, 카메라, 그리고 질문공세에 시달리던 몇 분 동안 그는 범죄자들은 이렇게 다뤄야 한다는 철칙 같은 신념을 가진 스웨덴 전국의 모든 가정집 거실에 들어갔다 나온 것 같은 이상한 기분이 들었다.

여전히 잔잔한 바람이 불고 있었다.

3주가 넘도록 기다린 바람이었다. 스칸디나비아반도를 뒤덮은 고기압 때문에 고온다습한 날씨가 지속되었고 그만큼 불쾌지수도 올라가 모두가 땀을 뻘뻘 흘리며 신경질적인 반응을 보이던 터였다. 어느 곳 하나, 무엇 하나 성가시지 않은 게 없었다.

닐스는 미소를 지어보였다. 렌나트가 걸어오는 모습을 본 닐스는 그를 향해 달려가지 않을 수 없었다. 그러고는 끌어안고 이마에 입을 맞춘 뒤 뺨을 어루만졌다.

"봤어?"

"어, 봤어."

두 사람은 적당한 거리를 유지한 채 나란히 풀밭을 걸었다. 안전지대인 숲까지는 대략 70여 미터가 남아 있었다. 초엽에 서 있는 전나무까지 다다르자 두 사람은 자연스럽게 손을 잡고 계속 걸어갔다.

"그 자식한테 할 수 있는 건 다 했었다고."

"그만 생각해."

"약이며 행동치료며, 개인치료에 집단치료까지 다 했었다고."

"당신하고 교도당국이 한 것과 하지 않은 것에 대한 차원의 문제가 아니잖아. 그건 완전히 쇼였어, 쇼. 카메라 앞에 희생양 하나 세워놓고 모두가 보는 앞에서 병신을 만들어버리는 그런 구경거리에 지나지 않은 거라고. 방송은 그 희생양이 땀을 뻘뻘 흘리고 말을 더듬거리다가 시선까지 피하길 바라는 법이야. 데스크는 쾌재를 부르고 시청자들은 웃고 즐기는 그런 거. 어리바리한 공무원이 나와서 말도 제대로 못하고 버벅거리는 장면을 보면서 자신들이 처한 개 같은 삶을 잠시나마 망각하고자 하는 언론쟁이들의 더러운 습성이라고. 다들 그렇게 살다 뒈지라 그래. 그런 인간들의 관심사는 진실된 정보 제공 따위가 아니라 누구 하나 병신 만들어서까지 그 잘난 시청률 끌어올리는 일이라고."

"닐스, 내가 걱정하는 게 뭔지 모르겠어? 벤트 룬드는 가능한 온갖 치료를 받아왔었다고. 그런데 기회가 생기자마자 바로 교도관 둘을 때려눕히고 사라져버린 거야. 그 자식 머릿속에는 오로지 어린아이들을 죽여놓고 그 시체 위에다 용두질한 흔적을 남기는 것뿐이라고. 그게 문제야."

두 사람은 바람이 들지 않는 곳까지 다다랐다. 그곳은 전나무와 소나무가 빽빽이 들어선 숲이었는데, 도로정비가 제대로 되지 않는 곳이었다. 두 사람은 급수탑으로 이어지는 왕복 2킬로미터의 산책로를 따라 계속 걸어갔다. 두 사람은 평균 왕복시간을 30분 정도로 잡았다. 그러면 숲속의 오두막에서 대략 30여 분 정도 은밀한 시간을 보낼 수 있기 때문이다. 여러 차례 둘만의 시간을 보낸 곳이기도 했다. 거기까지 일부러 찾아오는 사람도 없고, 숲 안으로 들어오는 산책로가 딱 하나밖에 없기 때문에 마치 성곽에 들어선 것처럼 멀리서 사람이 오는 것도 확인할 수 있었다.

닐스는 렌나트 손을 더 꽉 끌어 잡고 오두막 안으로 이끌었다.

"들어와."

"미안하지만, 지금은 안 되겠어. 아까 내가 했던 말을 벌써 까먹은 건 아니야. 하지만 오늘은 못 하겠어. 우리 그냥 얘기만 하자. 그 빌어먹을 기자회견장 분위기를 도저히 떨쳐낼 수가 없어. 닐스, 당신은 나만큼 혼란스럽진 않잖아. 날 좀 도와줘. 어떻게 해야 될지 말 좀 해줘."

닐스는 손을 뻗어 렌나트의 이마와 관자놀이를 어루만지다 머리카락을 쓸어 올려주었다.

"자기야."

렌나트는 두 눈을 감았다. 닐스는 애인에게 입을 맞추며 말을 이어나갔다.

"덧붙일 말도 없어. 룬드는 누가 됐든, 죽었다 깨나도 절대 이해할 수 없는 그런 종자야. 우리한테도 위험한 인물이지만, 자기 자신에게도 위험한 인물이라고. 언제까지나 남들에게서 자기 자신을 보호할 순 없어. 인간은 자기 자신을 파괴할 수 있는 능력을 지닌 유일한 포유동물이야. 자신과 똑같은 인간을 증오하고 살해하고 위험에 빠뜨릴 수 있는 그런 존재라고. 그래서 벤트 룬드라는 인물을 이해한다는 건 불가능하다고."

두 사람은 서로를 끌어안았다. 순간, 누군가가 근처로 다가왔다. 전나무 숲의 장막 때문에 그들이 서 있던 지점으로 갈 수밖에 없는 행인 같았다. 하지만 오두막 앞을 지나가더라도 남들처럼 아무것도 보지 못하고 그냥 지나칠 터였다. 렌나트는 닐스에게 몸을 밀착했다. 그의 품속을 파고들자, 순간 그에 대한 욕망이 들끓고 일어났다. 하지만 동시에 마리아가 떠올랐다. 그녀의 허리와 가슴이 눈앞에 아른거렸다.

렌나트는 마리아를 그렸다. 마리아가 보고 싶었다.

두 사람은 잘 돌아가지도 않는 손가락을 분주히 놀리며 꽁꽁 뭉쳐놓은 알루미늄 호일을 폈다. 그 안에는 거무스름한 밤갈색의 각설탕 모양으로 된 끈적끈적한 조각 하나가 들어 있었다.

그들이 주문한 최고급 터키산 마리화나였다. 빠는 맛이 다른 것들과 비교할 수 없을 정도로 탁월한 제품이었다. 물건이 수중에 들어올 때까지 참고 기다리는 일은 힘들었지만 그것만 있으면 아무리 힘든 일도 견딜 수 있었고, 몇 시간이 넘도록 H구역을 넘어 아스프소스 교도소 위로 날아올라 무중력 상태를 느낄 수도 있었다.

배달책은 그리스 친구였다. 그는 절반 가격으로 두 사람에게 물건을 대주었다. 두 사람은 벌써 그리스 친구에게 엄청난 외상을 지고 있었다. 고농도의 모로코 산이나 레바논 산 황초 정도로 만족할 수도 있었지만, 힐딩이 거의 릴마셴의 발까지 핥아줄 정도로 통사정을 하고 끝끝내 고집을 부려서 결국 터키 산으로 낙점 지었던 것이다. 사흘을 기다리고서야 '제품'을 받아든 두 사람은 샤워실 조명 아래에 서서 반짝이는 밤갈색 결정을 감상하며 입가에 찬연한 미소를 지어 보였다.

"반짝반짝 윤기 나는 거 보여?"

"당연히 보이지!"

"물건 하나는 제대로인 것 같군."

"터키 산은 죽인다니까."

힐딩은 주머니에서 라이터를 꺼내 릴마셴에게 건넸다. 릴마셴은 아무런 대꾸 없이 라이터를 켜고 알루미늄 호일에 가져다댔다. 대충 1분 정도면 충분했다. 각설탕 같던 정육면체는 반죽처럼 녹아내렸고, 손가락 끝으로 원하는 모양을 만들 수 있었다. 힐딩의 다른 주머니에는 입담배가 들어 있었다. 두 사람은 마리화나와 입담배의 비율을 1대 4로 섞었다.

"냄새도 죽이는데."

"당연한 거 아니야."

힐딩은 까치발을 하고 등에서 가장 가까운 곳의 천정 타일을 밀어 올렸다. 몇 초 정도 힘을 주자 타일이 덜컥 위로 올라갔다. 그는 틈 사이로 손을 뻗어 더듬거리다 작은 크기의 옥수수 파이프를 하나 꺼냈다. 릴마셴은 파이프를 받아 들자마자 연초주걱에 잎을 채워 넣고 불을 붙인 뒤 길게 한 모금을 빨아들였다. 그러고는 힐딩에게 파이프를 넘기자 상대는 잽싸게 입으로 가져갔다.

두 사람은 각자 두 모금씩 번갈아가면서 파이프를 빨았다. 샤워실은 수도꼭지 한두 군데에서 똑똑거리며 떨어지는 물소리와 천정에 달린 등이 깜빡거리는 소리를 제외하곤 완전한 정적에 잠겨 있었다. 마리화나는 지난번 것에 비해서도 월등한 물건 같았다.

"야, 이거 진짜 맛 죽이는데, 힐딩……."

릴마셴은 두 모금을 피우고는 파이프를 상대에게 건네며 히죽거렸다.

"이거 봐, 힐딩. 우린 지금 샤워실에 숨어서 죽이는 마리화나를 빨고 있잖아. 그런데 여기가 짐승만도 못한 성범죄자 새끼들 처리하기에 제격인 장소라는 생각은 한 번도 해보지 않았던 것 같아."

릴마셴은 여전히 히죽거리고 있었다. 힐딩은 흠칫 놀란 표정으로 상대를 바라보았다.

"무슨 소리 하는 거야?"

"그런 생각은 안 해봤잖아?"

"샤워실이 뭐 어쨌다고? 여기서 강간범이니 호모 새끼들이니 저기 변기에 처박고 실컷 두들겨준 게 어디 한두 번이야? 처음도 아닌데 왜 그래."

릴마셴은 히죽거리며 터져 나오는 웃음을 참을 수 없었다. 마리화나를 할 때마다 반복적으로 겪는 약 효과였다. 처음에는 미친 듯이 웃다가 다음으로 물건이 벌떡 서고, 어느 정도가 지나면 갑자기 과거 속의 이미지들이 떠올라 무섭도록 그를 따라다녔다. 페르 삼촌과 삼촌의 거시기가 눈에 들어왔고, 미친 듯이 얼음송곳을 찾아다니는 자신의 모습, 그 다음으로는 피범벅이 된 고환이 보였다.

릴마셴은 길게 한 모금을 빨아들이더니 파이프를 건네지 않고 힐딩을 약 올리듯 다른 손으로 그의 머리를 헝클어뜨렸다.

"무슨 말인지 모르겠어, 힐딩? 이런 헐렁한 친구 같으니라고. 두들겨주는 걸 말하는 게 아니야. 그걸 능가하는 다른 게 있어야 해."

힐딩은 파이프를 향해 손을 뻗었지만 릴마셴은 파이프를 내주지 않았다.

"앞으로 우리 구역에 그런 짐승 같은 놈이 들어오면 말이지, 그놈이 샤워실로 갈 때까지 기다리는 거야. 그리고 물을 틀고 샤워를 시작하면, 자네는 난동을 피워서 교도관들의 주의를 끌라고."

힐딩은 상대의 이야기를 듣는 둥 마는 둥 파이프를 낚아
채기 위해 안간힘을 쓰고 있었다.

"내 놔. 이번엔 내 차례잖아!"

릴마센은 껄껄거리며 웃더니 파이프를 허공에 던졌다가
다시 받고서야 힐딩에게 건넸다. 그는 파이프를 받자마자
연달아 두 모금을 깊게 빨아들였다.

"생각해보라고. 짐승 같은 놈이 샤워실에서 샤워를 하는
거야. 그러면 스코네나 내가 들어가서 그 자식 불알을 냅다
걷어차서 자빠뜨리는 거지. 그다음에 먼저 목을 따버리고
잘근잘근 썰어버리는 거야. 그런 다음 변기를 뜯어내서 살
덩어리들하고 뼈를 그 속에 쑤셔 넣는단 말이지. 그리고 변
기를 다시 덮고 대충 손본 다음 변기 물을 내리는 거야. 그
러면 대충 내려가겠지. 바닥에 남는 피는 샤워기 물로 씻어
버리면 되는 거고!"

힐딩은 빨고 있던 파이프를 손에 쥐고 멍하니 서 있었다.
거북해하는 표정이 절로 지어졌다. 평소에도 가면을 뒤집어
쓴 것처럼 표정 변화가 없었던 릴마센의 얼굴에 역겨움과
흥분이 교차하고 있었던 것이다. 힐딩은 릴마센이 느끼는
혐오감의 정도를 잘 알고 있었다. 그의 혐오감에 동참해서
누군가를 같이 증오하는 일은 마치 마약에 취해 여행을 떠
나는 기분이었다. 하지만 이번에는 아니었다. 릴마센은 그
한계를 점점 벗어나는 것 같았다. 힐딩은 불과 얼마 전, 아
령과 역기로 수감자 하나의 숨통이 끊어질 때까지 내리 찍

던 그날의 기억을 생생히 간직하고 있었다.

"뭐야, 농담이 좀 심하잖아."

릴마센은 힐딩이 손에 쥐고 있던 파이프를 힘껏게 낚아채 갔다.

"농담하는 거 아니야. 내가 왜 농담 따먹기를 하겠어? 다음에 짐승 새끼 하나라도 들어오는 날엔 절대 가만두지 않을 거야. 일단 시도라도 해봐야 어떤지 알 수 있으니까. 얼음송곳을 꽂아서 돌리던 그때 그 기분, 다시 느껴보고 싶거든."

렌나트 오스카숀은 초조한 마음에 발걸음을 재촉했다. 급수탑 근처의 오두막에서 예상보다 많은 시간을 보냈기 때문이었다. 닐스와 떨어지고 싶지 않았다. 그 마음은 연인인 닐스 역시 마찬가지였다. 렌나트는 감시초소를 지키고 있던 교도관 앞을 지나쳐서—여전히 베리가 자리를 지키고 있었다. 도대체 제대로 된 사람이 없는 건지 머저리 같은 자식이 왜 그 자리에 계속 앉아 있나 모르겠다.—A감호구역으로 향했다. A구역에는 스무 명의 수감자들이 생활하고 있는데 전원 성범죄자인 관계로 격리수용이 불가피했다. 일반 재소자들에게 혐오감을 유발해 보복이나 폭행이 끊이지 않기 때문이었다.

베리는 그를 보자 엄지손가락을 치켜세웠다. 렌나트로서는 그 몸짓이 과연 역설적인 의미인지, 아니면 방금 카메라 세례 속에서 치부가 드러나도록 개망신을 당하고 온 사실을 저 바보 같은 자식이 모르고 있는 건지 도저히 알 수 없었다.

렌나트는 뭐라고 대꾸하거나, 어떤 반응을 보일 기분이 아니었다.

그는 서둘러 첫 번째 복도를 따라가다가 생각을 바꿔 오른쪽에 있는 계단을 올라 H구역으로 향했다. 단 몇 분이라도 시간을 단축하자는 계산이었다.

그는 네 칸씩 계단을 오르며 다음날 아침, 식탁에 마주보고 앉을 마리아에게 둘러대야 할 핑계거리를 생각했다. 매번 관계를 가질 때마다 부인과 갈라서고 자신과 새 가정을 꾸리자고 말하는 닐스. 수년 간 함께 일해왔는데 도대체 그날은 무슨 바람이 들어 호송차량의 뒷문을 열어 온 나라를 통틀어 가장 위험한 인물 중 하나인 범죄자가 도망가도록 내버려뒀는지 모를 오케 안데숀과 울리크 벤트포슈. 자유의 몸이 되어 거리를 배회하며 벌써 아홉 살짜리 여자아이들 중 다음 희생자를 물색해놓았을지 모를 벤트 룬드. 출세의 발판으로 삼기 위해 벌써 몇 년 전부터 남몰래 준비해온 간만의 기자회견 자리. 하지만 승진은커녕 마치 강간이라도 당한 듯한 뒷맛만 남긴 그 빌어먹을 기자회견 자리를 차례로 떠올렸다.

물론 그를 겁탈한 사람은 아무도 없었다. 하지만 그를 향해 날아든 카메라와 마이크는 거의 강간행위에 버금가는 수준으로 그의 속을 파고들었다.

대략 최근의 일

그는 당당히 게임판에 뛰어들 만반의 준비가 되어 있었다. 그랬기 때문에 과감히 그 자리에 섰던 것이다. 하지만 적지 않은 시간이 지난 뒤에야 결국 자신도 모르는 은밀한 목적에 의해 이용당한 거라는 사실을 깨닫게 되었다.

렌나트는 그날 자신이 기상한 뒤로 몇 시간이나 지났는지 생각해보았다.

산다는 건 정말 복잡한 문제다. 가끔은 더 이상 생을 이어나갈 엄두가 나지 않을 때도 있었다. 해를 거듭할수록 늙어가는 느낌만 들고 일이 벌어지는 속도는 감당이 안 될 정도로 순식간이었다. 어떨 때는 모든 일이 그냥 알아서 지나가도록 두 눈을 감아버리고 싶기도 했다. 누군가 대신 결정을 내려줬으면 좋겠다는 생각이 수시로 들었다. 마치 어렸을 때처럼. 그때는 바닥에 앉아 놀다가 그냥 눈만 감고 있어도 엄마와 아빠가 분주히 오가며 무언가를 대신해주었고, 다시 눈을 떴을 때는 모든 게 제자리로 돌아가 있었다.

렌나트는 H구역의 철문을 열고 들어갔다. 교도관들이나 수감자들은 타구역 사람들이 쓸데없이 자신의 영역에 발을 들이는 것을 달가워하지 않았다. 그 역시 잘 아는 사실이었지만 그곳은 지름길이었고 더군다나 시간에 쫓기는 몸이었다. 그는 이름이 기억나지 않는 어느 교도관에게 인사를 하고 텔레비전 휴게실에서 카드를 치는 낯익은 몇몇 수형자들에게도 고개를 끄덕이며 인사를 건넸다. 그러고는 샤워실 문 앞을 지나가다 마침 밖으로 나오던 릴마센과 그의 똘마니와 부딪힐 뻔했다. 두 사람은 완전히 약에 취한 상태였고 눈이 풀린 데다 동작까지 부자연스러웠다. 샤워실 안에서도 마리화나 냄새가 진동하고 있었다. 두목을 따라다니는 똘마니는 지나치면서 "하일, 히틀러!"라고 중얼거렸다. 릴마센은 히죽거리다가 렌나트를 향해 텔레비전 출연을 축하한다는 말과 함께 악수를 하자며 손을 내밀었다. 렌나트 오스카숀은 상대가 내민 손을 무시했다. 공공연한 비밀이지만, 그는 체육관에서 자신의 관리 아래에 있던 수형자를 살해한 게 릴마센이라는 사실을 알고 있었다. 하지만 당연하다는 듯, 목격자는 나오지 않았다. 제아무리 교도소라 해도 물증이 없으면 손을 쓸 수 없는 게 현실이었다.

렌나트는 황급히 발걸음을 옮겨 다른 철문을 열고 계단을 내려가 운동장으로 나온 뒤 A와 B구역을 거느리고 있는 옆 건물로 들어갔다. 성범죄자들을 수감하는 감호구역. 바로 렌나트 오스카숀의 구역.

직원들이 회의실에 모여 앉아 그를 기다리고 있었다.

"미안합니다. 조금 늦었습니다. 오늘은 일진이 사납군요."

그들은 미소로 답했지만 왠지 동정에 가깝게 느껴졌다. 오는 길에 지나친 휴게실 텔레비전이 켜져 있는 걸로 미루어보아 그들 역시 뉴스 중계를 본 게 틀림없었다. 그들은 속성교육을 마치자마자 바로 다음날부터 생애 처음으로 미성년 성폭행범과 강간범들을 마주대해야 할 다섯 명의 신참 수습 교도관들이었다. 동그란 탁자 위에 각자의 노트와 볼펜을 올려놓은 이들은 새로운 세계를 경험할 준비가 되어 있었다.

짐승.

렌나트는 항상 그 단어로 설명을 시작했다. 그는 알코올 냄새가 강한 초록색 매직펜의 뚜껑을 열고 화이트보드 위에 대문자로 한 글자씩 띄어 적었다.

짐―승.

고요함. 그를 바라보고 있던 다섯 명의 수습 교도관들은 볼펜만 만지작거리며 머리를 굴리고 있었다. 받아 적어야 하나? 저런 걸 받아 적어야 좋은 인상을 줄 수 있는 걸까? 아니면 우스운 꼴이 되는 걸까? 신참들은 갈피를 잡지 못하고 혼란스러워하고 있었지만 렌나트는 그들의 반응에 개의치 않고 설명을 이어나갔다. 필요할 때는 간간이 화이트보드에 숫자나 단어 등등을 적었다.

"이 짐승들은 바로 이곳에서 죗값을 치르게 됩니다. 죄질이나 혹은 정신병 진단의 정도에 따라 2년에서 10년 형을 받고 들어옵니다."

여전히 고요한 분위기가 가시지 않았다. 평소보다 더 긴 적막감이 흘렀다.

"작년 한 해에만 이 시궁창처럼 작은 나라에서 5만5천 건의 유죄판결이 내려졌습니다. 어떻게 이런 수치가 가능하냐고요? 그건 저도 모르겠습니다. 그중에서 547건이 성폭행에 관한 범죄였습니다. 그리고 법원은 그 547건 중에서 절반 이

하의 판결에 대해서만 징역형을 선고했습니다."

　몇몇은 내용을 받아 적고 있었다. 수치를 받아 적는 건 쉬웠다. 통계자료 앞에서는 어떤 평가도 필요 없기 때문이었다.

　"따라서 스웨덴 전국에 있는 교도소가 한 번에 5천여 명의 죄수를 수용하는 데 212명에 지나지 않는 성범죄자들이 무슨 문제가 되겠느냐고 생각할 수도 있을 겁니다. 그렇지 않습니까? 고작 4퍼센트에 지나지 않는 비율이니 말입니다. 스물다섯 명 중에 한 명 꼴이니까요. 그런데 그들이 문제를 일으킨다는 겁니다. 그들 하나하나가 위험요소를 떠안고 있다는 말입니다. 왜냐하면 그들은 다른 사람들에게 증오와 혐오감을 불러일으키기 때문입니다. 그렇기 때문에 그들을 따로 모아 격리수용을 하고 있는 실정입니다. 이곳처럼 말이지요. 그런데 간혹, 감방이 부족한 경우가 발생합니다. 그럴 경우 일단 특별감호구역 수감 대기자 명단에 올려놓고 한시적으로 죄목이 다른 수형자들이 모여 있는 일반감호구역에 배치를 하곤 합니다. 그런데 만약 이들이—지금 아스프소스가 그런 경우입니다만—자신들의 구역에 강간범이 끼어들어와 있다는 사실을 알아내는 날엔 학살이 자행됩니다. 끔찍한 학살. 우리 교도관들이 끼어들 틈도 없이 순식간에 그들을 아예 가루로 만들어버린다는 겁니다."

　다른 일을 하다 재취업 교육을 받는 걸로 보이는 40대 남자가 마치 강의를 듣는 학생처럼 손을 들었다.

　"그 짐승이라는 표현 말입니다, 화이트보드에 적고 직접 말씀도 하신…….”

“그런데요?”

“그게 그렇게 중요한 겁니까?”

“글쎄요. 하지만 여기선 그렇게들 부릅니다. 아마 하루나 이틀이 지나면 여러분도 익숙하게 사용하게 될 거고요. 짐승만도 못하다는 표현이 어떤 뜻인지는 다들 아실 겁니다.”

렌나트는 기다렸다. 그다음에 어떤 말이 이어질지 잘 알고 있었기 때문이다. 다만 그 말을 누가 시작할까가 궁금할 뿐이었다. 그는 자신의 바로 앞에 앉아 있는 젊은 여성이 치고 나올 거라 확신했다. 젊은 사람일수록 경험한 것보다 앞으로 경험할 일이 더 많기 때문이다. 그래서 그들은 여전히 인간은 변할 수 있을 거라고 믿는다. 그들은 아직 흘러가는 시간 앞에서 사투를 벌여본 일이 없기 때문이다. 삶을 갉아먹고, 진을 빼놓는 대가로 노련한 경험과 융통성을 돌려주는 그 세월 앞에서.

그런데 그의 예상은 빗나가고 말았다. 그의 말을 받아친 장본인은 방금 전 질문을 던진 중년의 남성이었다.

“왜 그렇게 세상을 냉소적으로 바라보십니까? 그러실 권한이라도 있는 겁니까?”

다시 질문을 던진 남자는 흥분한 듯 보였다.

“전 이해할 수가 없습니다. 재취업 교육에서 배운 것들은 제가 이미 알고 있는 내용이었고, 또 인간은 물건이 아니라는 것도 배웠습니다. 하지만 제 상관이 되실지도 모를 분의 견해를 알고 나니 좀 섬뜩합니다."

렌나트는 한숨을 내쉬었다. 그런 식의 반응을 셀 수 없을 만큼 숱하게 겪은 그였다. 몇 년이 지나고 그들이 승진을 하고 여전히 같은 일을 하고 있거나, 혹은 다른 직장에서 다시 만나게 된다면, 아마 당시에 자신들이 고수했던 의견이 순진한 초년생의 풋내 나는 몽상에 불과했었다며 농담을 주고받게 될 터였다.

"여러분의 견해는 여러분 자신의 것입니다. 그건 인정합니다. 제가 냉소적으로 보이신다면, 그렇게 생각하셔도 상관없습니다. 하지만 그 전에 한 가지만 묻겠습니다. 아스프소스 교도소에서도 쓰레기들만 모여 사는 이 구역까지 찾아오시면서 재교육을 통해 그 성폭행범을 교화할 수 있으리라는 희망을 갖고 오셨습니까?"

다음날부터 A구역에서 교도관 생활을 시작하게 될 남자는 아무런 대답 없이 슬그머니 손을 내렸다.

"대답 소리가 안 들립니다. 그런 게 맞습니까?"

"아닙니다."

"그렇다면 이곳에 온 이유가 뭔지 말씀해주시겠습니까?"

"제가 자원한 건 아니었습니다."

렌나트는 만족스러운 표정을 감추기 위해 애썼다. 그는 연극과도 같은 그 상황이 결국 어떻게 끝나리라는 걸 아주 잘 알고 있었다. 그 자신이 무대의 주인공이기 때문이다. 렌나트는 한참 동안 아무런 말없이 다섯 명의 수습 교도관들을 차례차례 뜯어보았다. 하나는 의자에 앉아 몸을 배배 꼬고 있었고, 다른 하나는 계속해서 무언가를 받아 적고 있었다.

"솔직히 묻겠습니다. 여러분 중, 아스프소스 중앙교도소의 쓰레기들이 모여 사는 구역에 자원하신 분 있습니까?"

대답은 이미 알고 있었다. 그곳에서 17년을 일하면서 아동 성폭행범들이 득실거리는 A와 B구역에 자원한 교도관은 단 한 명도 본 적이 없었다. 다들 배정 현황에 따라 어쩔 수 없이 그곳으로 올 뿐이었고, 오자마자 다른 곳으로 전출 신청을 내기 바빴다. 그 역시 수장의 자리까지 맡아가며 문제의 구역을 지킨 이유가 더 많은 보수를 챙기는 것도 있었지만, 궁극적으로는 이 경력을 바탕으로 더 나은 보직으로 옮겨가길 바라기 때문이었다.

그는 다시 다섯 명의 수습 교도관들을 차례로 바라보았다. 자신의 마지막 질문에 대한 답을 굳이 기다리지는 않았다. 그들 각자가 그에 대한 해답을 찾아가는 과정을 거쳐야지만 앞으로 자신들에게 펼쳐질 몇 달 동안의 상황을 이해하고 받아들일 수 있기 때문이었다. 그는 창가에 서서 '학생들'에게 등을 돌렸다. 중천에 걸린 태양이 이글거린다. 비 구경을 한 게 얼마나 됐는지 기억도 나지 않았다. 죄수들은 운동장을 돌아다니며 먼지만 풀풀 날리고 있다. 몇몇은 축구를 하고 몇몇은 철조망을 따라 운동장을 돌고 있었다. 구석에 있던 죄수 두 명에게 시선이 돌아갔다. 그들은 경직된 동작으로 천천히 걷고 있었다. 렌나트는 그들이 릴마센과 그를 따라다니는 '하인'임을 알아보았다. 한창 약기운에 취한 상태라는 것도.

*

미카엘라는 일찍 떠났다. 그녀가 나가는 소리를 듣지 못한 걸 보니 깜빡 잠이 들었던 것 같다. 잠들었던 동네가 서서히 깨어나는 소리, 신문 배달부가 첫 신문을 돌리는 소리, 물건을 배달하는 트럭이 지나다니는 소리를 다 들은 새벽 5시 반이 되어야 겨우 눈을 붙이는 일은 이제 밤마다 반복되는 일종의 의식처럼 돼버렸다. 수많은 상념에 시달리느라 몇 시간을 허비하고 나면 심신이 지친 나머지 신경과민 증상도 결국 피곤에 백기를 들기 마련이다. 그러고 나서야 겨우 잠이 들고 텅 빈 방에서 오후가 시작되기 전까지 꿈나라 여행을 할 수 있었다.

어렴풋한 이미지들이 프레드리크의 머릿속을 떠돌아다녔다. 알몸으로 자신에게 기대 누워 있다 뺨에 입을 맞추고 샤워를 하기 위해 욕실로 향하는 미카엘라의 모습. 욕실 반대편 벽과 맞닿은 방에서 자고 있던 마리는 물소리를 듣고야 잠에서 깬다. 그날 아침은 옆집의 다비드가 자고 간 터라 미카엘라는 자신과 두 아이를 위한 아침식사를 준비했다. 프레드리크는 여전히 침대에 누워 있었다. 두 다리가 움직이기를 거부했기에 집에 있던 사람들과 자리를 함께 할 수 없었다. 그는 다시 공허함에 휩싸여 잠에 빠진 뒤 11시가 다 되어서야 침대에서 일어났다. 마리가 DVD플레이어에 집어넣은 만화영화 속 주인공들이 찢어지는 소리로 고함을 질러대고 있었기 때문이다.

밤에는 수면을 취해야 했다.

이런 식으로 지탱하기는 힘들었다.

불가능한 일이었다.

일은 고사하고 그 어떤 사회생활도 즐기지 않았다. 원래 그는 오전 8시부터 점심시간까지 가장 글을 많이 썼다. 하지만 이제는 차를 타고 스트렝네스에서 작업실이 있는 아느외 섬까지 갈 시간적 여유마저 사라져버렸다. 고작 15분 남짓한 거리인데도 말이다. 마리는 오전 시간을 혼자 보내는 법을 일찍이 터득했고 미카엘라는—그녀가 마리가 다니는 어린이집 보육교사라는 사실이 얼마나 큰 행운인지—동료 교사들이 오후반처럼 어린이집을 다니는 아이를 문제 삼지 않도록 알아서 잘 해결해주었다.

하지만 프레드리크는 그런 자신이 수치스러웠다.

마치 앞으로는 절대로 술 한 방울 입에 대지 않겠다고 맹세해놓고서 다음날 어김없이 취기에 몸도 가누지 못하는 알코올중독자가 된 기분이 들었다. 피곤하고 머리가 깨질 것 같은 데다 또다시 그다음 날에는 기필코 잘 해내리라는 생각을 반복하게 될까 두렵기까지 했다.

"아빠, 안녕."

사랑스런 딸이 그의 앞에 서 있었다. 프레드리크는 두 팔로 아이를 안아들었다.

"안녕, 우리 딸. 아빠한테 뽀뽀해줄래?"

마리는 그의 뺨에 입술을 가져다댔다.

"다비드는 갔어."

"그래?"

"걔네 아빠가 데리러 왔었어."

'그들은 내가 책임감 있는 사람이라는 걸 알잖아. 날 잘 안다고. 신경 쓸 것 없어.'

프레드리크는 그렇게 생각하며 어깨를 한 번 들썩이고 마리를 내려놓았다.

"밥은 먹었니?"

"미카엘라 선생님이 아침 차려줬어."

"그럼 한참 전이겠네? 뭐 먹고 싶은 거 있어?"

"어린이집 가서 점심 먹고 싶어."

이미 오후 1시 15분이 지나고 있었다. 어린이집이 몇 시까지 아이들을 봐줄까? 지금 가도 점심거리가 남아 있을까? 옷 갈아입는 데 10분, 차 타고 가는 데 5분. 1시 반이 되어야 도착한다는 계산이 나왔다.

"좋아. 그럼 옷 갈아입고 가자."

프레드리크는 옷장에서 청바지 하나를 꺼내고 의자 위에 걸쳐놓았던 하얀 셔츠를 집어 들었다. 더운 날씨였지만 반바지는 죽도록 싫었다. 허여멀건 두 다리를 드러내놓고 다니는 모습이 우스꽝스럽게 느껴졌기 때문이다. 마리는 티셔츠와 반바지를 손에 들고 그에게 뛰어왔다. 그는 딸아이를 향해 최고라는 뜻으로 엄지손가락을 치켜세운 뒤 아이가 티셔츠 입는 걸 도와주었다.

"됐다. 신발은 뭐 신을래?"

"빨간 구두."

"좋았어."

프레드리크는 아이의 발을 하나씩 들어 올려 구두를 신기고 장식 버클을 채웠다. 모든 준비가 완료된 상태였다.

바로 그때 전화벨이 울렸다.

"아빠, 전화!"

"안 돼. 시간 없어."

"시간은 충분해."

마리는 황급히 부엌으로 뛰어갔다. 그러고는 발끝을 들고 냉장고 옆 벽면에 달린 전화기를 가까스로 집어 들었다. "여보세요."라는 말과 함께 아이의 얼굴에 함박웃음이 피어올랐다. 마리는 아빠를 향해 속삭였다.

"엄마야."

프레드리크는 고개를 끄덕였다. 마리는 전날, 무시무시한 늑대한테 쫓긴 이야기를 비롯해 결국은 돼지가 이겼다는 이야기를 장황하게 늘어놓았다. 뿐만 아니라 목욕할 때도 거품비누가 다 떨어졌는데 욕실 찬장에 두 병이 더 남아 있었다는 걸 자신은 알고 있었다고 설명했다. 그러고는 까르르 웃더니 수화기에 뽀뽀를 하고 아빠를 바꿔주었다.

"엄마가 아빠 바꾸래."

그는 여전히 잠이 덜 깬 상태였다. 프레드리크는 딸을 기다리느라 무릎을 꿇은 상태에서 다시 일어나 수화기를 받아들었다. 하지만 그의 귀는 두 여자의 목소리를 명확히 구분하지 못할 정도로 정상이 아니었다. 세상 그 무엇보다 열정적으로 사랑했지만 결국은 그에게 헤어지자고 선언한 앙네스라는 전처, 그리고 불과 몇 시간 전까지 자신과 한 침대에 누워 있다가 출근한 열여섯 연하의 미카엘라라는 여인. 수화기 너머로 들려오는 앙네스의 목소리를 들으면서도 알몸으로 자신의 곁에 누워 있던 미카엘라의 채취가 느껴지는 듯했다. 자기 자신이 동시에 두 공간에 존재하는 것 같은 착각마저 들었다. 갑자기 현기증이 일더니 숨이 가빠왔고 물건이 뻣뻣하게 서기 시작했다. 그는 마리의 시선을 피하기위해 순간적으로 몸을 돌렸다.

"여보세요?"

"몇 시에 올 거야?"

"무슨 말이야?"

"오늘은 마리가 우리 집에 오는 날인 것 같은데."

"아니야."

"아니라니? 무슨 소리 하는 거야?"

"당신 집에 가는 건 월요일이잖아. 날짜 바꿨잖아. 벌써 잊은 거야?"

"난 그렇게 한 적 없어!"

그는 피곤에 지친 상태였다. 지금은 아니다. 오늘은 그만
두자.

"앙네스. 나 지금 피곤하기도 하고 엄청 바빠. 마리도 바
로 옆에 있고. 애 앞에서 언쟁하고 싶지 않거든."

그는 수화기를 마리에게 넘겨주면서 당장 나가야 한다고
엄마에게 전하라는 손짓을 해보였다.

"엄마, 우리 지금 바빠. 어린이집 가야 하거든."

앙네스는 짜증이나 신경질을 아이에게로 돌리지 않는 훌
륭한 엄마였다. 단 한 번도 그런 적이 없었다. 프레드리크도
그녀의 그런 점만큼은 높이 샀다.

"엄마, 이제 가야 해."

마리는 다시 발끝을 들어 수화기를 벽에 걸어놓았다. 하
지만 제대로 걸리지 않아 아래로 떨어져 전자레인지에 부딪
히며 큰 소리를 냈다. 프레드리크는 전화기로 다시 다가가
수화기를 집어 들고 제대로 벽에 걸어놓았다.

"자, 이제 서둘러야지."

두 부녀는 부엌을 빠져나갔다. 가는 길에 식탁 위에 걸린
괘종시계를 쳐다보았다. 1시 25분. 반까지는 도착할 것 같
다. 마리가 5시 15분까지 유치원에서 시간을 보낼 거라는 건
잘 알고 있다. 그러니까 느지막이 점심을 먹고 몇 시간 밖에
서 놀게 될 것이다. 그러면 아마 하루 종일 논 것 같은 기분

이 들어 데리러 갔을 때 좋아할 것 같았다.

*

 1시 반. 스벤은 에베트의 책상 위에 놓인 알람시계를 멍하니 쳐다보고 있었다. 그는 벌써 몇 시간 전에 근무를 마친 상태였다. 한시라도 빨리 집으로 돌아가 아니타와 유나스와 함께 자신의 마흔 번째 생일파티를 벌이고 싶은 마음만 간절할 뿐이었다.

 밤낮을 가리지 않고 시경 소속 형사 본연의 임무를 다하겠다는 의욕이 전과 같지 않다는 생각이 들었다. 결혼 첫날밤에 근무를 서도 상관없다, 야근에 지장을 주느니 차라리 이혼을 하겠다는 타입이었는데. 최근 들어 에베트 선배와 그런 문제에 대해 많은 대화를 나눠온 터였다. 두 사람은 그런 이야기를 주고받으며 점점 가까워졌다. 스벤은 자신을 괴롭히는 금지된 감정을 털어놓으려 애썼다. 그는 이제 어느 머저리 같은 범죄자가 무슨 죄를 짓고 다니는지, 그러다 감방에 끌려들어가든 말든 아예 관심이 가지 않는다고 했다. 개 같은 일은 언제든 일어나기 마련이니까. 그러다 마흔이 되자 은퇴할 날만 기다려진다고 토로했다. 테라스에 앉아 한가롭게 점심을 먹고, 해변으로 나가 몇 시간이고 산책을 하고, 학교 수업을 마친 유나스가 넘치는 생명력을 책가방 한 가득 담고 집으로 뛰어 들어올 시간에 맞춰 집에 돌아와 있는 일. 은퇴 후에 하고 싶은 일들이다. 형사 생활도 벌써 20년째다. 하지만 은퇴까지는 여전히 25년이 더 남아 있다. 숨이 막히는 것 같았다. 거지 같은 경찰서에 앉아 점점 늘어가기만 하는 미제사건 관련 서류 더미에 파묻혀 쏜살같이 지나가는 시간을 덧없이 흘려보내야 한다는 생각을 받아들이고 싶지도, 받아들일 수도 없었다. 아버지가 은퇴할 무렵이면 아들 유나스는 서른두 살이 될 것이다. 부자지간의 돈독한 정을 쌓기에는 너무 늦은 나이이다.

에베트는 후배의 심정을 십분 이해할 수 있었다. 비록 자신은 가족도 없고 하루 종일 서에서 근무하는 게 일상의 전부이긴 하지만 말이다. 그 역시 경찰 일을 먹고, 마시고, 호흡했던 사람이었다. 그럼에도 불구하고 그 일이 무의미하다고 느낄 때가 대부분이었다. 그리고 그날이 오면, 별로 생각하고 싶진 않지만 자신 역시 더 이상 이 세상 사람이 아닐 거라고 공언해왔다.

"선배."

"왜?"

"저 그냥 집에 갈래요."

에베트는 무릎을 꿇고 앉아 또다시 쓰레기통에서 튕겨 나온 내용물들을 담고 있었다. 바닥에 짓이겨진 바나나 껍질 두 개가 베이지색 카펫 위에 큼지막한 얼룩을 남겨놓았다.

"그러고 싶다는 거 나도 알아. 그런데 자네도 잘 알잖아, 우리 처지. 룬드를 체포할 때까진 집 근처에 얼씬도 할 수 없다는 거."

그는 고개를 들고 책상 위의 알람시계를 쳐다보았다.

"그 자식이 탈옥한 지 여섯 시간 반째야. 그런데 우린 소재파악도 못 하고 있는 실정이잖아. 아무래도 자네 생일 케이크 자르는 건 나중으로 미뤄야겠어."

《내 마음을 아프게 하지마(Skona mitt hjärta)》. 오리지널 타이틀 〈픽 업 더 피시스(Pick up the pieces)〉. 교향악단과 합창단을 대동한 1963년 공연실황이다. 세 번째 편집음반 표지의 시브 말름크비스트는 카메라를 향해 미소를 날리고 있었지만 초점이 맞지 않았다.

"이 사진, 이거 내가 찍은 거야. 자네한테 말했었나? 1972년 크리시안스타의 폴켓츠 파크에서 찍은 거야."

그는 여전히 의자에 앉아 있는 스벤의 앞으로 다가가 살짝 고개를 숙인 다음 두 팔을 내밀었다.

"한 곡 추시겠습니까?"

그러고는 상대의 대답도 기다리지 않고 뒤로 돌더니 정말로 춤을 추듯 스텝을 밟았다. 늙수그레한 데다 한쪽 다리도 성치 않은 에베트 그렌스 형사가 1960년대 초에 녹음된 음악에 맞춰 자신의 사무실에서 이리저리 흔들고 돌아다니는 장면은 신기할 따름이었다.

두 사람은 스벤의 차를 이용했다. 에베트는 조수석에 놓인 케이크 상자와 술병이 담긴 봉투를 뒷자리로 옮겨놓았다. 두 사람은 크로노베리를 지나 E18 고속도로로 접어들었다. 도시의 거리는 한산했다. 폭염이 상대적으로 서늘한 공원이나 해변으로 사람들을 몰아냈기 때문이었다. 시커먼 아스팔트는 생명의 흔적이라면 모조리 튕겨낼 듯 이글거리고 있었다. 심지어 숨을 내쉬어도 뜨겁게 반사되어 되돌아오는 것 같았다.

스벤은 빠른 속도로 차를 몰았다. 벌써 두 차례 노란불을 무시하고, 또다시 두 번이나 정지등을 어기면서 초록불을 기다리고 있던 운전자들의 경적에도 아랑곳하지 않고 질주했다. 두 사람 휘하엔 대략 스무 명 남짓 되는 경관이 배치되었지만 단서라고는 아무것도 없는 상태였다.

"아이들 발을 핥는다고."

에베트는 차에 올라탄 뒤로 굳게 입을 다문 채 앞만 주시하고 있었다. 갑작스런 말에 깜짝 놀란 스벤은 자신이 추월하려던 버스를 들이받을 뻔했다.

"그런 식의 범행은 처음이었어. 강간당하거나 살해된 아이들, 날카로운 금속으로 고문당한 아이들은 본 적이 있었는데……. 바닥에 널브러져 있던 아이들 사체는 피범벅이었지만 발만큼은 아주 깨끗한 상태였어. 법의관 말이 타액성분이 다량으로 발견되었다더라고. 즉, 아이들을 살해하기전, 혹은 후에 그 미친 녀석이 아이들 발을 몇 분이 넘도록 핥았다는 거야."

스벤은 가속페달을 더 꾹 밟았다. 뒷자리에서 비닐봉투에 담긴 술병들이 좌우로 쏠리며 쨍그랑 소리를 냈다.

"아이들 옷가지는 반듯하게 갠 상태로 바닥에 일렬로 줄 지어놓았는데 신발이 맨 마지막이었어. 분홍색 에나멜 구두하고 흰 운동화. 옷가지들은 시체와 마찬가지로 먼지와 피를 뒤집어쓴 상태였어. 하지만 구두는 아니야. 구두는 눈이 부시도록 반짝거렸다고. 거기서도 타액이 검출됐어. 한참 동안 그걸 물고 빨고 했던 거야."

E18 고속도로마저 한산할 정도로 차들이 보이지 않았다. 스벤은 왼쪽 차선을 달리며 간혹 나타나는 차들을 앞질러갔다. 뭐라 대꾸할 힘도, 룬드에 관해 질문을 던질 힘도 없었다. 더 이상 알고 싶지도 않았다. 하마터면 출구를 지나칠 뻔한 스벤은 나들목 바로 직전에 속력을 줄이고 순식간에 차선 세 개를 가로질러 아스프소스로 빠져나가는 출구를 탔다.

렌나트 오스카숀은 주차장에서 두 사람을 기다리고 있었다. 잔뜩 긴장한 채 겁에 질린 표정이었다. 탈옥사건 최대의 희생양은 바로 그였다. 미디어가 타깃으로 삼은 게 바로 그였기 때문이다. 렌나트는 단지 두 명의 교도관을 시켜 한밤중에 벤트 룬드를 병원으로 호송시킨 자신의 결정에 대해 에베트 그렌스 형사가 어떻게 생각하고 있을지 뻔히 알고 있었다.

"안녕하십니까."

에베트 그렌스는 상대가 악수를 청하자 잠시 뜸을 들였다. 자신의 주변에 널린 멍청한 인간들을 약 올리는 게 재밌기라도 한 듯한 분위기였다.

"안녕하셨소."

렌나트는 악수한 손을 잡자마자 바로 풀고 스벤 쪽으로 돌아섰다.

"안녕하십니까. 렌나트 오스카숀이라고 합니다. 전에 뵌 적이 없는 분 같습니다."

"스벤, 스벤 순드크비스트라고 합니다."

세 사람은 교도소 정문을 향해 걸어갔다. 그들이 도착하자 철문이 열렸다. 세 사람은 나란히 교도소 안으로 들어갔다. 경비 근무자는 여전히 베리였다. 그는 에베트를 알아보았다. 두 사람은 고개를 숙여 인사를 주고받았다. 하지만 스벤은 처음이었다.

"저분은 어디 가시는 겁니까."

렌나트는 걸음을 멈추고 강화유리문 뒤에 있는 베리에게 다가가 못마땅한 표정을 지으며 쏘아붙였다.

"스톡홀름 시경에서 나온 분이야. 나랑 같이 왔잖아."

"방문 예정자 명단엔 없습니다."

"룬드 탈옥사건을 담당하는 수사관들이라고."

"그건 제 알 바 아닙니다. 중요한 건 저 양반 이름은 방문 예정자 명단에 없다는 겁니다."

스벤은 렌나트가 버럭 고함을 지르기 바로 직전에 끼어들었다. 아마 그 순간 화를 냈다면 자신이 뱉어낸 말을 후회했을지도 모를 일이다.

"여기 신분증 있습니다. 됐습니까?"

베리 교도관은 신분증 사진을 마치 연구하듯 한참 살펴보더니 컴퓨터에서 스벤이라는 이름을 검색해보았다.

"오늘이 생일이시군요."

"그렇습니다."

"어쩌다 이런 좋은 날 여기까지 오신 겁니까?"

"그건 내 사정이고, 들여보내 줄 겁니까, 말 겁니까?"

베리는 그에게 들어가도 좋다고 손짓을 했다. 세 사람은 첫 번째 복도로 들어갔다. 에베트는 껄껄거리며 웃었다.

"융통성 없는 건 여전하군그래! 도대체 저런 인간을 왜 아직도 안 자른 거요? 저 친구만 있으면 교도소에서 나가는 것보다 들어오는 게 더 힘들겠어."

안으로 걸어 들어가면서 주변을 살펴보던 에베트는 한숨을 내쉬었다. 스웨덴 어느 교도소에서나 볼 수 있는 따분한 풍경이었다. 벽에 걸린 벽화들은 외부 심리치료사의 지도 아래 재소자들이 완성한 그림이었다. 간혹 소질이 있어 보이는 작품도 있다. 하지만 하나같이 파란 바탕에 뻔한 상징들만 가득 찬 그림이 대부분이었다. 활짝 열린 교도소 정문, 하늘을 날아가는 새들, 자유를 상징하는 그렇고 그런 의미의 소재들. 일종의 그라피티 같은 작품에는 벤케, 렐레, 힝켄, 소란, 야리, 예텐이라는 서명과 함께 1987년이라는 연도가 쓰여 있었다.

렌나트가 열쇠꾸러미를 꺼내 복도 끝 쪽에 설치된 철문을 열었다. 세 사람은 때마침 체육관으로 향하던 일련의 재소자들과 마주쳤다. 앞뒤로 각각 두 명의 교도관들이 그들을 인솔하고 있었다. 에베트는 그들 중 일부를 알아보고는 또다시 한숨을 내쉬었다. 몇몇은 자신이 직접 신문을 했던 놈들이고, 또 다른 몇몇은 그놈들에게 불리한 증언을 했던 또다른 범죄자들이었기 때문이다. 게다가 자신이 제복을 입고다니던 순찰경관 시절 직접 체포했던 얼굴도 보였다.

"이게 누구신가, 그렌스 나리 아니신가. 어인 일로 여기까지 산책을 오셨을까?"

스티그 린드그렌. 철창 밖의 세상에서는 도저히 살아갈 능력이 없는 단골손님이었다. 차라리 감방에 처넣고 열쇠를 어딘가에 버리는 게 낫겠다는 생각이 들 정도로 대책 없는 인간이었다. 에베트는 경찰 노릇을 하면서 그런 인간들을 대할 때마다 신물이 났다.

"닥쳐, 린드그렌. 그렇게 나불대면 하찮은 니 쫄따구들한테 니가 왜 릴마셴이라고 불리는지 확 불어버릴 테니까."

계단 하나를 올라가자 A구역이 나왔다. 성범죄자들의 집합소.

렌나트 오스카숀이 앞장을 서고 스벤과 에베트는 주변을 살피며 천천히 그 뒤를 따랐다. 다른 교도소와 별반 차이는 없지만 그곳의 수감자들이 저지른 범죄는 바깥세상에서나 철창안의 세상에서나 혐오의 대상이라는 차이가 있었다.

렌나트는 11호 독방 문을 가리켰다. 주변의 다른 감방들은 몇 년씩 문 뒤의 공간에서 기거했던 수감자들이 나름의 방식으로 꾸미고 가꾼 흔적이 보였다. 포스터나 신문기사 스크랩 혹은 사진⋯⋯. 하지만 11번 감방은 예외였다. 벤트 룬드의 감방은 벌거숭이 상태였다.

에베트 그렌스는 6개월 전, 그 안에 발을 들였던 기억이 떠올랐다. 소아성애자 범죄조직에 대한 수사를 벌일 때였다. 각종 데이터베이스와 인터넷 네트워크, 그리고 비밀스러운 이메일 주소로 구축된 새로운 차원의 폐쇄된 사회를 처음으로 맛본 사건이었다. 당시 그는 믿기지 않는 사진들을 수도 없이 발견했다. 알몸 상태로 능욕과 강간, 고문까지 당하는 아이들의 사진. 사건을 맡았던 수사진들과 그는 관련 조직이 외국과의 검은 커넥션을 긴밀히 구축하고 있을 것이라고 추측했다. 하지만 사건을 파 들어갈수록, 그들 조직이 상상 외로 철저한 보안에 감싸여 있으며 고도로 지능화되어 있을 뿐 아니라 도발적이라는 사실을 발견했다.

성폭행 상습범들 중에서도 '최고'로 꼽히는 구성원은 총 일곱 명이었다. 그중 하나는 수감 중이었고, 대다수는 형을 마치고 자유의 몸이 된 상태였다.

그들은 인터넷 공간에 가상의 무대를 만들어놓고 마치 정규방송처럼 정해진 시간에만 은밀한 사진들을 게재했다. 매주 토요일 저녁 8시부터. 그들의 고객들은 컴퓨터 화면 앞에 앉아 매주 그 시간에 펼쳐질 영상을 기다렸다. 매주 '시청자들'의 요구사항은 수위가 높아졌다. 전주보다 강렬한 자극

대략 최근의 일

143

을 원했던 것이다. 알몸의 아이들로 시작해서 서로 애무하는 장면까지, 그리고 그게 성이 안 차면 어린아이들을 강간하는 수준까지 이르고, 절정은 강간의 방식에 강도 높은 폭행을 곁들이는 행위였다. 일곱 명의 소아성애자들이 그들만의 은밀한 네트워크를 구축한 뒤 자신들이 직접 벌인 성폭행 현장 사진들을 스캔해서 온라인 세상에 띄워온 것이다.

그들은 조회건수를 높이기 위해 점점 강도 높은 아동 포르노 사진들을 올리다 체포되기까지 1년여 동안 서로 경쟁하듯 그런 짓을 일삼았다.

그 일곱 중 하나가 바로 벤트 룬드였다. 그는 유일하게 감방신세를 지고 있던 조직원이었으며, 수감되기 전에 찍은 사진들을 교도소 내 컴퓨터를 통해 온라인상에 띄운 유일한 인물이기도 했다. 벤트 룬드의 범죄행각은 '그들만의 리그'에서도 독보적인 대우를 받았다. 그 뒤로, 세 명의 범죄자가 체포되어 중형을 선고받았다. 네 번째 인물, 호칸 악셀손은 재판을 앞두고 있었다. 나머지 두 명의 경우 증거 부족으로 인해 불기소 처분이 확실했다. 그들이 용의자라는 것은 세상사람 모두가 아는 사실이었지만 그런 건 중요치 않았다. 입증할 수 없는 사실은 존재하지도 않기 때문이었다. 그 둘은 어떠한 처벌도 받지 않고 버젓이 세상 밖으로 걸어 나가 형사들이 눈에 불을 켜고 수사 중인데도 또다시 아이들을 유인해 포르노 사진을 찍고 그 결과물을 퍼뜨릴 수 있는 네트워크를 형성할 게 분명했다.

세상에는 그런 인간들이 적지 않게 존재했다. 하나가 잡혀 들어가면 다른 하나가 다시 그 빈자리를 채우는 식이었다.

에베트는 자신이 원망스러웠다. 초동수사 당시, 룬드를 먼저 조사하러 교도소를 찾았어야 했다. 하지만 물리적인 시간이 턱없이 부족했고 언론이 나서서 여론을 선동했기 때문에 직접 아스프소스를 방문하려던 계획을 접었던 것이다. 대신, 두 명의 젊은 수사관을 그의 감방으로 보냈다. 그곳에는 아동 포르노 사진이 수천 장씩 저장된 시디롬이 감방 천장에 닿을 만큼 쌓여 있었다고 했다. 만약 그날, 그가 11번 감방 문을 직접 열고 들어갔었다면 룬드가 이렇게 과감한 모험을 감행하도록 그냥 내버려두지는 않았을 것이다.

"들어가시죠."

렌나트는 열쇠를 돌려 감방 문을 열었다.

"보시다시피, 룬드는 정리정돈 하나만큼은 남들보다 뛰어났습니다."

스벤과 에베트는 문턱에 멈춰 섰다. 감방의 분위기가 남달랐기 때문이다. 겉보기에는 다른 감방과 전혀 다를 게 없었다. 대략 8평방미터 크기에 창문, 침대, 벽장, 세면대가 하나씩, 책장 몇 개. 모든 게 정상이었다. 놀라운 것은 촛대, 돌멩이, 나뭇조각, 볼펜, 끈, 옷가지, 서류철, 건전지, 책, 노트 등의 물건들이 마치 전시라도 하듯 각각 2센티미터 간격으로 가지런하게 줄지어 있다는 것이다.

에베트는 외투주머니를 뒤적거렸다. 다이어리에 눈금자

가 달려 있기 때문이다. 그는 룬드의 소지품 앞으로 다가가 돌멩이 사이의 간격을 자로 재보았다. 1밀리미터의 오차도 없는 2센티미터. 창가에 놓인 여러 개의 볼펜 간격, 책장과 바닥에 놓인 책들, 끈과 건전지, 노트와 담뱃갑들의 간격 역시 일치했다.

"항상 이런 식이었습니까?"

렌나트는 고개를 끄덕였다.

"그렇습니다. 취침시간이 되면 침구를 펼치고 모든 돌멩이들을 바닥에 내려놓은 다음 일렬로 늘어놓습니다. 아침에는 그 반대의 과정이 진행됩니다. 침구를 정리하고 바닥에 내려놓았던 돌멩이를 모두 주워 침대 위에 2센티미터 간격으로 정리하는 거죠."

스벤은 볼펜의 위치를—지극히 평범한 볼펜들이었다.— 흐트러뜨렸다. 돌멩이 몇 개를 들어 이리저리 살펴보기도 했다. 역시 평범한 돌멩이였다. 빈 서류철, 백지 상태의 노트 역시 특별할 건 없었다. 그는 렌나트를 돌아보며 입을 열었다.

"이해가 가지 않습니다."

"이해해야 할 게 있긴 합니까?"

"글쎄요. 무언가가 있겠지요. 도대체 무슨 이유로 여자아이의 발을 핥는 걸까 정도?"

"그 이유를 왜 알고 싶으신 겁니까?"

"그가 어떤 인간인지 알고 싶습니다. 또 어디로 갔는지.

그냥 당장이라도 그 개자식을 잡아 처넣고 집으로 돌아가 생일 케이크를 먹고 거나하게 취하고 싶거든요."

"미안한 말이지만, 죽었다 깨나도 그 이유는 이해할 수 없을 겁니다. 이성으로는 도저히 납득할 수 없는 차원이니까요. 그 인간도 자신이 왜 죽은 여자아이들의 발을 핥는지 모를 겁니다. 마찬가지로 자신이 도대체 무슨 이유로 소지품들을 각각 2센티미터 간격으로 늘어놓는지도 모를 겁니다."

에베트는 다이어리를 한 손에 들고 엄지손가락을 2센티미터 눈금까지 가져간 다음 얼굴 가까이 댔다.

"통제에 관한 거야. 그런 거라고. 강간범들은 그런 식으로 행동하거든. 그 녀석들을 흥분시키는 건 자신이 상황을 통제한다는 생각이야. 룬드는 비정상적으로 극단적인 경우지. 하지만 다 똑같아. 이렇게 돌멩이 늘어놓는 것도. 질서, 구조, 통제."

에베트는 다이어리를 침대 위로 향하더니 일렬로 늘어선 돌멩이 맨 뒤로 가져간 뒤 툭하고 앞에 있던 돌멩이를 건드렸다. 돌멩이들이 하나씩 바닥으로 굴러 떨어졌다.

"룬드가 상당히 가학적인 변태라는 건 이미 알려진 사실이야. 그리고 상황 통제능력을 쥐고 있다는 감정이 이런 범죄자 녀석들 물건을 벌떡벌떡 일으켜 세운다는 것도 다 알려진 거고. 자신에게 힘이 있고 상대가 복종할 때, 상대에게 어떻게 해를 입힐지 자신이 결정할 때 이런 녀석들 물건에 힘이 들어간다는 거. 그렇기 때문에 결박당한 채 능욕당한 아홉 살짜리 어린아이들을 향해 용두질을 하고 사정까지 한 거라고."

그는 다이어리로 다시 창가에 줄지어 있던 볼펜을 건드렸다. 다이어리가 살짝 스치고 지나가자 볼펜들이 바닥으로 쏟아져 내렸다.

"그런데 사진 말입니다. 컴퓨터에 보관하던 그 사진들. 그건 어떤 식으로 관리를 했습니까?"

렌나트는 차례로 바닥에 떨어져 내린 뒤 무질서하게 뒤섞인 볼펜들을 한참 응시하고 있었다. 그러다가 놀란 듯한 눈빛으로 에베트를 바라보았다. 마치 방금 전의 질문을 이해하지 못한 것처럼.

"어떤 식이라니요?"

"어떤 식으로 정리되어 있었습니까? 젠장, 잘 기억이 나지 않네요. 사진 속 얼굴들, 눈, 비탄의 분위기는 기억나는데 사진 사이의 간격은 어땠는지 기억이 나지 않습니다."

"저도 알 리가 없죠. 그런 건 생각도 못 했으니까요. 하지만 확인해볼 수는 있습니다. 수사에 도움이 되는 중요한 단서라면 말입니다."

"그래요. 대단히 중요한 겁니다."

렌나트는 침대 위에 앉았다.

"내일이면 되겠습니까?"

"아니요."

"알겠습니다. 금방 드리지요. 여기 볼일이 끝나시면 확인해보겠습니다. 자료는 제 사무실에 있으니까요."

그들은 감방 안을 난장판으로 만들었다. 그러면서 벤트 룬드가 지난 4년간 기거했던 감방의 구석구석을 이 잡듯 뒤져보았다.

아무런 단서도 나오지 않았다.

룬드는 별다른 계획을 세워놓지 않은 것 같았다.

즉, 탈옥은 사전계획에 의한 것이 아니었다.

*

프레드리크는 자동차 문을 열었다. 스트렝네스를 지나오면서 지나치게 과속을 한 것 같았다. 제한속도가 30킬로미터인 토스테뢰 다리 위에서 60킬로미터나 밟고 왔으니 그럴 만도 했다. 하지만 딸아이에게 1시 반까지 어린이집에 데려다준다고 약속한 이상 어쩔 수가 없었다.

아빠는 마리가 유치원에 가야 일을 할 수 있었다. 어제의 거짓말로 시작해서 오늘도 여전히 계속되는 거짓말이었다. 마리가 유치원에 가는 이유는 체면상의 문제였다. 그래야만 남들의 눈에 여기저기서 청탁이 밀려들어와 혼자 조용히 집필할 시간이 필요한 대단한 작가처럼 보이기 때문이었다. 하지만 집필 중인 원고에 단 한 글자도 추가하지 못하고 지내온 게 벌써 몇 주째다. 사방이 완전히 꽉 막혀, 도대체 어떻게 해야 그 상황을 벗어날 수 있을지도 알 길이 없었다.

그랬기 때문에 밤마다 자살한 형의 기억과 아버지의 폭행에 대한 기억에 시달렸던 것이다. 또 그랬기 때문에 알몸으로 자신의 곁에 누워 있던 젊고 아름다운 여인을 마음껏 사랑해주지 못하고 끊임없이 전처 앙네스와 비교하며 이미 완료형이 되어버린 그녀와의 과거에 사로잡혀 지냈던 것이다.

마치 글을 쓰는 데 생각할 시간을 빼앗기기라도 한 것처럼 원래 그는 다른 감정을 느끼지 않으려고 쉬지 않고 미친듯이 일하던 사람이었다. 멈추지 말고 무조건 전진하라는 명령을 내리는 엔진을 가슴속에 지니고 살아왔다. 바쁘고 정신없이 일을 할 때는 적어도 과거에서 벗어날 수 있었으니까.

프레드리크는 유치원 바로 앞, 유턴 전용 공간에 차를 세웠다. 이미 여러 차례 주정차위반으로 벌금을 물었지만 굳이 다른 곳에 차를 세우고 싶지 않았다. 그는 마리가 안전벨트 푸는 것을 도와주고 뒷문을 열어주었다. 여전히 차 안보다 차 밖이 더 더운 날씨의 연속이었다. 하루 중 무더위가 정점을 찍는 순간인지 그늘의 온도마저 섭씨 30도를 육박했다. 이상한 여름 날씨였다. 5월 초부터 시작된 무더위가 멈출 기색을 보이지 않았기 때문이다. 근 한 달이 넘도록 비가 온 날은 딱 하루뿐이었다.

부녀는 유치원 정문을 향해 걸어갔다. 마리는 아빠 앞에서 두 발을 모아 뛰었다가 오른발로 서고, 다시 두 발을 모아 뛰었다가 이번에는 왼발로 서며 깡충깡충 뛰어갔다. 마리에게는 신나는 일이었다. 유치원에는 미카엘라를 비롯해 다비드, 그리고 스물다섯 명의 꼬마친구들이 기다리고 있었기 때문이다. 프레드리크는 한 번도 딸아이의 다른 친구들 이름을 외우려고 애써본 적이 없다.

프레드리크와 마리는 정문 앞 벤치에 앉아 있는 어느 학부형 앞을 지나갔다. 프레드리크는 그에게 목례를 하며 어느 꼬마의 아빠일까 생각해보았지만 전혀 짐작이 가지 않았다.

미카엘라가 현관으로 나와 두 사람을 반겨주었다. 그녀는 프레드리크에게 입을 맞추고 잠은 잘 잤는지, 자신이 보고 싶었는지를 물었다. 그는 그렇다고 대답했다. 보고 싶었다고. 정말 그랬을까? 그건 자신도 알 수 없었다. 잠을 이루지 못하고 뒤척이던 밤에는 그녀의 몸이 필요했다. 미카엘라와 살을 맞대며 그녀에게서 온기를 느끼고 자신의 두려움까지 밀어내는 게 습관이 되었으니까. 하지만 낮에도 그랬을까? 그런 일은 많지 않았다. 프레드리크는 미카엘라를 바라보았다. 자신보다 열여섯 살이나 어린 나이. 너무 젊다. 눈부시게 아름답다. 그런 그녀와 어울릴 자격이 없는 것 같다는 생각이 들 정도였다. 흔히들 연인관계가 유지되려면 엇비슷한 나이에 외모도 서로 떨어지지 않는 수준이 되어야 한다고 했다. 그런 얼토당토않은 헛소리는 어디서 주워들은 걸까? 그런데 그런 말을 믿고 있는 걸까? 그런 생각들은 마치 깊게 각인된 폭력의 기억처럼 그의 머리 한구석을 차지하고 있었다.

미카엘라와 가까워진 것은 이혼 뒤의 일이었다. 그가 매일 아침 마리를 유치원에 데려다줄 때마다 그녀는 그 자리에 서 있었다. 어느 날, 제법 먼 거리를 같이 걸어갈 일이 있었다. 프레드리크는 자신의 고통을 털어놓았고 미카엘라는 그 이야기를 들어주었다. 그 뒤로도 여러 차례, 그가 투정에 가까운 불만을 털어놓을 때마다 그녀는 귀 기울여 들어주었다. 그러던 어느 날, 두 사람은 프레드리크의 집으로 갔다. 그리고 오후 내내 열정적으로 사랑을 나누었다. 문을 꼭 걸어 잠그고. 마리와 다비드가 거실에서 소란스럽게 뛰어노는 동안.

프레드리크는 마리가 실내화로 갈아 신을 수 있도록 빨간 구두의 반짝이는 장식 버클을 풀어주고 구두를 신발장에 올려놓았다. 신발장에는 마리만의 상징인 코끼리 문양이 붙어 있었다. 다른 친구들의 신발장에는 소방차, 축구선수, 만화영화 주인공 등이 붙어 있지만 마리는 코끼리를 골랐다. 아빠는 딸아이에게 실내화를 건네주었다.

"아빠, 가지마."

마리는 아빠의 팔을 꼭 붙잡았다.

"어린이집에 오자고 한 건 마리였잖아! 그리고 여기 미카엘라도 있고, 다비드도 있고."

"그래도 가지 말고 기다려, 아빠."

아빠는 두 팔로 딸아이를 안아 올렸다.

"마리도 아빠가 일해야 한다는 거 알잖아."

마리는 애원하는 눈빛으로 아빠의 두 눈을 바라보았다.

아빠는 한숨을 내쉬었다.

"좋아. 그런데 아빠, 오래는 못 있어."

아빠 팔에 꼭 달라붙어 있던 마리는 자신의 상징인 코끼리에게 뽀뽀를 해주었다. 그러고는 손가락으로 코끼리 발, 등, 코의 윤곽을 따라 그려보았다. 프레드리크는 미카엘라를 돌아보며 어쩔 수 없다는 제스처를 취했다. 4년 전, 앙네스가 떠난 뒤로 이 어린이집에 온 첫날부터 반복된 일이었다. 매번 아이를 어린이집에 데려다줄 때마다 기다리는 건 오늘이 마지막이라고, 내일부터는 아무런 마음의 부담 없이 작별인사와 함께 돌아올 수 있으리라는 희망을 품고 지내왔다.

"오늘은 또 얼마나 계시다 가려고요?"

두 사람이 유일하게 대립하는 사안이었다. 미카엘라는 아이를 데려다준 뒤 프레드리크가 곧바로 돌아가 주기를 바랐다. 그래야 아이에게, 지금은 아빠가 자신을 두고 가지만 어린이집이 끝나면 반드시 다시 데리러 온다는 것을 설명해줄 수 있기 때문이다. 울면서 보채는 아이의 반응을 조금만 의연하게 넘기고 나면 아이가 적응된 뒤에는 더 이상 눈물을 볼 일 없다는 확신이 있었기 때문이다. 하지만 프레드리크는 아이를 낳아서 키운 경험이 없는 사람들은 그게 어떤 기분인지 절대 알 수 없다고 반박했다.

"한 15분? 평소처럼."

"아빠는 있을 거예요."

마리는 아빠 팔에 매달린 채 대답했다.

전쟁터로 나가는 인디언 분장을 한 다비드가 뛰어다니고 있었다. 다비드는 마리를 보자 빨리 오라고 소리를 질렀다. 마리는 붙들고 있던 아빠의 팔을 놓고 다비드를 따라갔다. 미카엘라는 미소를 지어 보였다.

"이거 보세요! 벌써 아빠는 까맣게 잊었잖아요. 오늘은 기록 경신이네요."

미카엘라는 프레드리크의 곁으로 다가갔다.

"그런데 전, 당신을 못 잊겠거든요."

미카엘라는 그의 뺨에 살짝 입을 맞춘 뒤 아이들에게 돌아갔다. 프레드리크는 그 자리에 멈춰 서서 미카엘라와 마리를 번갈아 쳐다보며 망설였다. 그러다가 아이들의 놀이방으로 향했다. 마리, 다비드와 세 명의 다른 아이들이 서로의 얼굴에 인디언 분장을 해주고 있었다. 프레드리크가 마리에게 손짓을 하자 마리도 똑같이 아빠에게 손짓을 했다. 그는 발걸음을 돌렸다. 아이들의 함성은 밖으로 나갈 때까지 그의 귀를 따라왔다.

눈이 부실 정도로 찬란한 햇살이 비추고 있다. 이젠 뭘 해야 할까? 서늘한 곳에 가서 커피나 한잔 할까? 광장의 가판대에서 신문이나 사볼까? 그는 아느외 섬에 있는 작업실에 가야겠다고 결심했다. 물론 단 한 줄도 쓸 수 없을 거란 생각이 지배적이었다. 하지만 적어도 컴퓨터 전원을 켜고 전에 써놓은 내용을 다시 읽어볼 수는 있겠다는 생각도 있었다.

그는 정문을 열고 나와 벤치에 앉아 있던 학부형에게 다시 인사를 한 뒤 자신의 차로 향했다.

*

남자는 그 어린이집을 참 좋아했다. 지난 4년간 전혀 달라진 게 없었다. 작은 정문, 하얀 나무 담장, 파란 덧문까지 그대로였다. 그가 정문 앞 벤치에 앉아 기다린 것도 벌써 네 시간째였다. 그 안에는 적어도 스무 명 이상의 아이들이 놀고 있었다. 그동안 아빠나 엄마의 손을 붙잡고 등원하거나 하원하는 아이들을 쭉 지켜보고 있었다. 혼자 오는 아이들은 아무도 없었다. 유감스러운 일이었다. 혼자 오고 가는 아이들처럼 쉬운 상대는 없는 법이다.

운동화를 신고 온 세 명의 여자아이들. 다른 두 명은 무릎까지 끈이 올라오는 샌들 같은 걸 신고 왔다. 몇몇은 맨발로 오기도 했다. 찌는 듯한 무더위가 기승을 부리는 날씨였지만 그래도 그렇지 맨발로 돌아다니다니……. 전혀 마음에 들지 않는 행동이다. 그런데 한 아이가 빨간색 에나멜 구두를 신고 왔다. 가장 아름다운 아이였다. 오후 1시 반 정도 되는 느지막한 시간에 아빠와 함께 나타났다. 금발의 꼬마 창녀. 자연스런 곱슬머리를 가진 꼬마 창녀는 아빠한테 말을 할 때마다 고개를 뒤로 젖혔다. 간단하게 차려입은 옷차림을 보아 혼자서 옷을 찾아 입은 게 분명해 보였다. 반바지에 티셔츠가 전부였으니까. 대다수의 또래처럼 꼬마는 신난 표정이었다. 그래서 어린이집 정문까지 한 발로, 그리고 두 발로 번갈아가며 깡충깡충 뛰어갔다. 아이 아빠는 남자에게 목례를 했고 남자 역시 예의상 똑같이 반응했다. 아이를 데려다준 뒤 다른 부모들과 달리 한동안 머물다 돌아갔는데 나가는 길에 다시 한 번 남자에게 인사를 건넸다. 웃기는 인간이다.

남자는 창문 너머로 금발의 꼬마 창녀를 들여다보려고 시도했다. 여러 아이들이 움직이고 있었지만 금발의 곱슬머리는 보이지 않았다. 분명히 다른 꼬마 창녀들과 마찬가지로 거시기를 찾아다니고 있을 게 뻔했다. 창녀들은 그걸 좋아하니까. 꼬마는 그 건물 안에 숨어 있었다. 티셔츠와 반바지, 그리고 장식 버클이 달린 빨간 구두와 함께. 맨살을 드러낸 두 다리. 아주 마음에 들었다. 원래 창녀는 살을 드러내놓고 다녀야 하니까.

*

릴마센은 H구역 텔레비전 휴게실에 축 늘어져 있었다. 죽도록 피곤했기 때문이다. 약을 하는 날은 항상 그랬다. 제대로 몇 번 빨고 나면 약기운이 돌고 피곤이 몰아쳤다. 특히 터키 산은 효과가 탁월했다. 그리스 친구의 호언장담은 사실이었다. 자신이 팔아본 물건 중에서 최고라는 말. 릴마셴은 약효에 대해 불평할 이유가 전혀 없었다. 숱한 마약을 경험한 그였지만 그렇게 좋은 물건을 접할 기회는 그리 많지 않았다. 그는 꾸벅꾸벅 졸고 있는 힐딩을 힐끗 쳐다보았다. 그렇게 편하게 잠든 모습을 보는 것도 오랜만이었다. 그 염병할 코도 긁고 있지 않았다. 항상 코에 달라붙어 있다시피 했던 그의 손도 얌전히 무릎 위에 놓여 있었다. 릴마셴은 한 손을 뻗어 힐딩의 어깨를 툭 건드렸다. 힐딩은 소스라치게 놀랐지만 릴마셴은 검지로 샤워실을 가리킨 뒤 엄지를 치켜세웠다. 등 근처의 천정 타일 위에는 여전히 죽이는 물건이 남아 있었다. 적어도 두어 번 정도 맛볼 분량으로는 충분했다. 힐딩은 무슨 뜻인지 이해하고는 미소를 지어보이며 자신도 엄지를 치켜세운 뒤 다시 의자에 앉은 상태로 꾸벅꾸벅 졸았다.

소란스럽기 그지없는 하루였다. 우선, 대머리 신참이 들어왔는데 분위기 파악을 전혀 못하는 눈치였다. 감히 그의 앞에 꼿꼿이 서서 두 눈을 똑바로 들고 노려보다니, 자신이 무슨 프로 권투선수라도 되는 듯 의기양양한 자세였다. 릴마셴은 그 개자식이 어떤 인간인지 뒷조사를 해보았다. 굳이 통사정할 필요 없이 지내는 교도관에게 물어보니 이름을 가르쳐주었다. 요쿰 랑. 이름도 거지같다. 주먹깨나 쓰는 놈인 건 분명했다. 몇 건의 살인에 다수의 폭행 전과. 하지만 중형을 선고받지는 않았다. 아무도 그에게 불리한 증언을 하려 나서지 않았기 때문이다. 하지만 일단 아스프소스 교도소에 들어온 이상, 조만간 누가 대장인지는 깨닫게 될 터였다. 엄연히 내부의 룰이 존재하는 세상이었으니까. 다음으로, 굴욕적인 모습으로 뉴스 생중계에 나가더니 어색한 분위기를 풀풀 풍기며 지름길이랍시고 남의 구역을 지나 성범죄자 소굴로 기어들어간 히틀러. 땀을 삘삘 흘리며 텔레비전 앞에서 개망신을 당한 뒤로 고개를 푹 떨어뜨리고 걸어가던 히틀러는 마약에 완전히 맛이 간 릴마셴과 힐딩과 부딪힐 뻔했다. 하지만 아무런 말을 꺼낼 엄두도 내지 못했다. 그들이 피운 마리화나 냄새를 맡았을 게 분명한데도 묵묵히 자신의 길만 갔다. 죽어 마땅한 쓰레기들을 돌봐주기 위해. 마지막으로 그렌스……. 바람처럼 왔다간 그는 여전히 다리를 절고 있었다. 아직도 안 뒈지고 살아 있었단 말인가? 도대체 경찰 생활 몇 년째인가? 에베트 그렌스. 그는 1967년, 블레킹에 들이닥친 스톡홀름 경찰관 중 한 명이었다. 얼음송곳으로 페르 삼촌의 불알을 피범벅으로 만든 열세 살 소년을 소년원으로 보낸 장본인.

베키르는 카드를 뒤섞은 다음 돌렸다. 드라간은 판돈에 성냥 두 개비를 올리고 자신의 카드를 집어 들었다. 스코네도 똑같이 판돈을 내고 카드를 받았지만 힐딩은 카드를 팽개치고 자리에서 일어나 화장실로 향했다. 릴마셴은 자신의 카드를 한 장씩 살펴보았다. 하나같이 개판이었다! 베키르의 카드 돌리는 솜씨는 영 형편없었다. 카드 판에 둘러앉은 사람들은 새 카드를 골랐고, 릴마센은 클로버 킹 한 장을 뺀 나머지를 전부 바꾸었다. 들고 있어봐야 도움 되는 패는 아니었지만 받은 카드를 모두 바꾸지 않는 건 그만의 원칙이었다. 바꿔 든 네 장의 카드 역시 쓸모없기는 마찬가지였다. 그는 클로버 킹을 까보이고는 하트 2, 스페이드 4와 7을 차례로 내보였다. 마지막 패가 남아 있었다. 드라간은 클로버 퀸을 내놓았다. 이미 킹과 에이스를 쥐고 있었던 터라 그는 자랑스럽게 테이블을 두드렸다. 성냥은 모두 그의 차지가 되었다. 하나에 1천 크로나 지폐에 해당하는 판돈이 그의 수중에 떨어진 셈이었다. 그가 성냥을 쓸어가려 하자 릴마센이 손을 들어 상대의 동작을 멈춰 세웠다.

"잠깐만. 지금 뭐 하는 거야?"

"판돈 가져가잖아."

"내 패는 아직 까지도 않았다고."

"퀸이 제일 높은 거야."

"웃기는 소리."

"뭐가 웃기다는 거야?"

"내 패나 좀 보고 얘기하시지그래."

릴마센은 자신의 마지막 카드를 테이블 위에 내려놓았다. 클로버 킹.

"보라고."

드라간은 손사래를 치며 반박했다.

"뭐야? 킹은 이미 나왔던 패잖아!"

"나도 알아. 그런데 여기 하나가 더 있었어."

"어떻게 한 판에 클로버 킹이 두 개나 나와, 빌어먹을!"

"여기 있잖아."

릴마센은 판돈을 쓸어가던 드라간의 손을 거칠게 밀어냈다.

"이건 내 차지라고. 왕을 볼모로 붙잡고 있었던 건 나니까. 아가씨들 나한테 빚진 거야."

그는 쩌렁쩌렁하게 웃으며 테이블을 두드렸다. 대부분의 시간을 수다로 일관하는 교도관 세 명이 지나가다 소리의 진원지로 방향을 틀었다. 그들은 릴마센이 성냥개비를 주워 들어 허공으로 던졌다가 입으로 받아 무는 걸 보고는 다시 가던 길을 갔다.

화장실에서 돌아온 힐딩은 아까보다는 정신이 든 모습이었다. 느릿느릿 걸어오는 그의 손에는 종이 한 장이 들려 있었다.

"힐딩, 이번 판에서 누가 이겼는지 알아? 자네라면 답을 알 자격이 충분히 있거든. 자네 생각에 우리 셋 중에 과연 누가 이 1천 크로나짜리 지폐 뭉치를 거머쥐었을 것 같아?"

힐딩은 상대의 말을 전혀 듣고 있지 않았다. 그러고는 릴마센에게 종이를 내밀었다.

"이걸 읽어보는 게 좋겠어. 밀란이 오늘 받은 편지인데 화장실에서 나한테 주더라고. 브랑코한테서 온 거래."

릴마센은 성냥개비를 그러모아 하나씩 빈 갑에 챙겨 넣었다.

"내가 왜 남들이 주고받은 편지를 봐야 하는 건데?"

"내 생각엔 읽어보는 게 좋을 거 같아. 브랑코 생각도 마찬가지고."

힐딩은 편지를 릴마셴에게 건넸다. 릴마셴은 받아든 편지를 앞뒤로 살피더니 다시 돌려주려 했다.

"안 읽어."

"그냥 마지막 몇 줄만 읽으면 된다고. 여기서부터."

힐딩은 마지막 네 줄을 가리키며 말했다. 릴마셴은 상대의 꼬질꼬질한 손가락을 따라 시선을 옮겼다.

"쓰……."

그는 목청을 가다듬었다.

"쓸데……."

다시 한 번 목청을 가다듬더니 눈을 비비며 편지를 다시 힐딩에게 건넸다.

"오늘따라 눈이 왜 이렇게 따가운 거야. 잘 보이지도 않고. 그냥 자네가 읽어."

힐딩은 릴마셴이 눈을 비비는 동안 큰 소리로 편지를 읽어 내렸다.

"쓸데없는 오해의 소지를 사전에 차단하기 위해 미리 말해둔다. 요쿰 랑은 내 측근이다. 충고 한 마디 더 하자면, 그 친구에게 잘해주기 바란다."

릴마셴은 조용히 귀를 기울였다.

"브랑코 미오드라그라는 서명까지 곁들였는데, 내가 그

인간 필체는 똑똑히 기억하고 있어."

릴마센은 편지를 받아들고 서명된 부분을 유심히 살펴보았다. 빌어먹을 유고 새끼들! 그는 편지를 미친 듯이 구기고는 성냥개비와 함께 바닥에 떨어뜨리고 사정없이 발로 짓밟았다. 그러고는 심각한 눈빛으로 복도 쪽을 한 번 바라보더니 감방 쪽으로 시선을 돌리고, 서서히 고개를 가로젓고 있던 힐딩, 힐딩을 따라 고갯짓을 하고 있던 스코네, 드라간 그리고 베키르를 차례로 쳐다보았다. 그런 다음에야 시커먼 신발 자국이 묻은 구겨진 편지를 다시 집어 들기 위해 허리를 숙였다. 바로 그때 멀리서 감방 문 열리는 소리가 들려왔다. 요쿰 랑은 바로 그 순간이 오기를 기다린 사람처럼 모습을 드러내고 릴마센에게 다가왔다. 릴마센은 허리를 펴고 일어나 그를 바라보았다.

"이봐, 요쿰. 자넨 서류 따윈 제출하지 않아도 된다고. 우린 그냥 신참이 들어왔기에 장난 좀 친 거라고. 안 그래?"

요쿰은 그의 앞을 지나가면서 내뱉듯 나지막한 소리로 중얼거렸지만, 모두의 귀에 들렸다.

"편지는 받은 거야, tjavon(친구)?"

＊

어린이집은 비둘기집이란 이름으로 불렸다. 그냥 오래 전부터 그 이름으로 불렸지만 정작 어린이집 주변이나 심지어 그 동네에서조차 비둘기는 볼 수 없었다. 그런데 어떻게 그런 이름이 붙었는지 아는 사람은 아무도 없었다. 사랑의 상징? 아니면 평화의 상징? 게다가 설립 초기에 근무했던 직원은 아무도 남아 있지 않았다. 누군가 나이가 지긋하게 든 구청의 여공무원에게 이름에 얽힌 질문을 한 적이 있었다. 그녀는 어린이집이 지어질 당시의 일을 똑똑히 기억하고 있었다. 왜냐하면 스트렝네스에 그런 현대식 건물이 들어선 게 처음이기 때문이었다. 하지만 그녀 역시 왜 그런 이름이 붙었는지 다른 사람과 마찬가지로 아는 게 없었다.

때는 오후, 곧 4시가 될 시간이었다. 스물여섯 명 중 대부분의 아이들은 건물 안에서 놀고 있었다. 그중 몇몇은 밖에 나가 놀고 싶어 했다. 태양이 정점을 찍을 때면 건물 내부에서도 찌는 듯한 무더위 때문에 숨이 턱턱 막힐 정도였다. 평소였다면 아이들을 밖에 나가 놀도록 했을 것이다. 하지만 운동장의 기온이 달아오를 대로 달아오른 상태였기 때문에 그늘에서도 30도가 넘는 상황을 견디기 힘든 어린아이들을 체감기온이 그보다 15도나 더 높은 직사광선 아래로 내몰 수는 없었다.

그런데도 마리는 밖으로 나갔다. 인디언 놀이가 지겨웠고 얼굴에 색칠하는 것도 싫었다. 게다가 친구들의 그림 솜씨도 영 마음에 들지 않았다. 마리는 빨간색 동그라미를 좋아했지만 다른 아이들은 그저 밤색이나 파란색 줄만 그을 뿐이었다. 왜 그런지는 알 수 없었지만 아무도 동그라미를 좋아하지 않았다. 마리는 다비드가 동그라미 그리는 게 싫다고 했을 때 발로 한 대 뻥 차주고 싶었다. 하지만 다비드는 자신의 단짝이라는 사실을 떠올리고 별것도 아닌 일로 친한 친구를 때리는 건 나쁜 행동이라고 생각했다. 그래서 에나멜 구두를 꺼내 신고 운동장으로 나가 노란색 페달 자동차에 올라탔다.

마리는 페달을 돌리며 어린이집 건물을 두 바퀴 돌고 부속건물까지 세 바퀴를 돌고난 다음 운동장을 몇 차례 왔다 갔다 하다가 결국 모래놀이터에 바퀴가 빠지고 말았다. 마리는 차를 모래놀이터에서 빼내려고 했지만 전혀 말을 듣지 않았다. 그래서 방금 전 다비드에게 해주려고 했던 분풀이를 차에 하고 말았다. 마리는 여러 차례 차를 발로 걷어차며 나쁜 말까지 퍼부었다. 하지만 차는 꼼짝도 하지 않았다. 바로 그때, 어린이집 정문 앞 벤치에 앉아 있던 누군가의 아빠이자 유치원에 도착했을 때 마리의 아빠가 지나가며 인사를 건넸던 그 아빠가 다가와 도움이 필요한지를 물었다. 누군가의 아빠는 모래놀이터에 박힌 차를 꺼내주었고 마리는 고맙다는 말을 건넸다. 누군가의 아빠는 만족스러운 표정을 지었다. 그러고는 벤치 근처에 거의 죽어가는 토끼 한 마리가 있는데, 너무 슬퍼 보인다고 말했다.

신문 담당 수사관 스벤 순드크비스트(SS): 안녕, 꼬마 친구.

다비드 룬드그렌(DR): 안녕하세요.

SS: 아저씨 이름은 스벤이야.

DR: 제……. (녹취불가)

SS: 다비드라고 한 거니?

DR: 네.

SS: 멋진 이름이구나. 아저씨도 아들이 하나 있단다. 너보다 두 살 많고 이름은 유나스야.

DR: 유나스란 이름 저도 알아요.

SS: 그랬구나.

DR: 제 친구예요.

SS: 넌 친구가 많니?

DR: 좀 있어요.

SS: 그렇구나. 마리라는 친구도 있지?

DR: 네.

SS: 아저씨는 지금 그 마리라는 친구에 대해 너하고 얘기하고 싶거든? 아저씨 말 알겠니?

DR: 네.

SS: 좋아. 그럼 오늘 어린이집에서 어떻게 보냈는지 얘기 좀 해주겠니?

DR: 잘 보냈어요.

SS: 특별한 일은 없었니?

DR: 어떤 거요?

SS: 평소하고 똑같았니?

DR: 네.

SS: 뭘 하고 놀았니?

DR: 다 같이 인디언 놀이를 했어요.

SS: 인디언 놀이를 했다고?

DR: 네. 다 같이 인디언 놀이를 했어요. 저는 파란 줄이 있었어요.

SS: 그랬구나, 파란 줄이 있었구나. 모든 친구들이 함께 놀았니?

DR: 네. 거의 다 놀아요. 항상요.

SS: 그럼 마리는? 마리도 같이 놀았니?

DR: 처음에는 같이 놀았는데 나중에는 나갔어요.

SS: 나중에 나가? 마리가 왜 나중에 나간 건지 말해줄 수 있겠니?

DR: 마리는 인디언 (녹취불가) 싫다고 했어요. 전 좋았고요. 그래서 마리는 밖으로 나갔어요. 동그라미를 좋아하는데 아무도 동그라미를 그리려 하지 않았거든요. 다들 줄을 (녹취불가). 그래서 제가 마리한테 너도 줄을 그려야 한다고 말했는데 마리는 그건 싫고 동그라미가 더 좋다고 했어요. 그런데 다들 싫어한다고요. 그래서 나간 거예요. 혼자서요. 밖은 되게 더웠어요. 그래서 친구들하고 저는 안에서 인디언 놀이를 했고요.

SS: 마리가 나가는 건 봤니?

DR: 아니요.

SS: 아무것도 못 본 거니?

DR: 마리가 화를 냈어요. 그리고 나갔어요.

SS: 너희들은 계속 인디언 놀이를 했고?

DR: 네.

SS: 그 후에 마리를 봤니?

DR: 네.

SS: 언제?

DR: 나중에 창문에서요.

SS: 창문으로 정확히 뭘 본 거니?

DR: 마리를 봤어요. 페달 자동차하고요. 마리는 페달 자
동차 잘 안 타요. 그런데 차가 빠져서 걸렸어요.

SS: 걸렸다니?

DR: 모래놀이터에 빠졌어요.

SS: 페달 자동차가 모래놀이터에 빠졌다는 거니?

DR: 네.

SS: 그래서 마리가 어떻게 했니?

DR: 발로 찼어요.

SS: 발로 찼다고?

DR: 자동차를요.

SS: 마리가 자동차를 발로 찬 거로구나. 그리고 다른 것도

했니?

　DR : 뭐라고 말을 했어요.

　SS : 뭐라고 했는데?

　DR : 그건 못 들었어요.

　SS : 그다음에는?

　DR : 아저씨가 왔어요.

　SS : 아저씨? 어떤 아저씨?

　DR : 거기 온 아저씨요.

　SS : 넌 그때 정확히 어디 있었니?

　DR : 창가에요.

　SS : 마리하고 그 아저씨가 멀리 떨어져 있었니?

　DR : 10 정도요.

　SS : 10 정도?

　DR : 미터요.

　SS : 마리하고 그 아저씨가 너하고 10미터 정도 떨어져 있었던 거니?

　DR : (녹취불가).

　SS : 10미터면 어느 정도 거리인지 알고 있니?

　DR : 좀 먼 거리요.

　SS : 그런데 정확히 어느 정도인지는 잘 모르는 거지?

　DR : 네. 몰라요.

　SS : 저기 창문 좀 봐줄래, 다비드? 저기 서 있는 차가 보이니?

DR: 네.

SS: 저 거리만큼 멀었니?

DR: 네.

SS: 확실한 거니?

DR: 네.

SS: 그 아저씨가 온 다음에는 무슨 일이 있었니?

DR: 그 아저씨가 그냥 왔어요.

SS: 그 아저씨가 뭘 했니?

DR: 마리가 페달 자동차를 빼내는 걸 도와줬어요.

SS: 어떻게 도와줬니?

DR: 자동차를 들어서 빼줬어요. 힘이 센 아저씨였어요.

SS: 너 말고 마리가 자동차 빼는 걸 도와주던 아저씨를 본 사람이 또 있었니?

DR: 아니요. 현관에 저 혼자 있었어요.

SS: 너 혼자 있었다고? 다른 아이들은 없었니?

DR: 없었어요.

SS: 선생님도 안 계셨니?

DR: 네. 저 혼자였어요.

SS: 그랬구나. 그다음에 그 아저씨가 뭘 했니?

DR: 마리한테 뭐라고 말을 걸었어요.

SS: 마리는? 마리하고 그 아저씨가 말을 하는 동안 무슨 일이 있었니?

DR: 아무 일도 없었어요. 마리는 그냥 말을 했어요.

SS: 마리는 무얼 입고 있었니?

DR: 똑같은 옷이요.

SS: 똑같은 옷?

DR: 어린이집에 왔을 때랑 똑같은 옷이요.

SS: 어떤 옷을 입고 왔었는지 설명 좀 해주겠니?

DR: 초록색 티셔츠요.

SS: 짧은 소매였니?

DR: 네.

SS: 그리고?

DR: 빨간 구두요. 예쁜 거였어요. 쇠붙이 달린 거.

SS: 쇠붙이 달린 거?

DR: 네. 구두에 붙이는 거요.

SS: 마리가 바지를 입고 있었니?

DR: 그건 기억 안 나요.

SS: 긴 바지였니?

DR: 아니요. 긴 건 아니에요. 반바지 같았어요. 아니면 원피스. 밖이 더웠어요.

SS: 그럼 그 아저씨는? 생김새는 기억나니?

DR: 컸어요. 힘도 셌고. 모래놀이터에 빠진 차를 꺼낼 정도로요.

SS: 옷차림은 어땠니?

DR: 바지를 입고 있었던 것 같아요. 스웨터도요. 모자도 있었어요.

SS: 모자?

DR: 네.

SS: 어떤 모자였는지 기억나니?

DR: 스타트오일 편의점 같은 곳에 가면 파는 거요.

SS: 그다음엔 어떻게 됐니? 두 사람이 뭘 했는지 기억나니? 말을 다 한 다음에?

DR: 걸어갔어요.

SS: 걸어갔어? 어디로?

DR: 정문으로요. 그리고 아저씨가 다시 잠갔어요.

SS: 다시 잠갔다니?

DR: 잠그는 거요.

SS: 빗장을 말하는 거니? 문에 달려서 이렇게 들어 올리는 거?

DR: 네, 그거요.

SS: 그리고?

DR: 밖으로 나갔어요.

SS: 어디로 갔는지 기억나니?

DR: 못 봤어요. 밖으로 나가고 안 보였어요.

SS: 분위기가 어땠니? 두 사람이 나갈 때 표정은 기억나니?

DR: 화나지 않았어요.

SS: 화난 얼굴이 아니었다고?

DR: 아니었어요. 좋아하는 얼굴이었어요.

SS: 얼마 동안 보고 있었니?

DR: 조금요. 정문으로 나간 뒤 안 보였어요.

SS: 안 보였니?

DR: 네.

SS: 다른 거 본 건 없니?

DR: (녹취불가)

SS: 아주 잘했다. 기억력이 정말 좋구나. 저기, 아저씨가
다른 아저씨들하고 얘기하는 동안 여기 조금만 더 앉아 있
을 수 있겠니?

DR: 네.

SS: 그다음에 바로 너희 엄마와 아빠를 모셔올게. 아래층
에서 너를 기다리고 계시단다.

II
일주일 동안

프레드리크는 2시에 떠나는 페리호 시간에 맞춰 도착했다. 선박회사 로고색인 요란한 노란색과 황록색으로 칠해진 페리호는 매 시간마다 오크뇜과 아느외 사이의 해협을 왕복한다. 대략 4, 5분 정도 걸리지만 그에게는 대륙과 섬의 경계, 흘러가는 시간과 정지된 시간의 경계를 상징적으로 느끼게 해주는 거리였다. 스트렝네스에서 차를 타고 15분 정도 가면 마리가 태어나기 한 달쯤 전에 구입한 작은 집이 나왔다. 네 귀퉁이만 하얀색으로 칠해진 빨간 주택이었는데, 아이가 태어나면 집에서 일하기는 힘들 것 같다는 생각에 작업실 대용으로 구입한 집이었다. 구입 당시는 정글 한가운데 버려진 폐허 더미에 지나지 않았다. 하지만 앙네스와 그는 매해 여름휴가를 희생해가며 그곳을 살 만한 공간으로 만들고 정원을 독차지하고 있던 가시덤불을 솎아냈다. 그 뒤로 6년이라는 시간이 흘러갔다. 그동안 세 권의 책이

그 집에서 탄생했는데 그 3부작의 판매가 쏠쏠했고 조만간
독일어판으로 번역될 예정이었다. 프레드리크의 담당 편집
자는 계산기를 두드려보더니 손익분기점을 넘어 흑자로 돌
아섰다며 만족해했다. 스웨덴의 책들이 독일에서 점점 많은
인기를 얻어가고 있던 시점이었다.

　프레드리크는 이미 오는 길에 단 한 줄의 글도 쓸 수 없
을 거라 예상했지만, 그래도 일단 컴퓨터 전원을 켜고 가지
고 온 노트들을 꺼낸 뒤 모니터 화면을 뚫어지게 쳐다보았
다. 15분, 30분, 45분이 그대로 흘러갔다. 그는 텔레비전을
켰다. 옆방에 누군가 있다는 존재감을 느끼기 위해서였지
만 소리는 줄여놓았다. 그다음은 라디오 차례였다. 그가 고
른 상업방송 채널은 관심 한 번 가져본 적 없는 인기곡들을
끝없이 틀어대고 있었다. 프레드리크는 결국 자리를 박차고
일어나 강가로 내려가 망원경으로 물길을 드나드는 배의 움
직임을 관찰했다. 뜻밖에 발견한 장관이었다.

　하지만 여전히 단어 하나 머리에 떠오르지 않았다. 그래
도 그는 딱 한 단어라도 쓰기 전에는 절대로 그곳을 벗어나
지 않겠다고 다짐했다.

　순간 전화벨이 울렸다.

　그에게 전화를 걸 사람은 앙네스밖에 없었다. 주변사람
들은 그와 아예 연락을 끊어버렸다. 그런 자신의 상황을 깨
닫기까지 1년이라는 시간이 걸렸다. 한 문장을 완성하는 일
을 방해하는 전화 벨소리가 울리면 그는 불같이 화를 내며

그 기분을 고스란히 전화 상대에게 드러냈다. 그런 일이 반복되자 친구를 비롯한 모든 주변사람들이 그에게 등을 돌리게 되었다. 백지 상태의 모니터를 바라보고 있으면 공허함이 마치 구렁이 담 넘어가듯 그의 마음속으로 들어와 똬리를 틀고 앉았다. 그런 소외감이 아름다움과 추함을 동시에 지니고 있어 어찌해야 할지 자신도 알 수 없었다.

"왜?"

"전화를 왜 그런 식으로 받아?"

"지금 글 쓰는 중이거든."

"뭘 쓰는데?"

"별 진전은 없어."

"아무것도 안 썼다는 소리군."

"그렇다고 할 수도 있고."

앙네스에겐 거짓말도 통하지 않았다. 서로 알몸으로 살을 비벼댄 사이끼리 뭔가를 감추기란 쉬운 일이 아니었다.

"그런데 왜 전화 한 거야?"

"우리 딸이 잘 지내는지 궁금해서. 당신도 알다시피, 당신이나 나나 지금까지 가끔 통화라도 하는 이유는 단지 그것 때문이잖아. 아까 전화했을 때 당신이 마리한테 전화를 먼저 빨리 끊게 해서 내가 물어본 것에 대한 답을 못 들었거든."

"마리는 아주 잘 지내. 정말로. 한 가지 덧붙이자면, 요즘처럼 무더위가 기승을 부려도 전혀 지치지 않는 유일한 아이야. 그건 아마 당신을 닮아서 그런 거겠지."

프레드리크는 통화를 하고 있는 바로 그 순간의 앙네스 모습이 눈에 선했다. 하늘하늘한 가벼운 원피스 차림에 사무실 의자 등받이에 기대앉은 그 자세. 한동안은 낮이건 밤이건 그녀를 원했었다. 하지만 시간이 흐르면서 그런 감정을 차단하는 법을 배웠고 단답형으로 짧게 끊어 말하는 식으로 욕망에서 벗어날 수 있었다.

"어린이집은? 데려다놓고 그냥 오면 애는 괜찮아?"

그런 질문을 하는 건 미카엘라 때문이었다. 프레드리크는 자신의 전처가 자기보다 열여섯 살이나 어린 여자와 사귀고 있다는 사실을 탐탁지 않게 여긴다는 사실에 왠지 우쭐한 기분이 들었다. 물론 그렇다고 전처가 더 고분고분하게 나오는 것도 아니고, 자기보다 훨씬 아름다운 여성과 잠자리를 같이 한다고 해도 전혀 개의치 않는다는 건 잘 알고 있었지만 그래도 기분은 나쁘지 않았다. 유치하지만 통쾌했다.

"괜찮아. 오늘은 10분 만에 금방 잊어버리더라고. 그러고는 다비드와 인디언 놀이하러 갔어."

"인디언 놀이?"

"요즘 애들끼리 하는 놀이인가봐."

프레드리크는 책상 겸용으로 쓰이는 부엌 식탁에 앉아 있었다. 그는 자리에서 일어나 무선전화기를 들고 옆방으로 옮겨갔다. 크기는 더 작지만 거실로 사용하는 공간이었다. 그는 의자에 털썩 내려앉았다. 때마침 걸려온 앙네스의 전화는 비록 몇 분에 지나지 않겠지만, 채워지지 않는 텅 빈 모니터를 마주대해야 하는 두려움에서 잠시나마 벗어나게 해주는 구원의 손길이었다. 프레드리크는 앙네스에게 스톡홀름 생활은 어떤지, 잘 지내고는 있는 건지 안부를 물어볼 참이었다. 그녀에게 그런 안부를 묻는 건 흔치않은 일이었다. 모든 게 완벽한 좋은 사람을 만났다는 대답을 듣는 게 두렵기 때문이었다. 그래서 머릿속으로 최대한 중립적인 단어와 질문을 골라 문장을 만들어내려던 바로 그 순간, 그의 시선이 거실 중앙에 무음 상태로 켜져 있던 텔레비전 화면에 멈췄다.

"앙네스, 잠깐 기다려봐."

거무스레한 피부에 짧은 머리를 한 채 웃고 있는 남자의 흑백사진이 화면에 나오고 있었다. 프레드리크는 그 얼굴을 알아보았다. 최근에 본 듯한, 아니, 바로 오늘 지나친 남자였다. 어린이집 정문 앞 벤치에 앉아 있던 어느 아이의 아빠. 서로 인사까지 나누고 지나갔었다.

프레드리크는 텔레비전 앞으로 다가가 볼륨을 높였다.

화면이 바뀌며 똑같은 남자의 다른 사진이 등장했다. 이번에는 컬러사진. 하지만 교도소에서 찍은 사진이었다. 그는 두 명의 교도관에게 둘러싸여 카메라 쪽으로 손을 흔들고 있었다. 적어도 사진 상으로는 그렇게 보였다.

소식을 전하는 기자는 흥분한 듯 들뜬 상태로 한 마디 한 마디에 힘을 주어 말하고 있었다. 기자들 목소리는 어느 방송사든 언제나 비슷비슷한 느낌이었다. 설명에 따르면 사진 속 남자는 서른여섯 살의 벤트 룬드라는 인물로 1991년, 다수의 미성년 성폭행 및 강간 혐의가 인정되어 유죄판결을 받았고, 1997년에는 이른바 스카르프홀름 사건의 범인으로 밝혀져 중죄를 선고받았다는 것이다. 그 사건은 두 명의 아홉 살짜리 여자아이들이 어느 건물의 지하창고에서 강간당한 뒤 잔인하게 살해된 사건이라고 했다. 게다가 아스프소스 중앙교도소의 성범죄자 특별감호구역에 수감되어 있던 벤트 룬드는 정신감정과 치료를 위해 병원으로 호송되던 도중 호송차량을 탈취해 달아나버렸다는 것이다.

프레드리크는 말문이 턱 막혀버렸다.

소리도 들리지 않았다.

그래서 볼륨을 높였지만 여전히 아무 소리도 귀에 들어오지 않았다.

그 남자는 분명 프레드리크가 인사를 건넸던 사람이었다.

화면 속에는 교도소 책임자라는 사람이 마이크 앞에 서서 이마에 땀까지 흘려가며 버벅거리는 말투로 뭐라고 해명을 하고 있었다.

그러고는 제법 깐깐해 보이는 나이 든 형사가 나와 "노코멘트"라는 말과 함께 목격자를 찾는다는 소식을 전했다.

경찰이 찾고 있는 그 남자는 딸아이가 다니는 유치원 정문 앞 벤치에서 본 바로 그 남자였다. 들어갈 때 한 번, 나올 때 한 번, 두 번씩이나 인사를 주고받았던 바로 그 남자였다.

프레드리크는 온몸이 마비되는 느낌이었다.

수화기 건너편에서는 앙네스가 귀가 따갑도록 그에게 고래고래 소리를 지르고 있었다. 하지만 그는 아무런 대꾸도 하지 않았다.

그 남자에게 인사를 하지 말았어야 했다. 절대로.

그는 결국 수화기에 대고 입을 열었다.

"전화 끊어야겠어, 앙네스. 지금 당장은 말 못하겠어. 급한 전화 한 통 해야 하거든."

그는 수화기 버튼을 누르고 신호음을 기다렸다.

하지만 전화를 먼저 건 앙네스가 여전히 수화기를 붙들고 있었다.

"앙네스, 전화 끊으라고, 젠장!"

프레드리크는 수화기를 바닥에 집어던지고 자리에서 벌떡 일어나 부엌 의자에 걸어놓은 외투 쪽으로 달려가 자신의 휴대전화를 꺼내들고 유치원에서 일하고 있을 미카엘라의 번호를 눌렀다.

라슈 오게스탐은 법정을 둘러보았다. 법정에 앉아 있는 사람들은 하나같이 다 시시하고 형편없어 보였다.

정치적 이유로 지명된 남성과 여성 배심원단은 무관심한 눈빛으로 재판 과정을 지켜보고 있었고, 노련한 발바스 판사는 재판 시작부터 편견으로 일관된 자세를 견지하며 피의자를 대했다. 한편, 성범죄 피의자 호칸 악셀손은 다수의 미성년 피해자들에게 고통을 가하고서도 전혀 후회하거나 반성하는 기미가 보이지 않았으며, 그의 뒤에 서 있는 교도관들은 마치 자신들이 상황을 통제하고 있다는 인상을 주려는 듯 어색한 자세를 취하고 있었다. 맨 앞줄 기자석에 앉은 일곱 명의 기자들은 끊임없이 무언가를 작성하고 있었지만, 대부분이 단순한 사실관계 보도에 엉뚱한 내용들을 가져다 붙일 게 뻔해 보였다. 그리고 기자들 뒤쪽의 두 여성은 재판 '단골손님'이었다. 엄연히 시민권에 의해 보장되는 권리인 데다 공짜이므로 매번 재판정을 찾는 것이다. 그리고 한쪽 구석에는 여러 명의 핀란드 법대생들이 단체로 참관수업을 하고 있었다. 그들은 재판 과정과 어린 피해자들의 절망적인 감정을 주제로 과제물을 작성해 학기말에 좋은 점수를 받을 생각을 하고 있으리라. 그 역시 몇 년 전 그런 학생에 속했으니까.

오게스탐은 그들 모두에게 당장 법정에서 꺼지라고, 최소한 입이라도 닥치고 있으라고 소리를 지르고 싶었다.

하지만 그는 제대로 교육을 받은 야심 가득한 풋내기 검사였다. 그리고 조만간 성범죄자나 마약 사범 등 하찮은 사건 말고 굵직굵직한 사건을 맡을 수 있기를 바라고 있었다. 더 높은 자리로 올라가기를 원했고 개인적 견해는 잠시 접어둘 정도의 상식도 지니고 있었다. 그는 심혈을 기울여 기소장을 작성했고 일단 판사 앞에 서면 법정 안에 있는 그 누구보다도 관련 사건의 전문가가 될 수 있었다. 정말 최고의 변호사가 아니라면 자신과 대적할 엄두도 내지 못한다고 자부했다.

크리스티나 비엔숀 같은 변호사.

법정에 앉아 있는 사람들 중에서 그의 눈에 시시하거나 형편없는 부류에 속하지 않는 유일한 인물이 바로 그녀였다. 크리스티나 비엔숀은 두뇌가 명석하고 다방면으로 경험이 풍부한 노련한 변호사였다. 그리고 그녀는 오게스탐이 상대해야 하는 변호사 중에서 정신병 환자들을 변호할 때 그들에게 받는 수임료 이상으로 관심과 배려를 쏟는 유일한 인물이기도 했다. 그런 이유로 고객들은 비엔숀을 존경했다.

오게스탐은 스톡홀름 법대에 입학한 첫날부터 크리스티나 비엔숀과 관련된 전설적인 일화를 전해 들었다. 비엔숀은 희귀동전을 수집했는데 개인으로서는 최고의 수집품을 보유한 수집가로도 유명했다. 그런데 90년대 초, 그녀의 집에 도둑이 들어 최고의 수집품을 훔쳐 달아난 사건이 발생하고 말았다. 그 소식은 스웨덴 전역의 교도소를 들끓게 만들었고, 동시에 '지하조직'의 지시 아래 전대미문의 수색작전이 진행되었다. 그리고 2주 뒤, 말총머리를 한 두 명의 거구가 꽃다발과 함께, 리본으로 포장한 선물상자에 그녀의 도난당한 수집품을 담아 들고 찾아왔다. 게다가 고미술품이나 예술작품 특수절도 분야에서 악명 높은 전문털이범 세 명이 정성스레 작성한 사과의 편지도 딸려 있었다. 그들은 그 동전이 누구 소유인지 미처 몰라봤다며 크리스티나 비엔손에게 깊은 유감을 표시했고, 혹시라도 차후에 구하고 싶은 희귀동전이 정식 절차로 구입이 불가능할 경우 말만 하면 기꺼이 도와주겠다는 말까지 남겼다고 한다. 라슈 오게스탐은 언젠가 자신에게 변호인이 필요한 경우가 발생한다면 주저하지 않고 크리스티나 비엔숀을 선임할 거라고 생각했다.

이번에도 역시 그녀의 변호는 수준급이었다. 호칸 악셀손은 당연히 중형을 선고받고 감옥에서 썩어야 할 냉혹한 쓰레기에 지나지 않았다. 검사 측은 성폭행 장면을 기록한 다수의 시디롬을 증거로 내세우고 매주 토요일 밤 8시에 온라인 공간에 아동 포르노 사진을 유포한 일곱 명의 소아성애자 네트워크 조직원들의 일부 자백을 비롯해 피의자 본인의 자백까지 확보해 중형의 필요성을 강력하게 주장했다. 하지만 그 개자식은 분명 1년에서 2년 형만 선고받고 빠져나갈 분위기였다. 비엔숀 변호사가 검사 측 주장을 조목조목 반박하며 피의자가 심신미약자에 해당하므로 의료기관으로 보내 심리치료를 받는 게 먼저라는 논리를 펼쳤기 때문이다.

물론 그녀 자신도 그런 판결을 얻어낼 수 있을 거라고 생각하진 않았다. 하지만 그런 식의 변론은, 처음에는 감히 상상도 할 수 없는 결과를 마치 하나의 정치적 타협점으로 바라보게 만드는 신비한 능력이 있었다. 그리고 그 변론을 통해 배심원들을 자신의 편으로 끌어오는 데 성공했다. 피해

아동 중 한 명의 선정적인 옷차림을 안 좋게 보는 분위기가 조성되는 순간, 상황은 분명해 보였다.

라슈 오게스탐은 분노에 치를 떨었다. 정체 모를 정치 성향의 단체에서 굴러먹던 거지 같은 남자 배심원 하나가 감히 요즘 아이들의 선정적인 옷차림을 문제 삼아가며 손바닥도 부딪혀야 소리가 난다는 논리로 쌍방 간의 책임으로 물타기를 했기 때문이다. 오게스탐은 그를 비롯한 얼간이 같은 배심원들을 향해 다들 나가 뒈지라고 고함을 지르고 싶었지만 꾹꾹 참아야 했다. 한순간의 분노로 검사 인생을 통째로 날려버릴 수는 없었기 때문이다.

오게스탐은 나머지 세 명의 소아성애자들의 재판도 담당했다. 그들은 각각 중형을 선고받았다. 악셀손의 죄질 역시 그들과 별반 차이가 없었다. 하지만 크리스티나 비엔손과 그녀의 편에 선 개 같은 인간들은 전혀 자랑스럽지 못한 타협점을 찾아 손을 잡았던 것이다. 만약 그날 아침, 벤트 룬드가 탈옥을 하지 않았다면 집행유예가 선고되었을 것이고, 야망으로 똘똘 뭉친 젊은 검사의 명성이 바닥으로 실추되는 일까지도 벌어졌을 판이었다. 룬드의 도주 이후 기자들은 악셀손에 대한 재판 결과에 필요 이상으로 촉각을 곤두세우고 있었다. 법정에 선 피의자, 악셀손과 스웨덴 전역에서 가장 혐오스러운 인물이자 현재 지명수배 1호인 룬드의 명백한 연관관계를 잘 엮어내면 평소보다 기사 분량을 두 배로 늘릴 수 있었기 때문이다. 지대한 관심이 쏠렸던 만큼, 여론의 뭇매를 피하기 위해서라도 최소한 1년 이상의 형이 선고되리라는 예상이 가능했다.

오게스탐은 한동안은 성범죄 재판은 하고 싶지 않았다. 너무나 진 빠지는 일이다. 피의자나 피해자는 단지 소장 위에 적힌 두 개의 이름에 지나지 않았지만, 범죄 사실 자체에 감정이 휩쓸려 거리를 두고 보는 것이 쉽지 않았기 때문이다. 공인으로서 냉정함을 잃고 동요하는 검사는 치명타를 입기 쉽상이다.

그는 은행 강도나 살인, 혹은 사기사건 등을 맡고 싶었다. 성범죄는 너무나 뻔했다. 저마다 다른 목소리를 낸다는 것. 그는 악셀손을 조금이라도 이해해보기 위해 소아성애자들에 관련된 모든 자료를 섭렵했다. 심지어 다른 검사 동료나 변호사들과 함께 특수교육까지 받아가며 성범죄사건에서 최선의 결과를 이끌어내는 방법까지 연구했었다.

오게스탐은 이제 성범죄 재판은 지긋지긋했다. 그리고 만에 하나 벤트 룬드가 붙잡히더라도 그 사건만큼은 자신에게 돌아오지 않기만을 바랐다. 그는 룬드를 보면 감정적으로 대할 수밖에 없었다. 그의 범죄행각은 너무나 끔찍해서 차마 들여다볼 엄두도 나지 않았다.

그런 순간이 온다면 무슨 수를 써서라도 피할 작정이었다.

그는 정신없이 현관 열쇠를 찾다가 보이지 않자 그냥 문을 잠그지 않고 미친 듯이 차로 향했다.

마리.

그는 차 문을 열면서 울고 있었다.

현관 열쇠는 자동차 열쇠를 비롯한 나머지 열쇠들과 함께 그대로 차에 꽂혀 있었다. 프레드리크는 무서운 속도로 후진해서 차를 뺐다.

마리가 온데간데없이 사라졌다는 것이다.

미카엘라는 두서없이 횡설수설하는 프레드리크의 말을 듣고 수화기를 내려놓은 뒤 마리를 찾아보았다. 어린이집 건물 안팎을 뒤졌다. 하지만 마리는 보이지 않았다. 프레드리크는 미친 듯이 소리를 질렀고 미카엘라는 제발 좀 진정하라고 상대를 달랬다. 그는 겨우 목소리를 낮췄지만 이내 다시 언성을 높이며 방금 자신이 본 뉴스를 미카엘라에게 설명했다. 마리를 데려다주고 오는 길에 어린이집 정문 벤치에서 봤던 남자가 교도소 담벼락 앞에서 포즈를 취하고 사진을 찍은 바로 그 남자, 그 지명수배자라고.

그렇게 전화를 끊은 프레드리크는 지금 차를 몰고 협소한 굽잇길을 미친 듯이 달리고 있었다. 허공에 대고 울부짖으며.

그는 확신했다. 벤치에 앉아 있던 남자는 분명 뉴스에 지명수배자로 나온 바로 그라는 것을. 그는 한 손으로 핸들을 붙잡고 다른 손으로 신고번호를 눌렀다. 1분여가 넘도록 고래고래 소리를 지르고서야 겨우 근무 중인 경관과 통화할 수 있었다. 프레드리크는 자신의 상황을 설명하고는 스트렝네스의 어린이집 정문 앞에 앉아 있던 룬드를 자신이 직접 목격했는데, 지금 자신의 딸까지 행방불명된 상황이라고 말했다.

작업실에서 선착장까지의 거리는 3킬로미터였다. 그는 전속력으로 차를 몰고 학교 앞을 지나갔다. 몇백 미터를 더 지나자 13세기에 벽돌로 지어진 교회 건물이 나왔다.

선착장에 도착했을 땐 출발시간보다 2분이 지난 뒤라 연락선은 이미 떠나가고 있었다. 정시에 육지를 떠난 배는 10분 뒤에야 다시 섬으로 돌아올 예정이었다. 그는 시계를 들여다보았다. 3시 15분. 프레드리크는 배를 향해 계속해서 경적을 울리고 상향등을 깜빡였지만 아무런 소용이 없었다.

그는 연락선 운전사에게 직접 전화를 하기로 했다. 평소 같았으면 운전사가 전화벨 소리를 듣지 못했을 것이다. 하지만 그날은 바람도 없고 주변을 오가는 다른 배들도 없었던 터라 프레드리크는 운전사와 통화를 할 수 있었고 자신에게 벌어진 일을 설명했다. 운전사는 건너편에 배를 대고 차를 내리자마자 곧바로 돌아오겠다는 약속을 했다.

도대체 왜 마리를 어린이집에 데려다줬던 걸까?

도대체 왜 딸아이와 함께 그냥 집에 있지 않았던 걸까? 오후 1시 반이 다 지난 늦은 시각에?

프레드리크는 연락선이 강 반대편에 정박하는 모습을 멍하니 쳐다보았다. 시간을 멈출 수만 있다면! 어린이집 건물 안에서도, 인근 주변에서도 마리는 보이지 않았다. 프레드리크는 자신의 인생에서 중요한 부분을 차지하는 딸아이를 떠올렸다. 가끔은 너무 빨리 자란 게 아닌가 하는 생각이 들기도 했었다. 앙네스가 떠난 뒤 마리는 그가 애정을 쏟을 수 있는 유일한 대상이 되었다. 아이의 엄마에게 돌아가야 할 사랑까지도 모두 마리에게 집중했었다. 그렇게 지내면서 프레드리크는 자신의 삶이 공평하지 못하다는 생각을 수도 없이 했었다. 세상 그 누구든, 한 인간이 다른 인간의 몫을 대신해줄 수 없고, 가지고 있는 사랑보다 더 많은 사랑을 줄 수도 없기 때문이었다. 하물며 그런 걸 다섯 살짜리 아이에게 바랄 수도 없는 노릇이었다.

그는 다시 미카엘라에게 전화를 걸었다. 전화가 연결되지 않았다. 계속해도 마찬가지였다. 전화기를 꺼놓은 것 같았다. 전화를 걸자마자 바로 음성 메시지로 연결되기 때문이었다.

눈물을 흘리며 울어본 건 아주 오래 전이었다. 심지어 앙네스가 떠났을 때도 눈물을 보이지 않은 그였다. 아무리 애써도 눈물 한 방울조차 흘릴 수 없었기 때문이다. 그때 생각이 되살아나자 성인이 되고 난 뒤로는 단 한 번도 울어본 일이 없다는 사실을 새삼 깨달았다.

그는 세상과 단절된 채 지내고 있었던 것이다.

적어도 그날까지는.

그랬기 때문에 자신에게 무슨 일이 벌어진 건지 도대체 이해할 수가 없었다. 고문하듯 그의 가슴을 짓누르는 그 빌어먹을 두려움, 그리고 멈추지 않고 흐르는 눈물을 어떻게 받아들여야 할지 알 수 없었다. 가끔은 눈물을 흘리고 울면 기분이 괜찮을 것 같다는 상상도 했었다. 하지만 전혀 그렇지 않았다. 하염없이 흐르는 지금의 눈물은 마치 무언가를 강탈당한 느낌만 들게 할 뿐이었다. 도둑맞은 그 느낌.

노란색과 황록색으로 칠해진 연락선은 네 대의 차를 반대편 육지에 내려주자마자 뱃머리를 돌려 돌아오고 있었다. 빈 배로 오직 프레드리크를 데리러 오는 것이다. 수중이동식 레일로 사용되는 두 개의 녹슨 철근 케이블이 배에 고정되어 있는데 배가 움직일 때마다 이리저리 흔들거리며 무지막지한 소음을 냈다. 가까이 다가오면 다가올수록 소음은 더 커졌다. 프레드리크는 언제나처럼 운전사에게 손을 흔든 뒤 차를 몰고 배 안으로 올라탔다.

연락선이 방향을 틀고 묵묵히 목적지로 향하는 동안 그의 시선에는 오직 물길만이 보일 뿐이었다. 프레드리크의 머릿속에는 뉴스 화면들이 계속해서 스치고 지나갔다. 먼저 웃고 있는 얼굴의 흑백사진. 다음으로 교도소 담벼락 앞에서 두 명의 교도관을 대동하고 찍은 사진. 프레드리크는 그 얼굴을 지워내려고 애써보았지만 이미 머릿속 깊이 각인된 벤트 룬드의 얼굴은 한사코 사라지기를 거부하고 있었다. 얼굴에 미소를 머금은 그 남자는 어린아이들을 강간한 장본인이었다. 프레드리크도 어느 건물의 지하실에서 잔혹한 방식으로 성폭행당한 뒤 살해된 두 명의 여자아이 사건을 기억하고 있었다. 룬드는 그 아이들을 무자비하게 폭행하고 살해한 후 마치 낡아서 버린 인형처럼 두 아이의 시신을 그 자리에 유기했었다. 당시 프레드리크는 관련 기사의 세세한 내용까지 챙겨보았다. 하지만 내 일처럼 가슴에 와 닿는 느낌은 받지 못했다. 그만큼 상상하기도 힘든 사건이었기 때문이다. 분노의 목소리를 높이던 여론의 대열에 동참했지만 사건과 관련된 모든 게 실감나지 않았다. 재판 과정이 몇 주가 넘도록 지속되었지만 그 결과에 대해서 더 알아보고 싶다는 마음도 들지 않았다.

오늘 연락선을 움직이는 운전사는 두 사람 중 나이가 더 많은 사람이었다. 그전까지는 주로 오전 시간에 배를 몰던 사람이었다. 그는 이미 현역에서 은퇴한 항해사였지만, 북부지방에서 운행이 중단된 노선을 담당했던 젊은 직원이 오기 전까지 임시로 운항을 책임지고 있었다. 세상을 경험한 만큼 지혜도 겸비한 사람이었기에 비탄에 잠긴 프레드리크의 표정을 미리 읽고 평소처럼 날씨 얘기나 집값 얘기를 하러 내려오지 않았다. 당장 돌아와 달라는 전화를 하면서 프레드리크는 그가 어떤 사연이 있는지 묻고 싶어 안달이 난 상태라는 걸 느낄 수 있었다. 하지만 지금 운전사는 자신의 궁금증을 누르고 있었다. 그래서 프레드리크는 나중에 꼭

대략 최근의 일

189

고맙다는 말을 전해야겠다고 생각했다.

육지 근처의 나무에 운전사가 키우는 독일 산 셰퍼드 한 마리가 묶여 있었다. 개는 주인의 모습이 보이자 기쁘다는 듯 짖으며 반겨주었다. 프레드리크는 연락선이 육지에 닿자 마자 질풍같이 차를 몰고 달려 나갔다.

무서웠다.

몹시 두려웠다.

마리는 아무런 말없이 어딜 갈 아이가 아니었다. 운동장 밖으로 나가고 싶을 땐 미카엘라 선생님의 허락을 꼭 받아야 한다는 것도 잘 알고 있었다.

하지만 어린이집 정문 벤치에 남자가 앉아 있었다. 덩치가 큰 것도 아니고 호리호리한 체구에 모자를 쓴 남자. 프레드리크는 그 남자에게 인사를 건넸었다.

가장 먼저 9킬로미터에 달하는 비포장도로가 나왔다. 운전이 쉽지 않은 굽잇길이었다. 다음으로 펼쳐지는 55번 국도는 8킬로미터 정도 되는 아스팔트길이었는데 제법 위험한 사고다발지역이기도 했다. 교통 흐름은 원활한 편이었다. 프레드리크는 속력을 올렸다. 평생 그렇게 빨리 달려본 적이 없을 만큼.

머릿속에서 남자의 얼굴이 떠올랐다. 분명 그 남자였다. 확실했다.

그의 앞으로 다섯 대의 차량이 달리고 있었다. 선두에 선 차량은 붉은색 세단이었는데 거대한 트레일러를 뒤에 달고 위험천만한 곡예운전을 하고 있었다. 뒤따르는 나머지 차량들은 각각 신중하게 안전거리를 유지하고 있었다. 프레드리크는 추월을 시도했다. 한 번, 그리고 두 번. 하지만 커브 길을 계산할 시야가 확보되지 않아 번번이 포기해야 했다.

다음 나들목이다. 오른쪽으로 차를 돌려 빠져나가자 토스테뢰 다리가 나오고 스트렝네스 시내가 펼쳐졌다.

멀리 그들이 보였다. 어린이집 정문 앞, 운동장과 그 앞을 지나는 도로 사이에 모여 있는 사람들.

교사 다섯 명, 요리사 두 명, 개줄 달린 수색견을 대동한 경관 네 명, 그리고 낯이 익은 부모 몇 명과 생전 처음 보는 부모 다수.

그들 중 남자아이 하나를 안고 있던 부모 한 사람이 손으로 나무를 가리키고 있었고 경관 하나가 수색견에게 바닥 냄새를 맡게 한 다음 그쪽으로 뛰어가고 있었다. 뒤이어 두 명의 경관이 더 따라붙었다.

프레드리크는 어린이집 정문에 차를 세우고 잠시 동안 그대로 핸들을 붙들고 있다가 차 문을 열고 내렸다. 미카엘라가 건물 밖으로 뛰어나왔다. 그를 기다리고 있었던 것이다.

*

블랙커피. 우유나 크림 따위를 첨가하지 않고, 카푸치노나 유행이랍시고 너도나도 마셔대는 정체불명의 커피 음료도 아닌, 바닥에 찌꺼기가 남지 않는 온연한 스웨덴 식 블랙 커피 한 잔. 에베트 그렌스는 복도에 설치된 커피 자판기를 물끄러미 쳐다보고 있었다. 자신이 마시는 커피에 유화제로 범벅이 된 하얀 가루나 그 외의 화학성분 첨가물을 넣는 일엔 단 돈 1크로나도 쓰지 않는다는 게 그의 철칙이었다. 반면 스벤은 그런 커피를 더 좋아했다. 부자연스러운 밤갈색 커피를 사기 위해 전 재산을 다 쏟아 부을 사람이었다. 그래서 에베트는 행여 자신의 커피가 오염될까 두려운 듯 스벤과 자신의 커피잔을 멀찌감치 떨어뜨려 들고 갔다. 그러고는 아까운 커피가 한 방울이라도 떨어질세라 조심스레 계단을 올라 방금 왁스칠을 마친 복도를 거쳐 자신의 사무실 의자에 널브러져 있는 스벤에게 커피를 건넸다.

"받아. 자네가 마시는 싸구려 저질 커피."

스벤은 몸을 일으키며 커피잔을 받았다.

"고마워요."

에베트는 그의 앞에 가만히 서 있었다. 스벤의 눈빛에서 좀처럼 읽어낼 수 없는 분위기가 감지됐기 때문이었다.

"무슨 일인데 그래? 아니, 자기 생일에 추가 근무한다고 세상이 끝나는 것도 아니잖아. 안 그래?"

"그런 거 아니에요."

"그럼 뭔데?"

"유니스한테 전화가 왔었어요. 선배가 커피 자판기하고 씨름하시는 동안에요."

"그런데?"

"왜 약속한 대로 집에 일찍 오지 않느냐고 묻더라고요. 그
러더니 저보고 거짓말쟁이래요."

"거짓말쟁이?"

"어른은 다 거짓말쟁이라네요."

"그리고?"

"텔레비전에서 룬드 관련 소식을 봤다는데, 도대체 어른
들은 왜 아이들에게 여기 가면 죽은 다람쥐가 있다, 저기 가
면 예쁜 인형이 있다고 거짓말을 하냐는 거예요. 그래놓고
원하는 건 아이들 잠지를 만지거나 때리는 거면서요. 그런
말을 하더라고요. 지금 제가 말씀드린 딱 그런 단어를 쓰면
서 말이에요."

스벤은 그렇게 말하고는 커피를 한 모금 마시고 다시 털
썩 주저앉더니 의자를 좌우로 돌렸다. 에베트는 자신의 전
용 오디오가 설치된 진열장으로 다가가 카세트테이프를 뒤
적거렸다.

"그런 질문을 받으면 뭐라고 대답하실래요? 아빠 말은 거
짓말이고 어른들도 거짓말쟁이라고요? 적지 않은 어른들이
아이들 잠지를 만지고 때리기 위해 거짓말을 한다고요? 정
말 못 해먹겠어요, 선배. 이게 뭡니까, 이런 건 아니잖아요."

1959년, 해리 아놀드 라디오밴드(Harry Arnolds Radioband)
와 함께 부른 노래, 〈일곱 명의 멋진 남자(Sju vackra gossar)〉.

두 사람은 흘러나오는 음악에 귀를 기울였다.

"min allra första vän han var smärt som en sabel min andra han var blond och han blev mig så kär(내 첫 남자친구는 실처럼 말랐었지. 두 번째 남자친구는 금발 머리였는데 정말 사랑한 남자였어)."

그저 그런 경기력을 지닌 두 팀 간의 평범한 하키 경기처럼 무료하고 별 감흥도 없는 음악이었지만, 그랬기 때문에 오히려 난감한 상황을 더 이상 떠올리지 않을 수 있었다. 에베트는 눈을 감고 고개를 흔들며 박자를 맞추기 시작했다. 두 사람은 그렇게 흘러간 시대 속으로 돌아가 평온한 몇 분을 만끽했다.

누군가 문을 두드렸다.

스벤은 에베트를 쳐다보았고, 에베트는 훼방꾼이 달갑지 않은 표정을 지어보였다.

또다시 노크 소리가 이어졌다.

"들어와요!"

살짝 열린 문틈으로 오게스탐 검사가 얼굴을 쑥 내밀었다. 단정히 빗어 넘긴 머리에 비굴한 미소를 띤 그 얼굴. 에베트 그렌스는 오게스탐 같은 교활한 양복쟁이 '영감'들을 끔찍이 싫어했다. 특히 자신의 앞날만 챙기는 주제에 검사라는 이유로 거들먹거리는 부류들은 혐오대상이었다.

"검사 양반이 무슨 일로 예까지 찾아오셨나?"

라슈 오게스탐은 잠시 머뭇거렸다. 하지만 그게 에베트 그렌스 형사의 험악한 분위기 때문이었는지, 시브 말름크비스트의 노래 때문이었는지는 알 수 없었다.

"룬드와 관련된 일 때문입니다."

에베트는 커피잔을 내려놓고 시선을 들어올렸다.

"그 친구가 뭘?"

"목격자가 나왔습니다."

오게스탐은 벤트 룬드가 몇 시간 전, 스트렝네스에 소재한 어린이집 앞에서 목격되었다는 신고전화를 접수한 경관의 보고를 받았다고 설명했다. 그곳에 아이를 맡긴 아버지의 신고전화였는데, 비록 두려움에 떠는 목소리였지만 차분하고 정확하게 자신이 어린이집 정문에서 마주친 남자는 모자를 쓰고 있었고 뉴스 화면의 수배사진을 통해 확인했다고 말했으며, 더 큰 문제는 어린이집 교사들에게 확인한 결과 그 신고자의 다섯 살짜리 딸아이가 행방불명되었다는 소식도 전해주었다.

에베트는 손에 들고 있던 플라스틱 종이컵을 구겨버리더니 쓰레기통에 던졌다.

"세상에, 이런 개 같은 경우가 또 어디 있어!"

그 끔찍한 면담 조사 과정. 그가 겪었던 최악의 취조 장면이 다시 떠올랐다. 도저히 인간이라고 볼 수 없었던 한 남자를 면담 조사했던 일. 절대로 그의 눈을 바라보지 않던 그 짐승을 취조했던 일.

그렌스 형사, 씨발, 내 얘기 좀 들어보라니까.

대략 최근의 일

195

룬드, 내가 말을 할 땐 내 눈을 똑바로 보라고!

형사 양반, 그 계집들은 창녀였다니까. 왜 이해를 못 해?

룬드, 취조는 내가 하는 거야. 그리고 내가 물어보면 내 눈을 보고 대답하라고.

창녀들이라고, 꼬마 창녀. 발정 난 암캐처럼 거시기에 환장한 것들.

나를 똑바로 봐. 안 그러면 당장 취조 중단할 거야.

원하시는 게 그거였군그래. 그 계집애들 거기가 얼마나 꽉 조여줬는지 말이야. 그럴 줄 알았어.

날 똑바로 바라볼 엄두가 안 나는 거야?

창녀에겐 물건을 꽂아줘야 해. 단단한 걸로.

좋아. 이제야 눈을 맞추는군그래.

꽉 조이는 계집들은 거시기를 원할 뿐이라고.

내 눈을 쳐다보니까 기분이 어때?

그 계집애들한텐 그걸 가르쳐줬어야 했다고. 시종일관 그 생각만 하고 살지 말라는 걸.

또 피하는 거야? 그것 밖에 안 되는 거야?

꽉 조이는 건 최악이라고, 발정 난 암캐보다 더 해. 그렇기 때문에 강하게 나가야 한다고. 단단히 버릇을 고쳐줘야 한다고.

녹음기 끄고 어디 한번 죽도록 맞아보겠다, 그거야?

그렌스 형사, 당신은 아홉 살짜리 계집애 따먹는 맛이 어떤지 알아?

에베트는 카세트를 정지하고 테이프를 꺼내 조심스레 케이스에 집어넣었다.

"아무런 범행을 저지르지 않은 상태에서 목격된 거라면, 아무래도 최악의 상황을 걱정해야 할 것 같군그래."

그는 문 뒤의 구석자리에 놓인 옷걸이로 걸어가 자신의 외투를 집어 들었다.

"그 자식을 면담 조사한 건 나였어. 그래서 그 자식이 어떻게 나올지 뻔히 알고 있어. 정신과 전문의가 작성한 보고서도 읽어봤지. 물론 내가 이미 다 알고 있는 거, 모두가 다 알고 있는 사실을 확인하는 수준이었지만 말이야. 그 자식한테 가학적 충동성향이 차고 넘친다는 걸 말이야."

에베트는 당시 사건 관련 보고서를 단순히 읽어본 게 아니라 그 정신 상태가 도대체 어떤 세계인지 하나라도 이해해보기 위해 애를 썼다. 벤트 룬드 사건은 이전에 담당했던 그 어느 사건보다도 끔찍했다. 증오와 두려움이 교차하는 격렬한 감정으로 사건을 대한 것도 그때가 처음이었다. 에베트는 오랜 형사 생활을 통해 세상일에 무관심해지고 냉담해지는 법을 터득했다고 생각했었다. 하지만 벤트 룬드라는 성폭행범과 그가 저지른 잔인무도한 범죄를 보면서 생전 처음으로 모든 걸 내던지고 어딘가로 도망가고 싶었다. 무언가를 노력하는 일도 관두고 싶었다. 그는 정신과 전문의를 찾아가 꼬치꼬치 캐물었다. 의사 입장에서 말하지 말아야 할 환자의 신상정보까지 속속들이 캐물었다. 에베트와 정신과 전문의는 룬드에 대해서, 그가 저지른 범죄에 대해서, 분노로만 표출되는 그의 성충동에 대해서, 타인에게 고통을 전가하고 무기력하게 굴복하게 만들면서 느끼는 쾌락에 대해서 의견을 주고받았다. 에베트는 룬드가 범행을 저지르면서 자신의 행동을 의식하고 있었는지, 피해아동을 비롯해 그 부모와 주변사람들이 느낄 감정에 대해 조금이라도 생각을 했을지에 대해 물어보았다. 정신과 전문의는 살며시 고개를 가로저었다. 그러고는 폭력 속에서 보낸 룬드의 어린 시절을 들려주며, 그가 과거에서 벗어나 나름대로 홀로서기를 하기 위해 타인과의 관계를 아예 끊어버려야 했을 거라는 의견을 밝혔다.

외투를 손에 들고 있던 에베트는 손가락을 들어 스벤을, 다음으로 오게스탐을 가리키며 말했다.

"그런데 결론이 뭐였는지 알아? 경미한 정신질환이라는 거야. 이해가 가? 꼬마들을 무자비하게 강간하고 살해했는데 진단 결과는 경미한 정신질환이라는 게 말이야."

오게스탐은 한숨을 내쉬었다.

"저도 기억납니다. 그때 전 법학생이었거든요. 엄청난 파문과 논란을 불러일으킨 사건이었어요."

에베트는 외투를 걸쳐 입고 스벤을 돌아보았다.

"출발하자고. 목적지는 스트렝네스. 전속력으로 밟아야 하니까 운전은 자네가 해."

라슈 오게스탐은 반쯤 열린 문틈으로 고개를 내민 채 말했다.

"저도 따라 가겠습니다."

에베트는 젊은 검사의 태도가 영 못마땅했다. 과거에도 여러 차례 그런 사실을 가감 없이 드러냈었고 이번에도 역시 주저할 이유가 없었다.

"이번 사건을 우리 검사님이 담당하시나?"

"그건 아닙니다."

"그럼 길 좀 비켜주시지그래?"

해거름이 되어갈 무렵이었지만 날은 여전히 무더웠고, 눈이 부시도록 따갑게 내리쬐는 햇볕은 스트렝네스로 달리는 형사들을 계속해서 따라다녔다. 그들은 시내를 벗어나 교외로 접어들었다. 쿵엔스 쿠르바, 피티아, 툼바, 쇠데르텔리에. 그리고 나서 다시 북쪽으로 이어지는 E20 도로를 타고 스트렝네스로 향했다. 그제야 조금이나마 숨통이 트이는 것 같았다. 더 밟으라고 가는 내내 닦달하던 에베트도 방향을 틀어 마주보던 햇살의 손아귀를 벗어나자 더 이상 다그치지도, 햇빛가리개가 작다고 투덜거리지도 않았다. 도로도 훨씬 한산해져 목숨을 내놓지 않고도 마음껏 달릴 수 있는 상황이 되었다.

두 사람은 몇 마디 말도 나누지 않았다. 벤트 룬드가 어느 어린이집 앞에서 목격되었다. 그리고 다섯 살짜리 여자아이가 행방불명된 상태. 거기에 더 이상 덧붙일 말은 없었다. 두 사람은 각자 현재 벌어진 상황, 그리고 앞으로 일어날 수 있는 일들에 대한 생각을 정리하고 있었다. 그 신고가 허위신고이기를, 미처 확인해보지 못한 창고 같은 곳에서 갑자기 아이가 뛰어나와주기를, 벤트 룬드를 목격했다는 아빠가 뉴스를 보고난 뒤 두려움과 상상력이 상승작용을 한 결과 잠시 착각을 한 거라는 행복한 결말로 마무리되기만을 바랐다.

두 사람이 스톡홀름 시내를 출발해 스트렝네스에 있는 비둘기집이라는 어린이집까지 오는 데에는 43분이 걸렸다.

사건 현장을 1백여 미터 정도 앞둔 두 사람은 현장 분위기가 단순 허위신고가 아니라는 사실을 깨달았다. 어쩌면 최악의 상황을 염두에 두어야 할 것 같은 분위기마저 풍기고 있었다. 어린이집 교사와 부모, 그리고 아이들이 이리저리 분주하게 오가고 있었고 순찰차 두 대, 수색견을 대동한 제복경관 여러 명이 시야에 들어왔다. 어린이집 울타리 주변은 두려움과 혼란스러움, 그리고 궁금증이 한데 뒤섞인 들뜬 분위기가 감돌고 있었다.

스벤은 어느 정도 떨어진 곳에 차를 세웠다. 단 몇 분간이라도, 일대 혼란이 산사태 같은 질문공세로 이어지기 전까지 조용히 마음을 가다듬을 시간이 필요했기 때문이다. 그는 지나다니는 사람들을 유심히 살펴보았다. 하나같이 부산하게 움직이고 있었다. 자동차 앞 유리 너머로 어떤 행위를 관람하고 있는 듯한 기분이었다. 그러다가 시선을 에베트

쪽으로 돌렸다. 그 역시 앉은 자리에서 주변을 관찰하고, 무언가를 읽어내며 그들의 대화에 끼어들 나름의 준비를 하고 있었다.

"무슨 생각하세요?"

"내가 보고 있는 것들."

"뭘 보고 계시는데요?"

"엿같이 돌아가는 상황."

두 사람은 결국 차에서 내렸다. 경관 두 명이 그들을 보고 다가왔다.

"안녕하십니까."

스벤은 상대의 악수를 받았다.

"스벤 순드크비스트 수사관입니다."

"에스킬스투나 서 소속, 레오 라우리첸입니다. 저희는 20분 전에 도착했습니다. 저희 관할서가 현장에서 제일 가깝습니다."

"이쪽은 에베트 그렌스 수사관이십니다."

레오 라우리첸은 놀란 표정으로 미소를 지었다. 큰 체구, 갈색에 짧은 머리를 한 그는 30대 정도로 보이는 외모에 자신만만한 분위기를 풍기고는 있었지만 그다지 미더워보이진 않았다. 그는 한참 동안 에베트의 손을 붙잡고 악수를 했다.

"말씀은 정말 많이 들었습니다."

"그랬군요."

"영화배우 만난 것 같은 기분입니다. 그런데 생각했던 것보다 체구가 왜소하십니다."

"뭐 차고 넘치는 게 인간의 상상력이니까."

"기분 나쁘셨다면 죄송합니다."

"뭐 이런 상황에서 해야 할 말이 따로 있지 않나 싶은데? 여기 상황 같은 거……. 아니면, 생기신 대로 좀 덜 떨어지신 건가……."

그들의 대화를 듣고 있던 다른 여자 경관이 다가와 인사도 없이 다짜고짜 설명을 시작했다.

"한 시간 전쯤, 스톡홀름 시경에서 이곳 보육시설에 다니고 있는 아이 하나가 실종됐다는 신고를 접수했다고 저희 쪽으로 연락을 해왔습니다. 몇 분 뒤, 추가신고 내용이 들어왔는데 그 아이가 실종되기 직전 이 근방에서 목격되었다는 내용이었습니다. 그리고 그 즉시 적색경보를 발령했습니다. 현재 순찰대원들이 인근에 소재하고 있던 특수견 훈련소 조련사들과 수색견들을 대동해 엔셰핑 숲 주변을 살피고 있는 중입니다. 곧 대대적인 수색작전이 펼쳐질 예정입니다. 그전까지는 일단 수색견들이 작은 단서라도 찾아낼 수 있도록 시간을 벌어놓은 상태입니다. 조만간 스트렝네스 주민 절반이 수색에 동참해 숲을 뒤지고 다니게 될 테니까요."

여자 경관은 이마에 머리카락이 착 달라붙어 있었다. 숨막히는 무더위 속에서 열심히 뛰어다닌 것이다. 경관은 설명을 마치자마자 실례한다는 말과 함께 곧바로 스웨덴 특수견 조련사들 곁으로 돌아갔다. 스벤과 에베트는 서로를 바라보았다. 두 사람 모두 자신들을 기다리고 있을 음험한 사건 속으로 들어갈 마음이 내키지 않았다. 에베트는 목을 가다듬고는 레오 라우리첸에게 물었다.

"아이의 부모는?"

"네?"

"아이의 부모에게는 알렸습니까?"

라우리첸은 손가락을 들어 어린이집 정문 근처의 벤치를 가리켰다. 한 남자가 벤치에 걸터앉아 있었다. 길게 늘어진 말총머리에 줄무늬 밤갈색 벨벳 외투 차림의 남자. 그는 몸을 앞으로 숙이고 팔꿈치를 무릎에 괸 채 멍하니 울타리를 응시하고 있다. 아니면 그 너머로 보이는 숲을 바라보고 있을 수도……. 옆에 앉은 여성은 한쪽 팔로 남자의 어깨를 감싸 안고 뺨을 어루만지고 있다.

"실종된 아이 아버지입니다. 실종신고와 함께 룬드를 목격했다고 신고한 것도 바로 저분입니다. 대략 15분 간격으로 두 차례 목격했다고 합니다. 얼굴을 그대로 드러낸 채 저 벤치에 앉아 있었다고 합니다."

"이름은?"

"프레드리크 스테판손입니다. 이혼한 상태이고 아이 어머니 이름은, 제가 들은 게 맞다면 앙네스, 스톡홀름 시 바사스탄 지역에 거주하고 있다고 합니다."

"그럼 저 옆에 있는 여자는 누굽니까?"

"미카엘라 스바츠라는 이곳 보육기관 교사입니다. 현재

실종된 아이 아버지와 동거중입니다. 공식적으로 아이는 아빠와 엄마가 번갈아 양육했었는데 시간이 흐르면서 스트렝네스를 주 거주지로 설정한 모양입니다. 주말에만 엄마를 만나왔다고 합니다. 아이에게 좋은 결정이라며 부모 양측에서 별 문제를 삼지 않았던 것으로 여겨집니다. 계속 그럴 수만 있다면 좋았겠지만……. 사실 저도 이혼한 상태라……."

에베트 그렌스는 더 이상 상대의 말을 듣고 싶지 않았다.

"가서 이야기나 좀 해봐야겠군."

몸을 숙이고 있던 남자는 멍한 눈빛으로 바닥만 쳐다보고 있다. 남자는 어딘가가 불편해 보였다. 온몸을 채우고 있어야 할 생명력이 한 방울도 남지 않고 모조리 빠져나가 바닥에 깔린 잔디밭을 적시고 있는 듯 맥이 하나도 없어 보였다.

에베트 그렌스는 자식이 없었다. 자식을 원한 적도 없었다. 그랬기 때문에 그 남자의 기분이 어떨지 자신은 절대로 이해할 수 없을 거라는 사실을 잘 알고 있었다.

하지만 눈으로는 그 분위기를 읽을 수 있었다.

*

루네 란츠는 예순여섯 번째 생일을 눈앞에 두고 있었다. 은퇴하고 맞이한 첫 1년이 끝자락에 다다른 시점이었다. 1년 전 7월의 어느 금요일 저녁, 그는 주스용 사과분쇄기에 딸린 4입방미터 크기의 대형 잔여물 용기를 마지막으로 비웠다.

그리고 작업순서에 따라 기계의 전원을 끄고 장비들을 세척한 뒤 교대할 준비를 했다. 뒤이은 야간 근무조 팀원들은 일을 마치고 나가는 그에게 인사를 한 뒤 귀마개를 착용하고 적당량의 설탕을 쏟아 부었다. 독일 수출용은 소량의 설탕을, 영국 수출용은 그보다 조금 많이, 이탈리아 수출용은 훨씬 더 많이, 그리고 너무 달아 못 마시겠다는 생각이 들기 직전까지 다량의 설탕을 첨가하는 그리스 수출용까지. 35년간 근면 성실하게 일했던 직장을 떠나고 보니, 그동안 매일같이 얼굴을 마주대하고 일했던 동료들이 단지, 쉬는 시간에 같이 커피나 마시고, 상사들 험담이나 일삼으며 금요일 오후만 되면 로또 용지 채우는 일에 열중하기 위해서만 같이 지냈던 인간들이었다는 사실을 깨닫게 되었다. 그들 중 안부 연락을 하거나, 얼굴이라도 보러 찾아오는 사람은 단 한 명도 없었다. 하지만 책임소재를 따지자면 쌍방과실이라고 할 수도 있었다. 그 역시 동료들을 만나러 공장이나 그들의 집에 찾아간 적이 없었기 때문이다. 심지어 옛 직장이 그리울 것 같지도 않았다. 그래도 기분은 이상했다. 대단하지도, 내 인생에 꼭 필요하지도 않은 사람들과 어울려 반평생을 지내면서 어떻게 그들을 마치 거실 한쪽에 의미 없이 켜둔 텔레비전 대하듯 하고 살았는지…… 일종의 의식과도 같은 행위였다. 정적과 고요를 밀어내기 위한 용도로 뿌리 깊게 자리 잡은 일종의 습관. 서로의 존재감을 느끼기 위해 서로의 허상과 소통하지만, 그 누구도 진실한 소통을 바라

는 사람은 없었던 것처럼. 어느 날, 누구 하나가 사라지더라
도 나머지 사람들은 그대로 일상을 지속할 뿐이다. 사과와
주스재료를 혼합하고 로또 용지 채우다가 커피 한 잔씩 마
셔가며 우스갯소리를 하는 일상. 마치 그 사라진 사람이 애
초에 그곳에 존재한 적도 없었던 것처럼.

루네는 아내의 손을 꼭 쥐었다.

마르가레타는 여전히 공장에 다니고 있다. 은퇴하려면 아
직 2년이 더 남았다. 그래서 하루 종일 집을 비운다. 루네는
은퇴하기 전까지는 부인이 얼마나 자신에게 필요한 사람이
었는지, 둘이 함께라면 늙는 것도 두렵지 않다는 사실을 깨
닫지 못하고 살아왔다. 루네는 마르가레타가 퇴근하고 돌아
오기도 전에 코트부터 챙겨 입는다. 홀로 기다리는 마지막
몇 시간은 좀이 쑤시고 좀처럼 견디기 힘들기 때문이다. 그
순간만 되면 부인의 발걸음에 맞춰 산책길을 거닐고, 부인
의 리듬에 맞춰 숨을 들이쉬고 내쉬고 싶어 안달이 나는 그
였다.

노부부는 나란히 손을 잡고 느릿느릿 걷고 있었다. 마르
가레타의 무릎이 좋지 않았기 때문이다. 오후 느지막이 항
구에 인접한 집에서부터 산책이 시작된다. 노부부는 토스테
뢰 다리를 건너 주거지대를 지나 숲길로 접어들었다. 숲으
로 접어들면 선택할 수 있는 산책코스가 여러 갈래로 나뉘
는데 그중에는 조깅하는 사람들을 위해 1백 미터 간격으로
초록색과 노란색 표지판을 세워둔 코스도 있었다. 봄이나

여름, 그리고 초가을처럼 저녁에도 해가 일찍 지지 않는 날이면 노부부는 정해진 길을 벗어나 전나무와 야생 딸기나무 사이를 누비며 새로운 길을 발굴하곤 했다. 산전수전 다 겪고 살아갈 날도 얼마 남지 않은 만큼, 자신들만의 새로운 산책로를 직접 발견하고 그 길을 걷는 소소한 일상은 노부부에게 또 하나의 커다란 기쁨이 되었다.

그날 역시 여느 날과 다를 바 없는 오후였다. 노부부는 손을 잡고 몇 미터 걷다가 매일같이 지나다니는 산책로를 벗어나 나란히 옆으로 뻗은 숲길로 접어들었다. 비가 내린 지 벌써 몇 주가 지났는지도 모를 정도로 건조한 날씨가 이어져 산불의 위험이 높아지고 있었다. 북유럽 일대의 대기를 뒤덮은 고기압 덩어리가 좀처럼 움직일 기미를 보이지 않았기 때문이었다. 버섯 수확량이 형편없이 부족할 것 같은 해였다.

노루 한 마리, 산토끼 몇 마리, 큼지막한 새 몇 마리, 그리고 간간이 눈에 띄는 말똥가리들. 노부부는 아무런 말없이 걸었다. 굳이 대화를 나눌 필요는 없었다. 43년간 결혼 생활을 유지하면서 더 이상 주고받을 말도 없을 정도로 할 말, 안 할 말을 다 하고 지내온 그들이었다. 가끔 둘 중 한 사람이 걸음을 멈추고 손가락으로 무언가를 가리킬 뿐이었다. 노부부는 그렇게 야생 동물을 발견하면 그것들이 숨을 때까지 가만히 서서 지켜보곤 했다. 조만간 어둠이 깔릴 시간이었지만 굳이 서두를 이유는 없었다. 게다가 나이 탓에 발걸음을 재촉하는 것도 힘들었다.

그렇게 걷다보니 갑자기 땅의 기복이 심해지면서 숨이 가빠왔다. 혈관을 도는 피가 산소를 싣고 더 빠른 속도로 이리저리 옮겨 다니는 것이 느껴지자 은근히 기분이 좋아졌다.

노부부가 작은 돌계단을 막 넘어서자마자 하늘에서 커다란 소음이 들려왔다.

그러더니 헬리콥터 한 대가 노부부의 머리 위로 모습을 드러냈다. 헬리콥터는 나무에 닿을 듯 낮게 비행을 하며 일대를 선회하고 있었다.

곧이어 두 번째 헬리콥터가 나타났다.

경찰. 왜인지 모르게 순간 루네와 마르가레타는 불길한 예감에 휩싸였다. 무지막지한 소음, 무언가를 찾아다니고 있는 경찰의 존재, 바로 노부부가 지나가고 있던 바로 그 주변을……

마르가레타는 걸음을 멈췄다. 그러고는 자신들의 머리 위를 돌고 있던 헬리콥터들이 나무 뒤로 사라질 때까지 쳐다보았다.

"불길한 기분이 들어요."

"나도 그래요."

"우리 얼른 돌아가요."

"저 사람들 가고 나면 갑시다."

"그냥 지금 가요."

마르가레타는 이미 남편의 손을 꼭 쥐고 있었지만 한 팔로 남편의 허리를 끌어안고 꼭 달라붙었다. 루네는 부인의 뺨에 살며시 입을 맞췄다. 그 분위기는 마치 온 세상에 맞선 연인 같았다. 헬리콥터와 제복경찰 그리고 엄청난 소음에 맞선 두 사람. 루네는 부인의 안색을 살펴보았다. 평소 같았다면 무언가를 두려워할 여자가 아니었기 때문이다. 오히려 자신보다 훨씬 용감할 때가 많았다. 그런데 지금, 그녀의 머릿속을 지배하고 있는 생각은 단 하나, 끔찍한 소음을 동반한 저 헬리콥터를 피해 자리를 떠나자는 생각, 그것들이 불행을 몰고 올 거라는 확신이었다.

그들을 먼저 발견한 건 루네였다. 저 멀리 숲의 끝자락에서 나타난 경관들은 코로 땅을 훑고 있는 수색견들을 앞세워 나무 사이를 헤치며 헬리콥터가 지나간 쪽으로 향하고 있었다.

"세상에, 저것 좀 봐요."

"저건 아까 그 헬리콥터랑 아무 상관없는 걸 수도 있어요."

"아니에요. 분명히 상관있어요."

그제야 노부부는 자신들이 매일같이 거니는 숲 속에서 심상치 않은 일이 벌어졌음을 깨달았다.

두 사람은 관목을 지나 황급히 언덕길을 내달렸다. 더 이상 서성거리거나 호흡을 고르며 편안히 산책할 분위기가 아니었다. 부부는 경찰과 수색견이 벌이는 추격전에서, 예고된 불행에서 빠져나가고 싶다는 생각밖에 없었다.

마르가레타는 무릎 통증 때문에 숨이 차올랐지만 그런 건 아무래도 상관없었다. 루네가 아프지 않느냐고 물었을 때 부인은 고개를 가로저으며 계속 앞으로 가자고, 가장 빠른 지름길로 돌아가자고 손짓으로 대답했다. 마르가레타는 나무를 스칠 듯 낮게 날던 헬리콥터와 수색견을 대동한 경찰에 대한 생각을 하지 않으려고 애썼다. 그녀는 남편과 자신을 둘러싼 음험한 분위기를 떠올리고 싶지 않았다. 남편이 자신의 반응을 걱정스러운 눈빛으로 바라보고 있다는 것을 느낀 마르가레타는 그저 고개만 가로저을 뿐, 입조차 열 수 없었다. 간혹 설명이 불가능한 일들도 일어나기 마련이니까. 그러다가 꼭 쥐고 있던 남편의 손을 놓아야 했다. 손을 잡은 상태로는 지나칠 수 없을 정도로 가지를 낮게 드리운 커다란 전나무가 앞을 가로막았기 때문이다.

붉은 물체를 먼저 발견한 건 마르가레타였다.

여자아이의 신발 한 짝.

장식 버클이 달린 에나멜 구두.

마르가레타는 전나무 가지 사이에서 그걸 발견했다. 처음에는 버섯이라 생각하고 발로 살짝 건드려보았다. 그런 다음 그걸 주워들고 이리저리 돌려보다 깨달았다. 그런 다음 주변을 둘러보았다. 어디 있는 거지, 꼬마는? 여기인가?

마르가레타는 비명을 지르지 않았다. 심지어 놀라지도 않았다. 그녀는 신발을 손에 쥐고 있다가 루네가 뒤따라오자 남편에게 신발을 건넸다.

*

또다시 위선으로 가득 찬 아침. 그녀의 곁에 누워 있던 그는 한 손으로 그녀의 가슴, 배, 그리고 허벅다리를 차례로 어루만지고는 목에 입을 맞춘 뒤 귓가에 아침인사를 속삭였다. 하지만 머릿속으로는 그녀를 배신했다는 생각을 밀어내려 애쓰고 있었다.

그리고 지금, 렌나트 오스카숀은 사무실에 앉아 창문을 통해 아스프소스 교도소가 깨어나는 모습을 묵묵히 지켜보고 있다. 지난주에 이어 여전히 더운 날이 계속되고 있다. 그는 긴 한숨을 내쉬었다. 마리아와 사랑에 빠진 뒤로, 어느 날 갑자기 마리아가 할 말이 있다며 그를 앉혀놓고는, 사실 다른 좋은 사람을 만나게 되었고 그래서 그를 떠나기로 결심했다는 말을 하지는 않을까 두려워하곤 했었다.

그런데 오히려 자신이 그런 말을 꺼내야 할 처지가 된 것이다. 누가 그 말을 믿어줄까? 마리아는 미인이었고, 그는 지극히 평범한 외모의 남자였다. 마리아는 외향적이었고, 그는 내성적이었다. 마리아는 어디서든 돋보였지만, 그는 한 번도 그런 적이 없었다. 그런데도 둘만의 친밀한 관계를 위험 속으로 몰아넣은 건 바로 그 자신이었다.

렌나트는 사무실에서 나와 계단을 내려가 관할 감호구역으로 향했다. 가는 길에 성범죄자들의 소굴에서 앞으로 6개월간 썩게 될 수습 교도관 두 명을 만나 간단한 목례를 건넸다. 그

는 이들이 성범죄자 특별감호구역이 아니라면 어디든 좋다
고 갈 것이라는 것, 자신들이 관리해야 할 범죄자들을 우습
게 여길 거라는 것을 잘 알고 있었다. 누구라도 쓰레기 같은
성폭행범에게 침이라도 뱉어주고 싶은 기분이 들 것이다.

　감호구역에는 고요한 기운이 감돌고 있었다. 눈에 보이
는 것이라고는 열린 감방 문이 늘어선 텅 빈 복도뿐이었다.
재소자들은 전원 교도작업실에 모여 있을 시간이었다. 죄수
들은 시간당 몇 크로나의 임금이 주어지는 의무노동을 해야
했고, 나무를 깎아 원형이나 삼각형 모양의 장난감 교구 등
을 만들었다. 쓰레기 같은 성범죄자에게 뭘 더 바라느냐고
할 수도 있겠지만, 이 감호구역 죄수들은 작업실에 들어서
면 싫어하는 기색 없이 고분고분 시키는 대로 작업에 임했
다. 대부분 마약 중독자에 해당하는 절도범들이 득실거리는
일반감호구역의 죄수들이 하루가 멀다 하고 파업을 벌이거
나 잔머리를 굴려 강제노역을 피하려는 분위기와는 사뭇 다
른 모습이었다.

　렌나트는 늘어선 철문을 따라 걷다 11번 감방 문 앞에 멈
춰 섰다. 지금은 비어 있는 벤트 룬드의 감방. 그가 탈옥한
지 하루 반나절이 지나가던 시점이었다. 대부분의 탈주범들
은 그렇게 오래 버티지 못하는 편이다. 제대로 잠을 자거나
쉬지 못하고 24시간 내내 경계를 풀 수 없으며, 안전한 은신
처를 구하는 일은 힘도 들고 돈도 들기 때문이다. 게다가 많
은 경찰들과 관련 소식을 접한 시민들에게 쫓기는 상황에서

는 간신히 몸뚱이 하나 숨길 수 있는 곳도 하루가 다르게 줄어들기 마련이다.

감방 문은 열쇠로 굳게 잠겨 있었다. 렌나트는 주머니에서 열쇠꾸러미를 꺼내 감방 문을 열었다. 빈 감방이었지만 열쇠를 따로 떼어놓고 다닐 수가 없었다.

감방은 전날과 다름없는 상태였다. 2센티미터 간격으로 공들여 줄지어놓은 물건들의 연속. 달라진 것이라고는 어지러이 바닥에 널브러진 물건들이었다. 렌나트는 전날, 늙다리 에베트 그렌스 형사가 찾아와 침대에 정렬된 것들을 다 이어리로 밀어 넘어뜨리며 난장판을 만들던 모습을 떠올렸다. 그날이 마흔 번째 생일이라고 했던 말라깽이 스벤 순드크비스트 형사는 순간적으로 당황하며 걱정스런 눈빛으로 선배 형사의 행동을 지켜보다가, 에베트가 창가 물건들까지 넘어뜨리자 한숨을 내쉬었다.

렌나트는 헝클어진 짙은 얼룩무늬 침대시트 위에 털썩 주저앉았다. 그러다가 그대로 침대에 누워보았다. 과연 룬드가 매일 밤마다 거기 누워 무엇을 바라보고 있었는지 궁금해졌기 때문이다. 그는 하얀 천정과 너무 밝아 눈이 부신 형광등, 그리고 감방 문 창살을 차례로 쳐다보았다. 룬드는 무슨 생각을 하며 시간을 보냈을까? 여자아이들을 떠올리며 자위를 했을까? 범행계획을 세웠을까? 순식간에 무참히 짓밟아버린 어린아이들의 순수함에 대해 생각은 해봤을까? 아니, 피해아동이 어떻게 되었는지, 그 아이가 느꼈을 두려움이나 수치심 같은 감정을 이해해보려고, 관심이라도 가져보려 했을까? 8평방미터 크기의 공간에 갇힌 채 아침, 점심, 저녁으로 죄책감을 홀로 감내하다 결국에는 탈옥을 결심하고 병원으로 호송되던 도중 교도관 두 명을 때려눕혀버린 걸까?

그는 굳게 닫힌 감방 문으로 시선을 돌렸다.

누군가 문을 두드렸다.

누구지? 문이 열렸다. 베톨손 소장이었다.

"렌나트?"

"네?"

"자네, 여기서 뭐 하는 거야?"

렌나트는 벌떡 일어나 사방으로 헝클어진 머리를 정리했다.

"글쎄요. 저도 모르겠습니다. 그냥 한번 들어왔다가 누워봤습니다. 뭔가를 더 알아내고 싶었던 것 같습니다."

"그래서, 더 알아낸 건 있나?"

"없습니다."

베톨손 소장은 감방 안으로 들어와 주변을 살펴보았다.

"룬드는 완전히 미친놈이야."

"그게 바로 문제입니다. 저도 방금 그렇다는 걸 깨달았습니다. 녀석은 아무것도 이해하지 못합니다. 죄책감 같은 것도 느끼지 않습니다. 타인의 감정을 조금도 이해할 수 없는 인간입니다."

베톨손 소장은 바닥에 널브러진 물건들을 발로 차고는 책장과 창가에 남아 있는 물건을 차례로 쳐다보았다. 그런 식으로 정렬해놓은 의미를 도저히 이해할 수 없었다. 감방 안에 존재하는 바닥의 무질서와 편집증에 가까운 질서를. 그는 렌나트를 바라보았다. 렌나트는 뭐라고 설명할 말을 찾지 못해 그저 등만 돌리고 서 있었다.

"자넬 찾아온 건 또 다른 미친놈에 대한 소식을 전해주러 일세. 룬드의 동업자라고 해야 하나, 일곱 명의 소아성애자 클럽 멤버 말이야."

"누구 말씀입니까?"

"호칸 악셀손이라는 친구. 경범죄로 이미 몇 차례 감방을 들락거렸던 녀석이야. 내일이면 판결이 나는데 철창 행은 분명할 거야. 죗값에 비해서는 감량된 형을 받겠지. 하지만 부활절이나 크리스마스는 여기서 홀로 보내게 될 거야."

"그래서요?"

"현재 크로노베리 구치소에 수감되어 있는데 분명 이곳으로 올 걸세. 바로 이 구역, 남는 방 하나 없는 바로 여기 말일세."

렌나트 오스카숀은 길게 하품을 한 번 한 뒤 잠시 생각을 하다 또다시 침대에 드러누웠다.

"죄송합니다. 그런데 이 인간들 관리하는 일, 정말 피곤하네요."

베톨손 소장은 자신의 휘하에 있는 특별감호구역 책임자

하나가 탈옥한 죄수의 침대에 누워 있는 모습을 못 본 것처럼 말을 이었다.

"이 방만 빈 상태군. 하지만 오래 비어 있진 않겠지. 룬드도 조만간 다시 잡혀들어 올 테니까."

"성범죄가 이젠 아주 유행인 세상이 되었습니다. 여기 들어오려면 변태 자식들, 아예 줄을 서야 할 겁니다."

베톨손 소장이 차양을 들어 올리자 감방 안으로 햇살이 쏟아져 들어왔다. 밖에서는 시간의 흐름에 따라 하루가 흘러가고 있었다. 하지만 그런 걸 잊고 사는 것도 어려운 일은 아니다. 감방에선 시간의 개념이 바깥세상과 똑같은 식으로 나뉘지 않는다. 개월이나 햇수로 구분할 수 없는 하나의 덩어리처럼 뒤섞이기 때문이다.

"아무튼 새로 들어올 친구는 일반감호구역으로 보내야 할 것 같아. 며칠, 아니 일주일 정도 될지도 모르지. 다른 대안이 나올 때까지는."

렌나트는 소스라치게 놀랐다. 그는 몇 초간 가만히 누워 있다가 한쪽 팔꿈치를 딛고 베톨손 소장 쪽으로 몸을 일으키며 말했다.

"지금 무슨 말씀하시는 겁니까?"

"죄명이 따로 이마에 찍혀서 들어오는 것도 아닌데 뭐 어때."

"거기 있는 녀석들은 그런 거 전혀 상관 안 합니다. 무슨 수를 써서라도 알아낼 겁니다. 그러면 어떤 일이 발생할지는 잘 아실 거라 생각합니다."

"길어야 며칠이라고. 그러고 나서 이감해버리면 되잖아."

렌나트는 침대에서 일어났다.

"그만 두세요. 그 자식이 일반감호구역에서 다른 곳으로 이감되어 가는 날은 앰뷸런스에 실려 가거나 영구차를 타는 날밖에 없다는 거, 소장님도 저만큼 잘 아시지 않습니까."

*

아무런 느낌도 없었다. 그는 그럴 거란 걸 이미 알고 있었다. 하지만 그런 건 아무래도 상관없었다. 전에도 이미 와본 곳이었기 때문이다. 첫 계단에 발을 딛기 전부터 그의 코와 뇌가 죽음의 향기를 감지했다.

스벤은 자신이 솔나 법의학 연구소를 들락거린 게 몇 번째인지 세어보는 건 이미 오래 전에 포기했다. 스톡홀름 시경찰 소속 수사관으로서 당연히 해야 할 일이었지만, 법의학 연구소를 방문해 시체를 확인하는 건 정말 언제나 내키지 않는 일이었다. 방금 전까지도 멀쩡히 숨쉬고 말도 하고 웃던 사람이 시체가 되어 부검대 위에 누워 있는 걸 보는 일이나, 하얀 가운을 입은 남자가—연구소 대부분의 직원은 남자다.—그 시체를 절개하고 내장기관을 적출해내는 걸 보는 일은 아무리 반복해도 적응이 되지 않았다. 다른 사람 손이 시체의 절개된 부위 속으로 쑥 파고들어가 장기를 들어내고 눈이 부시도록 밝은 조명 아래에서 면밀히 조사한 뒤 대충 되는대로 집어넣는 일. 그러고는 절개된 부위를 다시 꿰매고 잠시 뒤 찾아올 유가족의 충격을 덜어주기 위해 흰 천을 덮어씌워놓는 일. 도착한 유가족이 고인을 발견한 뒤 싸늘한 그 시신이 방금 전까지 자신들과 희망에 찬 대화를 나누었던 바로 그 사람이 맞다고 확인해주는 일.

에베트의 자세는 사뭇 달랐다. 그는 스벤의 옆에 서서 법의학자가 인터폰으로 설명해주기만을 차분히 기다리고 있다. 스벤은 에베트와 함께 그곳을 찾은 게 몇 번이나 되는지 생각해보았다. 에베트는 마치 지금 시체를 앞에 두고 있다는 걸 모르는 사람처럼, 아니면 그런 건 아무래도 상관없는 사람처럼 행동하고 있다. 죽음이 생명의 자리를 대신 차지하고 나면 그의 눈에는 그게 인간으로 보이지 않는 듯했다. 스벤은 부검이 끝나고 나면 시체를 덮어놓았던 흰 천을 들어 올리고 시체를 살펴보거나 일부 부위를 꼬집어보고 농담까지 건네는 에베트를 신기하게 바라보곤 했다. 에베트는 마치 시체는 더 이상 상처를 줄 수 없는 물건이라는 걸 확인해보고 싶어 하는 사람 같았다.

유리문 뒤에서 법의학자가 가운 주머니에서 마그네틱 출입카드를 찾아 꺼내들었다. 철컥 소리와 함께 유리문이 열렸다. 루드빅 에르포슈는 50대의 노련한 부검의였다. 스벤은 그가 이번 사건 담당 부검의로 선정된 사실에 안도했다. 그가 아니었다면 어린아이의 사체를 부검해야 하는 일이 훨씬 더 고역스러웠을 것이다. 어린아이의 사체를 부검하면서 마치 일상생활을 하듯 감정의 영향을 받지 않고 부검에 임할 수 있는 사람이 있다면 그게 바로 에르포슈이기 때문이었다.

그들은 서로 인사를 건넸다. 에르포슈는 벤트 룬드에 관한 소식을 물어보았고, 두 형사는 수사가 답보 상태라고 대답했다. 그는 고개를 가로저으며 대략 4년 전의 사건을 꺼냈다. 그는 스카르프홀름에서 살해당한 두 소녀의 부검을 맡았던 장본인이었다. 그는 상당히 큰 소리로 설명을 시작했다. 스벤과 에베트는 그의 뒤를 따라 부검실로 내려갔다. 에르포슈는 지금까지 어린아이에게 이토록 심한 폭행상흔을 남긴 경우를 본 적이 없었다는 말을 했다.

그는 내려가다 말고 갑자기 멈춰서더니 뒤를 돌아보고 심각한 표정을 지어보였다.

"아무튼 이번처럼 잔혹한 건 처음이란 말입니다."

"그게 무슨 말씀입니까?"

"이런 폭력의 상흔은 나도 잘 아는 겁니다. 이번에도 역시 의심할 여지없는 룬드의 소행이죠."

세 사람은 다시 계단을 내려가 좁은 복도에 내려섰다. 왼쪽 첫 번째 부검실이 에르포슈가 주로 일하는 그의 사무실이었다.

부검대는 정중앙에 놓여 있다. 당연히 냄새는 났지만 심하지는 않았다. 스벤은 만약 자신이 부검실에 와 있다는 사실을 몰랐다면 그 냄새가 시신에서 풍기는 냄새라는 걸 절대 몰랐을 것이라고 생각했다. 부검실에 설치된 환풍기 성능이 탁월해서 팬 돌아가는 소리를 비롯해 공기가 들고나는 소리까지 귀에 들렸다. 절차대로라면 세 사람 모두 초록색 무균장갑을 착용해야 했지만, 에르포슈 박사는 굳이 그럴 필요까지는 없다며 손사래를 쳤다. 어겨도 될 규정이 무언지 꿰고 있을 정도의 백전노장이었기 때문이다.

그는 부검대를 비추는 중앙조명장치만 남겨두고 부검실 벽을 따라 늘어선 나머지 불을 모두 껐다.

아이는 부검대 위에서 평온히 잠든 듯한 모습이었다. 가족에게 받은 사진을 통해 아이의 신원을 확인할 수 있었다.

에르포슈는 시신 옆에 놓인 플라스틱 파일 케이스를 집어 들고 그 안에서 A4 용지 두 장을 꺼냈다. 그리고는 안경 케이스를 열고 렌즈가 두툼한 검은 테 안경을 꺼냈다.

"시트를 걷어내면 별로 보기 안 좋습니다."

완전히 격리된 듯한 부검실에는 종이 넘기는 소리만이 울려 퍼졌다.

"질과 항문, 신체 여러 부위에서 다량의 정액이 검출되었습니다. 가해자는 피해자가 사망하기 전후에 걸쳐 피해자 신체 위에 사정을 했습니다."

에르포슈는 시신의 상태를 두 형사에게 확인해주기 위해 시트를 걷어냈다. 스벤은 순간적으로 고개를 돌렸다.

"자기(刺器)로 추정되는 날카로운 도구가 여러 차례 질 내부에 삽입되어 심각한 내출혈을 일으켰습니다."

에베트는 부검의의 설명에 집중하며 피해아동의 시신을 눈으로 훑어보았다. 그러고는 한숨을 내쉬었다.

"지난번하고 똑같군요."

"그렇습니다. 범행 방식은 동일합니다. 다만 더 잔인해졌다는 게 다를 뿐입니다."

"당시는 커튼 가로대를 사용했었는데 말입니다."

"이번에는 정확한 흉기를 식별해낼 수 없었습니다. 확실히 말씀드릴 수 있는 건, 범인이 사용한 흉기는 단단하고 뾰족한 도구였다는 것뿐입니다."

부검의는 두 번째 종이를 펼쳐들었다.

"반면, 사인은 명확히 구분해낼 수 있었습니다. 목 부분에 강한 손상을 입었는데, 가해자가 손등으로 강하게 내리친 게 확실해 보입니다."

에베트는 피해아동의 목을 유심히 관찰하다가 시커먼 멍 자국을 발견했다. 그러고는 여전히 시선을 돌리고 있는 스벤에게 말을 걸었다.

"스벤……."

"못 보겠습니다."

"자넨 안 그래도 돼. 내가 보고 있잖아."

"감사합니다."

"그런데 이 새끼, 우리가 꼭 잡아 처넣을 거라는 건 명심해."

"당연히 잡아야지요."

"체포하기만 하면 이 새끼는 끝이라고. 애들을 앞에 놓고 용두질을 했거든. 시체가 정액을 뒤집어쓴 상태라고. 지난번하고 아주 똑같아. 이번 범인이 그놈이라는 걸 증명할 수 있는 DNA 검체만 있으면 끝이라고."

스벤은 숲 속에서 아이의 시신을 발견한 마르가레타와 루네 란츠를 떠올렸다. 다정하게 손을 잡고 산책을 나섰던 노부부, 참고인 조사가 진행되는 동안에도 잡고 있던 손을 절대 놓지 않았던 노부부, 조사가 끝날 때까지 울음을 그치지 않았던 노부부를 떠올렸다. 소리 없이 조용히 눈물을 흘리며, 직접 목격한 상황을 자세히 설명해야 했던 마르가레타를 마주대하는 일은 정말 힘들었다.

여기 좀 앉으시지요. 여기 돌 위에요.

네.

여기서 몇 가지만 여쭤봤으면 합니다. 그래야 시체를 발견하신 장소를 저희도 직접 확인할 수 있으니까요. 괜찮으시겠습니까?

네.

처음부터 말씀해주시겠습니까? 보신 걸 전부 말씀해주시면 좋겠습니다.

이이가 같이 있어도 되나요?

물론입니다.

잘 모르겠어요.

부탁드립니다.

할 수 있을지 잘 모르겠어요.

힘드신 건 알지만 죽은 아이를 위해서라도 애써주시면 좋겠습니다.

우리 부부는 저녁마다 산책을 해요.

매일 저녁이요?

비가 억수로 쏟아지는 날만 빼면요.

여기를요?

네.

매일 똑같은 코스로 다니십니까?

가끔 코스를 바꾸긴 해요.

그런데 이 길은 항상 지나다니십니까?

네?

조금씩 바꾸시더라도 이 길은 항상 지나다니시냐고요?

아니에요. 이 길은 아마 처음이었던 것 같아요. 안 그래요, 여보?

말씀은 혼자 해주시면 감사하겠습니다.

아무튼, 처음에는 뭔지 몰랐어요.

그런데 무슨 이유로 이 길을 지나가시게 된 겁니까?

일부러 그런 건 아니었어요. 어쩌다 이리 오게 된 거거든요. 헬리콥터 소리를 듣고요.

헬리콥터요?

무서웠어요. 헬리콥터 소리에 개를 데리고 다니는 경찰들까지⋯⋯. 그래서 서둘러 내려갔어요.

그래서 이 길로 지나가시게 된 거군요?

이쪽을 가로지르는 게 가장 빠를 거라고 생각했거든요.

여기를 지나가실 때 어떤 일이 벌어졌던 겁니까?

혹시 손수건 가지신 거 있나요?

네?

화장지라도요.

죄송하지만 없습니다.

미안합니다.

미안해하실 필요 없습니다.

우린 손을 잡고 있었어요.

걸으시면서도요?

네. 여기 전나무 앞을 지나기 위해선 어쩔 수 없이 손을
놓아야 했거든요.

왜 그러셔야 했습니까?

나뭇가지가 너무 컸어요.

누가 먼저 가셨습니까?

나란히 갔어요. 나무 오른쪽이랑 왼쪽으로.

그다음은요?

처음에는 버섯이라고 생각했어요. 색깔 때문에요. 그래서
발로 한 번 건드려봤어요.

뭘 건드리셨습니까?

신발이요. 그게 신발이었다는 건 나중에 깨달았고요.

그래서 어떻게 하셨습니까?

남편을 기다렸어요. 분명 석연치 않은 일이 있었다는 확신이 들었거든요.

어떻게 그런 확신이 서신 겁니까?

헬리콥터, 개를 데리고 수색하는 경찰들, 그리고 신발이……. 무슨 일이 있었다는 느낌이 들었어요.

그래서 뭘 하셨습니까?

신발을 집어 들었어요. 남편한테 보여주려고요.

그 뒤에는요?

그 뒤에 보게 된 거예요. 그 아이를.

그게 어디였습니까?

잔디밭이요. 보는 순간 그 아이 상태가 이상하다는 걸 깨달았어요.

이상하다니요?

이상했어요. 심한 폭행을 당해서요. 분명히 봤어요. 남편도 봤고요.

혹시 건드려보셨습니까?

죽은 상태였어요. 그런데 왜 건드렸겠어요?

그런 것까지 여쭤봐야 해서요.

더는 못 하겠어요.

혹시 누군가를 보셨습니까?

그 아이밖에 없었어요. 저를 바라보고 있었어요.

그러니까 제 말은 다른 사람 말입니다. 두 분 외에 다른 사람이요.

아니요.

아무도요?

개는 봤어요. 경찰하고요.

다른 사람은 정말 못 보셨습니까?

더 못 하겠어요. 여보, 이 사람한테 더 이상은 못 하겠다고 말 좀 해줘요.

에르포슈 박사는 서류철을 뒤적이며 부검감정서의 세 번째 장을 찾아보았지만 보이지 않았다. 그러다 벽장 여기저기를 뒤적여 찾아냈다.

"두 사건의 연관성이라고 할 수 있는 세부사항이 하나 있습니다."

에르포슈 박사는 시체 위에 흰 천을 다시 덮어놓았다. 그제야 스벤은 검시대 쪽으로 시선을 돌릴 수 있었다.

"시체가 이곳에 도착했을 때 두 발의 상태가 아주 깨끗했습니다. 전신에 흙이 묻고 피투성이인데 말입니다. 그래서 즉시 검사를 실시했고 그 결과……."

에베트가 먼저 선수를 치고 나왔다.

"타액이 발견됐겠지요. 안 그렇습니까?"

에르포슈 박사는 고개를 끄덕였다.

"타액이었습니다. 지난번과 마찬가지로요."

에베트는 더 이상 이 세상 사람이 아닌 아이의 얼굴을 바라보았다.

"벤트 룬드는 언제나 피해자의 신발을 먼저 핥고 나서 다음으로 발을 핥는 습관이 있지."

"이번에는 아니었습니다."

"하지만 방금 발에서 타액이……."

"신발부터 시작한 게 아니었습니다. 피해자가 사망한 뒤 발바닥을 핥았습니다."

그녀를 본 건 벌써 몇 달 전이었다. 매일같이 통화는 하지만 오직 마리에 관한 대화만 나눌 뿐이었다. 몇 시에 일어났는지, 밥은 잘 먹었는지, 혹시 새로 배운 단어는 있는지, 새로운 놀이를 하고 노는지, 운 적은 있는지, 웃은 적은 있는지에 대해서만. 두 사람은 아이가 성장해가는 단계별로 서로의 부족한 부분을 채워주기 위해 애썼다. 마리에 대해서만큼은─유일한 부분이기도 하지만─두 사람 모두 손톱만큼의 후회도 없었다. 비난도 없었고 잃어버린 사랑에 대한 회한도 없었다.

그는 그녀의 우는 얼굴이 어떤지 잘 기억하고 있었다. 이목구비를 구분할 수 없을 정도로 퉁퉁 붓는 그 얼굴. 그는 한 손으로 그녀의 뺨을 어루만졌다. 그녀는 미소를 지어 보이곤 그를 끌어안았다.

전날, 스톡홀름 시 경찰에서 나온 남자 하나가 두 사람을 맞아주었다. 제법 나이가 들어 보이고 살짝 다리를 저는 남자였다.

"에베트 그렌스 수사관입니다. 어제 뵀었지요."

"프레드리크 스테판손이라고 합니다. 기억하고 있습니다. 이쪽은 앙네스, 마리의 엄마입니다."

세 사람은 짧게 인사를 나누고 지하 계단으로 내려가 병원식 복도로 접어들었다. 프레드리크는 전날, 면담 조사를 담당했던 또 다른 형사도 알아보았다. 그의 뒤에는 흰 가운을 입고 피곤한 눈을 한 의사 한 명이 서 있었다.

"스벤 순드크비스트 수사관입니다. 어제 뵙지는 못했던 것 같습니다."

"앙네스 스테판손입니다."

"이쪽은 루드빅 에르포슈 박사님이십니다. 마리의 부검을 담당하신 법의관이십니다."

마리의 부검.

그 한 마디는 마치 절규처럼 두 사람의 얼굴로 날아들었다.

증오를 불러일으키는 한 마디 말. 모든 걸 잘라버리고 끝장내버린 한 마디 말.

천당과 지옥을 오르락내리락하던 24시간은 그들을 교대로 괴롭혔다. 전날만 해도 프레드리크는 이 조그마한 아이를 어린이집까지 바래다주었다. 이혼한 부부가 숨 쉬고 살아갈 길을 터주었던 그 아이를. 그리고 이제, 두 사람은 심하게 훼손된 시신이 마리가 맞는지 확인해야 하는 절차를 눈앞에 두고 있었다.

두 사람은 서로의 손을 꽉 쥐었다.

사람들은 간혹, 서로의 손이 으스러질 때까지 꽉 쥐는 일도 있는 법이다.

*

무더운 여름은 그 마지막까지 기승을 부리고 있었다.

호흡이 곤란할 정도로 숨이 턱턱 막혔다.

하지만 그는 그렇다는 걸 전혀 느끼지 못했다. 그냥 그렇게 울고만 있었다. 스벤은 정신을 집중했다. 조만간 다시 숨을 쉬게 될 거라고, 일상으로 돌아가게 될 거라고, 곧……. 무너진 가슴을 끌어안고 있는 사람들 앞에서 쓰러질 순 없었다. 부검대 앞에 선 채로 자신들의 딸아이 얼굴을 확인하며 고개를 끄덕일 수밖에 없는 부모 앞에서는 더더욱 그럴수 없었다. 아빠는 아이의 뺨에 입을 맞췄지만 엄마는 시체를 덮고 있는 시트 위에 머리를 묻으며 그대로 주저앉고 말았다. 아이 엄마는 절규했다. 스벤은 그토록 격한 감정에서 비롯된 울음소리는 평생 처음 듣는 것 같았다. 두 사람 모두 고통에 몸부림치고 있었다. 스벤은 그들 머리 위로 보이는 벽에 시선을 고정하기 위해 애썼다. 조금만 참으면 부검대에서 멀어질 수 있으리라, 이 끔찍한 부검실에서 나갈 수 있으리라, 계단을 올라가 마음껏 숨 쉴 수 있으리라, 죽음의 냄새가 느껴지지 않는 신선한 공기를 들이킬 수 있으리라

되뇌면서.

부부는 서로를 의지한 채 밖으로 나갔다. 스벤은 그들의 모습이 시야에서 사라지자마자 미친 듯이 뛰기 시작했다. 복도, 계단, 그리고 문까지……. 그는 울고 있었다. 하지만 눈물을 멈추고 싶진 않았다.

에베트는 그의 곁으로 다가와 어깨에 한 손을 올렸다.

"난 차에서 기다릴게. 필요한 만큼 혼자 있다 나오라고."

10분이 지났을까? 아니면 20분? 알 수 없었다. 눈물이 마를 때까지 실컷 울었다. 그리고 아이를 잃은 부모를 위해서 또 울었다. 그들에겐 슬픔 때문에 눈물이 차지할 공간이 부족하기라도 한 듯 대신 울어주었다.

스벤이 차로 돌아오자 에베트는 그의 뺨을 툭 건드렸다.

"자네 기다리면서 이 빌어먹을 라디오를 듣고 있었는데, 돌리는 곳마다 벤트 룬드와 살해당한 마리에 대한 이야기만 떠들어대더라고. 올 여름 특종을 물었다고 생각들 하는 것 같아. 한동안 언론에 시달리게 생겼어."

스벤은 운전대를 잡았다가 손가락을 들어 핸들을 가리키더니 다시 에베트를 향해 물었다.

"직접 운전하실래요?"

"싫어."

"이번은 그냥 좀 해주세요. 정말 운전할 기분 아니거든요."

"그럼 그런 기분 들 때까지 기다리지 뭐. 바쁠 것도 없는데."

스벤은 몇 분간 말없이 그대로 앉아 있었다. 그런 후 뒷좌석으로 몸을 돌리며 말했다.

"케이크 한 조각 드실래요?"

그러고는 손을 뻗어 케이크 상자를 비롯해 와인 병이 든 봉투를 집어 들고 자신의 무릎 위에 올려놓았다.

"프린세스 케이크인데요, 유나스가 가장 좋아하는 거예요. 장식으로 올라온 장미가 두 개 있는데 하나는 제가 먹고, 하나는 녀석이 먹을 거였거든요."

스벤은 리본을 풀어 상자를 열고 케이크 냄새를 맡아보았다.

"빌어먹을! 이런 날씨에 하루 종일 차 안에 뒀더니 맛이 가버렸네요."

상한 케이크 냄새에 화들짝 놀란 에베트는 역겹다는 표정으로 스벤의 무릎 위에 있던 상자를 멀찌감치 밀어버렸다. 그러고는 라디오 주파수를 이쪽저쪽으로 돌려보았다.

어느 채널을 틀어놓아도 마치 만트라를 들려주듯 똑같은 내용만 반복될 뿐이었다. 살해된 여자아이, 탈옥, 벤트 룬드, 성범죄자, 아스프소스 교도소, 추격전, 슬픔과 공포.

"저런 소린 이제 듣는 것도 지겹네요. 그 라디오 좀 제발 꺼주세요, 선배."

스벤은 봉투에서 술병 하나를 꺼내 라벨을 확인하고는 고개를 끄덕인 뒤 병을 땄다.

"지금은 이런 게 필요할 때예요."

스벤은 병을 입에 가져다 댄 뒤 길게 세 모금 정도를 마셨다.

"이해가 가세요? 어제가 제 생일이었어요. 그런데 강간 당한 뒤 살해된 여자아이 시체를 발견했다는 어느 노부인의 신고를 받고 스트렝네스로 가야 했어요. 그리고 오늘은 여기에 와서 아이가 어떻게 살해되었는지 설명을 들어야 했어요. 거기다가 그 아이의 부모가 고통스럽게 몸부림치며 절규하는 모습을 눈앞에서 지켜봐야 했고요. 도대체 뭐가 뭔지 모르겠어요. 그냥 집으로 가버리고 싶습니다."

"그럼 이제 출발하자고."

에베트는 술병을 빼앗아 뚜껑을 닫고 발밑에 내려놓았다.

"자네만 그런 거 아니라고, 스벤. 우리 모두 자네만큼이나 당혹스러워. 그런데 그런다고 뭐가 달라져? 그 빌어먹을 자식이 똑같은 짓을 벌이기 전에 일단 잡아들이기나 하자고."

스벤은 시동을 걸었다. 그러고는 조심스레 후진으로 차를 뺐다. 법의학 연구소와 카롤린스카 병원 사이의 주차장은 협소한 관계로 차를 뺄 때 돌려나갈 공간이 없었다. 휴가 기간인데도 스톡홀름 중심가를 방불케 할 정도로 차들이 다닥다닥 늘어서 있었다.

에베트는 말을 이었다.

"난 그 자식이 어떻게 나올지 알고 있어. 취조도 내가 했고 정신과 의사며 전문가들이 그 자식에 대해 끼적거려놓은 내용도 빠짐없이 읽어봤으니까. 이제 또 다른 희생양을 찾아다니고 있을 거야. 내 장담하지. 오늘이냐, 아니면 내일이냐, 그 문제만 남은 거라고. 그 새긴 지금 완전히 한계를 넘어섰다고. 우리가 궁지로 몰아넣거나 지가 자살을 선택하기 전까지는 계속해서 살인을 할 거야."

＊

릴마센은 그늘을 찾아다녔다. 하지만 태양을 피해 숨어들어갈 그늘을 만들어주는 나무도, 담장도 없었다. 그는 흥건히 땀에 젖어 있었다. 우중충한 잿빛 담벼락 안에 만들어진 운동장은 거대한 먼지구름에 휩싸여 있었다. 수감자들은 5천 크로나를 판돈으로 걸고 내기 축구를 하려 했었다. 하지만 먼지구름 때문에 폐가 타들어가는 것 같고 직사광선 탓에 어깨살이 익어버릴 듯 고통스러웠다. 선수들은 전반전을 무승부로 마친 후에 각 팀의 골대 뒤에 쓰러지듯 드러누웠지만 다시 일어날 기력조차 없었다. 각 진영의 대표들은 하프라인까지 겨우 걸어 나와 경기를 중단하기로 합의를 보았고, 더불어 상대가 원한다면 내기를 없던 일로 하자는 제안을 했다. 대표로 나섰던 스코네는 자신의 진영으로 돌아와 힐딩과 릴마센 사이에 앉았다.

"저쪽도 겨우 정신은 차렸는데 완전히 녹다운이야. 러시아 놈은 숨도 제대로 못 쉬더라고."

"좋아."

"후반전은 다음 주 월요일로 잡았어. 이참에 판돈도 두 배로 올렸고. 저 친구들 실력이 영 형편없더라고……."

대략 최근의 일

힐딩은 화들짝 놀라 콧등 주변의 상처를 한참 동안 긁으며 걱정스런 눈빛으로 릴마센의 분위기를 살폈다. 베키르와 드라간은 침묵을 지켰다.

릴마센은 자갈 위에 침을 내뱉으며 대답했다.

"젠장, 판돈을 두 배로 올렸다고? 우리가 지면 그 돈은 누가 다 댈 건데?"

"이거 왜 이래, 릴마센. 아주 밟아버리면 되잖아. 골키퍼 보는 친구는 완전히 알까기 선수라고."

릴마센은 고개를 살짝 들어 상대 선수들을 관찰했다. 그들 역시 여전히 바닥에 널브러진 채 남은 기력마저 쏙쏙 빼먹고 있는 태양을 피해보겠다고 되도 않는 헛수고를 들이고 있었다.

"스코네, 자네 미친 거 아니야? 저 친구들 뛰는 거 제대로 보긴 한 거야? 경기 내내 도대체 어딜 갔다 온 거야? 빌어먹을, 운이 좋아서 겨우 비긴 거라고. 아무튼 좋아. 판돈은 두 배로 올려. 하지만 우리가 지면 자네 혼자 독박 차는 거야. 대신 우리가 이기면 반반이고. 그래야 공평하지."

스코네는 뜨끔했는지 고개를 절레절레 젓다가 몇 미터 정도 떨어진 곳으로 가더니 휘날리는 먼지에도 아랑곳하지 않고 바닥에 엎드려 팔굽혀펴기를 시작했다. 거기다가 다들 들으라는 듯 큰 소리로 횟수까지 세었다. 민머리와 묵직한 목덜미에 땀을 흠뻑 뒤집어쓴 스코네는 끙끙 신음까지 흘렸다. 무더운 여름이었다. 그리고 그에겐 아직 4년이라는 시간

234

이 더 남아 있었다.

릴마센은 한참 동안 태양을 노려보더니 이내 눈을 감았다. 어렸을 때처럼 감은 눈 안으로 요동치는 별과 여러 색깔이 보였다. 눈을 감아버리면 현실도피에 많은 도움이 된다.

"빌어먹을 신참은 어떻게 된 거야?"

힐딩은 그 말이 언제 나올까 내심 눈치를 보고 있었다.

"어떻게 된 거냐니, 그게 무슨 소리야?"

"오늘 한 번도 못 봤잖아."

"그걸 내가 어떻게 알아."

"빌어먹을, 그건 자네 담당이잖아. 요쿰 랑, 호칸 악셀손, 그런 신참 녀석들은 자네가 맡아야 한다고. 여기가 어떤 곳인지 제대로 가르쳐주라고."

"대장이 요쿰에게 했던 것처럼?"

"닥치지 못해!"

"그치한테 가서 뭘 말하라고? 방법이 없어. 브랑코가 직접 편지까지 써 보낸 마당에 뭘 어쩌겠어."

운동장 사이로 산들바람이 불어왔다. 실로 간만에 찾아온 바람이었다. 바람이 수감자들의 얼굴을 어루만져주자 그들은 순식간에 하던 말을 멈췄다. 릴마센은 비록 순간이지만 간만에 찾아온 시원한 기운을 온몸으로 느끼려고 자리에서 일어났다. 그러고는 벽 쪽으로 고개를 돌리다가 벽을 따라 난 길에서 그날 아침 들어온 신참 수감자 중 하나를 발견했다. 머리나 턱수염 모두 붉은색 천지인 신참. 릴마센은 눈으

로 그의 움직임을 쫓다가 주머니에서 꽁초를 모아둔 담뱃갑
과 라이터를 꺼내 하나를 피워 물었다. 하지만 시선만큼은
여전히 외롭게 산책하는 붉은 머리 사내에게 고정되어 있었
다. 그는 크게 팔을 한 번 휘둘러보았다.

"저기 저 친구가 악셀손이라는 친구야. 그런데 정체를 아
는 인간들이 없어. 지 말로는 강도 폭행상해라는데, 웃기는
소리야. 저놈은 축구공도 무서워서 피하는 자식이라고! 내
장담하는데 저 자식은 분명히 짐승 같은 새끼가 맞아. 그런
녀석들은 냄새가 진동해. 멀리 있어도 악취가 풍긴다고."

바람 탓에 힐딩도 순간 정신이 들었다. 그 역시 자리에서
일어나 운동장 주변을 서성이는 악셀손을 지켜보았다.

"아까 짐승들 담당하는 교도관들이 말하는 거 얼핏 들었
는데, 거긴 지금 남는 감방이 없다더라고. 아마 그래서 이쪽
으로 보낸 것 같아. 딱히 잡아둘 곳도 없으니까."

릴마셴은 화가 치밀었는지 바닥에 발길질을 했다. 허연
먼지가 구름처럼 피어올라 파란 하늘로 올라갔다. 그는 피
우던 담배를 집어던졌다. 조금 지나자 담배에 붙은 불이 꺼
졌다.

"스코네……."

"왜?"

"날 좀 봐봐."

그는 릴마셴 쪽으로 고개를 돌렸다.

"무슨 일인데?"

"내가 임무를 하나 줄게."

"무슨 소릴 하는 거야?"

"내일 여섯 시간짜리 외출증 가지고 있지, 안 그래?"

"있긴 있어."

"교도관도 안 따라붙고, 그렇지?"

"맞긴 해."

"그럼 내가 무슨 말을 하는지 알아들었을 거야. 나가서 악셀손이라는 저 친구가 왜 이곳으로 기어들어왔는지 알아보라고."

"그렇겐 못 한다고. 할 일이 얼마나 많은데. 애인하고 보낼 시간도 여섯 시간밖에 없는데 뭘 바라."

릴마셴은 웃음을 터뜨렸다.

"아가씨는 잠시 잊어두라고, 이 친구야. 전반전에 비겼다고 내기 판돈 두 배로 불린 멍청한 새끼는 그냥 입 닥치고 까라면 까는 거야."

릴마셴은 손가락으로 두 명의 동료를 가리켰다. 스코네, 힐딩. 그리고 다시 스코네.

"힐딩, 넌 가서 악셀손이라는 녀석 사회보장번호 좀 알아와서 스코네한테 알려주라고. 그래야 이 친구가 법원에 가서 악셀손의 판결문을 열람할 수 있으니까."

힐딩은 피가 날 때까지 계속해서 코를 긁다가 말을 꺼내려고 헛기침을 했다. 하지만 릴마셴은 그에게 말할 틈을 주지 않았다.

"됐고, 그냥 까라면 까."

렌나트 오스카숀은 사무실 창문에 기대서 있었다. 교도소 운동장과 축구장이 내려다보이는 위치였다. 살인과 절도를 일삼았던 인간들이 골대 뒤에서 뙤약볕을 받아가며 널브러진 채로 거친 숨을 몰아쉬는 게 눈에 들어왔다. 그는 릴마셴과 그의 패거리를 눈여겨보았고, 그들이 볼품없는 숲 지대에 난 산책로를 거니는 호칸 악셀손을 향해 손가락질하는 장면을 목격했다. 안 그래도 베톨손 소장에게 소아성애자를 일반감호구역에 집어넣는 건 위험천만한 결정이라고 경고를 하고 온 터였다. 참혹한 결과로 끝날 게 뻔했다. 물론 처음 있는 일도 아니었다.

렌나트 자신도 서서히 죽어가는 기분이었다. 흘러가는 1분 1초가 고문처럼 느껴졌다.

이중생활을 이어간다는 것이 남들보다 더 많이 산다는 걸 의미하진 않았다. 오히려 그 반대였다. 두 개의 삶이 서로를 충만하게 이끌어주기는커녕 서로를 갉아먹고 있었기 때문이다. 두 사람을 사랑한다는 건 두 번 죽는 것과 마찬가지였다.

그가 창가에 서 있는 동안 닐스는 맞은편에 앉아 있었다. 두 사람은 서로를 끌어안고 자신들의 인생에 서로가 꼭 필요하다는 말을 약속처럼 주고받은 뒤였다. 그리고 닐스가 그에게 최후통첩을 날린 직후였다.

렌나트도 그의 심정은 충분히 이해했다. 혼자 산다는 것,

애인이라는 자리는 감미롭지만, 남들 앞에서 그런 사실을 숨겨야 한다는 게 얼마나 힘든 일인지 상상해보았다. 하지만 언제나 두 사람만의 생활을 꾸려나가게 될 거라는 확신은 가지고 있었다. 조만간.

그는 교도소 담벼락 뒤로 보이는 주택단지로 시선을 돌렸다. 하나같이 똑같아 보이는 주택이 다닥다닥 붙어 있는 그곳이 바로 첫눈에 반해 지금까지 평생을 사랑해온 부인과 살고 있는 곳이다.

닐스가 그에게 다가와 떨어지기 싫다는 듯 끌어안았다. 또 하나의 다른 삶. 노년을 함께 맞이하고 싶은 한 명의 남자.

더 이상 거짓말로 살아갈 힘이 없었다.

이미 알고 있는 문제였다.

내일이 되면, 더 이상 거짓말 할 일도 없게 될 거라고.

*

아름다운 교회였다. 위풍당당하게 서서 작은 마을을 내려다보고 있는 새하얀 교회. 교회를 바라보던 프레드리크는 교회 건물의 규모와 교구의 크기 사이에 무슨 상관관계라도 있는 건지, 아니면 기독교가 절대 진리로 받아들여지던 시절, 인간이 지금보다 훨씬 당당하게 살았던 그때 그 시절의 건축 기준이 아니었나 생각했다.

프레드리크는 이 교회를 좋아했다. 비록 스웨덴 국교회

공식 신자 대열에서 이탈한 그였지만—육안으로 볼 수 없는 건 믿지 못하는 성격 때문에 사후세계는 더더욱 믿을 수 없었다.—이 교회 건물과 이곳에 딸린 공동묘지만큼은 그에게 큰 의미가 있는 곳이었다. 교회지기로 일하던 할아버지의 일터였을 뿐만 아니라 어린 시절, 할아버지를 따라 매년 여름을 보내던 곳이었기 때문이다. 그곳에서 놀며 광중(壙中, 시체가 놓이는 무덤의 구덩이 부분을 이르는 말—옮긴이)이 만들어지는 장면을 두 눈으로 직접 지켜보았고, 끊임없이 자라나는 잔디가 깎여나가는 모습도 지켜보았다. 그리고 누런 황금색으로 만들어진 철제 번호판을 흑판 위에 걸어 예배 시간 동안 신자들이 불러야 할 찬송가 번호를 알려주던 할아버지를 보기도 했다. 프레드리크는 할아버지가 허락하는 범위 내에서 열심히 할아버지를 도와드렸다. 그래서 매주 토요일, 예배가 끝나고 나면 종소리가 울려 퍼지도록 벨을 눌렀고, 녹슨 바퀴가 달린 손수레를 밀며 여기저기 뒹구는 성경책을 주워 담기도 했다. 제단 위에 육중한 무게의 장식촛대들을 올려놓고 일렬로 잘 배치했는지 살피기도 했다. 하지만 그런 기억들은 단지 순수하고 아름다운 추억일 뿐 전혀 그립지는 않았다. 그에게 중요했던 건 당시 영웅처럼 떠받들었던 요한 크루이프(전 네덜란드 국가대표 출신 축구선수. 1970년대 전 세계 축구팬을 사로잡았으며 토털사커의 아버지로 불린다.—옮긴이)보다도 자신의 할아버지가 더 위대해 보였다는 사실이었고, 아흔네 살의 백발노인이 되어 거동도 불편한 몸을 이끌고 하루에도 수차례 부엌을 들락거리며 커피를 데워 마시는 할아버지를 여전히 좋아했었다는 사실이었다. 그 당시야말로 그에겐 인생의 황금기였고, 유일하게 미래라는 걸 바라보던 시절이었다는 생각이 들었다.

프레드리크는 교회로 걸어오는 앙네스를 발견했다. 사전에 상의한 대로 앙네스는 검은 의상을 입지 않았다. 그녀는 간편한 여름 드레스를 입고 땅바닥을 내려다보며 걷고 있었다. 눈에 띄게 달라진 모습이었다. 마흔이지만 언제나 20대 초반으로만 보였던 동안(童顔) 위로 그간 숨어 있던 세월의 흔적이 역력히 아로새겨져 있었기 때문이다. 불과 사흘 만에 벌어진 일이었다. 프레드리크는 앙네스를 두 팔로 꼭 안아주고 싶었다. 앙네스 역시 그 마음은 마찬가지였다. 서로가 서로를 필요로 하는 순간이었으니까. 마리가 저세상으로 떠나자 두 사람은 더 이상 나눌 것 없는 이혼의 현실을 새삼 깨닫게 되었다.

두 사람은 아무에게도 알리지 않고 장례식을 치르기로 합의를 본 터였다. 프레드리크, 앙네스, 그리고 미카엘라 이렇게 딱 세 사람만의 장례식. 사건을 담당했던 두 명의 수사관들이 수사에 필요한 일이라며 장례식에 참석하겠다고 알려왔을 때 프레드리크는 한동안 망설이다 결국 그들의 뜻을 받아들였다. 예배당 구석에 조용히 앉아 있어만 준다면 그들이 뭘 하든 아무런 상관도 없었다.

프레드리크는 무덤들이 자리 잡고 있는 잔디밭 위로 혼자 걸어 나갔다. 꽃이 놓인 무덤도 있었고 장시간 방치된 결과 망자의 이름도 확인할 수 없을 정도로 무성한 이끼에 뒤덮인 무덤도 있었다. 어린 시절, 프레드리크는 무덤 주변을 돌아다니며 무덤 주인의 이름이나 나이를 알아맞히는 놀이를 좋아했다. 그러면서 어떤 여자는 1861년에 태어나 1963년까지 산 반면, 어떤 아이는 1953년에 태어나 바로 이듬해에 사망했다는 걸 발견하며 놀라곤 했었다. 인생이라는 게 어떻게 그렇게 길면서도 짧을 수 있는지? 누구는 백수(白壽)를 누린 반면, 또 다른 누군가는 걸음마를 배울 시간조차 가져보지 못했는지 의아하기만 했었다.

그리고 잠시 뒤, 그의 친딸이 바로 그곳에 고이 잠들 예정이었다. 다섯 살의 나이를 끝으로.

"프레드리크?"

그는 자신을 향해 다가오는 사람이 있다는 사실을 모르고 있었다. 그를 부른 사람은 서서히 한 손을 그의 어깨에 올리며 물었다.

"프레드리크, 괜찮은 거예요?"

그는 뒤를 돌아보았다.

"레베카! 발소리도 못 들었어요."

레베카는 미소를 지어보였다. 그녀는 좋은 사람이었다. 아주 오래 전부터 알고 지냈는데, 프레드리크의 할아버지는 레베카를 특히 아꼈고 성심성의껏 그녀의 일을 도와주었다. 할아버지는 일흔다섯까지 교회 일을 도맡아 하셨는데, 특히 레베카가 갓 학위를 따고 아무런 경험도 없이 남자들만의 세계에 뛰어들었을 때 신임 여성 목사를 지원하고 보호하는 일에 두 팔을 걷어붙이고 나서주었다. 프레드리크는 그녀가 그 당시 대단히 어린 나이였다는 사실을 뒤늦게 깨달았다. 어린 프레드리크는 레베카를 다른 성인들과 마찬가지로 생각했었다. 하지만 세월이 흐른 뒤, 두 사람의 나이차는 별로 커 보이지 않았다.

"솔직한 말로 나로서는 지금 기분이 어떨지 쉽게 상상할 수가 없어요. 하지만 지난 화요일부터 프레드리크 생각을 많이 했어요."

"레베카가 장례예배를 맡아주신다니 정말 기쁩니다."

"목사 생활을 한 게 30년이에요. 그런데 평생, 오늘처럼 사는 게 엿 같은 날은 처음이네요."

프레드리크는 화들짝 놀랐다. 목사의 입에서 튀어나온 욕지거리가 그를 강타하고 주변의 무덤들까지 뒤흔드는 것 같았다. 프레드리크는 레베카를 바위처럼 엄격한 사람이라고만 생각했었다. 하지만 그런 믿음에 균열이 생기고 나서 바라본 그녀의 얼굴에는 특유의 온화함과 침착함은 온데간데없이 사라지고, 잔뜩 긴장한 채 불안한 기색이 그 자리를 대신하고 있었다.

프레드리크는 자신의 눈앞에 놓인 관을 멍하니 쳐다보았다. 꽃으로 장식된 나무판자. 그는 앉아 있다 일어나면서 한 팔을 뻗어 앙네스의 어깨를 감싸안았다. 그들의 동작 하나 하나가 텅 빈 예배당에 울림을 만들어냈다. 그는 자신의 아이가 그 나무판자 속에 드러누워 있다는 사실을 실감할 수 없었다. 불과 며칠 전까지만 해도 두 팔로 감싸 안아주었던 바로 그 아이가. 앙네스는 오열했고, 그는 그런 그녀를 더 꼭 끌어안아주었다.

그의 눈에서는 눈물이 흐르지 않았다. 지난 화요일에 찾아온 고통이 그의 모든 것을 텅 비워버리고 가슴속에 뻥 뚫린 구멍 하나만 남겨놓았기 때문이다.

아이는 없다.
마리는 이 세상에 없다.
그의 딸은 더 이상 존재하지 않는다.

*

프레드리크도 오르간 연주에 맞춰 찬송가를 불러야 했을는지 모른다. 사람들이 다 같이 교회에서 걸어 나오자 작은 소리 하나도 커다란 메아리를 만들어냈다. 레베카 목사는 관 위에 한 줌의 흙을 뿌리고는 기도문을 읊조린 뒤 앙네스와 프레드리크를 끌어안았다. 두 사람을 위로해주고 싶었지만 슬픔과 분노, 그리고 상처 때문에 도저히 입을 뗄 수가 없었다. 레베카 목사는 끌어안고 있던 팔을 풀고 두 사람의 얼굴만 물끄러미 바라보더니 다시 한 번 와락 끌어안고는 아무런 말도 못 하고 가버렸다.

장례행렬은 출입로에 잠시 멈춰 섰다. 찬란한 태양이 빛나는 여름날이었다. 할아버지와 함께 보냈던 그때 그 시절처럼.

마리는 곧 땅 속에 묻힐 터였다. 세상을 떠난 다른 사람들처럼.

"영혼만이라도 좋은 곳으로 갔기를 바랍니다."

두 사람 뒤로 검은 정장 차림의 두 형사가 나타났다. 다리를 저는 나이 든 수사관, 그리고 그들에게 이것저것 질문을 던졌던 순드크비스트라는 수사관이었다. 프레드리크는 두 형사의 옷차림을 보며 장례식 때문에 일부러 골라 입은 건지, 아니면 검정색 정장이 원래 형사들 평상복인지 잠시 생각해보았다.

"딸린 자식이 없는 몸이라 솔직히 선생님 입장에서 생각할 순 없지만, 형사 노릇하면서 저도 가까운 사람들을 많이 잃은 경험이 있는 터라 어떤 심정이실지 조금은 알 수 있습니다."

다리를 저는 늙은 수사관은 땅바닥을 내려다보며 위로의 말을 건넸다. 멋쩍은 말투다. 심지어 듣기에도 거북할 정도였다. 하지만 프레드리크는 그 말 속에서 상대의 진심을 느낄 수 있었다. 게다가 그런 말을 꺼낸다는 게 생각만큼 쉽지도 않았으리란 생각도 들었다.

"감사합니다."

두 사람은 악수를 나눴다. 옆에 서 있던 순드크비스트란 수사관이 앙네스에게 뭐라고 말을 건넸지만 프레드리크의 귀에는 잘 들리지 않았다.

그러고는 모두가 침묵을 지켰다. 며칠 전부터 간간이 찾아오는 산들바람만이 그들의 주변을 맴돌 뿐이었다. 비라도 뿌려주겠다는 신호탄이었을까⋯⋯. 비 한 방울 내리지 않는 무더위가 계속된 지 벌써 3주째였다. 모두가 지속적인 폭염 외에 다른 날씨가 존재하는지조차 잊고 살 정도로 잔인한 여름이 이어지고 있었다.

나이 든 형사가 목을 가다듬고 다시 말을 이어나갔다.

"이런 말이 도움이 될까 모르겠지만 빠른 시일 내에 범인을 검거하도록 하겠습니다. 투입된 수사관들도 여럿입니다."

프레드리크는 어깨를 들썩이고 대답했다.

"말씀은 맞습니다. 그게 저희한테 도움이 될지 모르시겠다는 말씀 말입니다."

"도움이 되겠습니까?"

"전혀요. 저희 딸은 이미 죽었습니다. 그건 달라지지 않을 테니까요."

수사관은 천천히 고개를 끄덕였다.

"맞는 말씀입니다. 저라도 그렇게 말했을 겁니다. 하지만 그런 게 바로 저희의 일입니다. 범인을 검거하고 심판대에 세움으로써 다른 범죄를 막는 일말입니다."

프레드리크는 수사관들에게서 멀어지며 앙네스의 손을 붙잡았다. 잠시라도 둘만의 시간을 갖고, 슬픔을 나누고 싶었기 때문이다. 그렇게 발걸음을 돌리던 프레드리크는 다시 두 형사 쪽으로 몸을 돌리고는 나이 든 수사관을 먼저 쳐다본 뒤, 순드크비스트라는 이름의 수사관을 바라보았다.

"그게 무슨 말씀입니까?"

"그러니까 지난 화요일부터 어린이집과 초등학교 쪽의 순찰을 강화했습니다."

"놈이 다시 나타날 거라고 생각하시는 겁니까?"

"그렇습니다."

프레드리크는 잡고 있던 앙네스의 손을 놓고 그녀의 얼굴을 쳐다보았다. 조금은 더 기다릴 수 있다는 표정이었다.

"어느 어린이집하고 어느 학교를 말씀하시는 겁니까?"

"일대에 있는 전 교육기관을 대상으로 순찰을 강화했습니다."

"그 이유가 놈이 다시 범행에 나설 거라고 생각하시기 때문입니까?"

"그럴 거라고 확신하고 있습니다."

"그렇게 확신하시는 이유라도 있는 겁니까?"

"놈의 과거 이력 때문입니다. 녀석은 이 나라에서 가장 많은 의료기관을 들락거리며 수많은 정신과 전문의들에게 검사를 받은 유일무이한 범죄자였습니다. 그래서 그만큼 충분한 프로파일이 완성되어 있습니다. 저희는 녀석이 자살 외에 다른 도피처가 없다는 사실을 깨닫기 전까지는 계속해서 범행을 이어나갈 거라고 판단하고 있습니다.”

“그러니까 그런 일이 분명히 일어날 거라 확신하고 계신 다는 겁니까?”

“여러 전문가들의 의견을 빌자면, 놈이 이번…… 범행을 저지르기 전에 태연히 선생 앞에 모습을 드러냈다는 사실은 놈이 한계를 벗어났다는 걸 의미한다고 합니다. 녀석에게 남은 것은 오직 자기파괴와 자기혐오의 행동밖에 없다는 설명이지요.”

프레드리크는 다시 앙네스의 손을 잡았다.

교회에 딸린 묘지가 거대하게 느껴졌다.

그는 혼자였다. 그녀도 혼자였다.

두 사람은 각자의 인생을 꾸려나가야 할 터였다. 그는 미카엘라와 함께, 그녀는 다른 누군가와 함께. 하지만 두 사람은 누구와 함께하든 평생 혼자라는 생각을 지울 수 없을 것이다.

프레드리크는 먼저 미카엘라를 그들이 함께 지내고 있는 집에 내려주었다. 둘은 한참 동안 끌어안았다. 그런 뒤 앙네스와 프레드리크는 둘만의 시간을 이어나갔다.

두 사람은 여름에는 테라스 대용으로 사용되는 식당의 뒷마당에 자리를 잡았다. 두 사람이 고른 테이블은 자전거 거치대와 태피스트리가 펄럭거리고 있는 유리창 사이였다. 썩

쾌적한 자리는 아니었지만 적어도 그늘 속으로 숨을 순 있었다. 산들바람 덕분에 시원하다는 기분도 들었고 무엇보다 다른 손님들과 거리를 유지할 수 있는 자리이기도 했다. 그 뒤 두 사람은 역으로 향했다. 앙네스가 기차표를 사기 위해 매표소 창구에 줄을 서자 프레드리크가 대뜸 스톡홀름까지 차로 데려다주겠다고 나섰다. 그렇게 하면 한 시간 정도 더 같이 있을 시간을 버는 셈이었다. 그리고 굳이 기차역에서 작별인사를 나눌 필요도 없어지고, 1백여 킬로미터에 달하는 혼잡한 도로를 달리며 자신들이 잃어버린 게 비단 아이뿐만이 아니라 두 사람을 이어주던 끈끈한 연결고리였다는 사실을 절감하게 될 터였다. 이제 두 사람은 단지 추모와 애도를 함께하는 사이일 뿐이었다.

가는 내내 두 사람은 거의 입을 열지 않았다. 프레드리크는 텅 빈 집으로 돌아가기 전에 장을 좀 봐야 한다는 앙네스를 성(聖) 에릭스플란 광장에 내려주었다. 두 사람은 마지막으로 서로를 끌어안았다. 앙네스는 그의 뺨에 살짝 입을 맞추었고, 프레드리크는 그녀가 비르카가탄 가의 모퉁이로 사라질 때까지 멍하니 바라보았다.

프레드리크는 스톡홀름 시내를 떠나지 않고 이리저리 서성거렸다. 무더위 때문인지 도심에는 사람들이 별로 없었다. 뜨문뜨문 보이는 관광객이나 지팡이에 몸을 의지해 걸어 다니는 몇몇 노인들, 그리고 휴가를 떠날 돈이 없어 시내로 놀러 나온 다수의 젊은이를 제외하면 거리는 이글거리는 아스팔트와 작열하는 태양의 차지였다. 프레드리크는 차를 세워두고 아이스크림을 하나 사서 파라솔에 자리를 잡았다. 옆에는 젊은 아가씨가 혼자 앉아 있었다. 프레드리크는 아이스크림을 먹으며 빈 버스와 간간이 지나다니는 자동차를 멍하니 쳐다보았다. 그러고는 다시 차를 몰고 가다 서서 생수 한 병을 사 마신 뒤 또다시 도심을 이리저리 누비고 다녔다. 저녁을 먹거나 잠을 청하기 위해 다들 집으로 돌아갈 시간이었다. 짧아진 여름밤과 거대한 도심을 밝히는 인공조명이 어둠이 치고 들어올 틈을 내주지 않았다. 프레드리크는 그렇게 돌아다니다 결국 유르고덴 공원의 나무가 우거진 진입로 한쪽에 차를 세우고 옆 유리에 머리를 기댄 채 그대로 잠이 들어버렸다.

잠에서 깨어보니 옷이 살에 착 달라붙어 있었다. 밝은 색 정장은 온통 구겨진 채였다. 아침을 맞아 울어대는 오리 떼와 거나하게 취해 집으로 돌아가는 10대들의 고성방가 탓에 상당히 이른 시간에 눈이 떠졌다. 스톡홀름의 여명이 그에게 미소를 보내고 있었다. 프레드리크는 다섯 시간 동안 앉은 자세로 잠을 잔 탓에 뻐근해진 등을 달래기 위해 차에서 내려 조금 걸어본다.

그러고는 다시 운전대를 잡고 유르고덴 다리를 건너 베르발드할덴 홀 앞을 지나 SVT 방송사 건물 앞에 차를 세웠다. 빈센트가 공영방송사의 뉴스 편집국으로 옮기기 위해 〈다겐스 뉘헤테르〉지를 떠난 건 3년 전의 일이었다. 프레드리크가 마지막으로 빈센트를 만났을 때, 그는 어마어마한 크기의 뉴스 편집실 맨 뒤에 앉아 사방으로 분주히 뛰어다니는 기자들에게 속보와 단신 기사들을 배분하고 있었다. 그러다 1년여 전쯤부터 아침 시간대 뉴스 팀으로 옮겨갔다. 본인의 설명에 따르면 간밤에 날아든 영상들을 요리해 아침 뉴스거리로 내보내는 프로그램이라고 한다. 빈센트는 그런 식으로 거대한 뉴스 생산 공장의 톱니바퀴 같은 부속품이 되어버렸고, 부인과 아이들과의 관계를 비롯해 남다른 취미를 유지할 수 있는 안락한 삶에 완전히 적응해 있었다.

프레드리크가 무뚝뚝한 경비원에게 빈센트 칼손을 만나러 왔다고 말하자 그는 연락을 해보더니 10여 분 뒤에 내려올 거라고 대답했다.

복도로 이어지는 유리창을 통해 빈센트가 걸어오는 모습을 볼 수 있었다. 첫눈에 알아볼 정도로 변함없는 모습이었다. 큰 키에 까무잡잡한 피부, 그리고 호감이 넘치는 얼굴에서 뿜어져 나오는 카리스마는 자동으로 뭇 여성들의 시선과 미소를 끌어당겼다. 함께 언론학을 공부하던 학창 시절, 그런 광경을 수도 없이 목격했다. 한번은 집으로 가는 길에 빈센트가 바 앞에 멈춰서더니 뜬금없이 "저 여자, 오늘 내 여자로 만들겠어."라는 말을 하고는 가게 안으로 들어가는 것이었다. 그러고는 바에 앉아 있던 여자 손님 중 가장 눈길을 끄는 화려한 외모의 아가씨에게 다가가 말을 걸더니 결국엔 함께 다른 곳으로 사라졌다. 빈센트 칼손에게는 거부할 수 없는 매력이 있었다. 미운 짓을 해도 결과는 마찬가지였다.

빈센트는 손을 들어 경비원에게 인사를 건네고는 문을 열어달라고 말했다.

"아니, 이 친구야! 이 시간에 여긴 어쩐 일이야? 지금이 몇 시인지는 아는 거야?"

"5시."

"하고도 15분이 더 지났지."

두 사람은 끝없이 긴 복도로 나란히 들어섰다. 바닥에는 파란색 타일이 깔려 있고 벽은 석회처럼 희끄무레한 색이 칠해져 있었다.

"자네한테 전화를 걸 생각이긴 했어. 그러니까 개인적으로 말이야. 그런데 왠지 방해가 될 것 같더라고. 뭐라 말해야 될지도 모르겠고. 무슨 말을 어떻게 꺼내더라도, 뭐랄까…… 결례가 될 것 같더라고."

"어제 마리 장례식을 치렀어."

빈센트는 난감해하는 눈치였다.

"굳이 뭐라 안 해도 괜찮아. 마음만이라도 고마워. 솔직히 말해서 자네가 뭐라 말하든 상관없어. 지금 내가 필요로 하는 건 다른 거야."

끝없이 이어진 복도의 풍경이 어느 샌가 바뀌었다.

"필요한 거라니? 프레드리크, 자네 표정이 너무 안 좋아. 물론 방송국이든 우리 집이든 자네가 원할 땐 언제든지 찾아와도 난 아무 상관없어. 그런데 마리의 장례식 바로 다음 날, 새벽 5시에 여기까지 찾아온 특별한 이유가 도대체 뭐야?"

"자네 도움을 좀 받았으면 해서. 그 일을 해줄 수 있는 건 자네밖에 없어."

두 사람은 계단을 올라가 대형 편집실 앞을 지나쳤다.

"여기는 자네하고 같이 못 들어가. 요즘 우리 방송국 뉴스의 절반이 벤트 룬드를 비롯해 자네와 마리, 그리고 관련 사건의 수사에 관한 내용이야. 자넬 알아보는 기자들이 질문공세를 퍼부을 거라고. 이쪽으로 들어가자고. 적어도 8시까지는 아무도 방해할 사람 없을 테니까."

빈센트는 작은 사무실로 프레드리크를 안내했다. 세 개의 테이블이 구석마다 하나씩 놓여 있었다. 빈센트는 밖으로 나갔다가 커피 두 잔을 들고 다시 들어왔다.

"자, 마셔. 지금 자네한테 필요한 건 이거 같아."

"고마워."

두 사람은 서로의 시선을 피한 채 묵묵히 커피를 마셨다.

"시간은 충분해. 다른 여자 편집자한테 잠깐 대타로 뛰어달라고 부탁했거든. 제법 능력이 있는 친군데, 나보다 훨씬 난 것 같더라고. 시청자 눈에도 그렇게 보이면 얼마나 좋겠어."

프레드리크는 한쪽 테이블에 손을 뻗으며 말했다.

"여기서 담배 한 대 태워도 되는 거야?"

"그런데 자넨 담배 끊었잖아?"

"오늘은 피우고 싶어서."

그는 담뱃갑에서 필터 없는 담배 한 개비를 꺼내—처음 보는 외국담배였다.—불을 붙이고 연기를 빨아들였다.

"마지막으로 자네가 날 도와줬던 일 기억해?"

"당연하지. 앙네스에 관한 문제였잖아."

"빌어먹을 회계사 녀석하고 같이 잤을 거라고 생각했는데 내가 틀렸었지. 그래도 자네 덕분에 정말로 누구랑 잤는지는 알 수 있었잖아."

빈센트는 팔을 크게 휘저으며 담배 연기를 몰아냈다. 프레드리크는 곧바로 커피잔 속에 담배를 비벼 껐다.

"이번에는 무슨 부탁인데?"

"지난번하고 똑같은 부탁."

"똑같은 부탁이라니?"

"자네 선에서 알아낼 수 있는 모든 개인정보를 나한테 달라고."

"누구에 대해서?"

"640517—0350에 대해서."

"그게 누군데?"

프레드리크는 겉옷 안주머니에서 숫자가 적힌 쪽지 하나를 꺼내며 말했다.

"벤트 룬드."

254

　두 사람 사이에 고성이 오갔지만 결국 언쟁을 종식한 건 상대에 대한 연민의 정이었다.

　"엄밀히 말하면 범법행위는 아니야. 하지만 자네와 나 사이의 우정이라는 걸 짓밟는 꼴이 되는 거라고."

　"전혀 그렇지 않아."

　"내 말 이해 못 하겠어? 내가 자네한테 자네 딸아이를 살해한 살인범에 관한 정보를 제공해주는 건 내가 유일하게 자네에게 해줘서는 안 될 그런 일을 하는 거라고."

　"단지 그거야. 나한테 필요한 건 그게 전부라고."

　"자네한테 곤란한 상황을 자초하는 길이야."

　"설교 따위는 집어치우고 그냥 날 좀 도와달라고."

　빈센트는 자리에서 불쑥 일어났다 다시 앉으며 눈앞의 컴퓨터 전원을 켰다.

　"어떻게 할까?"

　"뭘 어떻게 해?"

　"어떤 정보를 원하는 거냐고?"

　"전부. 자네가 찾아낼 수 있는 거 전부 다."

　빈센트는 화면상에 거치적거리는 프로그램들을 종료해버리고 새로운 창 하나를 열고 아이디와 비밀번호를 쳐 넣었다. 그러자 개인신상정보와 관련된 다양한 데이터베이스 링크 목록을 보여주는 사이트로 접속되었다. 사업체별 목록,

무역업 관련 협회 목록, 스웨덴 정보기관 사이트, 자동차 번호판 조회 목록, 부동산 자산 조회 목록······.

"신분증 번호가 뭐였지?"

"640517—0350."

화면이 깜빡거렸다. 정확한 정보였다.

"거주지가 어디였는지부터 알고 싶겠지? 어디 보자고."

창틈으로 비집고 들어온 아침 햇살이 실내 온도를 높이기 시작했다.

"창문 좀 열어도 될까? 숨쉬기가 힘드네."

"그러라고."

프레드리크는 자리에서 일어나 두 개의 창문을 활짝 열어젖혔다. 그는 자신이 여전히 밝은 색 정장을 입은 채 땀을 뻘뻘 흘리고 있다는 사실을 까맣게 잊고 있었다. 두 번에 걸쳐 크게 심호흡을 하는 동안 빈센트가 그에게 손짓을 했다.

"벤트 아스모데우스 룬드. 마지막 거주지는 전대차 계약을 한 주소지야."

"어디야?"

"스켑파르가탄 가 12번지. 실질적인 임차인은 호칸 악셀손이라는 사람이군. 하지만 벌써 몇 년 전 일이야. 그 뒤에는 감옥에서 살았어. 이후의 공식적 기록은 없는 상태야."

프레드리크는 빈센트 뒤로 다가와 섰다. 등은 여전히 뻐근하고 쑤셨지만 활짝 열어놓은 창문 덕분에 신선한 아침 공기를 음미할 수 있었다.

"다른 주소지는 없어?"

"있긴 있어. 두 군데야. 스켑파르가탄 가 이전인데 엔셰핑에 있는 쿵스가탄 가 3번지, 그리고 그 이전에는 피테오에 있는 넬손스티겐 가였어."

"그게 전부야?"

"더 이상은 기록이 없어. 더 거슬러 올라갈 생각이라면 피테오 세무서에 전화를 해야 할 거야."

"주소지는 이 정도면 충분해. 그런데 다른 정보도 필요해."

프레드리크는 한 시간여 동안 모니터를 지켜보면서 담뱃갑과 같은 책상 위에 놓인 SVT 로고가 찍힌 빈 편지봉투 위에 자신이 찾는 내용이 나올 때마다 메모를 했다.

그는 벤트 룬드가 베틀란다 지방의 시내에서 조금 벗어난 외곽지역에 상당히 높은 과세율이 적용되는 주택을 소유하고 있다는 사실을 알아냈다.

그 뒤로는 세금 체납에 관한 긴 목록이 이어졌고, 학자금 대출 상환에 관한 기록을 비롯해 여러 차례 재산에 대한 가압류가 집행되었지만 별 소득이 없었다는 기록까지 알아냈다.

운전면허가 취소되었다는 기록.

휴업 중인 두 곳의 주식 신탁 관련 회사 임원이었다는 기록.

여러 곳의 시립 스포츠클럽의 직원으로 활동한 내역.

자유인으로 살았던 벤트 룬드의 행적은 좀처럼 추적이 쉽

대략 최근의 일

지 않았다. 수시로 이사를 다녔고 늘 경제적 문제에 시달리고 있었을 뿐만 아니라, 몇몇 의미심장한 인물과 여러 차례 접촉을 시도했다는 기록까지 나왔다. 프레드리크는 모든 내용을 받아 적으며 행간에 숨어 있는 그의 행동을 유추하기 위해 애썼다.

빈센트는 친구를 돌아보며 말했다.

"이쯤에서 포기하는 게 좋겠어."

프레드리크는 이를 꽉 물고 친구를 쏘아볼 뿐, 아무런 대꾸도 하지 않았다.

"그렇게 노려봐도 상관없어. 내 생각을 말했을 뿐이니까."

빈센트는 자리에서 일어나 커피잔들을 들고 복도로 사라졌다. 프레드리크는 두 눈으로 그의 움직임을 따라가다가 책상 위에 놓인 두 대의 전화기 중 한 대를 집어 들었다. 그러고는 앙네스의 번호를 눌렀다.

"나야."

앙네스는 벨소리에 잠에서 깼다.

"프레드리크?"

"어."

"나 지금 너무 피곤한데. 수면제를 먹었거든."

"한 가지만 물어보려고. 당신 아버지 아파트 비우면서 소지품을 가방 두 개에 나눠서 정리했잖아. 그 가방들 어디에 뒀어?"

"그건 왜 묻는 건데?"

"그냥 어디 있는지 알고 싶어서."

"나한테 없어. 스트렝네스 아파트 다락방에 두고 왔는데."

빈센트가 양손에 커피가 가득 담긴 잔을 들고 돌아왔다. 프레드리크는 전화를 끊었다.

"앙네스한테 전화했었어. 힘든가봐."

"앙네스는 좀 어때?"

"안 좋지."

빈센트는 고개를 끄덕이며 프레드리크에게 잔 하나를 건네고 자신의 잔을 입술로 가져갔다.

"하던 일이나 마저 끝내자고. 난 편집실로 돌아가 봐야 해. 지금 완전히 비상 걸렸어. 모스크바 인근에서 비행기 한 대가 추락했거든."

그는 다시 컴퓨터 앞에 앉아 사업체별 목록을 뒤지기 시작했다. 이번에는 중소기업 쪽에 초점을 맞췄다. 룬드의 신분증 번호를 입력하자 두 개의 창이 떴다. 프레드리크는 신분증 번호 하나만으로도 개인에 관한 모든 정보를 열람할 수 있다는 사실이 놀랍기만 했다. 편리하기도 했지만 왠지 좀 꺼림칙하기도 했다.

"B. 룬드 택시회사가 있었군."

프레드리크는 상호를 제대로 들었지만 그래도 다시 한 번 물어보았다.

"지금 뭐라고 했어?"

"택시회사. 'B. 룬드 택시'라는 상호로 등록된 회사가 하나 있어. 등록이 취소된 적도 없고 깨끗해."

프레드리크는 자신의 두 눈으로 직접 확인하기 위해 빈센트의 옆자리로 다가갔다.

"설립 날짜가 언제야?"

"1994년 여름."

프레드리크는 갑자기 웃음을 터뜨렸다. 빈센트는 모니터에서 시선을 돌렸다.

"왜 그래?"

"아무것도 아니야."

"아무것도 아닌데 그렇게 웃어?"

프레드리크는 다시 웃기 시작했다.

"정말 아무것도 아니라니까."

"지금 나하고 장난하자는 거야, 뭐야? 딸자식 장례 치른 상복 차림으로 꼭두새벽부터 여기까지 찾아와서는 아무것도 아닌 걸로 그렇게 웃는다고? 지금 그걸 나보고 믿으라는 거야?"

"진정하라고."

"진정하라고? 거 참 더럽게 편하네! 이제 뭘 더 찾아주면 되겠어? 택시회사 회계자료라도 찾아줘?"

"됐어. 이거면 충분해."

"택시 번호라도 알려줘?"

"정말이야. 됐다니까."

비가 내리기 시작했다.

3주째 이어지던 건조한 날씨가 물러가며 갑자기 머리 위로 빗방울이 후드득 떨어졌다. 프레드리크는 차 문을 열고 운전석에 철퍼덕 앉았다. 와이퍼가 좌우로 몇 번 움직이자 순식간에 앞 유리가 깨끗해졌다. 프레드리크는 와이퍼를 껐다. 그는 스트렝네스를 향해 전속력으로 도심을 가로질렀다. 여전히 토요일 이른 아침이었기에 지나다니는 차가 거의 없었다. 그는 훈슈툴 근방에서 중심가를 빠져나가 릴리에홀름 다리를 건너 스트렝네스로 향했다. 운전을 하는 동안에도 메모해둔 쪽지를 계기반에 올려두고 힐끗거렸다.

스몰란드의 아파트. 아무런 소득 없었던 가압류 조치. 피테오, 엔셰핑 등의 주소지. 하지만 정작 그의 관심을 끈 것은 다른 곳에 있었다. 사업체별 목록에서 발견된 내용. B. 룬드 택시회사는 벌써 몇 년째 영업 중이었던 것이다. 프레드리크는 몸을 숙여 운전석 아래 있는 상자를 뒤적였다. 을씨년스러운 스톡홀름의 교외를 벗어나 스트렝네스로 향하는 길목에 왠지 음악이 필요할 것 같았기 때문이다. 그는 크리덴스 클리어워터 리바이벌(CCR. 1960년대 활동한 미국의 록밴드—옮긴이)이 연주하는 〈프라우드 메리(Proud Mary)〉를 골랐다. 그러고는 장례식 당일 노래도 하지 못하도록 그를 억눌렀던 슬픔을 잊기 위해 큰 소리로 노래를 따라 부르리라 마음먹었다.

스트렝네스에 도착하자 비가 억수처럼 쏟아지기 시작했다. 비는 마치 거리의 사람들과 건물들, 그리고 온갖 생명체를 깨끗이 씻어주는 것 같았다. 세차게 퍼붓는 폭우에도 우산을 쓰거나 비를 피해 뛰어다니는 사람 하나 없이, 모두들 웃는 표정으로 하늘을 바라보며 느릿느릿 걷고 있었다. 그때까지 프레드리크의 몸에 착 달라붙어 있던 옷이 스르르 떨어져나가는 느낌이 들었다. 그러고는 점점 더 가벼워지더니 옷과 피부 사이의 틈바구니로 파고드는 공기가 느껴졌다. 그 역시 차에서 내려 느린 걸음으로 집으로 향했다. 3주나 묵은 폭염의 잔재와 먼지를 빗물에 털어내고 싶었기 때문이다.

문을 열고 들어가면 언제나 그 아이가 현관에서 기다리고 있었다. 무시무시한 늑대 가면과 아기 돼지 가면을 손에 든 채로. 그러고는 "아빠!" 하고 큰 소리로 부르며 나가서 놀자고 애원하곤 했다. 지금 당장, 더 이상은 기다릴 수 없다는 듯 안달을 하며. 다섯 살짜리들이 늘 그렇듯.

프레드리크는 부엌 식탁에 앉아서 냉장고에서 꺼낸 과일 주스 한 팩을 단숨에 비워버렸다. 집 안은 조용했다.

그는 벽에 달린 전화기 쪽으로 의자를 가져갔다. 조만간 미카엘라가 돌아올 터였기 때문에 서둘러야 했다. 두 통의 전화만 걸면 모든 준비가 끝나는 상황.

그는 책장 구석을 뒤적거려 스트렝네스 전화번호부 밑에 깔린 엔셰핑 전화번호부를 찾아냈다. 그러고는 업종별 목록을 넘기다가 전에 한 번 전화를 걸어보았던 회사의 전화번호를 발견했다.

어느 여성이 전화를 받았다.

"엔셰핑 택시입니다."

"안녕하십니까. 저는 스벤 순드크비스트라고 합니다만, 인사부 담당자와 통화 좀 할 수 있을까요?"

"잠시만 기다리세요. 바로 연결해드리겠습니다."

"리브 스텐입니다."

"저는 스톡홀름 경시청 소속 수사관 스벤 순드크비스트입니다."

"무슨 일 때문이시죠?"

"과거에 귀사 소속의 지역 택시회사를 운영했던 사람에 관한 정보를 좀 알고 싶어서 전화 드렸습니다. 이름은 벤트 룬드. 신분증 번호는 640517—0350입니다. 회사 이름은 B. 룬드 택시였습니다."

"잠시만요."

"급한 일입니다."

"정확하게 어떤 내용을 알고 싶으신 거죠?"

"귀사의 콜을 받고 정기적으로 움직인 동선을 파악했으면 합니다."

"동선이라……. 상당히 방대할 텐데요……."

대략 최근의 일

"초등학교나 유치원 등지의 코스만 확인하면 됩니다."

"그런데 죄송하지만 저희가 그런 정보를 제공해드릴 순 없을 것 같은데요……."

프레드리크는 순간 머뭇거렸다. 수화기 반대편의 인사 담당자는 분명 회사 규정에 따라 대답을 하고 있었고, 그 역시 거짓말 하는 기분이 썩 좋지는 않았기 때문이다. 프레드리크는 과연 어디까지를 한계로 정해야 하는지, 그리고 자신이 그 한계를 넘어선 적은 있는지 항상 의문스러웠다.

"살인사건 수사와 관련된 사항입니다."

"그렇다고 해도 저희 입장이 크게 달라질 순 없는데요……."

"아마 뉴스를 통해 소식은 들으셨을 겁니다. 다섯 살짜리 여자아이를 강간하고 살해한 사건 말입니다."

프레드리크는 너무나 힘겹게 그 말을 꺼냈다. 맥이 풀릴 정도로 안간힘을 써서 그 단어들을 입에 담았다. 이번에는 인사 담당자가 뜸을 들였다.

"순드크비스트 수사관이시라고요?"

"그렇습니다."

"그렇다면 제가 다시 전화를 드려도 될까요?"

"물론입니다."

긴 침묵이 흘렀다.

"좋아요. 이번만큼만 예외로 해드리죠. 잠시만 기다리세요."

"감사합니다."

프레드리크는 수화기 너머로 서류 뒤적거리는 소리를 들었다. 빗물에 젖었던 옷이 마치 땀에 밴 것처럼 다시 피부에 달라붙었다.

"초등학교 인근을 목적지로 왕복한 게 여덟 번 나오네요. 네 번은 스트렝네스, 나머지 네 번은 엔셰핑, 이렇게요."

"정확한 주소를 좀 불러주시겠습니까?"

인사 담당자는 다시 서류를 뒤적거리더니 프레드리크가 원하는 내용을 불러주었다. 스트렝네스의 네 군데는 잘 아는 곳이었다. 비둘기집 역시 그중 하나였다. 룬드는 이미 딸아이가 다니던 어린이집을 알고 있었다. 그곳을 목적지로 거의 1년이 넘도록 주변을 어슬렁거리고 다녔던 것이다. 한마디로, 입구와 출구 그리고 그곳에 다니는 아이들의 행동 습관을 이미 파악하고 있는 장소를 다시 찾았던 것이다.

프레드리크는 담당자에게 고맙다는 말과 함께 전화를 끊었다. 이제 앙네스에게 전화 거는 일만 남아 있었다.

"또 나야."

"미안한데 아직 말할 힘도 없거든."

"그건 알아. 그냥 스트렝네스 아파트 다락방 열쇠가 필요해서. 그거 어디 있는지 혹시 알아?"

"거긴 열쇠 따로 없어. 그 다락방 물건은 내 관심사도 아니고. 아버지 물건이었지 내 건 아니니까."

"고마워."

프레드리크는 전화를 끊으려고 했다.

"그런데 거긴 왜 가려는 건데?"

"그 짐 중에 예전에 마리가 어린이집에서 만들어서 당신 아버지한테 선물한 게 있거든. 그거 찾아가려고."

"왜 그러는데?"

"그냥. 그런 거 굳이 설명하고 싶지 않아."

그는 냉장고 앞에 서 있었다. 갈증이 나서 냉장고 문을 열고 과일주스 한 팩을 또 꺼내들었다.

그러고는 외출을 하는데 많이 늦지는 않을 거란 메모를 쓴 뒤 미카엘라가 잘 볼 수 있도록 무당벌레 자석으로 냉장고 문에 붙여놓았다.

여전히 비가 내리고 있었지만 빗줄기는 조금 잦아들었다. 그는 길을 건너 맞은편 건물로 향했다. 겉으로 보면 커다란 저택처럼 보일 수도 있지만 실은 여덟 채의 작은 아파트가 붙어 있는 단지였다. 프레드리크는 엘리베이터를 타고 다락방으로 올라갔다.

*

그는 벤치에서 일어났다.

두툼한 널빤지에 지저분한 낙서로 뒤덮인 불편한 의자였다. 네 시간 동안 죽치고 앉아 있었더니 등도 뻐근하고 온몸이 쑤셨다.

그는 꼬마 창녀들을 유심히 관찰하고 있었다. 그것들이

어떻게 행동하는지, 어떤 식으로 말하는지 잘 알고 있었다. 아주 제대로 된 창녀였다. 도드라지지 않게 적당히 밋밋한 가슴, 하지만 쭉 뻗은 두 다리, 그리고 이미 숱한 물건을 직접 봤음직한 눈빛까지.

그중에서도 특히 두 아이가 마음에 들었다. 환한 표정의 금발 머리 꼬마 창녀 둘. 그는 아이들 이름까지 알고 있었다. 그 아이들이 큰 소리로 서로 이름을 부르며 논 덕분이었다. 그리고 아이들의 등하교 때 찍어놓은 사진까지 가지고 있었다. 얼마나 사진을 들여다봤는지 오래 전부터 잘 알고 지내온 아이들 같다는 느낌마저 들 정도였다.

어느 정도 자란 아이들이었다.

그 또래 꼬마 창녀들은 자신들이 뭘 원하는지 잘 알고 있다. 그런 아이들은 부모가 학교 앞에 데려다주면 손을 흔드는 둥 마는 둥 작별인사를 건넬 뿐이다. 그는 종종 그런 여자아이들은 모든 결정을 자신들이 하는 거라 믿고 있다고 생각했다. 그리고 그 아이들에게 어떤 말을 해줄지, 또 어떤 짓을 벌일지를 상상했다.

그에게 외로움이 찾아왔다. 그곳에 앉아 너무 오래 관찰만 했기 때문이다. 그는 점찍어놓은 두 아이와 함께 있고 싶었다. 셋이 함께.

적지 않은 시간이 흐르기 전까지는 두 아이의 부모들이 다시 오지 않을 거란 판단이 섰다. 그런 부류의 부모들은 항상 그러니까. 그는 시계를 들여다보았다. 11시 5분. 적어도 여섯 시간의 여유가 있었다.

오후다.

이전과 마찬가지로 그 시간대를 노리는 것이다.

오후가 되면 대게 창녀들은 밖으로 쏘다니기 마련이니까. 계속된 무더위 뒤로 비가 내리며 제법 선선한 날씨가 찾아왔다. 그럴 때면 창녀들은 평소보다 밖에서 놀기를 좋아한다. 운동장에는 많은 아이들이 한꺼번에 나와 놀고 있었지만 경찰은 아무것도 눈치채지 못할 터였다.

그는 자신이 어떻게 해야 하는지 아주 잘 알고 있었다.

*

어두침침했다. 프레드리크는 전에도 이 다락방에 와본 적이 있다. 잘 사용하진 않지만 버리기는 아까운 짐들을 앙네스와 함께 옮겨다놓은 적이 있었다. 앙네스의 아버지 비르예르는 급작스럽게 세상을 떠났다. 알몸으로 침대에 걸터앉은 채 한 손에는 수상스포츠 관련 잡지를 든 모습으로 발견되었는데, 이미 사망한 상태였다. 머리맡 탁자에 놓인 전등에는 여전히 불이 들어와 있었고, 날짜가 적힌 일기장이 펼쳐져 있었다. 날씨와 강수량, 슈퍼에서 장을 봐 온 목록이 적혀 있고, 근처 담뱃가게에서 구입한 스포츠 복권 영수증이 붙어 있었다. 몇 줄 아래에는 원인 모를 만성피로에 시달린다는 내용을 비롯해 편두통 때문에 알약 두 알을 먹었다는 내용도 적혀 있었다.

프레드리크는 거구에 힘도 세고 말투까지 거친 전처의 아버지에 대해 아는 게 거의 없었다. 심지어 앙네스가 그런 사람의 딸이라는 사실이 믿기지 않을 정도로 성격이나 외모가 다른 부녀였다.

다락방에 들어서자 옷가지가 가득 든 상자 여러 개와 스탠드, 팔걸이의자, 낚싯대, 자전거 트레일러 등이 먼저 눈에 들어왔다. 맨 구석에는 마대자루 두 개가 놓여 있었다. 팔걸이의자 사이를 지나 잡동사니 안으로 들어가려던 찰나 다락방으로 올라오는 층계참 문이 열리는 소리가 들려왔다.

프레드리크는 동작을 멈췄다. 그리고 어둠 속에서 숨을 죽이고 기다렸다.

적어도 두 명의 발소리와 속삭이는 소리가 들렸다.

남자아이의 목소리다.

"거기, 누구야?"

또다시 속삭이는 소리가 이어졌다.

"누구냐니까! 우리가 들어가서 확인할 거야! 우린 여러 명이라고!"

프레드리크는 목소리의 주인을 알아보고 미소를 지었다. 그리고는 대답을 하려고 하자 그때까지 곁에서 속삭이기만 했던 다른 아이가 입을 열었다. 먼저 소리친 아이보다 나이는 조금 더 먹은 듯 굵은 목소리였다.

"내 말이 맞지! 내가 뭐라고 했어. 이러면 하나도 안 무섭다 그랬잖아."

곧이어 아이들의 가쁜 숨소리가 조금씩 크게 들리더니 몇 미터 앞에 아이들의 모습이 나타났다. 프레드리크는 두 꼬마를 놀라게 하고 싶지는 않았다.

"안녕, 다비드."

하지만 그게 생각만큼 쉽진 않았다. 두 아이는 놀라 나자빠질 듯 기겁을 했다.

"프레드리크 아저씨야."

아이들은 목소리가 들리는 쪽으로 고개를 돌리며 팔걸이 의자 사이에 서 있는 그를 발견했다. 헝클어진 밤갈색 머리의 다비드는 같이 있던 친구보다 머리 하나가 작았다. 하지만 덩치 큰 아이는 한 번도 본 적 없는 아이였다. 두 꼬마는 한참 동안 프레드리크를 쳐다보다가 김빠진 표정으로 서로의 얼굴을 바라보았다. 그 표정이 꼭, 유령인줄 알았던 대상이 겨우 길 잃어버린 동네 아저씨라는 사실을 발견한 유령사냥꾼과 닮은꼴이었다.

다비드는 손가락을 들어 프레드리크를 가리켰다.

"그냥 마리 아빠다."

다비드는 걸음마 시절부터 마리의 단짝이었다. 항상 같이 놀고 똑같은 어린이집을 다녔으며, 하루가 멀다 하고 서로의 집에서 저녁을 먹거나 같이 잠을 자고는 했다. 마치 친동기처럼 가까운 사이였다. 다비드는 순간 당황한 듯 시선을 돌리며 굳게 입을 닫았다. 마리의 이름을 꺼내서 마리 아빠의 마음을 아프게 했다는 표정이었다. 마리는 죽었으니까. 이 세상에 없으니까.

다비드는 친구의 팔을 끌어당겨 다락방과, 저세상 사람이 된 마리의 아빠에게서 도망가려 했다.

"애들아, 기다려볼래."

다비드는 울먹이며 뒤돌아섰다.

"죄송해요. 깜빡했어요."

프레드리크는 아이들 앞으로 걸어 나갔다. 그러면서 과연 다섯 살짜리 아이에게 죽음은 도대체 어떤 걸까 생각해보았다. 죽은 사람은 더 이상 이 세상에 없고, 숨 쉴 수도 보지도 듣지도 못하고, 같이 놀 수도 없다는 걸 알고 있을까? 그렇진 않을 것이다. 그 역시 그런 걸 깨닫는 과정이 쉽지 않았기 때문이다.

"다비드, 이리 와보렴. 너도 같이. 넌 이름이 뭐니?"

"루카스요."

"루카스, 너도 이리 와봐라."

프레드리크는 울퉁불퉁한 돌계단에 앉았다.

"너희들에게 들려줄 이야기가 있어."

아이들은 프레드리크의 왼쪽과 오른쪽에 각각 자리를 잡고 앉았다. 프레드리크는 두 팔로 아이들을 감싸 안았다.

"다비드."

"네?"

"너, 우리가 마지막으로 같이 놀았던 날 기억하니?"

다비드는 미소를 지으며 대답했다.

"아저씨는 무시무시한 늑대였고, 우리는 아기 돼지였는데 우리가 이겼잖아요. 아기 돼지들이 만날 이기니까."

"맞아. 그랬지. 그런데 재미는 있었니?"

"정말로 재밌었어요. 마리랑은 만날만날 재밌어요."

마리가 눈앞에 보였다. 미소 짓는 모습으로. 마리는 계속해서 같이 놀자고 말했다. 프레드리크는 한숨을 내쉬었다. 언제나처럼. 그러면 마리는 깔깔거리며 웃었고 또 한바탕 놀이가 시작되었다.

"그렇지. 마리하고는 항상 재밌었지. 마리는 웃기도 많이 웃었어. 그렇지 않니, 다비드?"

"네, 맞아요."

"그래. 그렇다면 네가 마리의 이름을 말한다고 해서 무서워할 필요가 없다는 것도 알아주면 좋겠다. 내 앞에서도 그렇고 남들 앞에서도 그렇고."

다비드는 한참 동안 바닥만 내려다보면서 프레드리크의 말을 이해하려고 애썼다. 그러고는 루카스를 한 번 쳐다보고, 다시 프레드리크를 바라보았다.

"마리하고 노는 건 재미있어요. 친한 친구니까요. 그런데 지금은 마리가 죽었다는 걸 알아요."

"그래. 마리는 죽었어."

"마리 이름을 말해도 아저씨는 안 슬퍼할 거예요?"

"슬퍼하지 않을 거야."

어른 하나와 아이 둘은 그렇게 반 시간 동안 함께 있었다. 프레드리크는 아이들에게 장례식에 대한 이야기와 마리의 관이 땅 속에 묻히기 전에 목사님이 그 위에 흙 한줌을 던져주었다는 이야기를 들려주었다. 다비드와 루카스는 그에게 이것저것 질문을 던졌다. 몸속에는 왜 피가 있는지, 왜 어린 아이가 어른보다 먼저 죽은 건지 등에 대해. 그러고는 얼마 전까지 누군가와 말을 할 수 있었는데 더 이상 그럴 수 없다는 게 이상하다고 했다.

프레드리크는 아이들이 돌아갈 때 꼭 안아주었다. 그러면서 자신이 마리의 죽음이라는 단어를 입에 올린 게 처음이라는 사실을 깨달았다. 아이들은 프레드리크의 말이 납득가지 않을 때마다 거침없이 재차 설명을 요구했다. 심지어 그는 자신이 얼마나 고통스러웠는지와 아직까지 눈물을 흘리지 않았다는 말까지 했다. 울지 않았다는 말에 아이들은 놀라는 눈치였다. 아이들은 왜 울지 않았냐고 물었고, 그 말에 프레드리크는 자신도 이해할 수 없는 일이지만 속으로는 너무나 슬픈데 그걸 밖으로 드러낼 수 없을 때도 있다고 대답했다.

아이들은 프레드리크를 뒤로 하고 다락방 문을 닫고 나갔다. 그는 정적 속에 홀로 남았다. 그는 냉정을 되찾고 다시 팔걸이의자를 헤치고 들어가 두 개의 마대자루 앞에 섰다. 그러고는 안에 들어 있는 물건들을 바닥에 쏟았다. 각종 책과 냄비 세트, 낡은 옷가지들이었다. 그가 찾던 물건은 두 번째 자루 속에 있었다. 사정없이 흔들어서야 겨우 꺼낼 수 있었다.

비르예르의 말에 따르면 아주 쓸 만한 엽총이라고 했다. 그는 고라니나 산토끼 등의 산짐승 사냥을 즐겨했다. 그는 자신의 엽총을 자랑스럽게 여겼고 항상 잘 손질해두었다. 비르예르는 저녁이면 부엌 식탁에 앉아 자신의 엽총을 분해 한 뒤 각각의 부품을 깨끗이 닦고 재조립을 마치면 손에 들고 이곳저곳을 조준해보곤 했다. 한때나마 장인어른이었던 그의 모습 중 유일하게 기억에 남은 모습이기도 했다.

프레드리크는 바닥에 떨어진 엽총을 집어 빈 가방에 넣은 뒤 옆구리에 끼고 다락방을 나갔다.

*

시브 말름크비스트의 떠나갈 듯한 목소리가 벽을 울리고 있었다. 〈당신, 날 가지고 놀았던 거야(Du har bara lekt med mig)〉. 오리지널 타이틀은 1961년 곡인 〈풀링 어라운드(Foolin around)〉. 벽을 때리며 튕겨 나온 소리가 증폭효과를 일으켜 훨씬 크게 들렸다.

당신은 나를 가지고 놀았지. 이젠 지겨워.
당신이 내게 준 반지, 다시 가져가라고.

에베트 그렌스는 절대로 자신을 찾는 방문객을 환대하지

않았다. 자신의 사무실은 두 명 이상의 인원이 들어차면 안 되는 곳이라고, 그래도 굳이 있겠다면 입은 꼭 다물고 있으라는 무언의 압력을 행사했다. 벌써 세 번째 곡이었고 볼륨은 점점 더 높아지고 있었다. 스벤 순드크비스트와 라슈 오게스탐은 서로 눈빛을 주고받았다. 스벤은 그저 어깨만 한번 들썩일 뿐이었다. 언제나 이런 식이라고. 시브의 노래가 끝나길 기다려야 할 뿐이라고. 에베트는 1972년 시브 말름크비스트 순회공연 당시, 자신이 직접 찍은 시브의 사진을 손에 든 채로 후렴구가 나올 때마다 크게 따라 불렀다. 시브의 목소리가 잦아든 몇 초간 지직거리는 소음만 들렸다. 오게스탐이 그 순간을 노리고 치고나오려 하자 바로 다음 노래가 이어졌다. 에베트는 다시 볼륨을 더 높이고 오게스탐에게 입도 뻥끗하지 말고 잠자코 앉아 노래나 들으라는 손짓을 했다.

그래 맞아, 당신은 나를 떠났어.
숱한 감언이설을 뒤로 한 채.

라슈 오게스탐은 시브의 목소리에 넌더리가 나기 시작했다. 할 일도 많았지만 무엇보다 엄밀히 따지자면, 검사인 자신이 형사보다 높은 위치이기 때문이었다.

성범죄라면 지긋지긋했다. 노출증 환자, 소아성애자, 강간범까지. 이제는 성범죄가 아닌 사건을 맡고 싶었고 검찰

내에서도 높은 자리까지 올라가고 싶었다.

전날, 또 다른 성범죄사건이 그에게 배당되었다. 그런데 다행인 건 자신의 야심을 채워줄 제법 구미가 당기는 사건이란 사실이었다. 그래서 벤트 룬드에 관한 초동수사를 자신이 담당하게 되었다는 소식을 전해 듣고 미친 듯이 웃지 않을 수가 없었다. 온 나라의 방송사와 언론사들이 그 사건을 집중적으로 다루고 있었기 때문이다. 탈옥한 범죄자에게 무참히 살해된 다섯 살짜리 여자아이의 죽음 앞에 온 국민이 숨죽이고 추이를 지켜보고 있었다. 그토록 꿈꾸던 기회였다. 한동안은 전국에서 가장 많은 미디어를 탈 수 있으리라.

내 사랑만으로 부족했다면
당신은 내 품에서 아무것도 얻을 수가 없어.

이제 충분했다. 더 이상 싸구려 노랫가락을 귀에 담고 있다가는 머리가 돌아버릴 지경이었다.

오게스탐은 자리에서 일어나 에베트의 책상을 지나 무식하게 생긴 카세트플레이어 앞에 멈춰서더니 정지 버튼을 찾아 꾹 눌러버렸다.

사무실 내에 정적이 감돌았다.

스벤은 바닥만 바라보고 있었다. 에베트는 얼굴빛이 붉그락푸르락했다. 오게스탐은 자신이 이 경찰서 내에서 오랜 불문율을 어긴 사실을 잘 알고 있었지만 그런 것 따위는 전혀 개의치 않았다.

"미안해요, 그렌스 형사님. 하지만 이 정도면 충분하신 것 같거든요."

에베트는 버럭 고함을 질렀다.

"내 사무실에서 당장 꺼져, 이 더러운 기회주의자 새끼야!"

오게스탐은 끄떡도 하지 않고 맞받아쳤다.

"형사님은 지금 싸구려 음악 따위를 들으시면서 귀중한 시간을 낭비하고 계시는 겁니다. 그런 시간낭비는 이쯤에서 그만 두셔야지요."

에베트는 의자에서 벌떡 일어났다. 그러고는 계속해서 고함을 질러댔다.

"네 녀석이 똥 찬 기저귀 달고 기어 다닐 때, 난 벌써 여기서 이 음악 들으면서 피똥 쌀 때까지 일했다고! 내 손에 죽어나가기 전에 당장 꺼져!"

오게스탐은 자신의 의자로 돌아가 앉았다.

"아니요. 전 수사가 얼마나 진척했는지 알고 싶습니다. 지금까지 진행된 내용에 대해 설명해주시면 제가 알고 있는 걸 말해드릴게요. 단서가 있는데 모르고 계신 것 같거든요. 제 말이 맞으면 계속 남아 있고, 제 말이 틀리면 바로 나가겠습니다. 어떠십니까?"

에베트는 애송이 검사의 머릿속에 자신의 생각을 단단히 각인해주리라 마음먹었다. 그는 기회주의에 찌든 검사들을 죽도록 싫어했다. 시건방진 인텔리라는 족속을. 라슈 오게스탐이란 풋내기 검사 역시 머지않아 비굴한 검사 생활을 할 게 뻔히 보였다. 그가 자리에서 일어나 상대에게 다가가려 할 때 스벤이 일어나 말렸다.

"선배, 진정하세요. 혹시 검사 양반이 가진 단서가 저희한테 없는 걸 수도 있잖아요. 일단 들어나 보세요."

에베트는 머뭇거렸다. 오게스탐은 그 틈을 노려 스벤을 보며 말했다.

"수사는 어떻게 진행되고 있습니까?"

스벤은 헛기침을 했다.

"룬드의 옛 주소지 정보를 확보해 감시하는 중입니다."

"동종범죄 전과자들에 대한 탐문수사는요?"

"다들 만나보긴 했고, 역시 감시하는 중입니다."

"신고된 내용은요?"

"언론의 대대적인 공세 덕분에 사람들이 눈에 불을 켜고 찾는지 제보가 넘쳐나긴 합니다. 하나씩 확인은 하고 있는데 현재로선 결정적인 단서가 없는 것 같습니다."

"다음 수사 단계는요?"

"마지막 범죄현장을 기준으로 반경 50킬로미터 내에 있는 학교 기관에 대한 감시를 강화할 예정입니다."

"다른 거는요?"

"특별한 건 없습니다."

"수사에 별로 진척이 없는 거죠?"

"맞습니다."

오게스탐은 아무 말 없이 기다렸다. 에베트는 책상에 놓인 다이어리를 펼치고 목소리를 높였다.

"아는 거 있으면 털어놓으라고, 젊은 친구. 그리고 일 끝나면 당장 꺼져."

오게스탐은 자리에서 일어나 사무실 안을 서성거렸다.

"대학 시절에 학비를 벌려고 택시를 운전한 적이 있습니다. 5년 동안 사람들을 이곳에서 저곳으로 실어 날랐죠. 당시만 해도 돈이 조금 되는 일이었습니다. 택시 사업에 대한 규제 철폐가 시행되기 전이니까요. 지금처럼 거리마다 택시가 넘쳐날 때는 아니었습니다."

에베트는 다시 목소리를 높이며 반응했다.

"그래서?"

오게스탐은 상대의 공격적인 반응을 철저히 무시했다.

"그 일을 하면서 많은 걸 배웠습니다. 특히 택시 운영에 관한 부분도 많이 알게 되었고요. 웹사이트도 만들어서 택시에 관한 많은 정보를 제공하기도 했습니다. 여러 택시회사 전화번호나 그 회사들에 대한 간략한 소개, 요금 비교에 관한 정보들 말입니다…… 그러다 보니 제 사이트가 관광객들이나 여행사를 비롯한 언론에서 자주 참고하는 인기 사이트가 되기도 했습니다."

에베트가 상대의 이야기를 귀담아 듣고 있다고는 할 수 없는 분위기였다. 그는 책상을 한 번 내리치고는 거칠게 숨을 몰아쉬며 씩씩거렸다. 스벤은 선배가 화난 모습을 이미 여러 차례 봐왔지만 이번만큼 분노를 표출하는 건 처음이었다.

"그래, 하고 싶은 말이 뭔데?"

"벤트 룬드도 택시를 몰지 않았습니까?"

스벤은 고개를 끄덕였다. 오게스탐은 설명을 이어나갔다.

"뿐만 아니라 자신의 택시회사까지 설립했습니다. 제 말이 맞지요? B. 룬드 택시라고요······."

그는 에베트를 돌아보며 잠자코 상대의 대답을 기다렸다.

그렇게 4분을 기다렸다. 숨 막힐 듯한 긴장감이 사무실 내를 압박했다.

에베트는 결국 내뱉듯 대답했다.

"맞아. 옛날 일이긴 하지만. 매출에 관한 목록을 샅샅이 뒤져봤지."

라슈 오게스탐은 다급한 걸음으로 거의 뛰다시피 왔다 갔다 했다. 휘날리는 금발 머리에 김까지 낀 안경이 꼭 반항기 고등학생의 모습이었다.

"회계장부를 들여다보시면서 택시회사 규모나 매출에 대해서는 아마 꼼꼼히 살피셨을 겁니다. 그건 잘 하신 일입니다. 하지만 그자가 정작 택시를 몰며 무슨 짓을 했는지는 확인하지 않으신 것 같습니다."

"택시회사를 차려서 택시를 몰았지. 사람들을 여기에서 저기로 옮겨주고 돈을 받는 것밖에 더 하겠어?"

"어떤 손님들을 태웠을까요?"

"그런 기록이 어디 남아 있어?"

"일반 개인손님일 경우는 그렇겠지요. 하지만 지자체에서 출퇴근용으로 택시를 사용한 기록은 남습니다."

오게스탐은 책상에 앉은 에베트와 손님용 의자에 널브러진 스벤 가운데에 멈춰 섰다. 두 사람 모두 자신의 말에 집중하라는 의도였다.

"개인 택시회사의 경우 가뭄에 콩 나듯 보이는 개인고객만 태워서는 운영이 불가능합니다. 따라서 대부분 특정 기관, 특히 학교 같은 기관과 요금 계약을 하기 마련입니다. 할인 요금이 적용되긴 하지만 그 대신 고정적인 수입이 보장되기 때문입니다. 이런 운행 형태를 '등하교 도우미'라고 부르는데, 이런 택시를 이용하는 손님들은 주로 유치원이나 초등학교에 다니는 어린아이들입니다. 물론 확인해봐야 할 부분이겠지만, 개인적으로는 룬드가 이런 교육기관을 수시로 왕복했을 거라고 생각합니다. 자신이 잘 알고 있고 다시 찾아올 가능성이 매우 높은 그런 교육기관들을 말입니다."

오게스탐은 주머니에서 빗 하나를 꺼내들고 머리를 빗어 넘겼다. 언제나 외모에 신경을 쓰는 그였다. 넥타이, 하얀 셔츠, 잿빛 정장. 언제든 법정에 설 준비가 된 사람처럼 말쑥한 차림새로 보이는 걸 즐겼다.

"어디, 그 부분은 확인해보실 생각입니까?"

에베트는 그저 상대를 노려볼 뿐 아무런 대꾸도 하지 않았다. 그런 식으로 상대에게 도발을 당한 적은 지금까지 거의 없었다. 그것도 자신의 사무실에서. 거기다가 시브의 음악을 듣는 도중에. 그에게는 나름의 업무방식이 있었다. 누군가 그 방식을 존중할 수 없다면 다른 머저리들처럼 사무실 밖 복도에서 기다리게 하면 그만이었다. 에베트는 자신의 분노가 어디서 치솟는지, 왜 그토록 강렬하게 자신을 괴롭히는지 알 수 없었다. 하지만 그 분노를 누그러뜨릴 수는 없었다. 모름지기 인간이란 세월이 흐르고 나이를 먹게 되면, 구차한 변명 따위를 늘어놓지 않고도 생긴 대로 살 일종의 권한 같은 걸 누리기 마련이었다. 다른 이들은 그런 감정을 회한이라고 포장한다. 하지만 그에겐 중요치 않았다. 남들에게 호감을 사야 할 필요성도 느끼지 않았고 자신이 어떤 사람인지도 잘 알고 있었다.

에베트는 젊은 검사가 결정적인 단서를 제공했다는 사실을 깨닫긴 했지만, 그런 사실을 내비치고 싶은 마음은 추호도 없었다. 하지만 스벤은 검사의 제안에 솔깃한 반응을 보였다.

"괜찮은 생각인 것 같습니다. 감시구역을 획기적으로 줄일 수 있겠어요. 사실 시간과 제원이 부족한 실정이었습니다. 검사님 생각이 맞는다면 병력을 특정구역에 집중해서 룬드를 포위할 수 있을 것 같습니다. 당장 실행에 옮기도록 하겠습니다."

스벤은 즉시 밖으로 뛰쳐나갔다. 뛰다시피 복도를 걸어가는 발소리가 들려왔다. 사무실에는 에베트와 오게스탐만 남게 되었다. 두 사람은 더 이상 한 마디 말도 나누지 않았다. 노수사관은 더 이상 소리 지를 기력이 없었고, 젊은 검사는 긴장이 풀리며 찾아온 피곤 때문에 입을 열기도 힘이 들었다. 누구 하나 먼저 움직이는 사람 없이, 정적만이 감돌았다.

먼저 몸을 움직인 것은 오게스탐이었다. 그는 에베트를 지나 책장으로 다가가 카세트플레이어의 재생 버튼을 눌렀다.

소문을 들었어. 당신이 매일 같이
아름다운 여자들과 붙어 다니며 동네 이곳저곳을 돌아다닌다고.

지직거리는 소리, 흥겨운 리듬, 구슬픈 가사가 다시 이어졌다. 오게스탐은 사무실 밖으로 나간 뒤 문을 닫고 갈 길을 갔다.

＊

비는 그쳤다. 현관 밖에 발을 디딘 순간 마지막 빗방울이 바닥을 때리고 튀어 올랐다. 선선해진 덕분에 숨쉬기도 한결 쉬워졌다. 어느새 먹구름이 사라지는 틈을 뚫고 해가 모습을 드러내기 시작했다. 모든 걸 말려버릴 듯한 열기가 다시 기승을 부릴 조짐이었다.

프레드리크는 마대자루 하나를 손에 들고 단호한 걸음으로 길을 건너 자신의 차 뒷자리에 자루를 내려놓았다. 마음속에는 여전히 두 꼬마와 죽음에 대해 나눴던 대화가 잔상처럼 떠돌고 있었다. 다비드와 루카스는 프레드리크의 이야기에 귀를 기울였지만 그의 대답들은 아이들에게 또 다른 질문거리로 이어질 뿐이었다. 육체와 영혼, 그리고 어둠과 그 너머의 세계는 어린아이가 이해하기 쉬운 내용이 아니었다.

프레드리크는 마리를 떠올렸다. 지난 화요일부터 매 순간 자신의 딸아이를 생각했다. 죽은 모습, 말없이 누워 있던 그 얼굴이 자꾸 떠올라 다른 데로 생각이나 시선을 돌리지 못하도록 붙잡았다. 하지만 이제 죽기 전의 마리를 떠올리겠노라 다짐했다. 마리는 죽음을 어떻게 생각하고 있었을까? 정작 마리하고는 그런 이야기를 나눠본 적이 없었다. 그래야 할 이유가 전혀 없었기 때문이다.

마리는 자신에게 무슨 일이 닥친 것인지 이해했을까?

얼마나 무서웠을까?

두 눈을 꼭 감았을까?

방어하느라 몸부림을 쳤을까?

죽음은 언제든 찾아올 수 있다고, 그렇게 죽고 나면 꽃으로 뒤덮인 하얀 관 속에 들어간 뒤 방금 깎아놓은 잔디 아래의 땅 속에 묻혀 영원히 혼자 지내야 한다는 걸 알았을까?

프레드리크는 여러 개의 주소지가 적힌 목록을 힐끗힐끗 쳐다보며 스트렝네스의 골목길을 돌아다녔다. 각각 네 곳씩, 스트렝네스와 엔셰핑에 있는 어린이집 주소였다. 그는 자신의 예측이 맞을 거라는 확신이 들었다. 룬드는 분명 그

여덟 곳 중 한 곳을 서성이고 있을 거라는 예측. 비둘기집에서 그랬던 것처럼. 프레드리크는 다리를 절던 노수사관을 다시 떠올렸다. 장례식장에서 그는 룬드 같은 범인은 체포될 때까지 범행을 되풀이할 것이라고 했다.

프레드리크가 가장 먼저 찾은 곳은 비둘기집이었다. 목록에 포함된 장소이기도 했고, 다른 곳과 마찬가지로 룬드가 다시 방문할 가능성이 있었기 때문이다. 먹이가 있는 곳을 기억하고 다시 찾아오는 들짐승처럼. 프레드리크는 지난 4년간 거의 매일 비둘기집을 지나다녔다. 가는 길에 있는 주택과 표지판 하나하나까지 다 기억할 정도였다. 얼마나 덧없는가. 편안함을 안겨주던 익숙한 풍경이 이제는 슬픔이 되어 숨통을 조이고 있다니. 어딜 가도 내 집 같았지만, 이제 더 이상 그런 느낌이 들진 않으리라는 생각이 앞섰다.

그는 어린이집을 1백여 미터 앞두고 차를 세웠다. 정문 앞에는 곤봉을 찬 경비원들이 돌아다니고 있었고, 조금 더 떨어진 곳에는 정복 차림의 경관 두 명이 탄 순찰차가 보였다. 엿새 전, 자신의 딸아이를 내려줬던 그곳을 다시 찾은 기분은 과히 유쾌하지 않았다. 그날 굳이 어린이집에 데려가지만 않았어도! 이미 늦은 시간이었다. 늦잠을 잔 자신이 원망스럽기도 했다. 그냥 그렇게 집에 있다가 심심할 때면 그랬던 것처럼 딸아이 손을 잡고 항구로 나가 아이스크림이라도 사 먹으며 산책이나 했었으면! 날이 너무 더우니까 그냥 집에 있자고, 다른 아이들도 다 집에 있다고 말만 했었어도!

프레드리크는 몇 분간 차에 앉아 있다가 숲길 쪽으로 들어갔다. 그러고는 룬드가 그곳에서 어린이집을 지켜보고 있지 않다는 확신이 들 때까지 그 주변을 샅샅이 뒤졌다.

그는 차를 돌려 그곳에서 몇 킬로미터 떨어진 다음 어린이집으로 향했다. 거의 1시가 다 되어가는 시각이었다. 프레드리크는 뉴스라도 들을 생각으로 라디오를 틀었다. 모스크바 인근에서 여객기 한 대가 추락해 116명의 사망자가 발생했다는 소식이 뉴스 첫 머리를 장식했다. 유지보수가 부실했던 러시아 민항기의 기기 결함이었을 거라는 추측이 잇따랐다. 다음으로 마리의 죽음과 범인 추격에 관한 소식이 이어졌다. 초동수사와 관련해 사건을 담당하게 된 검사는 마이크를 들이대는 기자들에게 별로 할 말이 없다고만 대답했다. 장례식장에서 봤던 그렌스라는 수사관도 기자들의 질문 공세에 시달렸는데, 그는 그들의 요구를 단칼에 잘라버렸다. 그다음으로 룬드를 여러 차례 진찰했던 심리전문가의 설명이 이어졌는데, 룬드는 욕구절제가 불가능해 필연적으로 재범행에 나설 것이라고 했다.

프레드리크는 차를 세워두고 '작은 숲'이라는 이름의 어린이집 주변을 살폈다. 그 뒤로 다른 어린이집 두 곳도 살펴보았다. 어딜 가도 경비원과 순찰차들이 감시를 서고 있었다.

프레드리크는 스트렝네스를 벗어나 55번 국도를 타고 엔셰핑으로 향했다. 아직도 네 군데가 남아 있었다.

그는 뒷자리에 놓인 마대자루를 힐끗 쳐다보았다.

주저할 이유는 없었다.

정의는 꼭 실현되어야 하니까.

✳

그늘 하나 없는 운동장은 찜통더위 때문에 숨이 턱턱 막혔었다. 하지만 간만에 내린 비는 아스프소스 교도소를 말끔히 청소해주었다. 죄수들은 웃통을 벗어젖히고 파란 반바지 차림으로 기쁨의 탄성을 지르며 사방으로 뛰어다녔다. 작열하는 태양 때문에 실눈을 뜨고 다닐 일도, 먼지를 들이마실 일도, 살짝 움직이기만 해도 비 오듯 땀 흘릴 일도 없어졌다는 안도감 때문이었다.

지난 목요일에 중단되었던 축구시합은 판돈이 두 배로 오른 상태로 후반전이 진행되었다. 정규시간이 다 지나갔지만 여전히 승부는 나지 않았다. 이번에도 역시 선수들은 각자의 골대 뒤에 벌러덩 드러누웠다. 하지만 먼젓번과는 달리 고개를 하늘로 향해 누워 비를 맞아가며 시원함을 만끽할 수 있었다.

힐딩과 스코네 사이에 누워 있던 릴마센이 자세를 바꿔잡자 옆에 있던 두 사람도 그를 따라 자세를 고쳤다.

"멍청한 자식, 도대체 무슨 생각으로 판돈을 두 배로 불린 거야, 스코네? 깨알 같은 희망도 없다고……."

좌불안석이었던 스코네는 몸을 배배꼬다 힐딩 쪽으로 시

선을 돌렸지만 그의 지원을 끌어낼 수는 없었다.

"아직 추가골 먹은 것도 아니잖아, 젠장. 완전히 진 건 아니라고."

"아직 안 먹어? 지금 장난 하냐? 뭘 더 보여줄 건데? 우리 중에 슛이라도 제대로 때려본 사람 있어?"

릴마셴은 고개를 들고 주변을 훑었다.

"말해보라고? 그저 죽어라고 뛴 거 말고 공 가지고 재주라도 부려본 사람이 누구냐고? 그런데 이젠 연장전이라고! 알아듣겠어? 저 새끼들이 공 가지고 노는 동안 우린 또다시 죽어라고 쫓아다녀야 한다고, 젠장!"

힐딩은 떨어지는 빗줄기를 향해 눈을 들어올렸다. 불안감을 떨칠 수 없어 연신 코만 긁어댔다. 판돈이 두 배로 뛴 축구시합 따위는 안중에도 없었다. 그는 여러 차례 스코네를 쳐다보며 시선을 끌었다. 아직까지는 두 사람만이 릴마셴이 성폭행범의 가죽을 벗겨버릴 거란 사실을 알고 있었다.

스코네는 그날, 오전 7시부터 1시까지 외출허가를 받고 밖에 나갔다 온 터였다. 그는 동생 차를 몰고 곧장 여자친구가 살고 있는 테뷔로 향했다. 부엌에서 커피 한 잔을 마시자마자 두 사람은 옷을 벗어던졌다. 알몸이 된 스코네는 여자친구를 끌어안았다. 그녀는 스코네의 볼을 쓰다듬으며 기다리고 있었다고, 당신을 원한다고, 남은 4년도 기다릴 수 있다고 속삭여주었다. 계산했던 시간보다 30분을 더 여자친구 집에서 보낸 스코네는 시내로 돌아가기 위해 규정 속도까지 위반해가며 미친 듯이 차를 몰았다. 그런데 고속도로 나들목에서 정체현상에 발목이 묶이자 결국은 루슬락스툴로 빠진 뒤 소시지를 파는 노점상 근처에 차를 세우고 걸어 가다가 우덴가탄 가에서 버스를 타고 플레밍가탄 가에서 내려 부리나케 법원으로 뛰어 들어갔다. 법원 직원은 속이 터질 정도로 느려 터졌지만 결국 그가 찾던 판결문을 손에 쥘 수 있었다. 스코네는 다시 미친 듯이 차를 세워둔 곳으로 달려 귀가시간 17분 전에 교도소로 돌아올 수 있었다.

판결문 내용은 역시 예상 대로였다. 그는 감호구역으로 돌아온 뒤 축구경기가 시작되기 전 릴마센에게 마지막 휘슬이 울린 뒤 원하는 정보를 주겠다고 약속했다. 호칸 악셀손은 미성년 음란물 소지 및 유포 혐의로 재판을 받았고, 아동 포르노를 인터넷 상에 게재하던 일곱 명의 조직원 중 한 명이었다. 그중에는 벤트 룬드도 포함되어 있었고, 그 외 두 명이 재판에 넘겨진 뒤 아스프소스에 수감 중이었다. 경기 도중 스코네는 그런 사실을 힐딩에게 알려주었고, 힐딩은 그때부터 미친 듯이 코를 긁기 시작했던 것이다. 만약 악셀손이 성범죄자 감호구역으로 이감되기 전에 릴마센이 그 사실을 알아낸다면 그들은 참혹한 학살극을 지켜보아야 할 판이었다. 힐딩이나 스코네나 그런 상황은 원치 않았다. 그런 일이 있고나면 보안경비와 검색이 강화되기 때문이었다. 교도관 한 부대가 들이닥쳐 감방 구석구석을 뒤질게 뻔했다. 물론 그런다고 죄수들이 그들에게 쓸 만한 정보를 제공할 일은 없을 테지만……

힐딩은 자리에서 일어나 빗물 때문에 몸에 달라붙은 먼지들을 털어냈다. 릴마센은 불만스러운 목소리로 그를 불러 세웠다.

"어디 가는 건데? 금방 연장전 시작한다고."

"화장실. 큰일 볼 건데 경기 중에 운동장에다 쌀 순 없잖아!"

그는 잿빛 건물로 향한 뒤 악셀손의 감방으로 찾아갔다. 비어 있었다. 화장실에도, 샤워실에도, 심지어 간이식당에도 그의 모습은 보이지 않았다. 힐딩은 피가 나올 때까지 코를 긁으며 체력단련장으로 뛰어갔다.

악셀손이 벤치에 누워 80킬로그램짜리 역기를 들어 올리고 있었다. 힐딩은 타이밍을 기다렸다. 악셀손이 거친 숨을 몰아쉬며 역기를 가슴 위로 내렸다. 힐딩은 몇 걸음 만에 그의 곁으로 다가가 역기 위로 자신의 체중을 실어 악셀손의 목을 꽉 눌렀다.

"이게 다 너를 위한 거라고."

악셀손은 허공에 발길질을 하면서 벗어나보려고 했다. 피가 몰려 얼굴이 시뻘겋게 변하고 숨이 콱 막혔다.

"이게 뭐하는 짓이야!"

힐딩은 상대의 목 위로 역기를 조금 더 세게 누르며 말했다.

"닥쳐, 이 씹새야!"

악셀손은 반항을 멈추었다. 그제야 힐딩은 누르고 있던 역기에서 조금 힘을 뺐다.

"방금 스코네란 친구한테 들었어. 그 친구가 니 판결문을 가지고 있거든. 할 짓이 없어 어린애들을 따먹었냐, 이 거지 같은 새끼야!"

그 말에 악셀손은 두려움을 느끼기 시작했다. 말로 시인 하지는 않았지만 눈빛만으로도 그가 대충 사태파악을 하고 있다는 것을 알 수 있었다.

"넌 새끼야, 짐승만도 못한 놈이야. 하지만 다행인줄 알라고. 난 더 이상 우리 구역에서 살인이 일어나지 않았으면 하거든. 그러면 우리만 골치 아파져. 그래서 너한테 기회를 줄 생각이야. 릴마센에게 사실을 말해주기 전에 너한테 10분을 주겠어. 그 뒤에도 계속 여기서 어슬렁거리면 영구차가 아니라 구급차에 실려 나가면 다행인 줄 알아야 해."

시뻘겋게 피가 몰렸던 악셀손의 얼굴이 하얗게 질려버렸다. 그리고 다시 역기에서 빠져나가기 위해 발길질을 해댔다.

"그 얘길 왜 굳이 나한테 해주는 거지?"

"내 말 못 들었어? 너 따위가 죽든 말든 상관없어. 하지만 우리 구역에서 살인사건은 안 된다고."

"젠장, 나보고 어떻게 하라고? 내가 이 구역으로 오고 싶어서 온 것도 아니잖아!"

힐딩은 다시 역기를 꽉 눌렀다. 악셀손은 기침을 해댔다.

"살고 싶으면 내 말 새겨들어. 알았어?"

대략 최근의 일

291

악셀손은 고개를 끄덕였다.

"난 이제 나가야 한다고. 넌, 지금 당장 교도관을 찾아가서 독방에 넣어달라고 해. 그 친구들한테 네가 무슨 죄로 잡혀 들어왔는지 구역 터줏대감들이 알아냈다고 말해. 그러면 만사가 해결될 거야. 그런데 내가 말해줬다고는 누구한테도 말하지 마. 알아들었어?"

악셀손은 간곡한 눈빛으로 고개를 끄덕였다. 계속해서 역기로 그를 누르고 있던 힐딩은 크게 한 번 웃더니 악셀손의 얼굴을 향해 입을 모으고는 고인 침을 서서히 떨어뜨렸다.

*

에베트 그렌스는 집으로 돌아갈 마음이 없었다. 힘든 날의 연속이었다. 룬드가 탈옥한 뒤로 매일 저녁 늦게까지 사무실을 지켰다. 에베트는 그런 생활을 하면서 자신도 늙은 것 같다는 생각이 들었다. 반백이 되어버린 머리에 나이도 어느덧 60줄이 코앞에 다가왔다. 용의자 뒤를 쫓아 뛰어가는 것도 힘들고 몸은 전처럼 민첩하지 않은 데다, 주먹맛도 예전만 못한 것 같았다. 하지만 수사에 돌입하면 뚜렷한 성과가 나올 때까지 물고 늘어지는 뚝심만큼은 한결같았다. 자신의 수명을 몇 달씩 단축한다 해도 초지일관이었다. 뚜렷한 결과란 의미 있고 상식적이면서 당연한 결과를 의미했고 그에 따라 몹쓸 범죄자들은 언제나 철창 행을 면할 수 없었다. 그런 힘은 넘쳐났다. 하지만 시간이 흐를수록 은퇴 이후의 삶, 그리고 죽음에 대한 생각이 점점 많아지기 시작했다. 그는 자신의 삶을 통째로 허울뿐인 직함과 바꾼 사람이었다. 어느 한 개인, 즉 누군가의 아버지 혹은 할아버지, 아니면 누군가의 아들이 아닌 바로 에베트 그렌스라는 존재 자체가 직업이었다. 그는 직함 덕분에 어느 정도의 경외심과 위엄을 자아내는 그렌스 수사관일 뿐이었다. 하지만 본인의 의사와는 상관없이 그렌스 수사관이기 때문에 따르는 외로움을 절실히 느껴야 했다.

그날 역시 에베트 그렌스는 집으로 돌아가지 않을 작정이었다. 경찰서 건물 복도를 서성거리고, 사무실에 앉아 시브의 노래를 듣거나, 그러다 피곤해지면 방문객 전용 의자에 걸터앉아 너덧 시간 정도 선잠을 자게 되리라. 언제나 그랬듯이. 그래서 일하고 싶은 의욕이 생기는 새날이 밝을 때까지는. 그는 간만에 날도 선선해진 마당에 산책이라도 좀 해볼까 하는 생각이 들었다. 그가 사무실 문을 닫고 뒤로 도는 순간 스벤이 성큼성큼 뛰어왔다.

"잠깐만요, 선배."

에베트는 후배 수사관을 물끄러미 쳐다봤다. 안 그래도 수척해진 얼굴이 잔뜩 경직돼 진홍색으로 변해 있었다.

"자네, 스트레스에 찌들어 사는 얼굴이군그래."

"그건 저도 잘 아는데요, 문제가 하나 생겼어요."

에베트는 손가락으로 복도 끝을 가리켰다. 외부로 연결되는 복도였다.

"난 외출을 좀 해야겠어. 숨통 좀 틔워야겠거든. 할 말 있으면 자네도 따라와."

두 사람은 나란히 걸었다. 에베트는 언제나처럼 느릿하지만 큰 보폭으로 걸었고, 스벤은 종종걸음으로 겨우 보조를 맞췄다.

"문제가 뭔데 그래?"

"우리가 하기로 했던 수사 방향으로 한번 움직여봤어요."

스벤은 긴 숨을 내쉬며 말할까 말까 망설였다.

"본론만 간단히 하라고!"

"오게스탐 검사가 말했던 이론 말이에요. 그래서 지역 택시회사에 다 전화를 걸어봤어요."

"그런데?"

"마지막으로 건 회사가 엔셰핑 택시회사였어요."

두 사람은 인도로 올라섰다. 자동차 배기가스. 쓰레기차. 그 속에서 에베트는 깊게 숨을 들이켰다. 바깥공기가 그토록 감미롭게 느껴지는 것도 정말 오랜만이었다.

"아, 기분 죽이네! 그래서?"

"개인택시 사업자 연락처를 줄줄이 꿰고 있는 여성 담당자하고 통화를 했는데요, 문제는 오늘 아침에 제 이름을 사칭한 어떤 남자가 전화를 걸어서 똑같은 걸 물어봤다는 겁니다."

두 사람은 길을 건너 공원으로 들어갔다. 나무 몇 그루,

잔디밭, 작은 운동장 두 개가 설치된 공원이었다. 오아시스까지는 아니지만 그나마 그늘진 휴식처를 제공하긴 했다.

"무슨 소리야? 자네가 전화를 건 거야, 안 건 거야?"

"오게스탐의 예상이 적중했어요. 엔셰핑 택시회사의 설명에 따르면 룬드는 학교 기관과 등하교 도우미 계약을 맺고 있었다는 거예요. 그러면서 여덟 곳의 어린이집 주소도 가르쳐줬는데 네 곳이 스트렝네스, 나머지 네 곳이 엔셰핑이었어요. 비둘기집도 그중 하나였고요."

"빌어먹을!"

"그래서 일단 학교 기관 경비를 담당하는 경비회사에 연락을 하고, 지역 관할서에도 연락해서 순찰을 강화하라고 말은 해놨습니다."

에베트는 공원 입구에서 멈춰 섰다.

"역시 정신병자는 정신병자야. 이런 녀석들은 이성적으로 행동하지 않아. 절대로 말이야. 오래 버티지 못 할 거라고."

그는 계속 걸어가려다 다시 발걸음을 멈췄다.

"그런데 자네가 두 번 전화했다는 건 무슨 소리야?"

"누군가 오늘 아침에 전화를 걸어 제가 한 것과 똑같은 질문을 했다는 겁니다. 누군가가 등하교 도우미에 관한 정보를 먼저 입수하고 룬드를 찾는 중인 것 같습니다. 단순히 법정에 세울 생각은 아닌 것 같아요."

두 사람은 아무 말 없이 공원 안으로 들어섰다. 에베트는 후배 수사관에게 무언가 더 할 말이 있다는 건 알고 있었지만, 일단은 잠시 한숨 돌리러 나왔으니 그 목적만큼은 달성하리라 마음을 먹었다. 그래서 음정 박자 모두 무시한 채 시브 말름크비스트의 곡을 휘파람불었다. 수사가 막바지에 달했다는 느낌이 왔다. 룬드는 궁지에 몰렸고 시시각각 흘러가는 시간도 그에게 불리하게 작용하고 있었다. 평생을 형사로 살면서 룬드 같은 미친 범죄자들을 숱하게 대한 그였다. 그래서 그 느낌만큼은 틀리지 않았다.

"이만하면 됐어. 자, 이제 나머지 것도 한번 털어놔봐."

스벤은 벤치 앞에 멈춰 서서 에베트에게 잠시 앉자는 신호를 보냈다. 두 사람은 아이 셋이 놀고 있는 모래놀이터를 바라보며 나란히 자리에 앉았다.

"수사와 관련해서 언론을 탄 건 선배님뿐이에요. 이번 사건에서 저를 아는 사람은 거의 없어요. 우리 쪽 사람을 비롯해 아스프소스 쪽 관계자, 그리고 법의학자 양반이 전부이지 않습니까. 나머지는 피해자의 친구 부모들, 그리고 피해자의 가족뿐입니다. 그중에서 특별한 동기를 가진 사람은 극소수예요. 그래서 피해자 아버지부터 조사해봤는데 아무래도 동태가 수상해요."

에베트는 감질 난다는 듯 후배 수사관에게 설명을 재촉했다.

"피해아동이 다녔던 비둘기집의 보육교사 미카엘라 스바츠와 통화를 했는데요, 프레드리크 스테판손을 지난 화요일부터 못 봤다고 하더군요. 물론 지금 같은 심리 상태로는 그리 놀랄 일은 아닙니다. 스테판손은 아직 자기에게 벌어진 일을 받아들이지 못하는 것 같다더군요. 그래서 계속 설득하긴 했답니다. 동거한 지 2년째인데 아직까지도 속을 모르겠대요. 그런데 오늘 아침, 자신이 어린이집에서 일하는 동안 집에 다녀갔다고 합니다. 냉장고 문에 메모지를 남겨두었는데, 미안하다는 말과 많이 늦지는 않을 거라는 내용이었다고 합니다."

이번에는 에베트가 초조한 심정을 드러내며 후배를 다그쳤다.

"피해아동의 엄마인 앙네스 스테판손과도 통화를 했습니다. 실의에 빠진 상태이긴 했지만 머리가 굉장히 좋은 사람 같더라고요. 제가 전화를 하자마자 그 즉시 동거녀, 미카엘라 스바츠가 했던 말과 똑같은 이야기를 해주는 게 아니겠습니까. 프레드리크 스테판손의 행동이 이상했다고 말입니다. 장례식 뒤로 딱 두 번 전화했는데 쓸데없는 걸 물어보더랍니다. 단지 누군가와 대화를 하고 싶어 하는 거라고만 생각했는데, 이제는 그게 걱정이 되더랍니다."

"얼른 계속해봐."

"휴대전화로 전화를 걸었는데 마침 스트렝네스에 와 있다고 하더군요. 어린이집에 남아 있는 마리의 유품을 정리하려고요. 그런데 갑자기 전화를 끊어야겠다고 하더니 뭐 하나만 확인하고 다시 연락하겠다는 거예요. 그러고는 20분 뒤에 다시 연락이 왔는데, 하는 말이 4년 전에 돌아가신 친

대략 최근의 일

297

정아버지 집에 갔다 왔다는 겁니다. 애 엄마는 아무래도 마음에 걸려서 친정아버지의 물건이 보관되어 있는 다락방에 올라갔었다는 겁니다."

스벤은 목청을 가다듬었다. 다소 흥분한 모습이었다.

"다락방에는 생전에 친정아버지가 사용하던 사냥용 엽총이 있었다는 겁니다. 레이저 조준경이 장착된 30―06 칼 구스타프 모델이요. 아니 세상에, 그런 총기를 다락방에 처박아두고 자물쇠도 채워놓지 않았다는 게 말이나 됩니까!"

에베트는 이어지는 이야기를 기다리고 있었다. 스벤은 입 밖으로 꺼내지 않는다면 그 일이 현실로 나타나지 않기라도 할 것처럼 다음 말을 할까 말까 망설였다.

"그 뒤로 울며불며 말하더라고요. 완전히 겁에 질린 목소리로요. 다른 건 다 있는데 그 엽총만 없어졌다고."

라슈 오게스탐은 구역질이 절로 치밀었다. 검사 사무실에서 뛰쳐나가 화장실 세면대에 얼굴을 처박았다. 시작은 더할 나위 없이 좋았다. 꿈에도 그리던 사건이 저절로 굴러들어온 데다 룬드가 개인택시 영업을 했다는 전력을 파고들어 그렌스 수사관에게 보기 좋게 카운터펀치까지 한 방 날린 뒤, 도망자가 취할 수 있는 운신의 폭마저도 자신의 머리를 동원해 획기적으로 줄일 수 있었기 때문이다.

하지만 스벤 순드크비스트 수사관에게서 날아든 전화 한 통으로 모든 것이 일변하고 말았다. 그토록 기다렸던 사건은 이제 그의 손에서 영원히 날아가버렸다.

딸아이를 잃은 아버지가 그 살인범에게 복수를 감행했다. 그런 사건은 죽어도 떠안고 싶지 않았다. 다섯 살짜리 여아에 대한 강간치사 사건은 단순하리만치 흑백이 확실했다. 게다가 언론의 스포트라이트도 쏟아지리라. 여론이 원하는 판결로 이끌면 그만이었다. 그런데 피해아동의 아버지가 사거리 3백 미터의 엽총으로 누군가를 쏴죽였다면 모든 것이 달라질 수밖에 없다. 지옥과도 같은 끔찍한 상황이었다. 비통에 젖어 살인을 저지른 피해아동의 아버지를 법정으로 끌어낸다면, 자신은 권력으로 선량한 시민을 재판하는 피도 눈물도 없는 형리의 역할을 도맡는 꼴이었기 때문이다.

라슈 오게스탐은 목구멍 속으로 손가락을 찔러 넣었다. 그렇게라도 해서 속을 게워내고 정신을 차려야 했기 때문이다. 언제나처럼 냉철하게 상황을 판단해야 했기 때문에.

＊

어느덧 시간은 오후 5시를 가리키고 있었다. 한 시간 후면, 엔셰핑 동쪽에 있는 프레야 어린이집도 문을 닫을 시간이었다. 낮은 언덕 사이의 골짜기에 자리 잡은 어린이집이었다. 프레드리크는 차 안에서 30여 분째 기다리고 있었다. 그는 어린이집의 전경이 한눈에 들어오는 풀밭 근처에 차를 세워두고 주변탐색부터 시작했다.

그러고 나서 차로 돌아와 문을 열려던 순간 목표물을 포착했던 것이다.

놈이 그곳에 와 있었다. 비교적 근접한 곳에. 놈은 두 채의 하얀 어린이집 건물과 2백여 미터 떨어진 곳에서 나무에 등을 기대고 덤불 사이로 몸을 숨긴 자세였다. 초록색 외투를 걸치고 손에는 쌍안경을 들었다. 놈은 그 30여 분 동안 꿈쩍도 않고 어린이집 울타리 안에서 뛰어노는 아이들만 바라보고 있었다. 프레드리크도 쌍안경으로 놈을 살폈다. 분명히 룬드라는 녀석이었다. 엿새 전에 봤던 바로 그 남자.

딸아이를 빼앗아간 녀석이 바로 저기 있었다. 거의 코앞에. 프레드리크는 자신의 감정에 휘둘리거나 비통함에 무너지지 않으려고 기를 썼다.

어린이집 정문 앞에는 순찰차 한 대가 서 있었다. 두 명의 제복경관이 차 안에 앉아 굳게 닫힌 정문 주변을 살피며 야속할 정도로 더디게 흘러가는 시간을 때우고 있었다. 안 그래도 더운 날, 겹겹이 쇳덩어리를 붙여 만든 차 안은 끔찍했다. 프레드리크가 지켜보는 그 짧은 시간 동안 두 경관은 두 차례나 문을 열고 밖으로 나와 차에 기대어 담배를 피웠다. 바람 한 점 불지 않는 날씨 탓에 멀리서도 연기를 구분할 수 있었다.

정적과 무감각의 세계를 가르는 것은 오직 간간이 들려오는 새소리와 다소 먼 거리에 있는 고속도로 위로 차가 지나다니는 소리가 전부였다.

프레드리크는 문을 열고 나와 힘주어 무릎을 꿇고 차 옆에 기댔다. 그러고는 최대한 몸을 웅크리고 팔꿈치는 보닛 위에 올린 뒤 마치 조준경을 들여다보는 듯한 자세를 취해 보았다. 그리고 다시 살짝 몸을 움직이며 최적의 사격자세를 잡았다. 그는 숨을 한 번 깊이 들이마셨다. 온몸이 가벼워지면서 힘이 솟구치는 것 같았다.

프레드리크는 뒷문을 열고 마대자루를 잡아당겨 엽총을 꺼냈다. 제법 무거웠다. 사용해본 지는 꽤나 오래됐다. 마지막으로 그 총을 쏘아본 건 7년, 혹은 8년 전 비르예르를 따라 사냥에 나섰을 때였다. 마리가 태어나기 전이었고 장인과 사위의 관계였던 두 사람이 어떻게든 공통의 관심사를 만들어보려 노력했던 시절이었다. 그나마 유일하게 대화를 주고받을 수 있었던 주제가 사냥이었다. 그리고 한동안은 사냥에 나서면 진정한 장인과 사위처럼 행동했고 앙네스에 대한 애정 외 다른 많은 것도 나눌 수 있을 것처럼 행동했었다.

프레드리크는 총을 들고 무게를 가늠해본 뒤 이리저리 살펴보았다. 그러고는 방금 전에 취했던 자세로 돌아가 무릎을 꿇었다. 이번에는 양손으로 총을 쥐고 팔꿈치를 보닛 위에 올린 채 목표물을 정확히 조준했다. 벤트 룬드의 등이 조준점 정 가운데에 들어왔다. 프레드리크는 기다렸다. 정면을 노릴 계획이었기 때문이다.

그렇게 15분 정도가 흘렀다. 그러자 룬드가 자리에서 일어났다. 나무와 덤불로 된 보호막에서 벗어나는 순간이었다. 룬드는 기지개를 켜고 팔다리를 풀기 위해 여러 차례 몸을 앞으로 숙였다.

빨간 레이저 조준점이 심호흡을 하고 있는 목표물의 몸 위에서 왔다 갔다 하고 있었다. 프레드리크는 조준점을 목표물의 반바지 위에 정지시켰다가 다시 위로 올렸다.

그 순간, 벤트 룬드가 빨간 점을 발견하고 마치 말벌이라도 쫓는 듯 양팔을 휘저었다.

프레드리크는 방아쇠를 당겼다.

총성은 정적을 가르며 울려퍼졌다. 일순 총소리 외 모든 소리가 사라져버린 듯했다. 두 팔이 동작을 멈추면서 룬드는 강한 충격을 받은 듯 뒤로 밀리며 바닥에 넘어졌다.

그는 몸을 일으키려 했다. 프레드리크는 목표물의 이마로 조준점을 옮긴 뒤 잠시 기다렸다. 목표물의 머리가 터져나가는 장면은 상상했던 것과 전혀 달랐다.

그러고는 다시 정적이 찾아왔다.

프레드리크는 보닛 위에 총을 내려놓고 털썩 주저앉았다. 옆으로 미끄러지면서 등이 바닥에 닿자 그는 태아의 자세로 몸을 웅크렸다.

마리가 죽은 뒤 처음으로 울음이 터져 나왔다. 너무나 고통스러웠다. 더 이상 끓어오르는 아픔을 주체할 수 없었다. 그는 울부짖기 시작했다. 마치 숨이 끊어져가는 사람처럼.

스벤 순드크비스트 수사관(SS): 이리 앉으시기 바랍니다.

크리스티나 비엔숀 변호사(KB): 여기 말입니까?

SS: 괜찮으시다면요.

KB: 감사합니다.

SS: 크로노베리 경찰서, 저녁 8시 15분, 프레드리크 스테판손 면담 조사 담당 수사관 스벤 순드크비스트, 배석자 라슈 오게스탐 검사, 변호사 크리스티나 비엔숀.

프레드리크 스테판손(FS): (녹취불가)

SS: 뭐라 그러셨습니까?

FS: 물 한 잔 마셨으면 합니다.

SS: 앞에 있습니다. 드셔도 됩니다.

FS: 감사합니다.

SS: 프레드리크, 무슨 일이 있었는지 저희에게 설명 좀 해주시겠습니까?

FS: (녹취불가)

SS: 좀 크게 말씀해주시면 좋겠습니다.

FS: 잠시만요.

KB: 괜찮아요?

FS: 전혀요.

KB: 질문에 답은 할 수 있겠어요?

FS: 네.

SS: 다시 묻겠습니다. 무슨 일이 있었는지 저희에게 설명 좀 해주시겠습니까?

FS: 아시는 그대로입니다.

SS: 직접 말씀해주시면 좋겠습니다.

FS: 성폭행 재범 가능성이 매우 높은 전과자가 제 딸아이를 살해했습니다.

SS: 제 질문은 오늘 엔셰핑에 있는 프레야 어린이집 앞에서 벌어진 일에 대한 것입니다.

FS: 제 딸아이 살해범을 총으로 쏴 죽였습니다.

KB: 거기까지만요, 프레드리크.

FS: 왜 그래요?

KB: 잠깐 저하고 얘기 좀 해야겠어요.

FS: 그래요.

KB: 오늘 일어났던 일을 정말로 지금 썼던 말들을 사용해서 설명할 생각이에요?

FS: 그게 무슨 말입니까?

KB: 오늘 일을 어떤 특정한 방식으로 몰고 가려는 생각인 것 같아서 묻는 거예요.

FS: 그저 나한테 묻는 질문에 대답을 하는 겁니다.

KB: 사전계획을 동반한 고의살인은 16년에서 25년 형을 받을 수도 있어요. 그 점을 잘 알아두세요.

FS: 그럴 수도 있겠죠.

KB: 그러니까 단어 한 마디 한 마디에 신경을 써야 한다는 거예요. 적어도 우리 둘이 더 긴 얘기를 나누기 전까지는요.

FS: 난 잘못한 게 없어요.

KB: 당신 선택에 달렸어요.

304

FS: 이게 내 선택입니다.

SS: 이제 끝나셨습니까?

KB: 네.

SS: 좋습니다. 그럼 다시 시작하겠습니다. 프레드리크, 오늘 무슨 일이 있었던 겁니까?

FS: 이번 일에 결정적인 단서를 제공해준 사람은 바로 형사님입니다.

SS: 무슨 단서 말씀이십니까?

FS: 교회에서 장례식이 끝난 뒤에요. 형사님도 오시지 않았습니까, 다리가 불편하신 다른 분하고요.

SS: 그렌스 수사관을 말하는 겁니까?

FS: 맞습니다.

SS: 장례식 때 무슨 일이 있었습니까?

FS: 두 분 중, 아마 나이가 더 많은 형사님이 그러셨던 것 같은데, 룬드가 다시 범행에 나설 가능성이 매우 높다고 했습니다. 그때 마음의 결심을 했습니다. 이런 일은 두 번 다시 일어나선 안 된다고. 다른 아이가 살해되는 일은 없어야 한다고요. 자리에서 좀 일어나도 되겠습니까?

SS: 그러시지요.

FS: 제 말이 무슨 말인지 아마 잘 알고 계실 거라 생각합니다. 놈은 감옥에 있던 놈이었습니다. 그런데 탈옥을 했고, 경찰은 놈을 다시 잡아들이지 못했습니다. 그런데 놈이 우리 마리를 강간하고 살해했습니다. 그런데도 여전히 경찰은 속수무책인 상황이었습니다. 놈이 계속해서 살인을 할 거라는 건 형사님도 잘 아는 사실입니다. 경찰은 놈이 다시 범행에 나서는 걸 막을 수 없다는 걸 입증한 겁니다.

라슈 오게스탐(LÅ): 질문 하나 해도 되겠습니까?

SS: 그러시지요.

LÅ: 그러니까 선생님은 복수를 하겠다는 의도를 가지고 계셨던 거지요?

FS: 사회가 시민을 보호하지 못한다면 시민이 직접 자신을 보호해야 하는 거 아닙니까.

LÅ: 벤트 룬드를 살해함으로써 마리의 죽음을 복수하겠다는 생각이셨던 거군요.

FS: 그 덕에 적어도 한 아이의 목숨은 구할 수 있었습니다. 난 그렇게 확신합니다. 그래서 그렇게 했던 거고요.

LÅ: 선생님께선 사형제도에 찬성하십니까?

FS: 아닙니다.

LÅ: 그런데 선생님 행동으로 보면 그렇게 생각하시는 것 같습니다.

FS: 때에 따라서 누군가의 목숨을 앗음으로써 여러 사람을 구할 수 있다고는 생각합니다.

LÅ: 선생님에게 제삼자의 생사여탈권을 결정할 권한이 있다고 생각하시는 겁니까?

FS: 당신 눈에는 어린이집 운동장에서 놀고 있는 아이의 생명과 교도소에서 탈옥한 뒤 어린아이를 강간하고 잔인하게 살해할 계획을 가진 변태의 목숨이 동등한 가치가 있어 보인다는 겁니까?

SS: 왜 경찰이 체포하도록 신고를 하지 않으셨습니까?

FS: 그 생각은 했었습니다. 그러다가 그러지 않기로 했던 겁니다.

SS: 당시 문제의 어린이집 정문에서 순찰을 돌고 있던 경관에게 말만 하셨어도 되지 않았습니까?

FS: 룬드는 교도소에서 탈옥한 놈입니다. 그 전에도 정신병원에서 빠져나간 전력이 있었습니다. 만약 경찰이 놈을 체포하고 법정에 세우도록 내버려뒀다고 칩시다. 그런데 놈이 교도소든 정신병원이든 들어갔다가 다시는 빠져나가지 못할 거라고 누가 장담할 겁니까?

SS: 그래서 직접 심판자와 집행자의 역할을 떠안겠다고 결심하셨던 겁니까?

FS: 다른 방법은 없었습니다. 그게 유일한 해결책이었습니다. 당시 머릿속에 있던 생각은 단 하나였습니다. 놈이 마리에게 했던 짓을 다시는 되풀이하지 못하도록 죽여야 한다는 생각.

LÅ: 수사관님, 질문은 끝난 겁니까?

SS: 네.

LÅ: 좋습니다. 지금부터 제 말 잘 들어주시기 바랍니다, 스테판손 씨.

FS: 뭡니까?

LÅ: 법적인 용어로 설명을 드려야 할 것 같군요.

FS: 그래서요?

LÅ: 프레드리크 스테판손 씨, 당신을 살인모의 및 고의살인 혐의로 긴급 체포합니다. 아울러 정식 재판을 받게 될 거라는 점도 말씀드립니다.

III
한 달

　도시의 이름은 탈바카다. 도시라고 하기엔 다른 곳에 비해 제법 규모가 큰 시골마을에 가까웠다. 거주인구 2천6백명, 슈퍼마켓 하나, 신문 가판대 하나, 화요일에서 목요일까지 영업하는 저축은행 지점 하나, 술을 팔도록 허가 받고 점심과 저녁에 문을 여는 식당 하나, 폐쇄된 기차역 하나, 최근에 개보수를 통해 새로 문을 열었지만 여전히 텅 빈 시립교회 하나, 비국교파 교회 둘.

　그곳을 지켜온 사람들끼리 모여 현재를 살고 있는 그런 곳, 탈바카를 떠나 다른 곳에 둥지를 틀 마음이 전혀 없는 사람들이 모여 사는 그런 곳이었다.

　단조로운 일상임에도, 아니 어쩌면 한없이 단조로웠던 그 일상 때문에 탈바카는 조만간, 제법 오랜 시간에 걸쳐 스웨덴 전체를 뒤흔들 사건의 중심지가 될 운명을 맞이하게 된다. 법원이 집행하는 정의와 시민들의 자의적 해석을 통해

대략 최근의 일

똑같은 이름의 정의가 얼마나 큰 간극을 지니고 있는지에 대한 논란의 상징.

유별난 여름이었다. 그 누구도 기억하고 싶지 않은 그런 여름.

그의 이름은 예란이었다. 하지만 사람들은 그를 '노출광 예란'이라고 불렀다. 나이는 마흔넷, 교사자격증을 소지했지만 어느 교육기관에서도 선생님으로 일을 해본 적이 없었다. 그는 20년 전 탈바카에서 몇십 킬로미터 떨어진 곳에 있는 어느 고등학교에서 한 학기 동안 교생실습을 받았다. 그의 인생 절반에 달하는 시간이 흐른, 아주 오래 전 일이었다. 예란은 업무를 마치고 집으로 돌아가는 길에 뜬금없이 고등학교 운동장 한쪽의 국기 게양대 앞에 멈춰 섰다. 그곳은 학생들이 삼삼오오 모여서 담배를 피우는 곳이었다. 그런데 예란은 갑자기 아이들 앞에서 옷을 벗기 시작했다. 그는 알몸으로 교장실 창문 아래에 서서 큰 소리로 국가를 불렀다. 그러고는 다시 주섬주섬 옷을 주워 입고 집으로 돌아가 다음날 수업 준비를 한 뒤 잠자리에 들었다.

교생실습은 끝까지 마칠 수 있었다. 예란은 자신의 인근 거주지 1백여 킬로미터 반경에 있는 모든 교육기관에 교사 지원서를 제출했다. 빈자리의 유무를 따지지 않고 무조건 지원했다. 몇십 부에 달하는 학위와 교사자격증을 복사하면서 2년여의 시간을 보낸 끝에 어느 학교도 자신에게 교사 자리를 주지 않을 거라는 사실을 깨닫게 되었다. 벌금형을 선고 받은 판결문은 굳이 첨부할 이유가 없었다. 하지만 그 서류는 암암리에 이력서 맨 첫 페이지를 차지하고 있었다. 미성년자 앞에서 알몸을 노출했다는 평생의 수치를 떠안게 된 예란은 탈바카를 벗어나 자신을 아는 사람이 아무도 없는 다른 지역에서 새롭게 자리를 잡을까도 생각했다. 하지만 이제와 탈바카를 떠나기엔 너무나 깊게 뿌리를 내리고 있었고, 너무나 무기력했고, 거기다가 모험할 배짱조차 없었다. 대다수의 탈바카 주민과 마찬가지로.

무더위가 이어지는 날이었다. 기왓장을 구입하러 스몰란드로 나갔던 어제만큼 덥지는 않았지만, 반바지를 긴 바지로 갈아입고 싶지 않을 정도로 땀이 줄줄 흘렀고 집과 슈퍼마켓까지의 3백여 미터 거리가 한없이 길게 느껴지는 그런 날이었다. 거리로 나서자마자 10대들이 말하는 소리가 들렸다. 아이들은 신문 가판대 앞에 서 있었다. 대부분 꼬마일 때부터 보아온 아이들이었다. 이제 열다섯에서 열여섯 정도로 꼬마 때와는 목소리도 완전히 달라졌다.

"어이, 거기 변태! 불알 좀 까보지그래?"

"한 번만 보여줘봐!"

소년들은 콜라 캔을 들고 있었다. 그중 두 아이가 단숨에 캔을 비우더니 바닥에 버리고는 두 손을 허리 아래로 가져가 외설스러운 행동을 해 보였다.

"어이, 페도(소아성애자를 뜻하는 페도파일을 줄인 말—옮긴이)! 한 번만 보여줘, 한 번만 보여달라고!"

예란은 10대 철부지들의 장난을 무시했다. 그러자 아이들
은 더더욱 크게 외쳐댔다. 아이들 중 하나가 그에게 빈 콜라
캔을 집어던졌다.

"야, 이 변태야! 니 방구석에 처박혀서 혼자 딸딸이나 치
지 왜 싸돌아다녀!"

예란은 발걸음을 재촉해 옛 우체국이 있던 골목으로 접어
들었다. 그가 보이지 않자 아이들도 더 이상 소리를 지르며
따라오지 않았다. 예란은 재빨리 슈퍼마켓으로 걸음을 옮겼
다. 가격파괴 정책을 내세워 끝끝내 다른 슈퍼 두 곳의 문을
닫게 한 동네 유일의 슈퍼마켓이었다.

자리를 피하느라 너무 급하게 뛰는 바람에 숨이 차올라
슈퍼마켓 정문에 있는 벤치에 잠시 앉았다. 그는 자동차나
자전거를 타고 와서 슈퍼마켓을 드나드는 사람들의 이름을
거의 다 알고 있었다.

그가 앉은 자리와 조금 떨어진 곳에는 열두 살 정도 되는
소녀 둘이 앉아 있었다. 앞집에 사는 여자아이와, 같은 반 친
구였다. 두 소녀는 또래들처럼 끝없이 수다를 떨며 킥킥거리
고 있었다. 예란이 앞으로 지나가도 두 소녀는 비명을 지르
지 않았다. 아니, 아예 관심이 없었다. 그 아이들에게 예란의
존재는 가끔 정원의 잔디를 손질하는 평범한 이웃집 남자일
뿐, 그 이상도, 이하도 아니었다.

어느 순간 볼보 한 대가 슈퍼마켓 앞에 나타났다. 예란은

그 차를 보자마자 뱃속이 뒤틀렸다. 옥신각신하게 될 게 분명했기 때문이다.

볼보는 몸체가 앞뒤로 흔들릴 정도로 급제동을 했다. 벵트 쇠델룬드가 문을 열고 밖으로 뛰쳐나왔다. 거구에 힘센 40대의 남자. 그는 자신의 건설사 로고가 찍힌 모자를 쓰고, 접이식 미터자와 해머, 누르면 튀어나오는 칼이 달린 파란색 작업복 차림이었다. 그는 여자아이들이 앉은 벤치로 다가가 주변사람들이 다 들으라는 듯 화난 목소리로 크게 아이들을 불렀다.

"너희 둘, 어서 차에 올라타!"

그는 두 아이의 어깨를 붙잡고 데려갔다. 아이들은 화를 내는 어른 앞에서 가만히 고개를 숙이고 부리나케 뒷자리에 올라탄 뒤 문을 닫았다.

벵트는 예란이 있는 쪽으로 다가가 거칠게 그의 멱살을 거머쥐고 일으켜 세웠다. 그러고는 상대의 셔츠자락이 찢어질 때까지 세차게 흔들어댔다.

"이 죽일 놈아, 넌 현행범으로 딱 걸렸어!"

차 유리를 통해 밖을 지켜보던 두 소녀는 무슨 영문인지 알 수가 없었다.

"이 발정 난 돼지 새끼야! 내 딸아이 앞에서 더러운 짓을 해 보이겠다, 이거야? 어?"

10대 한 무리가 시끄러운 소리를 포착하자마자 부리나케 현장에 가세했다. 지루한 촌동네에서 이런 구경거리를 만나기란 쉬운 일이 아니었기 때문에 놓칠 수 없었다.

"죽여버려요, 저 변태 자식!"

아이들은 일렬로 늘어서더니 손을 바지 지퍼 앞에 놓고 아까 같은 행동을 되풀이했다.

벵트 쇠델룬드는 아이들의 행동 따위는 관심도 없었다. 그는 다시 한 번 노출광 예란의 멱살을 잡고 흔들다가 벤치로 밀어버렸다. 그러고는 자신의 차로 돌아가 문을 열다 말고 다시 뒤를 돌아보며 말했다.

"이 정도 경고면 무슨 뜻인지 알아듣겠지, 이 개쓰레기 같은 자식아! 딱 2주 주겠어. 그때까지 이 동네에서 꺼지지 않고 붙어 있으면 그땐 아예 죽여버릴 거야."

벵트는 차에 올라탄 뒤 날카로운 타이어 마찰음을 내며 자리를 떠났다.

소리를 지르며 놀리던 소년들은 그 즉시 행동을 멈췄다.

벵트의 말이 단순한 공갈협박이 아니라는 사실을 깨달았기 때문이다.

아름다운 밤이었다. 쾌적한 온도에 바람도 없었다. 벵트 쇠델룬드는 집에서 나와 앞집을 뚫어지게 노려보았다. 끔찍이도 싫어하는 이웃집. 그러고는 그쪽을 향해 침을 내뱉었다. 벵트는 탈바카에서 태어났다. 학창 시절을 이곳에서 보냈고, 지금은 아버지 회사를 물려받아 운영하고 있다. 부모님이 돌아가시기 전까지 그는 죽음이라는 것을 생각해본 적이 없었다. 그런데 어느 날 갑자기, 죽음의 세계에 목까지 빠져 허우적거린 적이 있었다. 그렇게 어머니와 아버지를 땅에 묻은 뒤 그는 자신이 가족의 과거를 간직한 유일한 장본인이라는 사실을 뼈저리게 느꼈다. 그를 있게 해준 시간, 안락했던 보금자리며 수많은 파티와 모험을 기억하는 유일한 사람이 자신이라는 것을. 그는 동창인 엘리자베스와 결혼한 뒤 세 자녀를 두었는데 두 아이는 어느덧 성인이 되어 집을 떠났고, 막내딸은 아이로 여길 수는 없지만 그렇다고 어른처럼 풀어놓을 수도 없는 어중간한 나이였다.

그는 탈바카의 모든 것, 심지어 냄새까지 속속들이 꿰고 있었다. 지나가는 자동차 엔진 소리만으로도 누구의 차인지 알아맞힐 정도였다. 탈바카가 그 어느 곳보다 시간이 더디게 흘러가는 곳이라는 것도 알고 있었다.

점심시간이 되면 슈퍼마켓 옆에 있는 식당은 탈바카의 은퇴한 늙은 홀아비들로 넘쳐났다. 요리하는 법을 모르는 그들은 열 번째 무료 식사권을 받기 위해 묶음 단위로 식권을 구입한 뒤 맛있고 저렴한 요리를 즐기면서 세상 사는 이야기를 나누는 걸 낙으로 여기는 사람들이었다. 저녁시간이 되면, 식당은 구석에 슬롯머신 두 대가 설치된 술집으로 탈바꿈하고 싸구려 땅콩 안주와 매주 다른 맥주를 할인 가격으로 팔았다. 담배 연기가 자욱하고 그다지 청결하지도 않았지만, 탈바카에서는 이런 저런 교회 일에 얽매이고 싶지 않은 사람들이 딱 찾기 좋은 중립지대 같은 역할을 하는 곳이었다.

벵트는 집에 돌아오자마자 분을 삭이지 못하고 친구들에게 전화를 걸어 술집에서 만날 약속을 잡았다. 엘리자베스는 그 자리에 나가고 싶지 않았다. 그녀는 남편과 그 친구들이 느끼는 증오의 대열에 동참하지 않았지만 울라 군나숀도, 클라스 릴케도, 우베 산델과 그 부인 헬레나까지 모두 빠지지 않고 한자리에 모여들었다. 남편과 그 친구들은 모두 평생지기였다. 같은 학교를 다녔고 나란히 지역 축구팀 선수로 활동했을 뿐만 아니라, 10대 때 성인이 되겠다고 첫 술잔을 같이 나눈 막역한 사이였다.

벵트와 친구들은 심심하다 싶으면 노출광 예란을 안주거리삼아 열띤 토론을 벌이곤 했다. 한자리에 모여 그에 대한 의견을 주고 받다보면 일순간에 다른 화젯거리로 넘어가거나, 혹은 끝없이 그에 대한 이야기가 꼬리에 꼬리를 물고 이어지곤 했다. 피할 수 없는 통과의례 같은 일이었다. 그래서 그날 역시 벵트와 친구들은 마을에 하나 밖에 없는 술집에 모여 눈엣가시 같은 이웃집 변태에 대한 이야기를 시작했던 것이다.

벵트 쇠델룬드는 먼저 친구들에게 술을 한 잔씩 돌리고 땅콩 안주도 두 배로 주문했다. 그날 오후, 슈퍼마켓 앞에서 자신이 목격한 일 때문에 흥분을 감출 수 없었던 그는 친구들에게 그 이야기를 늘어놓았다. 노출광 예란이 슈퍼마켓 앞을 기웃거렸는데 바로 옆에 자신의 딸아이와 친구가 있었다는 이야기, 그걸 보고 어떤 느낌이 들었는지, 그래서 또 어떻게 행동했는지를 상세히 들려준 다음 친구들의 반응을 살피기 위해 맥주잔을 입으로 가져갔다. 그런 다음 손에 들고 있던 종이 한 장을 친구들에게 펼쳐보였다.

"이걸 좀 보라고! 내가 오늘 법원에 가서 직접 떼어온 거야. 그 개자식에 대한 판결문이라고. 이제 아예 대놓고 그 짓을 벌이려는 거야. 아주 꼭지가 돌아버리는 줄 알았다니까! 내가 현장을 목격하자마자 그 길로 시내로 나가서 법원 문 닫기 바로 직전에 떼어온 거야. 이거 하나 찾아내는 데 시간도 꽤 걸렸어. 옛날 사건이라 전산 처리가 안 돼 있더라고."

자리에 있던 사람들은 모두 종이를 보려 모여들었다. 위치에 따라 거꾸로 읽는 사람도 있었지만 아무래도 상관없었다.

"여기 명백히 적혀 있다고. 그 빌어먹을 인간이 꼬맹이들 앞에서 지 거시기를 꺼내 덜렁거렸다고 말이야. 난 솔직히 이 인간이 엔셰핑에서 총 맞아 죽은 그 짐승 같은 놈하고 다를 게 하나도 없다고 생각해."

벵트는 담배에 불을 붙인 뒤 담뱃갑을 돌렸다.

"당시 그 현장에 자네 여동생도 있지 않았어, 우베?"

그는 우베 산델도 같은 심정일거라고 여기며 그에게 질문을 던졌다.

"그랬었지. 만약에 내가 그 자리에 있었더라면 분명히 뒤도 돌아보지 않고 그 자식을 죽여버렸을 거야."

그들은 잔을 들고 건배했다. 그 순간 슈퍼마켓 앞에서 실랑이 장면을 지켜봤던 10대들이 줄줄이 술집으로 들어와 슬롯머신 쪽으로 향했다. 아이들은 게임 하는 사람 뒤에 서서 그가 돈을 딸 때마다 환호하며 박수를 쳤다. 아이들은 술을 마시거나 게임을 하려들지는 않았다. 아무리 애를 써봐야 자신들에게는 술도 팔지 않고, 슬롯머신 할 잔돈도 바꿔주지 않는다는 사실을 잘 알고 있었기 때문이다. 탈바카에서는 그 누구도 나이제한을 가지고 장난을 치지 않았다.

안달이 난 헬레나 산델은 주의를 모으기 위해 테이블을 한 번 내리쳤다. 그러고는 테이블에 앉은 사람들을 하나하나 쳐다본 뒤 마지막으로 남편에게 시선을 고정했다.

"여보, 우리한테도 딸아이가 있어."

"하긴 그렇지."

"언젠가 그 아이들한테 이런 일이 벌어질 수도 있다고."

"재판이 끝나고 아예 거길 잘라버려야 했어."

벵트는 고개를 끄덕이다 자리에서 일어나 손을 들어 밖을 가리켰다.

"여기 사는 주민 숫자가 2천이 넘는다고. 그런데 왜 하필 내가 그 거지 같은 변태 자식하고 마주보고 살아야 하는 거야? 누가 말 좀 해보라고, 왜 그래야 하는 건지?"

소년들은 슬롯머신 구경하는 게 지겨워졌는지 카운터에 있던 리모컨을 들고 텔레비전을 켰다. 벵트는 아이들에게 볼륨을 낮추라고 손짓을 했다.

"자네들도 모르겠지? 도대체 이걸 어떻게 해야 하는 거야? 그런 인간하고 이렇게 같이 살 수는 없다고, 빌어먹을!"

"그런 인간은 몰아내야 해요!"

헬레나 산델이 한술 더 떴다.

벵트는 안주로 나온 땅콩을 우물거리다가 말을 이었다.

"맞아. 그런 인간은 몰아내야 해! 자발적으로 나가지 않는다면 우리가 끌어내야 한다고! 신 앞에서 맹세하는데 2주 후에도 그 자식이 계속 그 집에 붙어 있으면 기필코 내가 죽여버리겠어."

벵트는 친구들에게 술을 한 잔씩 더 돌렸다. 계산은 회사 경비로 처리했다.

순간 우베가 큰 소리로 휘파람을 불어 주위를 환기하더니 텔레비전을 가리키며 말했다.

"얘들아, 텔레비전 볼륨 좀 높여볼래?"

"아, 왜 이랬다 저랬다 하고 그래요!"

"저 내용 좀 들어보자고. 당장 소리 키우지 않으면 가만 안 둔다!"

프레드리크 스테판손이 화면에 나왔다. 외투를 머리까지 뒤집어쓴 그가 크로노베리 구치소로 향하는 모습이 느린 화면으로 잡혔다.

"저 남자야! 희대의 변태 자식을 총으로 쏜 그 가장이!"

술집에 있던 손님들의 시선이 대부분 텔레비전 화면에 고정되었다. 프레드리크 스테판손은 거부하는 손짓을 취할 뿐이었다. 뒤이어 카메라는 크리스티나 비엔순을 향했고 그녀에게 마이크가 날아들었다.

"제 의뢰인은 사실관계를 부인하지는 않았습니다. 오랜 고민 끝에 벤트 룬드를 죽음에 이르게 한 건 사실입니다."

카메라는 변호사의 얼굴을 클로즈업했고, 어느 기자 하나가 질문을 던지려 했지만 비엔숀은 더더욱 목소리를 높여 자신의 말을 이어나갔다.

"저는 제 의뢰인이 살해 혐의로 기소되었다는 사실에 이의를 제기합니다. 극한의 상황에서 취할 수밖에 없었던 정당방위가 인정될 수 있도록 변호에 최선을 다할 예정입니다."

벵트 쇠델룬드는 변호사의 발언이 대단히 만족스럽다는 듯 테이블을 두드리며 환호했다.

"저 말 들었어?"

그러고는 자신의 주변을 둘러보았다. 텔레비전 화면과 그 속에서 흘러나온 발언에 취한 듯 친구들도 천천히 고개를 끄덕이고 있었다.

"룬드가 또다시 범행에 나서리라는 건 단지 시간문제였을 뿐입니다. 이건 누구나 다 아는 사실입니다. 벤트 룬드를 대상으로 했던 여러 차례의 정신감정 결과가 이를 입증하고 있습니다. 따라서 제 의뢰인은 범인을 죽임으로써 적어도 한 명의 어린아이를 구할 수 있었습니다."

"지당한 말이지!"

우베 산델은 아내의 뺨에 입을 맞추며 소리쳤다.

질문을 하려 했던 기자가 드디어 소기의 목적을 달성했다.

"의뢰인의 상태는 어떻습니까?"

"현재의 상황을 감안했을 때 그럭저럭 버티고 있습니다. 사랑스러운 외동딸을 잃고 그 아이를 비롯해 또 다른 잠재적 피해자들을 지켜주지 못한 이 사회를 탓했습니다만, 이제는 그 자신이 재판을 받을 처지에 놓였습니다. 이 사회의 무능함에 대한 죗값을 바로 제 의뢰인이 받아야 하는 상황입니다."

헬레나 산델은 남편의 뺨을 어루만지며 그의 손을 잡고 자리에서 일어났다.

"저 남자는 옳은 일을 한 사람이에요!"

그녀는 텔레비전 화면을 향해 잔을 들어올렸다. 벵트 쇠델룬드와 울라 군나숀, 클라스 릴케, 마지막으로 헬레나의 남편도 잔을 들어 올려 건배했다.

"스테판손이라는 남자는 영웅이에요! 프레드리크 스테판손을 위하여!"

모두들 군말 없이 잔을 비웠다.

일행은 평소보다 더 늦게까지 자리를 지켰다. 그들은 결심을 굳혔다. 언제, 어떻게 실행에 옮길지에 대해서는 논의된 바가 없지만 그렇게 출발선을 넘어섰던 것이다. 차차 구체적인 실행 안이 마련될 터였다. 탈바카의 이름으로, 그들의 삶, 그리고 하루하루 지나가는 일상이라는 이름으로……

*

    사람들로 붐비지는 않았지만 그는 방향감각을 상실하고 말았다. 대형 매장만 가면 길눈이 어두워지고 어디로 어떻게 가야할지 갈피를 잡지 못했다. 층마다 설치된 에스컬레이터, 세일을 알리는 광고판, 호객행위에 동원되는 확성기, 구석구석 설치된 현금인출기, 물건을 사기 위해 서로 땀 냄새를 풍겨가며 줄을 선 구매자들, 징징거리는 어린아이들, 멍한 눈빛으로 손님을 기다리는 향수 매장의 점원, 탈의실 앞 거울에서 이 옷 저 옷을 걸쳤다가 벗어던지는 여성, 쓸만한 수영복을 찾는 남성, 포장과 결제가 끝나면 집까지 배달을 부탁하는 사람들.

    라슈 오게스탐은 자신이 가려던 매장에 들어서기도 전에 진이 빠졌다. 하지만 조용한 다른 음반 가게가 어디 있는지 전혀 알지 못했다. 왜냐하면 평생 음반 한 장 구입해본 적이 없었기 때문이다. 여유 있게 음악을 들을 시간도 없었지만 차에 달린 라디오만으로도 충분했다. 간신히 음반 매장을 찾아낸 그는 수 킬로미터에 달할 듯 길게 늘어선 매장 진열대를 보자 현기증이 먼저 일었다. 진열된 시디들이 자신을 향해 와락 쏟아져 내릴 것 같은 기분이 들었기 때문이다. 그는 시디 더미에 깔리지 않으려는 듯 주춤거리며 뒤로 한 걸음 물러섰다. 매장 중앙에는 계산대가 있었고 그 뒤로 점원 아가씨가 보였다. 예뻐 보이긴 했지만 짙은 화장 너머로 실제 어떤 얼굴이 숨겨져 있는지는 알 수 없는 법.

그는 점원에게 다가가 자신의 차례를 기다렸다.

"찾으시는 거라도 있으세요?"

"시브 말름크비스트 음반이요."

"어떤 음반이요?"

"있긴 합니까?"

점원은 미소를 지어보였다. 오게스탐으로서는 그게 자신의 처지를 이해한다는 뜻인지, 그런 자신을 비웃고 있는 건지 도무지 가늠할 수가 없었다. 새파랗게 어린 여자가 어떻게 상대의 심리를 꿰뚫고 있는 듯한 표정으로 웃을 수 있는 건지…….

"당연히 있죠. 스웨덴 가수 코너에 가시면 몇 장 있을 거예요."

점원은 계산대를 가로막고 있는 빗장을 풀고 나와 자신을 따라오라고 손짓했다. 순간 오게스탐의 얼굴이 붉어졌다. 점원이 속까지 훤히 들여다보이는 옷을 입고 있었기 때문이다. 거기다가 뒷모습이었다. 점원은 스웨덴 가수 음반 코너를 뒤적이다가 당시에는 미인이었을 법한 여성의 재킷 사진이 있는 플라스틱 케이스를 꺼내들었다.

"가장 많이 팔린 고전인데, 찾으시는 게 이거 맞나요?"

오게스탐은 시디를 받아들고 이리저리 살펴본 뒤 그렇다고 대답하기로 결심했다.

계산이 끝나자 거스름돈을 되돌려주는 점원의 얼굴에는

함박웃음이 그려져 있었다. 또다시 오게스탐의 얼굴이 붉어졌다. 그런데 이번에는 기분이 상했기 때문이었다. 나이 어린 점원이 자신을 우습게 보고 있다는 확신이 들었기 때문이다.

"뭐가 그렇게 웃깁니까?"

"아무것도 아니에요."

"내가 그렇게 우스워 보여요?"

"그런 거 아니에요!"

"맞잖아요."

"그냥 손님은 전혀 시브 말름크비스트 음악을 들으실 분 같지 않으셔서 그랬던 거예요."

이번에는 그가 웃으며 물었다.

"이런 음악 들으려면 어때야 하는데요? 나이가 좀 더 들어야 하나요?"

"아니, 옷차림이 좀 허술해야 해요."

"그런가요?"

"그리고 훨씬 쿨해야 하고요."

오게스탐은 무사히 밖으로 빠져나와 시브 말름크비스트 음반과 아이스크림 하나를 손에 들고 경찰서로 향했다.

하지만 정작 사무실 앞에 도착한 뒤에는 얼마나 긴장을 했는지 한참을 망설이고서야 겨우 문을 두드릴 용기를 냈다.

불평 섞인 목소리가 들어오라고 대꾸했다.

에베트 그렌스는 오게스탐이 뒤도 돌아보지 않고 사무실

을 나섰던 그때 그 책상의자에 앉아서 팔꿈치를 무릎에 괜 채 몸을 앞으로 숙이고 있었다. 그는 의미심장한 눈빛으로 상대를 바라보고 있었다. 누구도 환영하지 않는다는 눈빛으로.

오게스탐은 상대의 무시 전략에 정면으로 승부수를 띄우기로 마음먹고 사무실 안으로 들어갔다.

"이거 받으세요."

그는 책상 위에 시디를 내려놓으며 말했다.

"무례했던 지난번 제 행동에 대한 사과의 뜻입니다."

에베트는 아무런 대꾸도 하지 않고 그를 노려보기만 했다.

"이 앨범, 이미 가지고 계신지는 잘 모르겠습니다. 제가 본 건 그저 구식 카세트플레이어뿐이니까요."

여전히 냉담한 반응이었다.

"몇 가지 드릴 말씀이 있습니다. 지난 월요일처럼 솔직히 말씀드리겠습니다. 제가 느끼는 형사님은 교도소 철창만큼이나 가까이하고 싶지 않은 분입니다. 하지만 형사님 도움이 절실합니다. 제가 생각해본 가설을 시험해보고, 저한테 제대로 된 질문을 던져줄 뿐만 아니라 논리를 갖추고 제 의견을 반박해줄 사람이 아무도 없습니다."

노형사는 젊은 검사에게 앉아도 좋다고 손짓했다. 그러고는 상대의 제안을 받아들이겠다는 뜻으로 심드렁하게 손만 살짝 치켜들었다.

오게스탐은 팔걸이의자에 털썩 주저앉았다. 하지만 어디

서부터 시작해야 할지 갈피를 잡을 수 없었다.

"이 말씀부터 드려야겠습니다. 사실 어제 화장실에 가서 아침에 먹은 거, 점심에 먹은 것까지 입으로 먹은 건 모조리 토해냈습니다. 무섭고 두려웠습니다. 제 이름을 온 나라에 널리 알릴 수 있는 절호의 사건이 절로 굴러들어왔었는데, 어느 날 갑자기 비탄 속에서 헤어 나오지 못하고 자신의 딸아이를 죽인 살해범을 총으로 날려버린 아빠를 기소해야 하는 처지가 된 겁니다. 이건 완전히 지옥으로 가는 급행열차를 탄 꼴이에요. 이 사건이 엄청난 파장을 몰고 올 거라는 건 기정사실 아니겠습니까."

에베트는 빈정거리는 표정으로 고개를 절레절레 가로저으며 킬킬거렸다. 그러고는 상대가 사무실 안으로 들어온 뒤, 처음으로 말문을 열었다.

"당신을 위해서는 잘된 일이지."

라슈 오게스탐은 속으로 상대가 반응할 때까지의 시간을 재보았다. 그런 상황이 닥치면 분위기 파악을 위해 버릇처럼 하는 행동이었다. 13초. 그는 솔직하게 속마음을 내비쳐 상대에게 도움을 청하러 왔던 것이다. 그런데 이 별것 없는 자존심으로 똘똘 뭉친 남자는 그게 보이지 않는 것이다. 오게스탐은 상대를 깜짝 놀라게 해주려는 마음으로 한 마디를 날렸다.

"그래서 종신형을 때릴 생각입니다."

"지금 뭐라고 했소?"

"들으신 그대로입니다. 자기들이 무슨 정의의 사도라도 된 양 시민이 심판자의 역할을 자청하고 나서면 사법질서가 무너져버립니다. 그 꼴은 절대 두고 볼 수 없습니다."

"그런데 나를 찾아와 굳이 그딴 얘기를 하는 이유는 뭐요? 젠장."

"특별한 이유는 없습니다. 그저 제가 생각한 게 말이 되는지, 누군가에게 설명하고 먹혀 들어가는지 확인해보고 싶었다고나 할까요?"

에베트는 다시 킬킬거렸다.

"그러니까 우리 검사님은 종신형을 때리시겠다? 비열할 정도로 기회주의자시구먼그래."

"맞습니다."

"이봐요. 우리가 다루는 범죄자들은 거의 대부분이 멍청한 인간이야. 난 그렇게 생각해요. 우리나라 교도소에 갇혀 있는 범죄자의 절반은 주로 폭행 전과로 잡혀 들어온 사람들이라고. 한심한 녀석들이긴 하지만 그래도 인간은 인간이오. 걔들 대부분이 또 다른 폭행의 피해자이기도 했기 때문이지. 주로 부모에게 두들겨 맞고 살았으니까. 나조차도 그 인간들이 어쩌다 그 지경에까지 이르게 되었는지 이해가 간다 이 말이오."

"그런 건 저도 다 압니다."

"알면 그걸 머릿속에 쑤셔 넣고 느껴보란 말이오, 오게스탐 검사. 그러니까 실전에서 느껴보라고. 책 따위에서 주워

들은 개소리들을 절대 진리인 양 받들어 모시는 대신에 말이야."

오게스탐은 외투 주머니에서 뻣뻣한 검정색 표지로 덮인 수첩을 꺼냈다. 그러고는 내용을 뒤적이다 자신이 찾던 페이지를 펼쳤다.

"스테판손은 모든 행동을 사전에 모의했다고 자백했습니다. 충분히 생각할 시간이 나흘은 넘게 있었습니다. 뿐만 아니라 스스로 경찰이자 검찰, 그리고 판사이자 사형집행인 역할을 자청하고 나섰단 말입니다."

"자신이 무슨 짓을 벌이게 될지도 모르고 있었어요. 룬드와 정면으로 마주칠 거라고는 생각도 못했을 거란 말이오."

"다시 생각할 시간은 충분했습니다. 형사님한테 직접 연락할 수도 있었잖습니까. 불과 몇백 미터 거리에서 경관들이 순찰을 돌고 있었습니다. 그렇게만 했었어도 룬드를 살해하는 일은 없었습니다."

"좋아요. 살인은 살인이니까. 그렇다고 종신형을 때리시겠다고? 검사 양반하고 달리 난 40년 넘게 현장을 누비는 형사로 살았소. 이 도시에서. 그동안 스테판손보다도 훨씬 악질인 놈들이 별 같잖은 핑계로 유유히 자유의 몸이 되는 걸 여러 번 본 사람이오. 별 볼일 없는 풋내기 검사들이 강한 척하느라고 기를 쓰고 사건에 매달리는 걸 수도 없이 지켜봤단 말이야."

오게스탐은 깊게 숨을 들이마셨다. 비난이든 힐난이든 개인적인 인신공격 따위는 아무래도 좋았다. 다시 한 번 상대의 언변에 말려들어 뒤로 물러서지 않겠다는 다짐을 하고 온 터였다. 그는 자신의 수첩을 뒤적이면서 분을 삭였다. 사실 소기의 목적을 달성한 셈이기도 했다. 노수사관의 반응이 자신의 예상과 정확히 일치했기 때문이었다. 벌써 재판이 진행되는 듯한 착각이 들 정도로 현장감이 느껴졌고, 기소 이유에 대한 효과적인 근거가 눈에 보이는 듯했다. 그는 상대를 쳐다보지도 않고 수첩의 마지막 페이지가 나올 때까지 그냥 넘기기만 했다. 결과는 대만족이었다.

한편, 상대의 침묵에 에베트는 울컥 화가 치밀었다.

"지금 뭐 하자는 거요? 수첩을 안 보면 반론도 못 한다는 거야 뭐야? 살인죄 적용까지는 좋다고 칩시다. 하지만 정상 참작이라는 것도 있어야지. 판사를 설득할 자신이 있다면 자기가 생각한 형량을 때리든 말든 그건 검사 양반 당신 소관이야. 그래도 그렇지 10년이 넘는 중형을 때린다니, 그건 좀 그렇지 않소? 당신이나 나나 바로 이 사회의 구성원이란 말이오. 무슨 말인지 알겠소? 그런 내용을 당신이 붙들고 사는 그 수첩에 적어놓으란 말이야. 바로 그 사회가 스테판손의 어린 딸애 하나 보호해주지 못했다고. 다른 아이들도."

오게스탐은 법정에서 펼칠 주장의 가이드라인을 이미 그려놓고 있었다. 오게스탐은 같이 언성을 높여봤자 자신의 주장에 힘이 실리지 않는다는 사실을 잘 알고 있었지만, 또 그렇기에 언성을 높이는 길만이 있지도 않은 힘을 끌어다줄 유일한 방법이라는 것도 잘 알고 있었다.

"형사님 말씀은 충분히 이해합니다. 하지만 이 사회가 그 아이들 보호에 실패했다고 해서 스테판손에게 성범죄 '용의자에 지나지 않는' 자를 자기 멋대로 처형할 권한을 쥐어준다는 게 말이나 됩니까? 만약 룬드가 용의자가 아니었다면요? 형사님도 백퍼센트 장담할 수 없는 건데 스테판손은 오죽하겠습니까? 만약 그랬다면 어쩌실 겁니까? 룬드를 범죄 현장 근처에서 목격했다는 사실만으로도 스테판손에게 그를 살해할 권한이 있다고 말씀하실 겁니까? 그런 사회에서 형사 생활을 계속하고 싶으신 거냐고요. 시민들이 법질서와 정의를 대신해 단순 추정을 근거로 사형을 선고하는 그런 사회 말입니다. 그렇게 된다면 분명히 뭔가가 달라져도 달라지겠지요. 제가 배운 법에는 사형에 관한 그 어느 것도 포함되어 있지 않습니다. 형사님이나 저나 막대한 책임을 지고 가는 사람입니다. 저희는 전 국민을 대상으로, 만약 프레드리크 스테판손처럼 행동한다면 여생을 철창에 갇혀 지내는 신세로 전락하게 된다는 걸 강하게 보여줘야 한단 말입니다."

에베트의 사무실 천장에는 지중해 근처의 호텔에서나 볼 수 있음직한 선풍기가 달려 있었다. 오게스탐은 그 선풍기가 멈추고 나서야 그런 게 달려 있었다는 사실을 깨달았고, 사무실 내에 떠도는 정적을 느꼈다. 그는 눈을 들어 천장을 올려다본 뒤 다시 자기 앞의 노수사관을 쳐다보았다. 그는 상대의 주름진 얼굴에 비친 회한을 읽을 수 있었다. 과연 그가 두려워하는 건 무얼까? 도대체 무슨 이유로 이 노수사관은 항상 단호하고 공격적으로만 반응하는 걸까? 욕설이나 상대에 대한 비난을 빼고는 대화를 할 수 없는 걸까?

에베트 그렌스의 명성은 법대 신입생들 사이에서도 단연 화젯거리였다. 하지만 그 명성에 비하면 실물은 영 형편없었다. 그의 눈에 비친 노련한 수사관은 외로운 데다 병적이고 괴팍한 노인네에 지나지 않았다. 어딘지 모를 구석에 갇혀 빠져나오지도 못하고 있을 뿐만 아니라 그저 남을 증오하고 모든 것에 경멸을 퍼붓는 가련한 인간.

저렇게 늙지는 말아야지……. 오게스탐은 그렇게 다짐했다. 회한이라는 것은 외로움만큼이나 추악하니까.

에베트는 시디를 손에 들고 이리저리 살펴보았다. 시브 말름크비스트 최고 히트곡 스물일곱 곡이 담긴 음반. 그는 겉봉을 뜯고 케이스를 열어 반짝이는 원형 플라스틱판을 꺼내 들었다. 시디 표면에 그의 지문이 묻어났지만 에베트는 둥근 시디를 한참 동안 돌리다가 다시 케이스에 집어넣었다.

"이제 끝나셨소, 검사 양반?"

"그런 것 같습니다."

"그럼 가져왔던 건 다시 들고 가시게나. 이런 거 듣는 기계도 없는 몸이니까."

에베트는 시디를 오게스탐에게 건넸지만 그는 고개를 가로저으며 말했다.

"형사님 드리는 겁니다. 들으실 생각 없으시면 그냥 버리세요."

노수사관은 책상 한쪽에 시디를 내려놓았다. 그날은 수요일이었다. 룬드가 탈옥한 지 2주째 되는 날이었다. 그동안 교도관 두 명이 심하게 폭행을 당했고 다섯 살짜리 여자아이 하나가 살해되었으며, 그 살해범도 살해되었다. 죽은 아이의 아버지는 그곳에서 멀지 않은 구치소에 수감된 채 재판을 기다리는 신세가 되어버렸다. 그리고 새파랗게 젊은 검사 하나가 아이 아버지에게 종신형을 때리겠다고 벼르고 있었다.

에베트는 가끔 언쟁이든 뭐든 받아치는 것 자체가 하기 싫어지는 날을 경험하곤 했다. 모든 게 끝나기만을 초조하게 기다리기만 하는 그런 날도……

*

무더위 속에서 발견되는 시신의 상태는 실로 끔찍했다. 스벤은 그런 사체를 보면 죽도록 싫어하는 다큐멘터리가 떠올랐다. 나름 장엄한 분위기의 내레이션이 곁들여진 화면은 시청자들을 사바나 대초원으로 인도한다. 마이크 앞에서 파리들이 웅웅거리며 날아다니고 매복해 있던 맹수가 먹이를 향해 서서히 다가가다가 갑자기 뛰어들어 덮치는 장면. 목을 물어뜯고, 옆구리를 찢어발기고는 먹을 수 있는 건 모조리 먹어치운 뒤 피투성이가 된 뼈다귀만 남겨놓고 유유히 발걸음을 돌리는 맹수들. 그 뒤로 작열하는 태양과 파리 떼들이 사체의 부패 현상을 주도하는 그런 장면들.

매번 법의학 연구소 문턱을 넘어서서 부검실로 이어지는 협소한 계단을 내려갈 때마다 그런 광경이 떠올랐다.

이미 일주일 전에도 방문했던 곳이다. 스벤은 부검을 담당했던 법의학자가 하얀 천을 걷어내던 순간 고개를 돌렸었다. 에베트는 고갯짓으로 그래도 된다고 했다. 무참히 훼손당한 시신을 굳이 쳐다보지 않아도 된다고, 이해할 수 없는 상황에 맞서야 할 의무는 없다고, 이미 꼬리표처럼 따라다니는 절망감을 쓸데없이 키울 필요는 없다는 듯.

그 아이는 현실을 빼앗겨버렸다. 죽기엔 너무나 어린 나이, 여전히 살아갈 날이 많은 나이의 아이였다. 그는 침 범벅이 된 상태로 발견된 아이의 작고 귀여운 두 발을 떠올렸다. 사후에 룬드가 물고 빨고 핥았던 그 두 발을.

"이봐, 스벤?"

"네?"

"괜찮은 거야?"

특유의 빈정거리는 말투나 상관으로서의 고압적인 말투가 느껴지지 않는 무덤덤한 에베트의 목소리가 귀에 들어와 불현듯 그는 현실로 돌아왔다. 에베트는 단지 후배가 괜찮은지 알고 싶을 뿐이었다.

"여긴 정말 두 번 다시 오고 싶지 않은 곳이에요. 에르포슈 박사는 지극히 정상으로 보이는데 도대체 왜 이런 곳에서 일하는 걸까요? 이 세상의 끝 같은 곳에서요. 저런 걸 보고 어떻게 멀쩡히 살 수 있는 거죠? 아니, 불과 몇 시간 전까지만 해도 멀쩡히 살아 있던 사람의 몸을 자르고 갈라서 열어보는 사람들 머릿속에는 도대체 뭐가 들어 있는 거예요?"

두 사람은 기록 보관실 앞을 지나쳤다. 스벤은 언젠가 그 보관실에 들어갔던 기억이 났다. 이동식 철제 책장에는 수많은 서류가 쌓여 있었는데 당시 그는 젊은 법의학자 한 사람과 함께 몇 장의 사진을 찾고 있었다. 타이핑 된 사망자 명단이 알파벳순으로 정리되어 있던 기억도 난다. 그는 마치 묘지에서 오도 가도 못하는 듯한 느낌을 주는 그 보관실에 다시 들어갈 일이 없기만을 바라며 살아왔다.

루드빅 에르포슈 박사는 두 수사관을 반갑게 맞아주었다. 그는 여전히 무균장갑을 착용하지 않았고, 역시 두 사람에게도 굳이 권하지 않았다. 일행은 마리 스테판손이 누워 있던 바로 그 부검실 안으로 들어갔다. 법의학자는 시체가 누워 있는 테이블을 가리키며 말했다.

"기분이 좀 이상하더군요. 스카르프홀름의 두 아이를 제 손으로 부검했고, 그다음으로 마리 스테판손을 부검했는데, 이제는 그 세 아이를 살해한 살인범을 부검해야 한다는 게 말입니다."

"저 개자식은 어차피 여기서 생을 마감할 운명이었습니다. 그런데 이번에도 저 자식의 소행인 게 확실한 겁니까?"

"지난주에 이미 말씀드렸다시피 범행수법이나 잔혹성이나 동일범의 소행임이 분명합니다. 여기서 부검 일을 제법 오래 한 전문가 입장에서 볼 때, 아이들을 상대로 그토록 잔혹한 폭력성을 목격하기란 그리 흔치 않습니다. 조만간 그 사실이 명백히 밝혀질 겁니다. 재판이 진행되기 전에 DNA 정보도 제출이 가능할 겁니다. 정액 샘플은 이미 확보한 상태니까요. 확신을 갖고 드리는 말씀입니다. 그리고 법정에 나가 증언할 준비도 돼 있습니다."

"새파랗게 어린 우리 검사 양반께선 프레드리크 스테판손에게 종신형을 때리실 거라더군요."

스벤은 놀라는 눈치로 자신의 선배를 쳐다보았다.

"정말이야. 이력에 화려한 한 줄 추가하려고 몸이 달아올랐다니까."

에르포슈 박사는 테이블을 몇 센티미터 정도 움직여 조명 아래로 가져갔다. 그러고는 스벤을 바라보며 미소를 지었다.

"지난번에 보니 이런 장면이 익숙지 않으신 모양이던데, 이번에는 지난번에 비해 더 보기 흉할 겁니다. 아예 안 보시는 게 나을지도 모르겠군요."

스벤은 에베트와 짧은 눈빛을 교환하더니 등을 돌렸다. 에르포슈 박사는 흰 천을 걷어냈다.

"보시다시피, 얼굴의 형체가 거의 남아 있지 않습니다. 총알이 이마 정중앙을 관통하면서 폭발을 일으켰던 거죠. 치아 정보를 이용해 신원확인을 해야 했습니다."

에르포슈 박사는 복부 쪽을 조명 가까이 가져갔다.

"또 다른 총알은 먼저 허벅다리를 뚫고 지나갔습니다. 몸 안으로 파고든 총알이 골격의 일부를 완전히 날려버렸습니다. 머리에 하나, 허벅다리에 하나, 이렇게 총 두 개의 관통상이 발견되었는데, 두 발의 총성을 들었다는 다수의 목격자 증언과도 일치합니다."

스벤은 시체를 쳐다볼 필요가 없었다. 듣는 것만으로 충분히 상상할 수 있었다.

"다 끝난 겁니까?"

에르포슈 박사는 시체를 천으로 덮었다.

"끝났습니다."

스벤은 그제야 다시 뒤를 돌아보았다. 그의 앞에는 흰 천에 가려 형태만 보이는 시신이 누워 있었다. 그는 테이블을 쳐다보면서 룬드의 얼굴을 상상해보았다. 저런 정신병자에게는 삶이 과연 무슨 의미였을까? 어떻게 그토록 잔인한 짓을 벌일 수 있었을까? 자신도 인간이면서 타인을 그토록 끔찍하게 살해한 살인범에게도 '인간'이라는 호칭을 가져다 쓸 수 있을까? 전에도 여러 차례 그런 질문을 자신에게 던져보았다. 하지만 부검실 같은 곳에 오면 이상할 정도로 그런 생각이 더 크게 다가왔다.

두 사람은 외투를 걸치고 떠날 준비를 하고 있었다.

"가시기 전에 보여드릴 게 한 가지 더 있습니다. 아마 형사님들 관심을 확 끌 만한 물건일 겁니다."

에르포슈 박사는 발걸음을 돌려 벽에 붙은 유리 진열장으로 가더니 문을 열고 뭔가를 꺼냈다.

"시체의 옷을 벗기는 과정에서 발견한 겁니다."

권총 한 자루, 칼 한 점, 사진 두 장과 손으로 작성한 몇 줄의 메모가 적힌 쪽지 한 장이었다.

"권총은 권총지갑에 넣어 다리에 고정해 놓았었습니다. 칼은 지금까지 전혀 본 적 없는 제품이지만 날이 상당히 날카롭게 선 상태였습니다. 칼 역시 칼집에 넣은 상태로 팔뚝에 달려 있었습니다."

에베트는 증거물이 담긴 투명한 봉투를 들고 무게를 가늠해보았다. 그러니까 룬드는 무장을 하고 있었다는 말이다. 방어를 해야 하는 상황까지 염두에 두고.

"풋내기 검사 자식, 이런데도 종신형을 때릴 생각이라니. 여자애들을 덮칠 기회만 호시탐탐 노리던 살인마 미치광이를 죽인 사람에게 말이야……. 완전무장한 상태로 아이들을 기다렸던 놈인데……."

스벤은 사진과 쪽지가 든 봉투를 집어 들었다. 그러고는 불빛 아래로 가져가 한참 동안 두 장의 사진을 살펴보았다.

"이 사진들은 룬드가 살해당한 바로 그 어린이집 앞에서 찍은 겁니다. 아이들이 여름옷을 입은 걸로 보아 비교적 최근 사진인 것 같습니다. 물론 확인해봐야겠지만 거의 확실합니다."

대략 최근의 일

에베트는 총과 칼을 법의학자에게 돌려준 뒤 스벤 곁으로 다가가 사진과 쪽지를 살펴보았다. 그러고는 그날 아침, 오게스탐 앞에서 그랬던 것처럼 실쭉거리며 말했다.

"이 자식, 아예 아이들 이름까지 알고 있었군그래. 둘이나 더 죽일 계획이었던 거야."

에베트는 사진을 조명에 더 가까이 가지고 갔다. 사진에 찍힌 두 아이는 스테판손의 딸아이와 비슷한 또래로 반짝이는 금발 머리였다. 모래놀이터에 앉은 채로 뭔가를 보며 웃고 있는 모습이었다.

"이게 뭔지 아십니까? 이건 프레드리크 스테판손이 벤트 룬드를 살해함으로써 두 명의 무고한 생명을 지켜줬을 수도 있다는 증거입니다. 그 친구 덕분에 여섯 살도 채 안 됐을 두 아이들이 내일도 웃을 수 있다는 말입니다."

에베트는 그 말을 마치고는 일종의 의식과도 같은 행동을 했다. 스벤은 이미 여러 차례 그런 모습을 본 적이 있었다. 에베트는 테이블 위에 누운 시체의 어깨와 골반 부위를 여러 차례 내리친 다음 알아들을 수 없는 말을 중얼거리며 시체의 발을 꼬집었다.

＊

이번 여름은 벵트 쇠델룬드가 5년 연속으로 집에서 휴가를 보내는 해였다. 한번은, 비스뷔에서 몇 킬로미터 떨어진 고틀란드 섬에 있는 별장을 빌려 여름휴가를 보낸 적이 있었다. 주변사람 모두가 칭찬을 아끼지 않는 관광지였지만 모든 게 비쌌고 휴가 내내 비만 내렸다. 일주일째 내린 비가 도대체 끝날 기미를 보이지 않자, 그는 다시는 고틀란드 섬을 찾지 않겠노라고 다짐했다. 이듬해 그의 가족이 택한 행선지는 위스타드. 하지만 이번에는 강풍이 문제였다. 게다가 무료하기 짝이 없었다. 외스텔렌 주변을 돌아봐도 거기서 거기라는 인상을 지울 수 없었다. 이어지는 두 번의 여름은 캠핑카에서 보냈다. 하지만 어딜 가도 정체현상에 발목이 잡혔고 불편해서 잠도 제대로 못 자겠다는 아이들의 불평이 끊이지 않았다. 그다음 해에는 온 가족이 로즈를 찾았다. 그런데 이번에는 그늘을 찾아 들어가도 38도가 넘는 살인적인 무더위가 무려 15일이나 이어졌다. 여름이 여름다워 무조건 고맙다고만은 할 수 없었다. 저녁식사를 하러 로비에 내려오는 것 외에는 호텔방에서 한 발자국도 나갈 수 없었기 때문이다. 어찌어찌해서 고속버스를 타고 스톡홀름 시내 구경을 두어 차례 나서긴 했지만 그마저도 실망을 금할 수 없었다. 스트레스에 찌든 도시 사람들이 가는 곳마다 발 디딜 틈 없이 모여 있었고, 에스컬레이터에서도 마구 걸어 다니는 도시 사람들의 모습이 적잖게 충격적이었기 때문이다. 결국 그는, 가족 모두 만족스럽고 더불어 회사일도 어느 정도 신경 쓸 수 있는 최선의 방법은 집에서 휴가를 보내는 길이라는 결론을 내렸다. 탈바카에는 호수는 물론 수영

장도 있었다. 아이들은 그렇게 시간을 보낼 수 있었고, 자신과 아내는 느긋하게 산책을 하거나, 둘 만의 밀회를 즐겼다. 마당에 나와 커피를 마시고 친구들을 초대해 식사를 함께하며 시간을 보낼 수도 있었다.

벵트와 엘리자베스가 부엌 식탁에 앉아 커피를 마시고 있을 때 우베와 헬레나가 부엌 창문 앞을 지나가고 있었다. 두 사람은 친구 부부에게 들어오라고 손짓했다. 커피도 넉넉했고 모카 빵도 여유가 있었다. 우베와 헬레나 부부는 두 사람과 오랜 친구지간이었다. 그런데 10여 년 전에는 두 커플이 몇 달간 말도 없이 냉담하게 지냈던 때가 있었다. 어느 파티 자리에서 우베와 엘리자베스가 필요 이상으로 다정하게 붙어 있는 장면이 목격되었기 때문이었다. 작은 마을답게 그 소문은 삽시간에 온 동네로 퍼져나갔고 결국 어느 날 밤, 두 남자는 길 한복판에서 한바탕 고성을 주고받았다. 우베와 엘리자베스는 자신들이 대단히 부적절한 행위를 한 게 아니라고 맹세를 했다. 이미 학창 시절부터 잘 알고 지내온 친한 사이였을 뿐, 그날은 과음을 해서 잠시 실수를 한 것이라고 강조했다. 사태는 거기서 일단락 지어졌고 그 이후로 아무도 당시의 일을 입 밖에 꺼내지 않았다.

우베는 손에 신문을 한 장 들고 있었다. 벵트의 식탁에 펼쳐진 것과 똑같은 신문이었다. 러시아 여객기 추락사고의 원인이 규명되고 난 뒤, 여전히 신문은 다섯 살짜리 여자아이를 살해한 스톡홀름의 소아성애자와 그를 총으로 쏴 죽인 아이 아빠에 관한 소식들로 넘쳐났다. 관련된 기사와 수사 속보, 인터뷰 등이 이어진 게 벌써 2주째였다. 모두들 그 문제를 마치 자신의 문제처럼 진지하게 여기고 있었다. 무엇보다 딸을 둔 가정에서는 남 일이 아니었기 때문이다.

사건 초기, 탈옥과 아동 살해사건이 발생하면서부터 그들은 만나기만 하면 그 이야기를 화젯거리로 올렸다. 하지만 엘리자베스만큼은 예외였다. 그녀는 그런 대화에 끼고 싶지 않았다. 그 이유가 뭐냐고 묻는 질문에 그러한 반응들이 너무나 유치하고, 그렇게 증오심을 불태우고 덮어놓고 광분하는 건 적절치 못하다고 대답했다. 사람들은 저마다 자신의 정당성을 변론하고 나섰지만 결국은 그녀를 대화에 억지로 끌어들이지 않는 쪽을 택했다. 유치한 애들처럼 흥분하는 게 법적으로 금지된 일도 아니었고, 굳이 대화에 동참하고 싶지 않다면 강요할 이유도 없는 법이었으니까.

벵트는 진하게 우려낸 커피와 약간의 크림을 손님에게 건넸다. 그러고는 전날 사둔 모카 빵을 돌렸다. 커피에 찍어 먹으려면 바삭한 겉 표면이 더 단단해지도록 하루 정도 묵혔다가 먹어야 제맛이기 때문이다.

그러고는 신문에 난 프레드리크 스테판손을 가리키며 말했다. 며칠 전부터 신문에 게재된 증명사진이었다.

"나도 이 친구처럼 했을 거야. 두 번 다시 생각하지도 않았을 거라고."

우베는 커피에 빵 조각을 담그며 말했다.

대략 최근의 일

341

"나도 그래. 딸자식을 가진 아버지라면 당연한 반응이지."

벵트는 신문 한 페이지를 집어 들고 이리저리 기사 내용을 살피며 말을 이었다.

"그런데 난 이 사람 생각하고는 달라. 다른 애들을 위해 그 짐승 같은 놈을 죽이진 않았을 거라고. 전적으로 복수심에 불타올라 그랬을 거야."

그는 나머지 사람들을 차례로 쳐다보았다. 우베는 고개를 끄덕이고 있었고 헬레나도 마찬가지였다. 엘리자베스는 혀를 삐죽 내밀고 있다.

"당신 도대체 왜 그러는 거야?"

"만날 이렇게 둘러앉아 똑같은 이야기만 곱씹는 게 지겨워서 그래. 아침이나, 점심이나, 밤이나 그저 모이기만 하면 한다는 소리가, 노출광 예란이 어쩌고저쩌고, 소아성애자가 어쩌고저쩌고, 그저 입만 열면 증오에 혐오에 만날 그러잖아!"

"듣기 싫으면 안 들으면 그만이지."

"복수심? 당신들 도대체 왜 그런 쓸데없는 생각만 하는 거야? 무슨 복수? 예란이 한 거라고는 그저 알몸으로 국가를 부른 게 다라고. 당신들 정말 병적이야!"

엘리자베스는 왈칵 눈물을 쏟아냈다.

"정말 왜들 이러는지 모르겠어. 다들 정의의 사도라도 되겠다는 거야 뭐야, 정말 웃기지도 않는다고!"

헬레나는 들고 있던 커피잔을 내려놓고 엘리자베스의 손

을 잡았다.

"진정해, 엘리자베스."

엘리자베스는 그녀의 손길을 거칠게 뿌리쳤다. 그 장면을 본 벤트는 버럭 고함을 치며 언성을 높였다.

"이 여자가 무슨 생각을 하건 신경 끄자고. 애들 성추행하는 인간들이 예뻐 보이기라도 하는 거야, 뭐야. 당신 정말 그런 거야?"

그는 자신의 아내를 바라보며 말을 이었다.

"당신 보기엔 내가 그런 놈들 판치고 사는 세상이 되라고 지금까지 이렇게 등골 빠지게 일한 줄 알아? 여러 애들 목숨 구한 남자를 감방에 처넣는다는 게 도대체 말이나 되냐고?"

벤트는 창문 밖으로 침을 뱉으며 대놓고 화를 냈다. 바로 그 순간, 맞은편 집의 현관문 열리는 소리가 들려왔다.

"어쭈, 우리 동네 변태가 외출을 하실 모양이로군그래."

예란은 계단에 서서 현관문을 잠그고 있었다. 벤트는 친구 부부를 돌아다보고는 엘리자베스를 향해 말했다.

"우리가 병적이라고? 당신 생각이 그렇다 이거지?"

그는 그 즉시 창문을 향해 고래고래 소리를 질렀다.

"너 이 자식, 귀머거리야? 내 눈에 띄면 죽는다고 했지? 그냥 집구석에 처박혀 있어, 이 발정 난 돼지 새끼야!"

예란은 소리가 들리는 쪽으로 시선을 돌렸다. 누구의 목소리인지는 굳이 얼굴을 보지 않더라도 뻔히 알 수 있었다. 그는 그냥 계단을 내려갔다. 벤트는 손가락을 두 번 맞부딪혀 소리를 냈다. 그러자 그가 키우는 로트와일러 한 마리가 달려왔다. 벵트는 개 줄을 잡더니 명령을 내렸다.

"백스터, 가서 물어!"

개는 창문으로 뛰어나가 쏜살같이 정원을 지나쳐 울타리를 뛰어넘었다. 예란은 덩치 큰 개 한 마리가 사납게 짖으며 자신을 향해 달려오는 소리를 들었다. 그는 소스라치게 놀라 잔디 깎는 기계 등을 넣어두는 창고로 미친 듯이 뛰어 들어가 부리나케 문을 닫아버렸다. 그는 바지에 오줌을 지릴 정도로 기겁을 했다. 로트와일러는 더더욱 사납게 짖어대며 닫힌 문을 향해 몸을 날렸다. 자신의 집 창가에 서서 우베와 헬레나와 함께 그 장면을 보고 있던 벵트는 열광적으로 박수를 쳤다.

"잘했어, 백스터! 거기서 잘 감시해! 어이, 돼지! 넌 오늘 하루 거기서 잘 보내라고!"

로트와일러는 주인의 명령에 따라 짖는 걸 멈추고 창고 앞에 앉아 문고리를 뚫어지게 쳐다보았다. 벵트는 박장대소를 하면서 말없이 앉아만 있던 엘리자베스를 돌아보았다. 아내는 고개를 절레절레 흔들고 있었다. 아내가 자신을 무시하는 것 같았다. 순간 벵트는 찡그린 표정과 축 처진 젖가슴이 부각되면서 자신의 아내가 추해 보였다. 그리고 앞으로 자신이 아내를 원하는 일은 더 이상 없을 거라는 사실을 직감했다.

*

대기를 식혀주던 빗줄기에 대한 기억도 아득히 멀어지는 듯했다. 높게 쌓아올린 교도소 담장과 흡수한 열기를 다 배출해내지 않고 축적해둔 운동장 탓이었는지 교도소로 다시 찾아온 무더위는 전보다 훨씬 더 위력적이었다. 힐딩은 웃통을 벗은 반바지 차림으로 혼자 축구장 주변을 서성거렸다. 불안감을 떨칠 수 없었기 때문이다. 조만간 릴마센이 전모를 밝혀낼 터였다. 사실관계가 파악되면 배신자가 제아무리 절친한 빵 동료라 해도 곱게 봐줄 릴마센이 아니었다. 죽기 직전까지 흠씬 두들겨 맞을 게 뻔했다. 빵의 법칙이 그랬다. 배신자에겐 오직 그에 상응하는 처단이 있을 뿐.

악셀손은 힐딩이 돌아간 후 곧바로 교도관을 찾아갔고, 교도관들 역시 즉시 사태의 심각성을 깨달았다. 불과 몇 분 뒤 악셀손은 독방으로 이감되었다. 릴마센은 불같이 화를 냈다. 누군가 중간에서 정보를 흘린 것 같다는 의심은 들었지만, 백퍼센트 확신할 수도 없었다. 게다가 배신자가 있다면 그게 누구인지 도대체 알 수가 없었다. 그는 말 그대로 미친놈처럼 고래고래 소리를 지르며 몇 차례 벽을 향해 발길질을 한 뒤에야 겨우 조용해졌다. 그러고는 저녁 자유시간 동안 텔레비전 휴게실에서 벌어진 카드 판에 끼어 속임수까지 써가며 멀쩡히 몇 판을 즐겼다.

힐딩은 축구장의 골대와 골대 사이를 오간 횟수를 세면서 신경질적으로 코를 긁어대고 있었다. 그렇게 예순일곱 번을 돌았다. 1백 번까지는 아직도 서른세 번이 더 남아 있었다. 최상급 마리화나를 초반에 너무 많이 피워버리지 말걸 그랬다는 생각이 절로 들었다. 초조한 마음으로 악셀손 건을 해결했던 날, 그는 온몸에 진이 다 빠져버리는 것 같았다. 보상 차원에서 진하게 한 대 빨아줘야겠다는 마음이 간절해진 그는 샤워실로 직행해 천정을 들어내고 그나마 남아 있던 부스러기까지 긁어모아 한 대 피우고 나자 다소나마 긴장이 풀어졌다. 연기를 들이마시며 한 대 더 말아 피운 힐딩은 완전히 약기운에 취해 맛이 간 상태로 감방으로 돌아가 깊은 잠 속으로 빠져들었다. 한밤중에 잠에서 깬 그는 자신이 무슨 짓을 했는지, 그리고 앞으로 자신에게 어떤 일이 벌어질지를 절감했다. 지금은 그 일이 있고나서 벌써 이틀이나 지났다. 그 이틀 동안 릴마센은 아무런 린치도 가하지 않았다. 하지만 단지 시간문제일 뿐. 힐딩은 그렇게 초조한 기다림 속에서 피가 날 때까지 코를 긁어가며 계속해서 골대 사이를 왕복하고 있었다.

드디어 1백 번을 채웠다. 온몸이 땀에 절었다. 작열하는 태양 아래서 몸을 혹사한 덕분에 환각 상태와 비슷한 효과를 맛볼 수 있었다. 그래서 누군가가 축구장으로 나올 때까지 계속해서 골대를 왕복하기로 했다. 추가로 쉰일곱 번을 더 돌았을 때 러시아 죄수 하나가 겨드랑이에 축구공을 끼고 나타났다. 힐딩은 슬그머니 그의 시야를 피해 꼬리를 내

뺐다.

힐딩은 얼굴에 찬 물줄기를 뒤집어쓰면서 한동안 그대로 서 있었다. 그러고는 깨끗한 옷으로 갈아입은 뒤 초조한 심정으로 복도를 서성거렸다. 감방이 늘어선 복도에서 당구대가 설치된 곳까지 3백 번도 넘게 왔다 갔다 했다. 텔레비전 소리 외에는 어떤 소리도 들리지 않았다. 뉴스는 여전히 살해당한 여자아이에 관한 소식을 다루고 있었는데, 이번에는 룬드의 살해 소식도 추가로 전하고 있었다. 힐딩은 뉴스에 관심을 집중했다. 그러는 동안만큼은 커져가던 두려움을 잊을 수 있었다.

두려웠다. 실로 오랜만에 느껴보는 공포심이었다. 교도소 생활을 하면서 릴마센과 붙어 다닌 뒤로는 언제나 안전했다. 그런데 배신이라는 멍청한 짓을 하고 나니 불안감에 사로잡히게 되었다. 마음을 달래고 싶었지만 말아 피울 마리화나도 다 바닥이 난 상태였다.

그는 요쿰의 감방 문을 두드렸다.

아무런 대답이 없었다.

다시 두드렸다.

졸린 듯한 목소리가 대답했다.

"누구야?"

"힐딩이야."

"꺼져."

"아니, 혹시 목이 칼칼하지 않나 궁금해서."

무슨 수를 써서든 심장을 옥죄어오는 빌어먹을 두려움을 몰아내야 했다. 요쿰 옆에만 붙어 있어도 안전할 것 같다는 생각이 들었다. 릴마센도 요쿰은 쉽게 건드리지 못할 테니까.

요쿰은 감방 문을 열었다.

"어디 숨겨놨는데?"

"와보면 알아."

요쿰은 다시 안으로 들어가더니 슬리퍼를 신고 나와 문을 닫았다. 그는 절대로 문을 열어두지 않았다. 힐딩도 요쿰의 감방 안에는 단 한 번도 들어가 보지 못했다. 두 사람은 간이 부엌을 지나 샤워장, 당구대를 지나쳤다. 방금 전까지 3백 번도 넘게 왕복했던 바로 그 길이었다.

힐딩은 벽에 걸린 소화기로 다가갔다. 검은 고무호스가 달려 있고, 측면에 사용법이 표기된 평범한 소화기였다. 그런데 정작 화재가 발생하면 읽어볼 틈도 없을 정도로 긴 설명이 깨알 같은 글씨로 적혀 있었다. 힐딩은 슬쩍 주변을 훑어보면서 시야에 교도관이 없는 걸 확인한 뒤 호스에 달린 마개를 돌렸다. 그러고는 주머니에서 양치질 전용 컵 하나를 꺼냈다.

"마셔보라고. 물 조금에 빵 한 덩어리, 사과 몇 조각으로 만든 거야."

힐딩은 소화기를 거꾸로 뒤집어서 컵을 채웠다.

"뭐야, 향이 뭐 이따위야!"

독주는 역한 냄새를 풍겼다.

"그런 건 신경 끄라고!"

힐딩은 컵을 입으로 가져가 걸쭉한 액체를 들이켰다.

"향이 중요한 게 아니라 그다음이 죽인다니까!"

그는 다시 컵에 액체를 따르고 요쿰에게 건넸다.

"담근 지 한 3주 반 정도 됐으니까 발효 상태도 괜찮을 거야. 적어도 10도 정도는 된다고."

요쿰은 단숨에 들이키더니 인상을 찌푸렸다.

"한 잔 더."

두 사람은 각자 다섯 잔씩 마셨다. 취기가 온몸으로 퍼져나가면서 마음이 편안해졌다. 과거에는 양동이 같은 그릇에 몰래 밀주를 담가 청소도구함에 보관했다. 하지만 속이 빈 소화기 속에 빵과, 나름대로 향을 첨가하기 위한 사과를 넣고 만든 술이 그나마 좀 나은 편이었다. 밀폐용기라 보관도 편리했고 마시기는 더더욱 간편했다. 갑자기 복도 쪽에서 헛기침 소리가 들려왔다. 스코네 같았다.

"떴나봐!"

교도관이 구역 순찰을 도는 경우는 그리 많지 않지만, 행여나 그런 날이면 그 사실을 가장 먼저 발견한 죄수가 무슨 짓을 하고 있을지 모를 감방 동료들을 위해 경고의 메시지를 보내는 게 일종의 관습이었다. 힐딩은 요쿰이 들고 있던 소화기 마개를 빼앗아 부리나케 다시 잠갔다. 그런 뒤 소화기에서 멀어지면서 마침 그곳을 지나가던 교도관과 눈이 마

대략 최근의 일

349

주쳤다. 교도관은 아무 말 없이 그들을 쳐다보며 지나쳤다. 힐딩과 요쿰은 휴게실 소파에 몸을 던지듯 앉았다. 술 몇 잔을 나눠 마시고 나니 둘 사이에 순식간에 동지애가 싹트기 시작했다.

텔레비전에서는 여전히 그 사건에 관한 뉴스가 보도되고 있었다. 대대적인 경찰병력이 투입돼 룬드의 소재파악에 나섰지만 단서를 찾지 못해 발만 동동 구르던 와중 순식간에 사건이 해결되고 말았다는 내용이었다. 살해당한 피해아동의 아버지가 사냥용 엽총으로 범인의 머리를 날려버렸다는 것이었다. 다른 성폭행범들에게 본보기를 보여주겠다는 식으로. 두 사람은 소파에 걸터앉아 건성건성 흘러가는 영상만 쳐다보고 있었다.

"그나저나 로마노는 어디 간 거야? 못 본 지 며칠은 된 것 같은데."

"누구, 릴마센?"

"그래. 히틀러 동생 리틀러."

요쿰이 킬킬거리며 말했다. 힐딩도 같이 히죽거렸다. 히틀러 동생 리틀러라는 호칭이 제법 그럴싸하게 들렸기 때문이다.

"빵 안에 누워 있겠지. 요즘 들어 뉴스에 관심 끈 거 같더라고."

"왜 그러는데?"

"나도 몰라."

"모른다고?"

"살해당한 꼬마하고 그 변태 새끼 소식이 듣기 싫은가보지 뭐. 그 자식 탈옥하기 전에 꼭 죽여버리겠다고 다짐했었거든."

"뭐 어때, 이제 그 자식 뒈졌잖아?"

"그래도 일어나지 말았어야 할 일이……."

"일어나긴 했지."

힐딩은 주변을 살펴보았다. 교도관이 구역을 떠날 채비를 하고 있었다. 그는 목소리를 낮춰 요쿰에게 말했다.

"릴마센한테도 딸이 하나 있거든. 그래서 그래."

"그게 뭐? 자넨 딸 없어?"

"그런데 릴마센 딸이 거기 살았었나봐. 이번에 여자애가 살해된 곳 근처. 스트렝네스 인근 말이야. 뭐, 본인은 그렇게 믿고 있더라고."

"그렇게 믿는다니?"

"딸애를 직접 본 적은 한 번도 없거든."

요쿰은 자신의 민머리를 한 번 쓰다듬더니 텔레비전 쪽으로 시선을 돌렸다가 다시 힐딩을 바라보며 물었다.

"이해가 안 가."

"그 친구한테는 중요한 일이니까."

"그렇다고 지 딸이 죽은 것도 아니잖아?"

"아니지. 하지만 언제든 그런 일이 벌어질 수도 있으니까."

대략 최근의 일

351

"뭔 헛소리야."

"그렇게 생각을 하더라고. 딸애 사진도 하나 가지고 있어. 자기가 직접 확대해서는 자기 방 벽에 아예 도배를 했다니까."

요쿰은 소파 뒤로 고개를 젖히며 크게 웃었다.

"크하하, 미친 리틀러 새끼! 벌어진 적도 없고, 앞으로도 그럴 일 없는 걸 가지고 질질 싸고 있었으니, 가관이구만! 이거 보라고, 그 변태 자식은 뒈졌기 때문에 그러고 싶어도 그럴 수가 없다고. 릴마센 그 친구, 생각보다 새가슴이군그래. 지금 독주가 필요한 건 바로 그 친구야, 그 친구!"

힐딩은 기겁을 하며 말을 막았다.

"젠장, 절대 말하지 마!"

"뭘?"

"술 마신 거."

"뭐야, 리틀러가 무서워서 그러는 거야?"

"그건 아닌데, 그냥 말하지 말라고."

요쿰은 다시 껄껄거리며 웃었다. 그러고는 텔레비전 쪽으로 고개를 돌렸다. 뉴스에서는 법원 계단에 어정쩡한 자세로 서서 기자들의 질문에 답하고 있는 검사가 화면에 잡혔다. 기자들은 잘 빗어 넘긴 금발 머리에 양복쟁이 '영감'에게 마이크를 들이댔다. 새파랗게 젊고, 잘난 척하기 딱 좋아하게 생긴 그런 부류의 인간들. 흠씬 두들겨줘야 제맛인 그런 종자들.

　라슈 오게스탐 검사는 피의자, 프레드리크 스테판손이 구속 수감된 뒤에야 사태가 어떻게 돌아가고 있는지를 깨달았다.

　소아성애자 사건이 자신에게 떨어졌을 때만해도 쾌재를 불렀었다. 간단하게 해결될 사건이었으니까. 그런데 초상집에 앉아 비탄에 빠져 있어야 할 아이 아버지가 그 살인범을 죽인 뒤부터 판세가 완전히 뒤집혀버렸던 것이다.

　그리고 프레드리크 스테판손이 긴급 체포되고 구속 수감된 지금의 상황은 그토록 갈망했던 출세의 지름길과는 전혀 다른 가시밭길이 되어버렸다.

　구속적부심사 과정에서 그는 스테판손에게 고의살인 혐의를 적용해 일시구금을 주장했다. 스테판손의 변호인이자 악셀손 사건에서도 적으로 만났던 크리스티나 비엔손은 제삼자가 위험한 상황에 처할 수 있었다는 점을 강조하며 정당방위를 내세웠다. 그러면서 자신의 의뢰인은 증거인멸이나 도주의 가능성이 극히 낮다는 점을 강조하며 구류의 부당성을 지적하고, 에스킬스투나 경찰서에 매일 출석하도록 하는 것만으로도 충분하다는 변론을 펼쳤다.

　양측의 주장을 경청한 샤로테 반 발바스 판사는 불과 1, 2분 만에 프레드리크 스테판손의 고의살인 혐의가 충분히 인정된다며 재판 기일까지 일시구금할 것을 명령했다. 재판 기

일은 추후에 결정될 것이라는 말과 함께.

나무판을 찍는 의사봉 소리가 울려 퍼지던 순간부터 사건은 꼬이기 시작했다.

가장 먼저 그를 '반긴' 것은 장사진을 치고 있다 그를 발견하자마자 계단에서부터 몰아붙인 기자단이었다.

"스테판손을 국민적 영웅이라고 생각하지 않습니까?"

"영웅이라고요?"

"두 명의 여자아이 목숨을 구했잖습니까."

"그랬다는 증거는 전혀 없습니다."

"벤트 룬드가 그 아이들의 사진을 소지하고 있었습니다."

"스테판손은 고의살인 혐의로 긴급 체포된 사람입니다."

"룬드는 아이들 이름까지 알고 있었습니다. 사건 당일에 어린이집 앞에서 아이들을 지켜보고 있었고요."

"피의자 스테판손은 살인을 저질렀습니다."

"무고한 두 아이의 생명을 지켜준 사람이 여생을 교도소에서 보내도 좋다는 말씀인가요?"

"무슨 근거로 그런 확신을 하시는지 모르겠지만 그 질문엔 답변하지 않겠습니다."

"피의자의 행동이 옳았다고는 생각하지 않는다는 말씀입니까?"

"그렇습니다."

"왜 그렇게 생각하십니까?"

"고의살인의 경우 법적인 처벌 외에 다른 대안은 없습니다."

"그래서 종신형이 마땅하다고 보시는 겁니까?"

"가능한 한 엄벌에 처해야 할 사안입니다."

"그 말씀은 무고한 아이들이 살해당하도록 두는 게 낫다는 뜻입니까?"

"고의적 살인행위는 법에 저촉되는 행위일 뿐입니다. 어떠한 경우도 용납될 수 없습니다."

"검사님도 자녀가 있지 않습니까?"

다음으로 그를 기다린 것은 군중이었다. 신문과 라디오를 통해 관련 소식을 접한 사람들. 고래고래 소리를 지르는 사람, 위협하는 사람, 협박전화를 거는 사람까지 있었다. 전화벨이 끊임없이 울렸다.

"야, 이 쓰레기 같은 자식아!"

"검사로서 할일을 했을 뿐입니다."

"더러운 관료 새끼들!"

"검사는 법을 거스르는 모든 사람을 기소할 의무를 가지고 있습니다."

"그 양반 계속해서 건드리면 너도 죽을 각오해야 해!"

"공공장소에서 상대를 협박하는 행위 역시 법에 저촉되는 행위입니다. 살해 위협은 더 큰 처벌을 받을 수 있습니다."

"니 가족, 하나씩 죽여주겠어!"

오게스탐은 겁이 났다. 집단 광기에 휩쓸린 성난 군중의 치기어린 행동이었지만 그들이 뿜어내는 증오심에서 살기가 느껴졌기 때문이다. 라슈 오게스탐은 그 사실을 실감하고 있었다. 그래서 그들의 협박을 가볍게 여길 수가 없었다.

그는 곧장 에베트 그렌스 형사의 사무실로 직행했다.

그는 요전번 나눈 대화에서 뭔가가 열렸다고 느꼈다. 기소를 앞에 두고 망설이고 있는 자신을 솔직히 드러낸 것으로 에베트와의 사이에 친밀감이 생겨났다고. 그러나 그렌스 형사의 신랄한 반응은 변함 없었다. 가까이 다가가기가 불가능하게 느껴질 정도였다. 자신을 비롯한 온가족이 협박에 시달리고 있으며, 너무나 두려워 경찰의 보호가 필요하다고 속마음을 털어놓는 그 앞에서 에베트는 비꼬는 듯한 표정으로 싱글거렸다. 거의 울음이 터져 나오기 일보직전이었지만, 이 자리에서만큼은 그런 모습을 보일 수 없었다. 너무나 수치스러운 일이었기 때문이다. 그러나 그렌스 형사는 못 본 척하며 말했다. 조만간 온갖 종류의 협박에 시달리게 될 거라고. 누구나 겪는 길이며 터프한 검사의 길을 가고 싶다면 그 정도는 각오해야 하는 거라고. 단순한 전화 협박이 아니라 실제로 무서운 일이 닥치면 그때 다시 찾아오라고 말했다.

라슈 오게스탐은 있는 힘껏 문을 닫고 그의 사무실에서 나왔다.

바깥공기는 숨 막힐 정도로 묵직하게 느껴졌다. 오게스탐은 무거운 발걸음을 돌렸다. 가는 길에 신문 가판대에 들러 신문 한 부와 생수 한 병을 샀다. 땀은 비 오듯 쏟아졌고 며칠 전부터는 소변 색깔마저 탁한 누런 색으로 변한 상태였다. 아무래도 몸에 필요한 만큼의 물을 마시지 않은 것 같았다. 신문 1면에는 그의 얼굴이 등장해 있었다. 그리고 사진 설명에는 다음과 같이 쓰여 있었다. "영웅을 감옥으로 보내 종신형을 구형하려는 검사". 길을 가던 행인은 대부분 한 손에는 캠코더와 다른 손에는 지도를 든 관광객들이었지만, 그들마저도 자신을 노려보는 것 같은 느낌이 들었다. 그는 사정없이 식은땀을 흘리며 발걸음을 재촉했다. 자신의 사무실이 있는 법원에 도착하기 전까지 절대로 속력을 늦추지 않았다.

사무실에 도착하자마자 전화기가 울렸다.

그는 받지 않고 그저 전화기만 노려보았다. 그렇게 여덟 번이나 벨이 울렸다. 하지만 오게스탐 검사는 벨소리가 멈출 때까지 수사 관련 자료만 들여다보았다.

*

벵트 쇠델룬드는 자신의 개가 이웃집 창고 앞에서 저녁 내내, 밤새도록, 그리고 다음날 아침, 자신이 부를 때까지 보초를 섰다는 이야기를 떠벌렸다. 벌써 세 번째 하는 이야기라 듣는 사람들까지 다 외울 지경이었다. 엘리자베스는 전혀 이야기에 동참할 분위기가 아니었고, 우베와 헬레나는 그 일을 직접 지켜본 당사자들이었으며 울라 군나숀과 클라스 릴케는 똑같은 이야기가 거듭될 때마다 점점 더 크게 웃고 즐겼다. 고등학교 학창 시절, 신경질적으로 학생들을 대했던 선생님에게 자신들끼리만 아는 우스꽝스러운 별명을 붙여주거나, 축구경기 내내 뚱뚱하고 멍청한 상대편 골키퍼를 약 올리던 그때로 돌아간 듯한 기분이 들었다. 그날 저녁 일행은 탈바카의 유일한 술집에서 슬롯머신을 당기며 몇백 크로나를 날린 뒤 평소 즐겨 앉는 자리에 앉아 각자 거품 없는 맥주 한 잔씩을 시켰다. 그러고는 술자리를 주선해준 무더위와 웃음을 선사해준 백스터를 위해 건배했다. 벵트 일행은 저녁시간에 술집에 모이면 평소 서너 잔의 맥주를 마셨다. 첫 잔은 갈증 해소용으로, 나머지는 수다를 떨기 위해서.

벵트는 평소보다 천천히 잔을 비워나갔다. 그날 밤, 나름의 계획을 세워두었기 때문이다. 그 주 내내 민법대전을 펼쳐놓고 까다로운 법률용어를 해석하면서 가능성 여부를 타진한 그는 결심을 굳히기에 이르렀다.

그는 자신의 잔을 들어올렸다.

"자, 모두 원샷! 이거 비우고 중대 사안을 발표할 거야."

일행은 건배를 한 뒤 각자의 잔을 비웠다. 벵트는 주인에게 한 잔씩 더 돌리라고 손짓했다.

"내가 생각해봤는데, 이제 우리 마을의 질서를 바로잡기 위해 어떤 일을 해야 할지 깨달았어."

일행은 그의 말에 귀 기울이기 위해 상체를 숙이고 가까이 모여들었다. 반면 엘리자베스는 얼굴을 붉히며 이를 꽉 깨물고 식탁보만 내려다보고 있었다.

"다들 지난번에 헬레나가 했던 말 기억나지? 텔레비전에 딸애를 무참하게 살해한 그 짐승 같은 놈을 죽여버린 아빠 얘기가 나왔을 때, 그 남자는 영웅이라고 했던 말. 그 남자 는 팔짱끼고 가만히 지켜보지만은 않았다고. 경찰이 제대로 일을 못하니까 본인이 직접 나서서 해결한 거잖아."

"맞아. 내가 그랬지."

헬레나는 자신 있게 고개를 끄덕이며 말했다.

"그 남자는 영웅이야. 게다가 잘생기기까지 했다고."

헬레나는 입가에 미소를 머금은 채 팔꿈치로 남편 우베를 쿡 찔렀다. 벵트는 헬레나를 향해 아직 자신의 이야기가 끝 나지 않았다는 뜻으로 고갯짓을 했다.

"조만간 재판이 열릴 거야. 한 닷새 정도 걸릴까? 마지막 날에 평결이 내려질 거고. 그다음이 바로 우리 차례라고."

그는 개선장군이라도 된 듯한 눈빛으로 일행을 한 번 둘 러보았다.

"변호인은 분명 정당방위를 주장할 거야. 스웨덴 전 국민 이 그 여자 변호사 편이라고. 만약 검사든 판사든, 스테판손 이라는 사람을 교도소로 보낸다면 다들 들고 일어날 거야. 그렇기 때문에 절대로 그런 결정은 내리지 못할 게 분명해. 내 장담하지. 재판이란 게 항상 똑같거든. 판사나 법률이 어 쩌고 저쩌고 하지, 배심원들은 그런 거에 연연해하지 않아.

내 말이 무슨 말인지 알겠어? 그러니까 스테판손이라는 그 남자, 무죄로 풀려날 가능성이 아주 높다는 거야. 그리고 정말 그렇게 될 경우, 우리가 나설 차례라고."

나머지들은 여전히 못 알아듣는 눈치였다. 그저 친구의 이야기에 귀를 기울이고 있을 뿐이었다. 언제나 그랬듯, 벵트는 무리의 우두머리이자 '머리'이기도 했다.

"판결이 떨어지고, 공소권 없음이라는 결론이 나오면 우리도 치자는 거야. 우리 동네에서 그 변태를 몰아내자고. 우리 동네에 그런 소아성애자가 산다는 건 참을 수 없는 일이야. 앞집에 두고 마주보며 산다는 건 더더욱 있을 수 없는 일이고."

덩치 큰 술집 주인이 한 손에 세 잔씩 맥주잔을 들고 다가왔다. 그는 과거, 경쟁에 몰려 문을 닫은 슈퍼마켓 주인이었다. 일행은 각자의 잔을 받아들고 맥주를 들이켰다. 그제야 엘리자베스는 내리떴던 눈을 들어 올리며 말했다.

"여보, 당신 지금 정도가 지나친 것 같아."

"젠장, 지난번에도 말했잖아. 당신은 끼기 싫으면 그냥 집에나 가라고."

"누군가를 죽이는 게 해결책은 아니잖아. 어떻게 그게 옳은 행동일 수 있어? 그 아이 아빠는 영웅이 아니라고. 안 좋은 예일 뿐이야."

벵트는 들고 있던 술잔으로 테이블 위를 내리쳤다.

"그래? 그럼 그 남자가 어떻게 했어야 하는데? 당신은 도대체 무슨 생각인 건데?"

"말로 했었어야지."

"뭐라고?"

"그도 사람이라면, 분명 말이 통했을 거 아니야."

헬레나는 역겹다는 표정으로 엘리자베스를 노려보았다.

"엘리자베스, 도대체 지금 무슨 소리 하는 거야! 어떻게 이번 사건에 대해서 그렇게 무심할 수가 있어? 내 딸애를 살해한 흉악한 살인마한테, 그것도 무기를 가진 남자한테 가서 무슨 말을 하라고! 불행했던 어린 시절? 장난감을 부셔도 혼내지 않았던 부모 이야기? 언제나 청결해야 한다고 교육한 부모 이야기? 도대체 그런 인간한테 뭘 바라는 건데?"

우베는 자신의 아내 어깨 위에 한 손을 얹고 자리에서 일어나며 말했다.

"이 사람 말이 맞아. 그런 개자식을 측은히 여길 수는 없는 법이라고!"

헬레나는 어깨를 감싼 남편의 손 위에 자신의 손을 얹고는 말을 이어나갔다.

"그 아이 아빠가 그 성폭행범을 살해한 건 옳지 않은 일이야. 맞아. 그럴 권리는 없는 거야. 하지만 만약 그러지 않았더라면 그건 더더욱 옳지 않은 일이 됐을 거라고. 다들 그렇게 생각하지 않아? 생명이란 건 신성한 거야. 당연하지. 하지만 적어도 우리가 가진 윤리적 기준이 뒷전으로 밀려나는 그런 상황에선 아니라고. 상황에 따라 얼마든 달라질 수 있는 거라고. 만약 내가 그런 짐승 같은 놈과 맞대면을 해야 하고, 나한테 총이 한 자루 쥐어진다면 나 역시 그 아이 아빠와 똑같은 행동을 했을 거야. 그런데 그걸 이해 못 하겠다는 거야, 엘리자베스?"

술집을 나서던 엘리자베스는 그길로 결심을 굳혔다. 남편을 떠나겠다고. 엘리자베스는 집으로 돌아와 막내딸에게 가지고 갈 수 있는 모든 짐을 싸라고 말한 뒤 자신도 여행 가방을 펼쳐 소지품을 챙겨 넣었다. 그러고는 가방을 차에 실었다. 달리 이동수단이 없었기 때문이다. 엘리자베스가 다시는 돌아오지 않겠다고 마음먹고 탈바카를 떠나던 시간, 한여름 밤은 점점 짙어가고 있었다.

＊

크로노베리 구치소 수감실의 크기는 가로가 1미터 70센티미터, 세로가 2미터 50센티미터였다. 협소한 침대와 탁자, 그리고 소변기 겸용 세면대가 하나 달려 있었다. 프레드리크 스테판손은 구치소에서 지급하는 파란색 수인복을 입고 있었다. 팔과 다리에 각각 수감자 이름이 표기된 옷이었다. 신문이나 라디오, 텔레비전은 금지였다. 수사관, 검사, 변호인, 구치소에 속한 목사나 구치소 관계자 외의 접견이나 면회도 불가능했다. 바깥공기를 들이마실 수 있는 야외활동은 하루에 한 시간으로 제한되고, 그나마도 옥상에 설치된 철창 내에서만 가능했다. 하지만 찌는 듯한 무더위 때문에 30여 분정도 있다가 다시 수감실로 돌아오기 일쑤였다.

프레드리크 스테판손은 수감실 침대에 드러누웠다. 아무런 생각도 들지 않았다. 음식을 먹어보려고는 했지만 한두 입 먹고 나니 생각이 싹 사라졌다. 맛이 끔찍했기 때문이다. 그래서 접시와 오렌지주스가 놓인 식판을 그대로 바닥에 내려놓았다. 사실 엔셰핑에서부터 먹은 게 하나도 없었다. 위장이 마치 건드리면 가만히 있지 않겠다는 듯 먹는 족족 모조리 토해낼 뿐이었다.

수감실 벽은 희끄무레한 회색에 아무런 무늬도 없었다. 시선을 고정할 무언가도 없었다. 눈을 감았다. 감긴 눈 뒤로 천정 불빛이 느껴졌다.

그런데 갑자기 문 뒤에서 덜그럭거리는 소리가 들리더니 감시창이 열리고 구치소 교도관 얼굴이 나타났다.

"스테판손! 목사를 만나고 싶다고 했나?"

프레드리크는 교도관에게 시선을 돌렸다.

"그냥 프레드리크라고 불러주면 좋겠습니다. 성으로 불리는 건 싫습니다."

감시창이 닫혔다가 다시 열렸다.

"그럼 다시 하지. 프레드리크! 목사를 만나고 싶다고 했나?"

"남자든 여자든 제복 안 입은 사람을 만나고 싶습니다. 그리고 열쇠로 문은 안 잠갔으면 합니다."

　감시 담당자는 답답하다는 듯 한숨을 푹 내쉬었다.

　"아무튼 결정하라고. 만날 거야, 아니야? 여자 목사님이
지금 여기 와 계시다."

　"그래요? 이거 놀랄 일이네요! 애초에 날 여기에 처박아
둔 게, 어느 빌어먹을 미친놈이 내가 거리를 어슬렁거리면
사회에 위협적인 인물이 될 거라고 했기 때문이라면서요?
그래서 이렇게 갇힌 건데 그래놓고 이제는 그 사람들이 나
를 무슨 위험분자라도 되는 것처럼 묻는 겁니까? 그나저나
내가 누군지 알기는 합니까?"

　프레드리크는 자리에서 일어나며 식판을 걷어차 버렸다.
컵이 엎어지고 누런 액체가 바닥에 엎질러졌다. 교도관은
아무런 대답도 하지 않았다. 그는 프레드리크의 신경이 예
민해질 대로 예민해진 상태라는 걸 감지했다. 교도관으로
일하면서 수차례 경험해온 상황이었다. 수감자들은 시간이
지나 스스로 무너지기 전까지 의도적으로 공격적이거나 위
협적인 행동을 반복하곤 했었다. 프레드리크는 오렌지주스
가 쏟아진 바닥을 밟고 섰다.

　"당신이 알 리가 있나."

　프레드리크는 갑자기 반말조로 말을 이었다.

　"당신 앞에 서 있는 이 남자는 아동 살해범을 과감하게 죽
여버린 장본인이라고. 기회만 있었다면 당신에게도 있을지
모를 다섯 살짜리 딸애를 무참히 강간하고 살해했을 그런

녀석을 죽인 사람이라고. 그런데 당신이 하는 일이라곤, 당신 자식의 생명을 지켜줬을지도 모를 그런 남자를 감시하는 일이라니, 그러면서 이 사회에 봉사한다는 생각이 든단 말이야?"

프레드리크는 빈 주스 컵을 들어 감시창을 향해 던졌다. 교도관은 억 하는 비명과 함께 간신히 감시창을 닫았고, 문에 부딪힌 컵은 산산조각이 나고 말았다.

잠시 고요한 시간이 흐른 후 다시 감시창이 열리고 교도관의 눈이 보였다.

"규정대로라면 지원을 요청해야 해. 지금 자네 행동은 영락없이 구속복을 입어야 할 신세거든. 하지만 일단 참고 자네가 던진 질문에 답부터 해주지."

프레드리크는 상대의 답변을 기다렸다. 교도관은 침을 한 번 삼키고 주저하다 말을 이었다.

"우선, 내 대답은 그렇지 않다는 거야. 이 사회에 봉사한다는 생각은 안 해. 난 개인적으로 자네가 여기 머물 하등의 이유가 없다고 생각해. 그런 녀석은 당연히 죽었어야 하는 거고. 하지만 지금, 당신은 여기 갇힌 신세야. 내가 알아야 하는 건 그게 전부라고. 마지막으로 다시 묻겠다. 목사님을 만나겠나, 안 만나겠나?"

두 사람 사이에는 굳게 잠긴 문이 하나 있었다. 하지만 프레드리크의 눈에는 또 다른 문이 비쳤다. 감시창 없이 세 짝의 반투명 유리가 타일처럼 붙어 있는 유리문. 그 뒤로 희미

대략 최근의 일

한 그림자가 보였다. 무대는 자신의 집 거실, 주인공은 아버지와 프란스. 텔레비전이 켜져 있고 아버지는 큰아들에게 옷을 모두 벗으라고 고래고래 소리를 지르며 때리고 있었다. 프레드리크의 눈에는 프란스의 알몸이 보였다. 반투명 타일 유리창 때문에 일그러진 형체로. 프란스는 앙 다문 입을 절대로 떼지 않았다. 한편, 어머니는 왜 프란스가 벌을 받아야 하는지 아버지에게 묻고는 어딘가로 사라져버렸다. 어머니가 향한 곳은 부엌 식탁. 어머니는 뜨거운 차를 마시며 담배를 피우고, 아버지는 있는 힘껏 큰아들을 두들겨 패고 있었다. 어느 순간에 이르자 형은 빈정거리는 투로 아버지에게 겨우 그 정도냐고, 더 세게 때릴 수는 없냐고, 맞는 것 같지도 않다고 말했다. 대게 그 말이 나오면 아버지는 매질을 갑자기 멈추곤 했다.

"진짜 마지막으로 묻겠다. 좋은 거야, 싫은 거야?"

교도관이 다시 물었다.

프레드리크는 두 눈을 감았다. 유리문이 사라지도록.

"그분을 안으로 모셔주십쇼."

문이 열렸다. 프레드리크는 감은 눈을 뜨고는 못 믿겠다는 듯 입을 열었다.

"레베카?"

"프레드리크."

"여긴 어떻게?"

"여기서 몇 번 자원봉사를 했었어요. 그런데 이번에는 내가 직접 오겠다고 했어요. 아무래도 프레드리크가 나를 보고 싶어 하지 않을까 해서. 다른 사람들의 면회나 접견은 금지잖아요. 괜찮은 거죠?"

"들어오세요."

수치스러웠다. 4평방미터 남짓 되는 공간에 갇혀 스머프처럼 파란 수인복을 입고, 불과 몇 시간 전에 세면대에 용변까지 본 마당에, 분을 삭이지 못하고 주스를 엎지르고 컵까지 집어던진 자신이 한없이 부끄러웠다. 레베카가 침대에 앉는 순간 프레드리크의 눈에서 왈칵 눈물이 쏟아졌다.

레베카는 프레드리크를 끌어안고 머리와 뺨을 어루만져 주었다.

"이해해요. 미안해하거나 사과할 필요는 없어요. 똑같은 상황에서 프레드리크보다 훨씬 더 격한 반응을 보이던 사람들도 많이 봤거든요."

프레드리크는 레베카를 바라보며 미소를 지으려 애썼다.

"레베카도 제가 나쁜 짓을 한 거라고 생각해요?"

레베카는 한동안 침묵만 지키며 말을 골랐다.

"그래요. 프레드리크에게는 누군가의 생명을 쥐락펴락할 생사여탈권이 없어요."

프레드리크도 그런 대답을 예상한 듯 고개를 끄덕였다.

"그래도 다른 아이의 생명을 구한 건 아시죠? 만약 룬드를 죽이지 않았다면 적어도 두 명의 아이는 지금 이 세상 사람이 아니었을 겁니다. 그렇게 보면 바람직한 결과라고도 할 수 있지 않아요?"

레베카는 또다시 뜸을 들였다. 어렸을 때부터 보아온 프레드리크였다. 그는 불과 일주일 전에 딸아이를 땅에 묻었다. 그랬기 때문에 더더욱 다른 누구보다 적절한 말을 꺼내기가 힘들었고 막중한 책임감이 느껴졌다.

"예민한 문제예요, 프레드리크. 나는……."

순간 프레드리크가 호흡 곤란 증세를 보였다. 레베카는 그의 가슴을 짚어보았다. 프레드리크는 침대에 누워 팔다리까지 부르르 떨기 시작했다.

"미안해요. 저도 모르게 갑자기 이러네요. 제 주변에서 벌어진 모든 일들을 받아들이기가 힘들어요."

장례식. 싸늘한 교회에 울려 퍼지던 오르간 소리. 꽃으로 덮여 있던 작은 관. 레베카는 바로 그 자리를 함께해준 사람이었다. 그의 곁에서. 그리고 뭐라고 말도 했었다. 마리는 그 관 속에 누워 있었다. 더 이상 마리의 얼굴을 볼 수 없었다. 관 뚜껑이 닫혀 있었기 때문이다. 하지만 예쁘게 치장해줬다는 건 느낄 수 있었다.

프레드리크는 숨을 깊이 들이쉬더니 말을 이어나갔다.

"마리는 이 세상에 없어요. 보지도, 듣지도, 느끼지도 못합니다. 영원히 말이지요. 더 이상 존재하지 않는다고요. 무슨 말인지 아시겠어요?"

"내 생각은 다르다는 거 잘 알 거예요. 하지만 프레드리크가 세상을 보는 방식도 난 이해해요."

감시창이 다시 열리며 교도관의 눈이 나타났다.

"안에서 좀 시끄러운 것 같은데, 괜찮은 겁니까?"

"아무 일 없어요."

레베카가 대답했다.

"알겠습니다. 무슨 일 있으면 바로 절 부르시기 바랍니다."

프레드리크는 그대로 누워 있었다. 호흡은 여전히 불규칙했지만 손발은 더 이상 떨지 않았다.

"벤트 룬드라는 인간이 다시 범행에 나설 거라는 사실을 깨닫는 순간 결심했던 겁니다. 그 전에 죽여야겠다고. 사람들은 제가 복수심 때문에 그를 죽였다고 생각하겠지만 그런 건 아니었어요. 마리가 죽었을 때 저도 죽은 것이나 마찬가지였습니다. 그자를 죽이기로 결심하면서 다시 살아난 셈이었어요."

프레드리크는 일어나서 탁자를 치기 시작했다. 처음에는 주먹으로, 다음에는 몸을 숙여 이마로 내리쳤다. 이마에 피가 흘렀다.

"난 그 인간을 죽였어요. 그런데 더 살아야 할 이유가 있겠습니까?"

문이 열렸다. 그리고 교도관이 동료 한 명과 함께 황급히 수감실 안으로 뛰어 들어왔다. 두 사람은 레베카를 지나쳐 프레드리크에게 다가간 뒤 각자 그의 팔을 하나씩 잡고 탁자에서 떨어뜨려놓았다. 그러고는 침대에 눕혀서 허공에 대고 계속해서 머리를 찧는 행동을 멈출 때까지 꽉 붙잡고 있었다.

*

첫 공판 날 비가 내렸다. 살인적인 무더위가 이어지던 기
나긴 여름, 두 번째로 대지를 적셔주는 단비. 여명이 밝아올
때까지 잠잠히 기다리다 시작되어, 어두운 밤이 될 때까지
조용히 내리는 그런 비.

법원 앞에는 이미 긴 행렬이 늘어서 있었다. 스웨덴 전 국
민의 관심이 하나로 집중된 세기의 재판이 열리는 날이기
때문이었다. 기자들과 시민들은 오전 9시도 되기 전부터 재
판정이 있는 스톡홀름 구 법원 청사 앞으로 몰려들었다. 재
판정에 배치된 좌석은 단 네 줄뿐이었는데, 스웨덴 유수의
언론사 기자들에게 미리 배정된 자리를 제외하면 한 자리
차지하고 앉을 가능성이 매우 낮았기 때문이다.

보안 조치는 상상을 초월했다. 제복경찰에 사복경찰까지
도 모자라 사설 경호업체까지 동원된 상황이었다. 지난 몇
주 동안 이어진 룬드의 탈옥사건과 잔인한 살인행각 때문
에 사람들 사이에는 공격성향과 불만과 원망의 감정이 싹트
게 되었고, 그런 분위기는 그때까지 강 건너 불구경하던 사
람들의 마음까지 움직여 거대한 공감대를 형성했다. 거기에
더해 소아성애라는 파렴치한 행위에 대한 집단 혐오감이 거
세게 일어나면서 사태의 추이에 따라 소리 없는 위협이 점
점 전국적으로 퍼져가기 시작했기 때문이었다.

미카엘라는 거의 앞쪽 줄에 서 있었다. 그녀는 오전 7시가

되기 전 비를 뚫고 법원에 왔다. 프레드리크의 얼굴을 마지막으로 본 건 마리의 장례식이 있었던 2주 전이었다. 그 2주 동안 프레드리크가 룬드를 찾아다녔다는 사실, 그리고 면회도 불가능한 상태로 구치소에 수감되어 있다는 사실을 뒤늦게 알게 되었던 것이다.

두려웠다.

법정에 발을 들인 건 생전 처음이었다. 하지만 첫 법원 '나들이'는 눈에 불을 켜고 기필코 종신형을 받아내겠다고 달려드는 검사에게 고의살인죄로 기소된 한 남자, 자신이 사랑하는 그 남자의 얼굴을 보기 위해서였다.

불과 얼마 전까지 그녀에겐 가족이 있었다.

매일 밤 자신의 곁에 누워 잠을 잔 남자, 자신이 직접 사랑하는 법을 가르쳐줘야 했던 남자, 프레드리크. 그리고 내 자식처럼 아끼고 사랑했을 뿐만 아니라 밥을 먹이고, 옷을 입히고, 공부도 가르쳐주었던 아이, 마리.

일찍이 그런 가족 같은 분위기를 맛본 적이 없었다. 하지만 불과 몇 주 만에 그 모든 걸 잃고 말았다.

미카엘라는 자신의 핸드백을 뒤지는 보안검색 요원에게 억지로 상냥한 미소를 지어 보였지만, 요원은 대리석처럼 싸늘한 반응을 보일 뿐이었다. 그러고도 세 차례나 더 보안검색대를 통과해야 했는데, 그때마다 삑삑거리는 경고음이 울렸다. 그제야 자신이 외투 주머니에 마리의 자전거 열쇠를 고이 넣어두고 있었다는 사실을 깨달았다. 미카엘라

는 앞에서 세 번째 줄에 앉았다. 바로 앞에는 스웨덴 연합통
신과 두 곳의 텔레비전 방송국 사람들이 진을 치고 있었다.
두 명의 기자가 낯이 익었다. 사건이 터지면 현장중계를 담
당하는 리포터들이다. 그들은 수첩에 무언가를 열심히 적
고 있었다. 미카엘라는 어깨 너머로 그들이 무얼 적고 있는
지 슬쩍 훔쳐보려 했지만 맨 윗줄에 적힌 날짜와 시간 정도
밖에 볼 수 없었다. 그녀의 자리에서 조금 떨어진 곳에는 두
명의 법정화가 앉아 있었다. 그들이 연필을 놀릴 때마다
종이 위에는 재판정의 윤곽선이 그려지고 점차 사람들의 실
루엣이 그 안을 채웠다.

　마지막 줄에 앉아 있는 앙네스가 눈에 들어왔다. 미카
엘라는 시선을 돌리려 했지만 간발의 차로 놓쳤다. 앙네스
는 살짝 고개를 숙여 인사를 건넸고 미카엘라 역시 공손하
게 답했다. 이상한 기분이 들었다. 사실 두 사람은 단 한 차
례도 직접 만나 대화를 주고받은 적이 없었다. 한두 번 정
도 전화를 걸어온 앙네스에게 마리를 바꿔준 게 전부다. 그
보다 조금 더 떨어진 자리에는 면담 조사 때 만났던 두 명의
수사관이 앉아 있었다. 두 형사도 미카엘라를 알아봐 서로
짧은 목례를 나누었다.

　재판정은 만석이었다. 출입을 제지당하자 문 밖에서 항의
하는 사람들도 있었다. 야유를 비롯해 "더러운 파시스트"라
는 원색적인 비난의 목소리도 들렸다.

　판사석 뒤로 작은 문 하나가 있었다. 미카엘라는 그 문이

열리고 법정 관계자들이 하나씩 들어오는 모습을 보고서야 그 문의 존재를 알아차렸다. 가장 먼저 반 발바스 판사가 나왔고 그 뒤로 배심원들이 들어왔다. 배심원들은 대부분 어느 정도 나이가 있는 사람으로 구성되어 있었는데, 그 중에는 다수의 지자체 의원도 포함되어 있었다. 그리고 검사, 라슈 오게스탐의 모습도 보였다. 왜소한 체구였지만 자신의 위치를 과시하고 싶어 하는 분위기를 풍겼다. 검사는 나이가 많아봐야 미카엘라 자신과 겨우 몇 살 차이도 안 날 것 같았다. 검사의 뒤를 이어 변호인 크리스티나 비엔손이 들어왔다. 그녀는 여전히 침착하고 믿음직스런 분위기를 풍겼다.

마지막으로 양옆에 교도관을 대동한 프레드리크가 나타났다.

정장을 지급받았는지 넥타이까지 매고 있었다. 미카엘라는 그런 차림의 프레드리크를 한 번도 본 적이 없었다. 창백한 그 얼굴에는 자신과 마찬가지로 두려움이 깔려 있었다.

재판정에 들어선 그는 애써 시선을 내리 깔고 바닥만 쳐다보고 있었다. 피고인이 공소장에 기재된 인물과 동일한지를 묻는 인정신문(人定訊問) 과정이 시작되었다.

반 발바스 판사(VB): 이름을 말씀하세요.
프레드리크 스테판손(FS): 닐스 프레드리크 스테판손입니다.

VB: 주소지는 어떻게 됩니까?

FS: 함가탄 28번지, 스트렝네스입니다.

VB: 피고는 오늘 왜 이 자리에 나와 있는지 알고 있습니까?

FS: 바보 같은 질문이시군요.

VB: 다시 한 번 묻겠습니다. 그 이유를 알고 있습니까?

FS: 네.

잠시 휴정이 진행되는 동안 미카엘라가 침울한 분위기의 대기실에 앉아 있자, 기자 하나가 다가와 질문을 던졌다. 기자는 프레드리크가 어떻게 지내는지 물었고, 미카엘라는 비록 동거인이긴 하지만 면회나 접견이 금지되어 자신도 아는 게 하나 없다고 대답했다. 기자는 필터가 없는 남유럽 산 독한 담배를 한 대 권했고, 미카엘라는 기꺼이 받아 피웠다. 그녀는 프레드리크가 담배를 피우는 것을 상당히 싫어한다는 걸 알고 있었다. 그래서 벌써 몇 개월 넘게 단 한 대의 담배도 피우지 않았다. 그러나 지금, 미카엘라는 머리가 어질어질해질 때까지 독한 담배 세 대를 연달아 피우고 있다. 멀지 않은 곳에는 앙네스가 물을 마시고 있었다. 두 여자는 일부러 서로의 시선을 피했다. 굳이 서로 말을 주고받아야 할 이유가 있을까? 아무런 공통점도 없는 사이인 마당에. 머리는 듬성듬성했지만 그래도 젊은 편에 속하는 기자 한 사람이 헤드폰을 끼고 수첩에 무언가를 받아 적고 있었다. 그의 옆에는 텔레비전에서 본 바로 그 기자가 법정화가가 그린 스케치를 들여다보고 있었다. 미카엘라는 법정화가와 기자의 대화를 통해 그 스케치가 어떤 장면이었는지 쉽게 알 수 있었다. 몸짓 손짓을 섞어 설명하는 프레드리크. 검사는 엔셰핑 어린이집 사진을 보여주고 있다. 총을 발사한 지점에서 촬영한 사진이다.

라슈 오게스탐(LÅ): 스테판손 씨, 이해가 가지 않는 부분이 하나 있습니다. 당시 현장에 경찰관이 순찰을 돌고 있었고, 피고와는 불과 1백여 미터 정도밖에 떨어지지 않은 거리였는데 도대체 왜 경찰에게 알리지 않았던 겁니까?

FS: 그럴 시간이 없었습니다.

LÅ: 시간이 없었다고요?

FS: 노련한 교도관 두 명이 쇠사슬로 묶여 있던 벤트 룬드의 탈옥을 막지 못했는데, 반쯤 졸고 있던 경관 두 명이 그 벤트 룬드를 체포할 수 있었겠습니까? 게다가 무장까지 한 상대를요?

LÅ: 그러니까 피고는 경찰에게 알릴 생각도 없었다는 거군요?

FS: 놈이 또다시 사라져버리는 위험한 상황만큼은 피하고 싶었던 겁니다. 다른 여자애를 데리고 사라지는 일을.

LÅ: 그래도 이해할 수가 없습니다.

FS: 뭘 이해 못 하겠다는 겁니까?

LÅ: 피고가 왜 벤트 룬드를 살해해야 한다는 의무감을 갖게 됐는지 말입니다.

FS: 이해 못할 건 또 뭐가 있다고 이 지랄입니까?

VB: 피고는 자리에 그대로 앉아주시기 바랍니다.

FS: 사람 말 알아듣는 데 무슨 문제라도 있는 겁니까? 당신들은 벤트 룬드를 감옥에다 붙들어놓지도 못했습니다. 그리고 그 인간이 가지고 있던 정신적인 문제도 치료하지 못했습니다. 심지어 탈옥 후에 마리를 살해한 그자를 체포하지도 못했습니다. 공권력을 가진 당신들이 보여준 게 이런 겁니다. 그런데 내 행동에 대해서 도대체 뭘 더 설명해달라는 겁니까?

VB: 다시 한 번 경고합니다. 피고는 자리에 앉으세요. 변호인, 피고를 좀 진정해주시겠습니까?

크리스티나 비엔숀(KB): 진정해요, 프레드리크. 계속 법정에 앉아서 해명을 할 생각이라면 강제퇴정당하지 않도록 조심해야 해요.

FS: 이 사람들한테 날 좀 그만 붙들고 있으라고 말 좀 해줄래요?

KB: 당신이 진정하고 자리에 앉으면 이 사람들도 가만히 자리에 앉을 거예요.

딱 한 번 눈을 마주쳤을 뿐이었다. 재판이 시작되고 한 시간쯤 후, 검사의 최초 진술에 이어 첫 번째 피고인 신문이 진행되는 동안이었다. 프레드리크가 언성을 높이며 화를 내자 같이 온 교도관 두 명이 강제로 그를 의자에 앉혔다. 그러고 나자 프레드리크는 눈을 돌려 미카엘라와 앙네스를 차례로 쳐다보며 미소 비슷한 표정을 지어 보였다. 미카엘라는 그가 분명히 미소를 지으려 했다고 확신했다. 미카엘라는 자신의 입에 손을 대고 키스를 보냈다. 그러자 자신이 얼마나 그를 그리워하고 있었는지 새삼 깨닫게 되었다. 어울리지 않는 넥타이와 양복 차림에 얼굴까지 창백하게 뜬 상태로 거리감마저 느껴지는 그를.

LÅ: 스테판손 씨에게 한 가지 사실을 알려드리겠습니다. 스웨덴은 전 세계에서 사형제도를 철폐한 나라 중 하나입니다.

FS: 만약 경찰이 벤트 룬드를 체포했어도 법원에서는 그 자를 분명 정신병원으로 보냈을 겁니다. 정신병원이라면 탈출하기도 훨씬 쉬웠을 겁니다.

LÅ: 뭘 말하고 싶은 겁니까?

FS: 그건 단지 일시적인 해결책에 지나지 않는다는 겁니다. 그자는 반드시 또 다른 아이들을 살해했을 겁니다.

LÅ: 그렇기 때문에 피고에게 경찰이나 검사, 그리고 판사, 더 나아가 사형집행인의 권한이 주어진다는 주장입니까?

FS: 검사님은 지금 일부러 제 말을 못 알아듣는 척하고 있습니다.

LÅ: 그럴 리가요. 전혀 그렇지 않습니다!

FS: 다시 한 번 말씀드리지만 개인적인 원한으로 그자를 죽이지 않았습니다. 단지, 그자는 살아 있다는 그 자체만으로도 위험인물이었기 때문에 죽였던 겁니다. 광견병에 걸린 개하고 다를 바가 없었습니다.

LÅ: 광견병에 걸린 개라고요?

FS: 광견병에 걸린 개는 안락사를 합니다. 사람들에게 위험한 존재이기 때문입니다. 벤트 룬드는 광견병에 걸린 미친개였습니다. 그래서 죽었습니다.

재판이 속개될 때마다 미카엘라는 일부러 늑장을 부렸다. 프레드리크가 자기 앞을 지나치지 않을까, 근처나마 가까이 다가갈 수 있지 않을까, 운이라도 좋으면 말이라도 걸어볼 수 있지 않을까 하는 희망 때문이었다. 매 정회 때마다 다른 문 앞에서 서성여보았지만 그의 모습도, 경호원들의 모습도 볼 수 없었다.

첫날 이후, 프레드리크는 면도도 하지 않고 넥타이도 매지 않았다. 될 대로 되라는 식으로 자포자기한 사람 같아 보였다. 재판이 진행될 때마다 프레드리크는 미카엘라 쪽으로 고개를 돌려 그녀를 쳐다보았고, 그럴 때마다 그녀는 최대한 침착해 보이려고 애썼다. 모든 게 무사히 끝날 거라 확신한다는 듯.

앙네스는 더 이상 재판정에 나오지 않았다. 기자들의 수도 줄어들었다. 사건을 담당했던 수사관들도 번갈아 재판에 참석했다. 순드크비스트라는 상대적으로 나이가 어린 수사관과 몇 마디 말을 나누긴 했다. 다른 형사들과 달리 그나마 편하게 대화할 수 있었기 때문이다.

재판이 끝나면 미카엘라는 매일 저녁 프레드리크와 함께 지내던 스트렝네스의 집으로 돌아갔다.

하지만 쉽게 잠을 이룰 수는 없었다.

*

라슈 오게스탐 검사는 지하철에서 내려 역을 빠져나온 뒤 콧노래를 흥얼거리며 느린 걸음으로 고요한 주택단지를 걷고 있었다. 간만에 찾아온 선선한 밤공기가 그를 반기고 있었다. 하지만 자신의 집으로 이어지는 길목을 돌자마자 그의 시선을 끌어당긴 것은 엉망이 되어버린 자신의 승용차였다.

시커먼 글자들이 붉은색 차체를 온통 뒤덮은 상태였다.

변태 옹호론자.

유치한 개자식.

개새끼.

사이코패스가 누군데?

문이며 지붕이며 보닛이며 예외가 없었다. 창문과 전조등은 모조리 깨지고 사이드미러는 흔적도 없이 사라진 상태였다.

그의 불길한 예감이 그대로 적중한 것이다.

초여름, 온가족이 힘을 합쳐 40년대에 지어진 주택의 칙칙한 외관을 화사한 노란색으로 다시 칠했었다.

그리고 지금, 왼쪽의 부엌 창문에서부터 오른쪽의 거실 창문까지, 동일한 색에 동일한 필체로 쓴 글이 두 줄로 나란히 적혀 있었다.

조만간 뒈질 줄 알아.
더러운 돼지 새끼.

아내 마리나는 정원에 나와 있었다. 래커로 칠해놓은 글에서 불과 몇 미터 떨어진 자리에. 일주일 전 골동품상에서 구입한 해먹에 앉아 두 눈을 감고 몸을 이리저리 흔들고 있었다.

그가 다가가 두 팔로 끌어안았지만 기침을 할 뿐 아무런 대답도 하지 않았다.

재판이 시작되고 사흘. 오늘 아니면 내일이라고 각오했던 일이 결국 벌어지고 말았다.

자신의 딸아이를 살해한 살인범을 죽이고 종신형의 위기에 처하게 될지 모를 아버지들이 전국 각지에서 출몰하기 시작했다. 익명 뒤에 숨어 있던 시민들이 자신의 생각을 행동으로 옮기기 시작했던 것이다.

＊

   그는 외관이 욕설로 도배된 집에서 지낼 엄두가 나지 않
았다.
   새벽녘에 갑자기 잠에서 깨 미친 듯이 화장실로 달려가
속을 게워낸 뒤로는 다시 잠을 이룰 수 없었다.
   집 밖에 주차된 그의 차는 욕설로 된 낙서를 뒤집어쓰고
여러 곳이 파손된 상태였다. 게다가 젊은 검사는 순식간에
소아성애자로 낙인찍히고 말았다. 그것도 모자라 유치한 개
자식이자, 개새끼, 그것도 모자라 사이코패스까지.
   두렵냐는 남편의 질문에 마리나는 눈시울만 붉힐 뿐이었
다. 남편과 눈길을 마주치는 것조차 두려워 고개를 절레절
레 흔들었다. 다친 데는 없느냐는 질문에도 똑같은 반응뿐
이었다. 오게스탐은 아내를 두 팔로 감싸주었지만 그녀는
벽 쪽으로 몸을 돌렸다. 욕설로 도배된 집, 엉망이 된 차와
함께 남편에게도 등을 돌렸다. 그 상태로 몇 분이 흐르자 오
게스탐의 숨소리가 거칠어졌다. 마리나는 남편의 상태를 감
지했지만 그대로 계속 벽만 바라보고 누워 있었다. 남편이
애타는 목소리로 여러 차례 자신의 이름을 부르자 겨우 돌
아누워 남편에게 사과를 했다. 두 부부는 서로를 꼭 끌어안
고 사랑을 나누었다. 그러고는 나란히 누웠다. 아내가 다시
벽 쪽으로 돌아누울 때까지.
   오게스탐은 침대에서 일어나 알몸으로 집 안을 서성거렸

다. 부엌에 걸린 괘종시계는 새벽 3시 반을 가리키고 있었다.

그는 커피를 탄 뒤 치즈 몇 조각을 썰어 샌드위치를 만들고, 우유와 오렌지주스를 한 잔씩 따랐다. 그러고는 지난 며칠간 쌓인 〈다겐스 뉘헤테르〉와 〈스벤스카 다그블라뎃〉를 훑어보다가 자신이 담당하고 있는 일명, '소아성애자 재판'이 스웨덴 사회에서 얼마나 큰 반향을 일으키고 있는지를 깨닫고 새삼 놀랐다. 페이지마다 관련 기사와 사진들이 넘쳐났기 때문이다.

불안과 짜증, 그리고 분노가 마음속에서 쉴 새 없이 몰아쳤다. 그는 커피 반 잔으로 때 이른 아침식사를 마치고 옷을 입은 다음 서류가방을 챙겼다. 그러고는 마리나에게 다가가 어깨에 입을 맞추었다. 아내는 소스라치게 놀라 잠에서 깼다. 오게스탐은 이른 시간이지만 사무실에 나가봐야겠다고 말했다. 아내가 뭐라고 대답을 했지만 그는 제대로 듣지 못하고 집을 나섰다.

거리로 나선 오게스탐은 아스팔트 보도를 일곱 걸음 정도 걸은 뒤 뒤를 돌아보았다.

조만간 뒈질 줄 알아.

더러운 돼지 새끼.

여명에 비친 글자는 더욱 커다랗고, 더욱 시커멓게 두드러져 보였다. 막대를 대충 연결해 만든 것처럼 보이는 글자는, 마치 조금 있으면 진흙처럼 벽에서 흘러내려 장미 화단의 흙 속으로 사라져버릴 듯 비현실적으로 보였다.

오게스탐은 자신의 차 앞을 지나갔다. 할부로 구입한 지 채 1년도 되지 않은 새 차였다. 그런데 지금은 마치 남미 대도시의 위험천만한 변두리 지역에 관한 다큐멘터리에서나 볼 수 있는 고철덩어리로 변했다. 견인해 갈 때까지 그 상태로 방치해두는 것 외에 달리 방법이 없었다.

그는 한 손에 가방을 들고, 한쪽 어깨에 외투를 들쳐 메고 주택가를 지나 시내로 향했다. 두 시간 정도 걷자 발이 아파왔다. 하지만 그에게는 사태를 파악하고 이해하기 위한 시간이 필요했다. 라슈 오게스탐은 예전부터 검사가 되고 싶었고, 그 목표는 이미 달성했다. 언론의 주목을 받는 대형 사건을 다뤄보는 게 소원이었고, 그 소원 역시 이루어졌다. 다만 그의 역량이 그에 미치지 못했던 것이다. 너무 젊고, 경험이 턱없이 부족하기 때문이었다. 이번 소송은 영광 못지않게 위험도 따르는 사건이었다. 나이 든 선배 검사들의 경험을 통해 이미 보고 배워 잘 알고 있었다. 그렇다면 집과 차를 도배한 낙서 따위에 두려워할 이유가 뭐겠는가? 무슨 이유로 마리나와 사랑을 나눌 때 아내가 다른 사람처럼 느껴졌던 걸까? 그간 간직한 꿈조차 사라지는 것 같다는 생각이 드는 이유는? 그는 소송을 끝까지 밀고 나간 끝에 기필코 법정 최고형을 받아내겠다고 생각했었다. 그다음 벌어질 일은 상관할 바 아니었다. 그런데 오래 전부터 자명하다고 생각했던 것들은 온데간데없이 사라져버리고, 혼자 남았다는 느낌만 들었다.

그는 오전 6시 무렵, 시내에 도착했다. 어딘가에서 날아온 갈매기 몇 마리가 쓰레기통을 뒤지며 먹이를 찾고 있었다. 오게스탐은 법원 정문을 향해 걸어가면서 서류가방에서 열쇠를 꺼내 문을 열었다. 아무도 찾지 않는 이른 시간이나 밤늦은 시간에 법원을 찾는 게 처음 있는 일은 아니었다. 그통에 야간 경비를 서던 경비원들의 고충이 이어지자 결국 법원은 예외적으로 의욕이 넘치는 젊은 검사에게 법원 정문을 출입할 수 있는 열쇠를 지급하게 되었다.

오게스탐은 법정으로 향하는 커다란 계단을 올라 재판정 안으로 들어서서 세 시간 뒤 자신이 서 있게 될 자리에 앉았다. 그러고는 서류가방을 열고 그날 필요한 자료들을 꺼내 놓았다. 책상 위로도 모자라 나머지는 순서대로 정리해 바닥에 내려놓았다.

그렇게 45분 정도 일에 몰두하고 있을 때 갑자기 재판정의 문이 열렸다.

"오게스탐 검사님."

누구의 목소리인지 알 수 있었다. 끔찍이도 듣기 싫은 목소리. 오게스탐은 눈도 들지 않았다.

"아내 분께서 여기 가 계시다고 하더군. 내 전화 때문에 잠을 설치신 모양이더군요."

에베트 그렌스는 양해도 구하지 않고 재판정 안으로 들어왔다. 그의 발소리가 텅 빈 재판정 내에 울려 퍼졌다. 그는 오게스탐 뒤로 지나가면서 그가 책상에 펼쳐둔 서류들을 슬쩍 쳐다본 뒤 연단으로 올라가 판사석에 앉았다.

"나도 새벽출근을 하는 사람입니다. 고요하고 아주 좋거든. 멍청한 인간들한테 방해 받을 일도 없고."

오게스탐은 여전히 서류를 비롯해 자신이 던질 질문, 쟁점이 될 만한 사안들, 자신의 답변 등 재판에 관련된 내용에 빠져 있었다.

"거, 사람이 말을 거는데 잠깐 일 좀 멈추면 안 되겠습니까?"

오게스탐은 그를 돌아보며 버럭 화를 냈다.

"제가 왜 그래야 합니까? 형사님만큼이나 저도 바쁜 사람입니다."

"그래서 여기 온 거 아니오."

에베트 그렌스는 앞에 놓인 의사봉을 만지작거리며 헛기침을 했다.

"내 생각이 틀렸던 것 같소."

오게스탐은 하던 일을 멈추었다. 그러고는 무슨 말을 해야 할까 고민하는 노형사를 뚫어지게 쳐다보았다.

"난 틀렸으면 틀린 걸 인정하는 사람입니다."

"대단하시네요."

"당신 말을 좀 더 진지하게 생각했어야 했는데 말이야……."

법정 안은 고요했다. 커다란 창문 너머 바깥세상도 마찬가지로 고요함에 싸여 있다.

"당신의 신변 보호 조치를 해놨어야 했는데 그러지 못한 점 인정합니다. 지금부터 그리 조치할 예정이오. 집 앞에 순찰차를 배치시키고 외출 시에는 항상 무장경관이 동행하게 될 겁니다. 그 친구도 조만간 여기 도착하겠군."

오게스탐은 창가로 다가갔다. 경관 한 명이 차에서 내려 법원 계단을 올라오고 있었다.

그는 한숨을 내쉬었다. 순간, 피곤이 온몸을 휘감고 지나갔다. 간밤에 설친 잠이 이제야 제자리를 찾겠다고 난리를 치는 것 같았다.

"좀 늦은 감이 있군요."

"어쩔 수 없었소."

"받아들여야지 어떡하겠습니까."

에베트 그렌스는 의사봉을 들고 큰 소리가 나도록 내리쳐 보았다. 준비한 말을 다 꺼내놓은 것 같았지만 자리를 뜰 생각은 없어 보였다. 오게스탐은 무슨 말이 더 있을까 기다려 보았지만 상대의 말은 더 이어지지 않았다. 성격도 괴팍한 절름발이 노형사는 마치 뭔가를 기대하듯 가만히 앉아 있었다.

"더 하실 말씀 있으십니까? 할 일이 좀 많아서요."

에베트는 대답 대신 혀를 퉁기며 성가신 소리를 냈다.

"아무런 말씀 없으신 걸 보니 하실 말씀은 다 하신 거라 생각하고, 하던 일 계속 하겠습니다."

"한 가지만 더."

"뭡니까?"

"시디플레이어라는 걸 하나 장만했소. 내 사무실, 카세트 플레이어 옆에 모셔놓았지. 이제 검사님이 선물한 시디, 들을 수 있을 것 같습니다."

그러고도 에베트는 아무런 말없이 한참 동안 판사석에 앉아 있었다. 오게스탐은 잠시 뒤 다시 일에 파묻혔다. 언론과 여론의 압박을 동시에 받고 있는 배심원들에게 고의살인 행위는 어떠한 경우라도 그에 상응하는 벌로 다스려야 한다는 점을 심어주기 위한 효과적인 논거를 만들고 전략을 짜는 일에 집중했다. 그리고 노트를 꺼내 다시 그 내용을 적어내렸다. 마치 잠이라도 든 것처럼 판사석에 등을 밀어 넣고 늘어진 자세로 앉아 천정만 바라보고 있던 에베트가 간간이 헛소리를 내며 자신의 존재감을 드러낼 뿐이었다.

8시 반이 되자, 밖에서 웅성거리는 소리가 들려왔다.

두 사람은 창문 앞으로 다가갔다. 창 하나를 열자 후덥지근한 바람이 안으로 밀려들었다. 그들은 바깥 분위기를 살피기 위해 아래를 내려다보았다.

법원 앞 광장이 소란스러웠다. 두 사람은 각자 그 자리에 모여든 인파의 수를 세어보았다. 2백여 명은 족히 되어보였다. 군중은 마치 전류가 흐르고 있는 듯 한 덩어리가 되어 물결처럼 움직였다. 최전방에 있는 군중이 몇 걸음 움직이면 경찰들이 플라스틱 방패로 막아서며 몇 걸음 뒤로 밀

어냈다. 그들은 고함을 지르고, 30여 분 뒤에 시작될 재판을
비난하는 플래카드를 흔들어대고 있었다. 시민을 보호해야
할 책임이 있는 이 사회가, 자신의 본분도 지키지 못한 주제
에 그 역할을 대신해준 어느 아버지를 단죄하는 일에 혈안
이 됐다고 원색적인 비난을 쏟아내고 있었다.

　검사와 형사는 서로 얼굴만 쳐다보았다. 에베트는 고개를
절레절레 흔들었다.

　"도대체가 생각들이 있는 거야, 없는 거야? 저래가지고
뭘 얻어내겠다고? 저런 식으로 위협한다고 경찰들이 순순히
길을 터줄 거라고 생각했나?"

　돌멩이 하나가 하늘을 가르고 날아와 방패로 막아선 경찰
행렬의 가장 끝 쪽에 서 있는 경관의 발치에 떨어졌다. 오게
스탐 검사는 화들짝 놀랐다. 순간, 자신의 차와 집 그리고
마리나 생각이 뇌리를 스치고 지나갔다. 하지만 뒤이어 경
찰이 자신의 집 주변을 순찰하고 있다는 말이 떠올랐다. 그
나마 조금은 안심이 되었다.

　"두려워서 저러는 겁니다. 성폭행범, 변태들이 두려워서.
그래서 증오심에 불타오르는 거라고요. 그러니 피해아동의
아버지가 그 변태를 죽이는 순간 영웅이 된 거지요. 저 사람
들에겐 당연한 논리예요. 자신들이 했으면 하는 일을 대신
해주었으니까요. 행동으로 옮길 엄두조차 나지 않는 그런
일을요."

　에베트는 피식 웃었다.

"내가 평생 해온 일이 범죄자들 잡아들이는 일이었소. 그런데 범죄자라고 다 같은 범죄자가 아니더라고. 프레드리크 스테판손이 범죄를 저지른 건 맞지. 그런데 그를 영웅으로 만든 건 저 군중이 아니오. 그는 그 '자체'로 영웅이오. 우리가 할 수 없는 일을 자청했기 때문이지. 시민을 보호하기 위해서."

법원 앞으로 밀려드는 군중을 저지하기 위해 지원 병력이 나타났다. 각각 플라스틱 방패로 무장하고 여섯 명씩 조를 이뤄 두 대의 미니버스에 나눠 타고 온 추가 병력은 시위대를 향해 다가갔다.

순간 두 명의 시위대가 무리를 이탈해 경찰을 향해 날아들었다. 경관들이 부리나케 버스에서 내려 인간방패 대열에 합류했다.

시위대는 점차 흥분을 가라앉혔고, 고함과 함께 공격적인 성향도 잦아들었다. 그 자리를 대신한 것은 팽팽한 긴장감이 감도는 기다림이었다.

오게스탐이 창문을 닫자 아무런 소리도 들리지 않았다. 그는 자리로 돌아가면서 언제나 고압적인 자세로 일관하는 노형사의 태도가 못마땅해 어깨로 밀치고 싶었지만 애써 참았다. 그 대신, 몇 시간 뒤 심리에서 자신이 펼칠 주장을 그렌스 형사를 상대로 시험해보기로 마음먹었다.

"솔직히 형사님이 무슨 의도로 그런 말씀을 하시는 건지 이해할 수가 없습니다. 스테판손이 영웅이라고요? 그 사람이 누굴 어떻게 보호했다는 겁니까?"

"시민들을 안심하게 해줬지."

"하지만 그 역시 살인범입니다. 타인의 생명을 앗아갔다는 말입니다. 저 사람들이 영웅행위라고 칭송하는 그 행동은 일반 소송사건이었다면 정상참작의 여지도 없는 그런 행동이란 말입니다."

"그 누구도 불안에 떠는 시민을 지켜주지 못했소. 하지만 스테판손은 그들의 불안감을 없애주었다는 점, 검사 양반도 인정하셔야지."

오게스탐은 법원 앞에 모여든 군중을 바라보았다. 그들은 평범한 소시민들이었다. 피해아동의 아버지가 그런 결정을 내렸던 건 충분히 그럴 만한 이유가 있었기 때문이라고 믿는 소시민. 그렇기 때문에 무고한 그를 심판대 위에 세운다는 건 있을 수 없는 일이라고 믿는 소시민.

"그렇다고 해도, 프레드리크 스테판손이든 누구든 타인에 대해 생사여탈권을 행사할 수는 없습니다. 그렌스 형사님, 형사님은 절 잘 모르십니다. 저도 마음속으로는 스테판손이 한 일은 옳다, 폭행살인범의 머리통 따위 날려버린 건 당연하다고 생각하고 있을지 모르잖습니까. 어떠십니까, 모르시겠죠? 하지만 전 형사님께 제 의견을 알려드릴 생각이 없습니다. 프레드리크 스테판손은 죗값을 치러야 합니다. 그렇기 때문에 중형을 때려야 한다는 겁니다. 저 밖에 있는 사람들에게 줄 수 있는 답은 그것뿐입니다."

오게스탐은 창가에서 멀어져갔다. 그리고 바닥에 내려놓았던 서류 뭉치들을 하나씩 집어 들어 정리한 뒤 가방에 넣었다. 에베트 그렌스 형사는 그대로 창가에 서서 해산하는 시위대를 향해 마지막으로 눈길을 던진 뒤 방청객석으로 돌아가 지난 며칠간 자신이 앉았던 자리에 앉았다.

재판정의 문이 열렸다. 경관 한 명이 보안검색대를 통과한 기자들과 방청객을 이끌고 법정으로 들어섰다.

프레드리크 스테판손에 대한 재판은 닷새째에 접어들고 있었다. 이날이 마지막 날이었다.

＊

벵트 쇠델룬드는 아침 일찍 일어났다. 휴가는 아직도 2주나 더 남아 있었다. 하루하루가 금쪽같은 시간이었다. 지난 한주 동안 밤잠을 설쳐가며 한 가지 일에 몰두해왔다. 그렇게 정신을 집중한 덕에 아내가 딸아이를 데리고 집을 나가버렸다는 사실을 겨우 잊을 수 있었다. 두 모녀가 어디로 갔는지조차 알 길이 없었다. 아내가 집을 나간 날, 그는 처갓집과 아내의 친구들, 그리고 옛 직장 동료에게까지 전화를 걸어 수소문해보았다. 하지만 엘리자베스와 연락을 했다는 사람은 아무도 없었다. 그 과정에서 자신이 왜 전화를 걸었는지에 대해서는 뚜렷한 이유를 대지 않았다. 멍청한 주변 사람들이 자신을 우습게 보는 건 참을 수 없었으니까.

그는 우베와 헬레나, 울라 군나숀과 클라스 릴케에게 9시 반
에 만나자는 약속을 했다. 약속시간까지는 아직 몇 분이 남
았지만 창문을 통해 이미 친구들이 자신의 집으로 걸어오는
모습을 볼 수 있었다. 그는 엄지와 중지를 부딪쳐 백스터를
부른 뒤 앞장 세워 밖으로 나갔다.

널찍한 그의 정원은 예란의 창고와 정면으로 마주보고 있
었다. 누군가 그 창고를 향해 걸어온다면 못 보려야 못 볼
수 없는 그런 위치였다. 그리고 만약 벵트 일행이 예란의 집
쪽으로 다가온다면, 그 장면을 보고 왜 그러는지 의아해하
다가 오줌을 지릴 정도로 질겁할 게 뻔했다.

일행은 어렸을 때부터 한자리에 모이면 서로 손목을 맞부
딪혀 인사를 했다. 왜 그런 습관을 갖게 되었는지는 몰라도
탈바카에서는 다들 그랬다.

벵트는 사각대 두 개를 늘어놓고 그 위에 널빤지 하나를
올려놓았다. 우베와 클라스 릴케는 각각 커다란 가방에 빈
병을 담아왔다. 대략 40개 정도 됐는데 절반은 750밀리리터
와인 병이었고, 나머지 절반은 330밀리리터 생수병이었다.
공통점은 모두 유리병이라는 것이다. 그들은 사각대로 만든
테이블 위에 병을 일렬로 내려놓았다. 그동안 울라 군나숀
은 잔디 깎기 기계 뒤에 있는 커다란 드럼통 뚜껑을 열었다.
휘발유로 꽉 차 있었다. 그는 몇 방울씩 흘려가며 빈 통에
휘발유를 부었다. 헬레나는 울라가 통에 덜은 휘발유를 병
에 다시 부을 수 있게 병 입구에 깔때기를 꽂았다. 울라 군

나숀은 병의 반 정도를 휘발유로 채웠다. 그들은 40개에 달하는 병에 그런 식으로 휘발유를 나눠 담았다. 총 10여 리터에 달하는 휘발유가 병 40개에 나눠 담긴 셈이었다. 그동안 벵트는 세탁 바구니에서 더러운 속옷들을 골라낸 뒤 칼로 가로세로 각각 30센티미터에 달하는 천 조각을 40장 만들어 냈다. 그러고는 천 조각이 병 밖으로 살짝 돌출되도록 걸쳐놓고 하나씩 안으로 밀어 넣었다. 그들은 그렇게 만든 유리병을 조심스레 상자에 담았다. 옆에 있던 더 작은 상자에는 라이터 열 개를 담았다. 하나가 제대로 작동하지 않을 경우를 대비해 1인당 두 개씩 준비해두었다.

준비 과정은 그리 오래 걸리지 않았다. 정오까지는 여전히 한두 시간이 남아 있었다.

*

프레드리크는 눈을 감은 채 재판정 정중앙에 앉아 있다.
주변을 둘러보고 싶긴 했다. 하지만…….

라슈 오게스탐(LÅ): 피고는 양심의 가책이나 한 치의 거리낌 없이 벤트 룬드라는 사람을 살해했습니다. 저는 이번 사건에서 어떤 이유에서라도 정상참작의 여지가 있다고 생각하지 않습니다. 따라서 본 검사는 피고, 프레드리크 스테판손에게 고의살인 혐의를 적용해 법정 최고형인 종신형을 구형하는 바입니다.

그럴 엄두가 나지 않았다. 마지막 재판, 최종 의결 진술, 그리고 판결 선고가 내려지는 날이었고, 한시라도 빨리 감방으로 돌아가…….

크리스티나 비엔숀(KB): 제 의뢰인은 사건 당시, 문제의 어린이집을 지켜보고 있었습니다. 그의 행동이 정당방위라고 주장할 수 있는 이유는, 만약 현장에서 벤트 룬드를 죽이지 않았다면 그자가 또 다른 다섯 살짜리 여자아이 두 명을 살해했을 게 뻔하기 때문입니다. 수사 과정에서 벤트 룬드가 이미 특정 아이들을 지목해두었다는 증거도 발견되었습니다.

세면대에 용변을 보고 싶었다.

재판정은 빈자리 하나 없이 꽉 찬 상태였다. 하지만 그들의 존재는 오히려 스테판손을 철저한 외로움 속으로 밀어넣었다.

앙네스가 그의 곁을 떠난 뒤 맞이했던 12월 24일의 기억처럼. 미카엘라를 만나기 몇 주 전의 그날처럼. 프레드리크는 흘러가는 시간을 굳이 잡아두려 하지 않았다. 그냥 그렇게 내버려두었다. 그러다 문득 크리스마스이브라는 사실을 깨달았다. 그런 분위기에 휩쓸리고 싶지 않았지만 가만히 집에 앉아 있을 수가 없었다. 유난히 어둑어둑했던 오후 5시, 그는 스톡홀름 시내에서 문을 연, 몇 안 되는 술집을 찾아갔다. 홀로 온 사람들이 각자의 테이블에 외로이 앉아 있었다. 고립감이 느껴질 정도로 쓸쓸했던 술집 분위기는 평생 잊지 못할 것 같았다. 바 한쪽 구석 위에 설치된 텔레비전에서 크리스마스 때만 되면 어김없이 방영되는 만화영화가 시작되자, 사람들의 시선은 모두 화면으로 쏠렸다. 만화영화의 내용은 어쩌면 그 자리에 모여든 외로운 사람들에 대한 이야기였을 것이다. 여기저기서 웃음소리가 튀어나왔고, 그 덕에 분위기는 한결 온화해졌다. 그렇게 저녁시간은 훌쩍 지나가버렸고 마지막 한 잔, 마지막 담배 한 대를 뒤로 하고 사람들은 퀴퀴하고 적막한 각자의 '소굴'로 돌아갔다.

프레드리크는 애써 눈을 떠 주변을 둘러보았다. 그날처럼 주변은 온통 모르는 사람투성이였다.

검사의 말이 이어졌다.

LÅ: 형법 제3조 1항에는 고의로 타인의 생명을 살상한 자는 최소 10년 형에서 무기형을 구형할 수 있다고 나와 있습니다.

이에 변호인도 맞섰다.

KB: 형법 제24조 1항에는 정당방위로 인한 행동은 행위자에게 가해진 폭력의 상대성에 따라 범죄 성립 요건이 달라질 수 있다고 나와 있습니다.

배심원들은 재판에 별다른 관심이 없는 듯 보였다. 얼굴도 모르는 기자들이 열심히 무언가를 적고, 녹음하고, 그리고 있었다. 그게 뭐였든 피고인 프레드리크는 그 내용을 확인할 권한이 없었다. 호기심에 이끌려 재판정에 앉아 있던 사람들은 성폭행 살인범에게 딸아이를 잃은 아버지이자, 그 살인범을 자기 손으로 직접 살해한 그 아버지를 가까이서 실물로 본다는 사실에 들뜬 모습들이었다. 프레드리크는 점점 그런 구경꾼에게 신물이 나기 시작했다.

LÅ: 피고, 프레드리크 스테판손은 벤트 룬드를 살해하기 위해 나흘간 철저히 계획을 세웠습니다. 그런 생각을 포기할 시간적 여유가 있었는데도 말입니다. 하지만 피고는 그렇게 하고 싶지 않았던 겁니다. 피고 본인의 말에 따르면 광견병 걸린 개는 사회에서 몰아내야 한다는 생각을 가지고 있었기 때문입니다.

그런 인간들과 굳이 눈을 마주치고 싶지 않았다. 구경꾼들은 집어삼킬 듯한 눈빛으로 그를 쳐다보며 마치 그의 생각을 읽기라도 하는 듯한 표정을 짓고 있었다. 프레드리크는 그나마 미카엘라와 눈을 마주치기 위해서 가끔 뒤를 돌아보기만 했다. 무언가를 말해주고, 보여주고 싶은 유일한 사람인 그녀에게…….

  KB: 정당방위란, 자기 또는 남에게 가해지는 급박하고 부당한 침해를 막기 위해 침해자에게 어쩔 수 없이 취하는 가해행위입니다. 사건 발생 당시, 우리는 두 여자아이의 목숨이 위태로울 수도 있었다는 사실을 잘 알고 있으며, 프레드리크 스테판손의 가해행위 덕분에 소중한 두 아이의 생명을 무사히 지킬 수 있었습니다.

  하지만 두려웠다. 심판관처럼 자신을 쏘아보는 시선들이 불편하고 두려웠다. 그래서 몇 시간이 넘도록 두 눈을 감고, 두 귀를 막고 다른 생각 속에 잠겨 있었던 것이다. 시체안치실에서 흰 천 아래 누워 있던 마리의 모습을 떠올렸다. 딸아이의 고운 얼굴, 여기저기 반창고가 붙어 있던 상체, 날카로운 흉기로 사정없이 난자당한 생식기 주변, 타액 때문에 깨끗한 상태로 발견되었던 고운 두 발. 반박하는 남자의 이야기, 또다시 문제 삼는 여자의 이야기, 서로 질문과 답변을 주고받는 남자와 여자의 이야기가 귀에 들어왔다. 하지만 그 모든 게 현실처럼 느껴지지 않았다. 그에게 중요한 단 한 가지 사실은, 시체가 된 딸아이가 부검실 한가운데 누워 있었다는 사실이다.

*

여름도 막바지를 향해 달려가고 있었다. 몇 주간 이어지던 무더위도 점차 시들시들해졌고 선선한 바람이 빈자리를 대신하기 시작했다. 폭염의 기억도 이미 먼 옛날이야기인 듯 수은주도 하향곡선을 그리고 있었다. 소낙비가 장맛비로 변하자 그토록 간절히 바랐던 빗줄기를 두고 여기저기서 불만 섞인 목소리가 터져 나왔다. 실컷 햇볕에 그을린 피부 속으로 파고드는 습기와 한기는 반바지와 셔츠를 몰아내고 긴바지와 외투를 불러들였다. 소아성애자를 살해한 어느 아버지에 대한 재판 소식도 어느덧 신문 1면에서 물러나고, 양파껍질 개수를 통해 올 가을은 비가 잦고, 올 겨울은 길고 혹독할 것이란 예측을 내놓은 독일의 어느 나이 많은 예언가의 소식이 그 자리를 차지했다.

샤로테 반 발바스 판사는 안도의 한숨을 내쉬었다. 오래전부터 비를 기다려왔기 때문이었다. 비를 맞아가며 스톡홀름 시내를 산책할 날, 한 걸음 내디딜 때마다 땀을 흘리지 않아도 될 날, 작열하는 태양 때문에 수시로 눈을 깜빡일 필요가 없는 그런 날을 기다려왔다. 다시 하얀 피부로 돌아갈 날도 머지않았다. 그것만큼은 정말 반가운 일이었다. 그녀의 피부는 한여름 자외선에 노출되면 금세 붉게 변하는 민감성이었다. 그 탓에 여름이 시작될 무렵부터 가급적 늦은 저녁까지 매일 법원에 남아 있었고, 법원을 빠져나오자마자 곧바로 인근의 식당이나 도서관으로 피신하듯 몸을 숨긴 뒤 남들처럼 행복한 얼굴로 다시 거리로 나설 수 있을 때까지 실내에서 시간을 보내야 했기 때문이었다.

마흔여섯의 판사는 두려움에 떨고 있었다.

오게스탐 검사에게 벌어진 일을 두 눈으로 똑똑히 본 그녀였다. 그는 시종일관 협박에 시달렸고 집 건물은 험한 욕설을 담은 문구들로 낙서가 되어 있었다. 왜냐하면, 그가 프레드리크 스테판손이라는 영웅에게 종신형을 구형하는 의무를 수행하려 했기 때문이었다. 그리고 이제 피고의 운명을 결정하는 건 담당 재판관인 그녀의 몫이 되어버렸다. 조만간 배심원단을 만날 예정이었다. 단지, 자신들의 정치적 의무를 다했다는 자부심만을 위해 기꺼이 배심원이 된 광대 무리와 배심원실에서 만나 해당 피고인은 살인을 저질렀고 그에 따른 중형을 피할 수 없다고 설득해야 했다.

다른 선택은 있을 수 없었다.

그녀는 판사로서 이 사회의 정의를 대표하는 인물이었고, 이 사회는 폭력행위를 좌시할 수 없었기 때문이다.

반 발바스 판사는 우산 속에 가려진 행인들을 관찰하면서 그들의 머릿속에는 과연 무슨 생각이 들어 있을까 궁금해하며 발걸음을 옮겼다. 저들도 만약 스테판손과 같은 입장이었다면 방아쇠를 당겼을까? 누군가의 생명이 다른 누군가의 생명보다 값어치 있다고 여기고 있을까? 그러면서 신문에 난 그녀의 사진을 보고 자신을 알아보지는 않을까 궁금해 했다. 배심원단의 사진에는 이런 글귀가 달려 있었다.

누군가를 살해할 권리란 과연 있을 수 있을까? 결정은 이제
이들 손에 달려 있다.
스웨덴 법원, 과연 사형제도의 부활을 향해 달려가고 있는가?

반 발바스 판사는 자극적인 신문기사의 제목처럼 극단적
인 생각을 한 적은 없었다.
그녀는 지난 닷새 동안, 상처 받고 지친 어느 가장의 얼굴
을 유심히 관찰해왔다. 그는 방청석에 앉아 호기심 가득한
군중의 시선을 피하기 위해 재판이 진행되는 내내 바닥만
내려다보고 있었다. 그런 모습이 그녀의 마음 한구석을 움
직이게 했던 건 사실이었다. 그녀는 프레드리크 스테판손이
벤트 룬드가 또 다른 두 명의 아이를 살해하지 못하도록 막
았다는 것과, 단지 그 이유만으로 방아쇠를 당겼다는 것을
알고 있었다. 그녀는 지치고 힘든 그 얼굴을 바라보며 달려
가 안아주고 싶은 마음이 들었다. 심지어 그 남자를 위해 옷
이라도 벗을 수 있을 것만 같았다. 프레드리크 스테판손은
두려워해야 할 위험인물이 전혀 아니었다. 그는 복수를 하
려던 생각이 없었다. 법정진술에서, 자신이 딸아이 살해범
을 죽인 이유는 단지 다른 부모들이 자신과 똑같은 경험을
하는 일이 없어야 한다는 생각에서였다고 말하던 그의 진심
을 믿었다.

배심원 중 하나가 만약 스테판손 덕분에 목숨을 구한 아이가 그녀의 딸이었다면 어떻게 하겠냐는 질문을 던졌다. 만약, 그녀가 엔셰핑 어린이집 근처에 살고 있었다면 어떻게 했겠느냐고도 물었다.

발바스 판사에겐 아이가 없었다. 하지만 만약, 아이가 있었다면 자신은 분명 지금과는 다르게 생각하고 행동했을 것이란 사실도 잘 알고 있었다.

뭐라고 대답할 말이 없었다.

이제 법원이 코앞에 다가와 있었다. 빗줄기가 점점 거세졌다. 굵은 빗방울이 바닥에 웅덩이를 만들기 시작했다.

반 발바스 판사는 발걸음을 멈췄다. 옷은 이미 흠뻑 젖었다. 뺨에서 흘러내린 빗방울이 목을 타고 흘러들어갔다. 그녀는 마음을 다잡았다. 그러자 절망에 빠진 아버지에게 종신형을 선고할 수밖에 없다고 배심원들을 설득하기 위해 배심원실의 문을 열고 들어갈 용기가 생기는 것 같았다.

*

비가 내렸다. 그는 창살에 붙어 서서 성가신 소리의 원인을 살피고 있었다. 함석판 하나가 허공에 삐죽 튀어나와 있는데, 그 위를 빗방울이 때리면서 무언가 북북 찢기는 소리를 내고 있었다. 그는 침대에 누워 지저분한 천장과 썰렁한 벽을 바라보다 아무것도 보고 싶지 않아 눈을 감았다. 하지

만 지난 며칠간 얼마나 많이 잤는지 꿈속으로 도피하는 것
도 생각보다 쉽지 않았다.

구금된 지 어느덧 3주가 지났다.

교도관들은 구류기간이 너무 길다고 투덜거리는 그의 불
평에 가소롭다는 듯이 웃기만 했다. 그러면서 스웨덴은 전
세계에서 일시 구류기간이 가장 길다는 말과 함께 오히려
판결을 눈앞에 두고 있는 걸 다행으로 여기라고 설명해주었
다. 일시구류 상태로 수감된 뒤 몇 달, 몇 년이 넘도록 판결
을 기다리는 사람도 여럿 있다고도 했다.

그러면서 벤트 룬드 같은 유명 인사를 죽인 걸 행운으로
알라는 말도 덧붙였다. 언론의 스포트라이트를 받은 덕분에
그만큼 재판도 신속히 진행되었다는 설명이었다. 프레드리
크는 심지어 자살에까지 이른다는 끝없는 기다림 속에 있는
사람들은 도대체 어떤 기분일지 상상도 할 수 없었다.

복도에서 발소리가 들려왔다.

그는 머릿속으로 재빨리 시간을 계산해보았다. 점심시간
까지는 아직 한 시간쯤 더 남아 있었다. 그는 문을 쳐다보았
다. 감시창으로 교도관의 눈이 보였다.

"프레드리크?"

"무슨 일입니까?"

"변호인 접견이다."

그는 침대에서 일어나 한 손으로 머리를 살짝 넘겼다. 자
신의 외모에 신경을 쓴 건 며칠 만에 처음이었다. 곧이어 문

이 열렸다.

레베카와 크리스티나 비엔숀이 수감실 안으로 들어왔다. 두 사람 분위기로 보아 희소식을 알리러 온 것 같았다.

"잘 있었어요, 프레드리크?"

그는 대답할 힘도 없었다.

"밖에 비가 내리고 있어요."

그는 여전히 묵묵부답으로 일관했다. 두 사람이 싫은 건 아니다. 하지만 수감실 자체가 자기 자신이 되어버린 듯 초라하게 느껴져 입이 떨어지지 않았고, 심지어 칙칙한 천정 등까지 주변을 추하게 만드는 것 같았다. 적어도 그 순간만큼은, 수감실 자체가 자기 인생의 축소판 같다는 생각이 들었다.

"원하는 게 뭡니까?"

"오늘은 좋은 날이에요."

"피곤해 죽겠습니다. 게다가 창밖에서 나는 저 소리 때문에 성가셔 죽겠어요. 저 소리 들리세요?"

목사와 변호사는 잠시 귀를 기울이더니 고개를 끄덕였다. 레베카는 사제복의 옷깃을 만지작거리다가 한 손을 프레드리크의 어깨에 올렸다.

"내 얘기 잘 들어요, 프레드리크. 크리스티나가 당신한테 좋은 소식을 가져왔어요."

크리스티나 비엔숀은 그의 옆으로 다가와 침대에 걸터앉았다. 그는 토실토실한 체구의 변호사가 평안한 목소리로 하는 말에 귀를 기울였다.

"이 말을 전해주기 위해 이렇게 찾아온 거예요. 프레드리크, 당신은 이제 자유의 몸이에요."

그는 아무런 대답도 하지 않았다.

"들었어요? 자유라고요! 더 이상 여기 있을 이유가 없다고요. 무죄방면된 거예요. 배심원들 의견이 만장일치는 아니었지만 과반수가 정당방위에 손을 들어줬어요. 우리가 승소한 거라고요."

프레드리크는 변호사가 하는 말의 의미를 파악할 수 없었다.

"여기서 나갈 수 있고, 그 옷도 벗어버릴 수 있단 말이에요."

프레드리크는 일어나 창가로 다가가 계속해서 성가신 소리를 내고 있는 함석판을 쳐다보았다. 빗줄기는 전보다 굵어진 상태였다. 태풍이 몰아칠 분위기였다.

"모르겠어요."

"무슨 말이에요? 뭘 모르겠다는 건데요?"

"그게 그렇게 중요한 건지 잘 모르겠어요."

"중요한 건지 잘 모르겠다니요?"

"전, 그냥 여기 계속 있을 수 있습니다."

왜 그런지 알 수 없지만 뜬금없이 군복무 시절이 떠올랐다. 얼마나 싫어했는지 복무 시간을 분 단위로 계산하면서 제대할 날만을 손꼽아 기다렸는데, 그렇게 맞이한 제대 날, 부대를 벗어나던 그의 마음은 공허할 뿐이었다. 하루하루를 버티게 해주던 기쁨도, 그리움도, 장래에 대한 기대도, 그 모든 것이 그 역할을 끝내고 휙 사라져버렸기 때문이었다. 지금의 기분이 꼭 그랬다.

"아마 두 분은 이해 못 하시겠지만, 제 인생은 끝이에요."

크리스티나 비엔숀과 레베카는 서로를 번갈아 쳐다보았다.

프레드리크는 두 사람에게 군이 자신의 속마음을 설명하고 싶지 않았다. 하지만 두 사람의 노고를 위해서라도 그만한 수고는 들여야 했다.

"전 이 세상 사람이 아닙니다. 가진 것도 없어요. 전에는 아이가 하나 있었습니다. 하지만 지금은 그 아이도 저세상 사람이 되었습니다. 언제나 생명이란 걸 신성하게 여겨왔습니다. 그런데 그런 제가 살인을 저질렀습니다. 이젠 뭐가 뭔지 정말 모르겠습니다. 생명을 잃고 나면 뭐가 남을까요?"

두 여인은 그가 옷을 갈아입고 바깥세상으로 나갈 준비를 할 때까지 기다렸다.

그는 더 이상 구치소의 구성원이 아니었다.

그는 감시창 뒤에서 항상 자신을 지켜보던 교도관에게 고갯짓으로 인사를 대신했다. 그러고는 수감실을 벗어나 복도를 지나치다 자판기 앞에서 멈춰선 뒤 커피 한 잔을 뽑아들고 밖에서 기다리고 있던 20여 명의 기자들 앞을 지나갔다. 법정과 다를 바 없는 그런 장면이었다. 모두가 그의 얼굴을 사진으로 담아내기 위해 경쟁을 벌이고 있었다. 그는 아무런 대답도 하지 않았고, 아무런 감정도 드러내지 않았다. 단

대략 최근의 일

지 인도에 서서 레베카와 크리스티나 비엔숀을 차례로 끌어
안은 뒤 대기하고 있던 택시에 올라탔다.

*

벵트 쇠델룬드는 탈바카 시내를 가로질러 미친 듯이 달렸
다. 허리가 끊어질 것 같았고 얼마나 뛰었는지 입에서 단내
가 날 정도였다. 학창 시절 크로스컨트리 경기에서 우승을
차지했을 때처럼 있는 힘껏 달렸다. 당시 승리의 비결은 체
력이 뛰어나서도, 꾸준한 훈련 덕분도 아니었다. 단지 이기
겠다는 결심으로 이를 악물고 달렸기 때문이었다. 저 멀리
우베와 헬레나가 사는 집이 보였다. 차고 앞에 차도 주차되
어 있었다. 다행히 두 부부는 집에 있었다. 벵트는 성큼성큼
계단을 올라 벨도 누르지 않고 현관문을 열고 들어가서는
손에 든 종이 한 장을 미친 듯이 휘둘렀다.

"됐어! 이제 끝장이야! 제대로 일 한번 벌려보자고!"

헬레나는 팔걸이의자에 앉아 책을 읽던 중이었다. 그녀는
남의 집에 무단 침입한 것도 모자라 고래고래 소리를 지르
는 남자를 올려다보았다. 벵트가 신발도 벗지 않고 거실에
들어와 종이 한 장을 들고 그녀의 주변을 서성거리며 우베
를 찾고 있었다.

"이 친구 어디 있어?"

"왜 그래? 무슨 일인데?"

"어디 있냐니까?"

"지하실에. 샤워 중이야."

"내려가 볼게."

"금방 올라올 텐데."

"아니, 내가 내려가야겠어."

그는 지하실로 향하는 문을 열고 소란스레 계단을 밟고 내려갔다. 샤워실이 어디 있는지는 그도 알고 있었다. 자신의 집 욕실을 수리하는 동안 이 집 욕실을 여러 차례 빌려 쓴 적이 있었기 때문이다. 벵트는 눈앞에 보이는 문을 활짝 열어젖혔다. 너무나 갑작스런 방문에 화들짝 놀란 우베는 알몸을 가리려다 친구의 얼굴을 알아보았다.

"아, 뭐야! 깜짝 놀랐잖아!"

우베는 수도꼭지를 잠근 뒤 서둘러 몸을 닦고 큰 타월을 두른 채 벵트를 뒤따라 거실로 올라왔다. 벵트는 마치 대중의 환호를 받는 승자처럼 손에 들고 있던 종이를 연신 휘두르고 있었다.

"이게 무슨 뜻인지 알아?"

그는 종이를 테이블 위에 쫙 펼쳤다. 우베와 헬레나는 무슨 내용인지 보기 위해 테이블 가까이로 다가왔다.

"인터넷에서 방금 찾아낸 거야. 20분 전에 발표된 내용이라고. 아니, 정확히 19분 전에. 여기 보여? 오전 11시라고 적혀 있는 거."

우베와 헬레나가 굵은 글씨로 인쇄된 기사를 읽는 동안

벵트는 초조하게 거실을 돌아다녔다.

"이제 알겠어? 무죄방면 되었다는 거야. 정당방위가 인정된 거라고! 쓰레기 같은 자식을 죽이고 무고한 두 여자아이의 생명을 구했는데 정당방위로 평결이 난 거라고! 이 아빠라는 사람, 집으로 돌아갔다는데 지금쯤 아마 축제 분위기일 거야. 배심원 투표에서 찬성 네 명에 반대 하나였는데, 판사만 반대표를 던졌고 나머지 사람들은 주저하지 않고 찬성했어!"

우베는 다시 한 번 종이의 내용을 읽어보았다. 헬레나는 쓰러지듯 팔걸이의자에 주저앉아 두 손으로 머리를 감쌌다. 벵트는 허리를 숙여 헬레나와 포옹을 한 뒤 우베의 등을 툭 쳤다.

"이제 우리 동네 쓰레기도 처리해야지! 우리도 그럴 권리가 있는 거라고! 이건 분명 정당방위라고."

그들은 오후 내내 벵트의 집에 모여 시간을 보냈다. 별다른 대화를 나누진 않았지만 그냥 그렇게 모두 한자리에 모여 있기 위해서였다. 마지막 커피에 빵 한 조각을 찍어먹고 나니 시간은 10시 반을 향해 달려가고 있었다. 완전히 캄캄하진 않지만 그 정도면 누가 누구인지 알아보지 못할 정도로 어두운 밤이었다.

벵트, 우베와 헬레나, 울라 군나숀, 그리고 클라스 릴케, 이렇게 다섯 사람은 모두 정원으로 걸어 나왔다. 얼마 뒤, 어둠에 적응한 눈으로 주변을 살펴보았다. 어둠이 깔린 탈바카가 언제나 그러하듯 사위는 고요했다. 대다수의 집에는 불이 꺼져 있었다. 탈바카는 아침이 일찍 찾아오는 만큼 밤도 일찍 시작된다. 벵트는 다른 일행에게 잠시 기다리라고 말한 뒤 부엌으로 다시 들어갔다. 손가락을 부딪쳐 소리를 내자 백스터가 다가와 그의 손을 핥았다. 그는 애완견의 등을 쓰다듬어준 뒤 다시 일행에게로 돌아갔다. 그들은 일렬로 정원 구석의 창고로 향한 뒤 자물쇠를 열고 그 안에서 휘발유로 반쯤 채운 유리병을 담아둔 상자와 라이터를 담아둔 상자를 차례차례 꺼냈다. 우베와 클라스 릴케가 첫 번째 상자를 담당했고, 울라 군나손은 모두에게 라이터를 두 개씩 돌렸다.

그들은 앞집이 잘 보이는 위치까지 걸어가 자리를 잡았다. 문제의 집에는 불이 다 켜져 있었다. 그렇게 숨어서 몇 분 정도 기다리자 드디어 집 안을 돌아다니는 예란의 모습이 포착되었다. 그는 부엌에서 거실로, 그리고 거실에서 화장실로 옮겨갔다. 화장실 불이 켜지는 순간, 벵트는 백스터에게 가만히 앉아 있으라는 손짓을 한 뒤 자신의 앞에 있는 전신주 위로 올라가기 시작했다. 민첩한 동작으로 전신주에 오른 그는 오래지 않아 꼭대기에 다다랐고, 아슬아슬하게 매달린 채 주머니에서 펜치 하나를 꺼내 전화선을 잘랐다. 화장실 불은 여전히 켜져 있었다. 벵트는 순식간에 전신주에서 미끄러지듯 내려왔다. 그러더니 이번에는 바로 옆에 있는 전신주로 올라갔다. 그러고는 중간쯤에 걸린 전기 제

어함을 열쇠로 열었다. 자신의 집에 설치된 모델과 똑같은 것이라 차단기가 어디에 달려 있는지 눈 감고도 찾을 수 있었다.

갑자기 앞집에 칠흑 같은 어둠이 내려앉았다.

그들은 기다렸다.

생각했던 것보다 제법 긴 시간이 흘렀다. 촛불 같은 게 왔다 갔다 하는 것 같더니 이내 손전등 불빛이 밖으로 새어나왔다.

몇 초만 더.

손전등 불빛이 현관문 가까이 다가오고 있었다.

벵트는 개 줄을 꽉 붙들고 있었다. 로트와일러는 뛰쳐나갈 순간만을 기다리는 듯한 분위기였다. 주인이 명령을 내릴 때까지. 드디어 현관문이 열렸다.

"가서 물어, 백스터!"

벵트는 예란이 현관문을 열고 집 밖으로 발을 내딛는 순간 개 줄을 놓으며 명령을 내렸다. 사냥개는 잔디밭을 가로질러 미친 듯이 짖어대며 쏜살같이 달려갔다. 예란은 멍한 상태로 있다가 뒤늦게 사태를 파악했다. 그러고는 밖으로 나온 다리를 부리나케 집 안으로 다시 들이밀고 로트와일러가 뛰어들기 바로 직전에 간신히 문을 걸어 잠갔다.

"앉아, 백스터!"

개는 문 앞에 앉아 사납게 짖었다.

벵트는 창문을 통해 집 안에서 이동하는 그림자를 살폈

다. 예란이 부엌에 이르자 그는 고래고래 소리를 질렀다.

"왜, 무섭냐? 어둡고 불도 없어서 잘 보이지도 않지? 조금만 기다려. 곧 따뜻해질 테니까!"

그는 우베와 올라, 그리고 클라스에게 신호를 보냈다. 그러자 세 사람은 신속하게 벵트의 정원에 있는 창고로 달려가서 드럼통을 옮기기 시작했다. 벵트 역시 그들과 합류해 드럼통을 예란의 집까지 굴렸다. 그러자 우베가 드라이버로 드럼통 뚜껑을 열었고, 나머지 사람들은 휘발유가 쏟아질 정도로 드럼통을 기울였다. 그렇게 비스듬한 상태로 드럼통을 옮겨가며 예란의 집을 한 바퀴 돌아 내용물을 밖으로 쏟아냈다.

그동안 헬레나는 상자에서 유리병을 꺼내 다섯 줄 간격으로 배치해놓았다. 나머지 사람들은 다시 그리로 돌아와 한 손에는 병을, 다른 한 손에는 라이터를 들고 심지에 불을 붙였다. 그러고는 벵트의 신호에 맞춰 한꺼번에 화염병으로 탈바꿈한 유리병을 던졌다.

40개의 화염병은 일제히 폭발음을 냈지만 발화지점은 각기 달랐다. 집 곳곳이 타오르기 시작했다.

벵트는 펜치를 꺼냈던 주머니에서 종이 한 장을 꺼냈다. 그러고는 타오르는 불빛을 조명삼아 프레드리크 스테판손에게 내려진 판결문 내용을 크게 읽었다. 자신의 딸아이를 살해한 살인범을 죽인 아버지가 무죄방면이 됐다는 이야기를. 그 아버지의 행위는 사회의 안녕을 위한 피할 수 없는 정당방위에 해당하는 행위였다고.

그의 말이 끝나자 부엌 창문이 열렸다.

노출광 예란은 미친 듯이 비명을 지르며 열린 창문으로 몸을 던져 빠져나왔다.

쿵 하고 바닥으로 떨어진 예란은 움직이지 않았다. 벵트는 엘리자베스가 그 장면을 놓친 게 내심 유감스러웠다. 그걸 봤다면 아내도 자신을 이해해줬을 거라는 생각이 들었기 때문이다.

잠시 뒤 예란이 다시 몸을 움직이기 시작했다. 그러자 벵트는 여전히 문 앞에 기다리고 있던 백스터에게 명령을 내렸다. 로트와일러는 쏜살같이 계단 아래로 뛰어 내려가 겨우 자리에서 일어나려는 남자에게 날아들었다. 그러더니 개를 막으려는 한쪽 팔을 주둥이로 물어뜯기 시작했다.

IV
어느 여름

　프레드리크 스테판손의 무죄방면 소식은 온 탈바카 시내를 들끓게 만들었다. 20여 년 전, 어느 고등학교 운동장의 깃대 아래에서 알몸으로 국가를 부른 뒤 벌금형을 선고받았던 한 40대 남성에 대한 무자비한 폭력을 신호탄으로 비슷한 성격의 폭력사건이 아홉 차례나 더 발생했다. 피해자들의 공통점은 모두 소아성애와 관련된 범죄 혐의를 받고 있었던 것으로 알려졌고, 가해자들은 모두 정당방위를 주장했다. 그리고 그중 세 명이 결국 유명을 달리했다.

　수사관(Crime Investigator): 피의자 조사를 시작하겠습니다.
　벵트 쇠델룬드(BS): 빨리빨리 해치웁시다.
　CI: 우선 휘발유가 담긴 화염병을 최초로 던지신 시점에 관해 몇 가지 묻겠습니다.

BS: 아, 그거!

CI: 진지하게 임해주셨으면 합니다.

BS: 뭐요?

CI: 계속 그런 식으로 빈정거리시는 건 선생님께 별로 좋
지 않습니다.

BS: 내 태도가 마음에 안 드신다면, 난 그냥 갈 수밖에.

CI: 그러실 순 없습니다. 제 질문에 성의껏 답변해주신다
면 신속히 조사를 마칠 수 있습니다.

BS: 그러시다면야 뭐…….

CI: 화염병을 던지신 다음 어떤 일이 벌어졌습니까?

BS: 그 집에 불이 났소.

CI: 당시 선생님은 뭘 하고 계셨습니까?

BS: 큰 소리로 읽었지.

CI: 정확히 뭘 읽으셨습니까?

BS: 판결문이지 뭐야.

CI: 진지하게 임해달라고 부탁드리지 않았습니까!

BS: 법원에서 발표한 판결문을 읽었다고.

CI: 무슨 판결문이었습니까?

BS: 딸아이 살해범을 쏴 죽인 그 아빠의 소송 판결문을
큰 소리로 읽었소.

CI: 왜 그러셨습니까?

BS: 이 양반 뭘 모르시는군그래. 법원이 그 아빠 손을 들
어주지 않았소? 그러니 그런 쓰레기 같은 자식들을 몰아내

는 게 당연하지.

CI: 판결문을 다 읽은 다음에는 뭘 하셨습니까?

BS: 노출광 예란이 창문으로 뛰어나오는 걸 봤소.

CI: 어떤 창문 말씀이십니까?

BS: 부엌 창문으로.

CI: 그다음에는 뭘 하셨습니까?

BS: 백스터를 그리 보냈지.

CI: 선생님이 키우시는 로트와일러를 피해자에게 보냈다
는 겁니까?

BS: 그렇소.

CI: 왜 그러셨습니까?

BS: 일어나서 도망치려고 해서.

CI: 그래서 사나운 사냥개를 피해자에게 달려들게 했다고
요?

BS: 그렇소.

CI: 선생님 개가 피해자에게 어떤 행동을 했습니까?

BS: 그 자식을 물었지.

CI: 정확히 어딜 물었습니까?

BS: 팔, 엉덩이, 그리고 얼굴을 물었소.

CI: 목 부위도요?

BS: 그렇지, 거기도.

CI: 그런 가해행위가 얼마나 오래 지속됐습니까?

BS: 내가 다시 부를 때까지 계속.

대략 최근의 일

CI: 그러셨겠지요. 그러니까 그게 얼마나 오래 지속됐습
니까?

BS: 한 2, 3분 정도?

CI: 2, 3분 정도라고요?

BS: 3분이라고 칩시다.

CI: 그다음에는요?

BS: 그다음은 그냥 갔소이다.

CI: 현장을 떠나셨다는 겁니까?

BS: 그렇소.

CI: 어디로 가셨습니까?

BS: 우리 집으로 들어갔소. 그리고 화재신고를 했지. 불
길이 장난 아니었는데, 거의 붙어사는 집이니 우리 집까지
불길이 번지는 건 싫었으니까.

탈바카의 노출증 환자 예란은 개에게 목을 물려 심한 상
처를 입고 결국 사망에 이르렀다. 다른 마을에서는 두 차례
의 성범죄 전과를 가진 한 남자가 운동장 앞을 지나가다 쇠
파이프로 무장한 네 명의 10대들에게 맞아 사망하는 사건이
발생했다.

CI: 녹취를 시작하겠습니다.

일라리안 라이스토로비치(IR): 좋아요.

CI: 이제 좀 낫나?

IR: 대충요. 좀 쉬었으면 했어요.

CI: 계속하지.

IR: 그래요. 까짓것 계속해요.

CI: 나머지 아이들과 비교해서 네가 가장 많이 폭행에 가담한 게 확실하니?

IR: 모르죠.

CI: 다른 애들이 그렇게 진술했더구나.

IR: 그럼, 뭐 그랬나보죠.

CI: 왜 피해자를 폭행한 거지?

IR: 개 같은 변태 새끼였으니까요.

CI: 변태?

IR: 옆집에 여자애들이 사는데 개네들 가슴을 만지려고 했었으니까 당연히 변태죠.

CI: 어떤 식으로 폭행한 거지?

IR: 그냥 쳤어요. 실컷.

CI: 몇 번이나?

IR: 그걸 어떻게 기억해요?

CI: 대충이라도 말해볼래?

IR: 한 스무 대 정도? 서른 대일 수도 있고요.

CI: 피해자가 사망할 때까지?

IR: 그럴 거예요.

이틀 뒤, 스톡홀름 시에서는 세 건의 폭행으로 인한 사망

사건 중 가장 안타까운 사건이 벌어졌다. 어느 술 취한 남자가 야구 배트로 무장한 청소년들에게 폭행당해 사망한 사건이었다.

CI: 너희들은 어디에 있었지?

로게르 칼슨(RK): 반대편 벤치에요.

CI: 뭘 하고 있었는데?

RK: 그 남자를 지켜보고 있었어요. 만날 거기 나와서 그 짓거리를 하는 걸 많이 봤어요.

CI: 뭘 하는데?

RK: 여자애들한테 그 짓거리를 해요. 어린애들한테.

CI: 피해자가 여자애들한테 무슨 행동을 하는데?

RK: 그냥 길 가던 여자애들 세 명한테 창녀라고 욕하고 소리를 질렀어요.

CI: 창녀라고 소리를 질렀다고?

RK: 바로 앞을 지나갈 땐 엉덩이를 만지려고도 했어요.

CI: 그래서, 직접 애들의 몸에 손을 댔니?

RK: 동작이 굼떠서 그러진 못했지만 아무튼 그러려고 했어요.

CI: 그래서 너희들이 어떻게 했지?

RK: 여자애들은 뛰어서 도망갔어요. 그 남자 때문에 무서워서요.

CI: 그래서 너희들이 뭘 했는데?

RK: 제대로 먹여줬죠.

CI: 뭘, 어떻게?

RK: 야구 배트로요. 배때기하고 면상을 완전 아작내줬어
요.

CI: 너 혼자 그런 거니?

RK: 미쳤어요? 다른 애들도 같이 했어요.

CI: 어떤 다른 애들?

RK: 여럿 있었어요.

CI: 다들 애들에게도 흉기가 있었니?

RK: 다들 야구 배트를 가지고 있었어요.

CI: 피해자는 어떤 반응을 보였지?

RK: 비명을 지르면서 이렇게 말했어요. "뭐야, 이 씨발."
정확히는 아니더라도 그런 비슷한 말이었을 거예요.

CI: 그런 다음에는 어떻게 했지?

RK: 그래서 제가 그랬어요. "너 같은 놈이 씨발이다."라
고요.

CI: 그다음에는?

RK: 죽도록 팼죠. 다 같이요. 얼마 때리지도 않았어요.

CI: 피해자는 어떻게 사망했지?

RK: 배트 말고 저한테 망치가 하나 있었는데 그걸 사용했
어요.

CI: 언제?

RK: 맨 마지막에요. 확실히 처리하려고요.

대략 최근의 일

419

CI: 뭘 처리해? 확실히 죽이려고 했다는 말이니?

RK: 당연하죠. 광견병 걸린 개들은 사회에서 없애야 한다고 법정에서 그랬잖아요.

사망자는 신원확인이 불가능할 정도로 안면이 뭉개진 상태였다. 담당 경관은 그가 입고 있던 옷으로 사망자가 구라B.라는 결론을 내려야 했다. 그는 알코올중독 환자인데, 몇 년 전부터 이곳을 자주 찾았고 길 가는 사람에게 욕설을 자주 했다고 알려져 있었다.

＊

두 사람은 집 문턱을 넘어서자마자 바로 옷을 벗었다. 그러고는 서로의 몸이 땀으로 끈적끈적해질 때까지 거의 24시간 동안 쉬지 않고 사랑을 나누었다. 두 사람은, 불시에 누군가가 집으로 들어와 그들의 은밀한 관계를 방해하고 서로의 살을 맞댐으로써 간신히 싹트기 시작한 살아 있다는 느낌을 송두리째 앗아가기라도 할 듯 두려움에 떠는 것 같았다. 프레드리크는 한 여자와 그렇게 강렬한 육체적 관계를 가져본 적도, 그토록 갈망한 적도 없었다. 그는 상대의 체취를 탐닉하고 온몸을 어루만지면서 그녀의 몸속을 파고들었다. 그런데도 그것만으로는 성이 차지 않았다. 그는 더 깊숙이 그녀의 안으로 들어가고 싶었다. 어깨나 엉덩이, 허벅다리 등을 여러 차례 깨물기도 했고, 그때마다 그녀는 웃음을 터뜨렸다. 하지만 프레드리크는 그녀의 모든 것을 소유하고 싶은 욕망으로 폭발하기 일보직전이었다.

집으로 돌아온 그 주 내내 집 밖으로는 한 발짝도 나가지 않았다. 밖에는 카메라와 질문, 그리고 미소를 준비해놓은 기자들이 진을 치고 있었다. 미카엘라는 장을 보기 위해 딱 두 번 집 밖으로 외출을 했다. 기자들은 그녀를 놓칠세라 슈퍼마켓까지 따라다니며 프레드리크가 어떻게 지내는지 물었다. 미카엘라는 끈질기게 물고 늘어지는 기자들의 요청에도 프레드리크와 약속한 대로 아무런 대답도 하지 않았다.

프레드리크는 절대로 마리의 방 근처는 얼씬거리지 않았다. 조만간 이사를 가긴 해야 했다. 씻을 수 없는 과거의 잔재가 무겁게 짓누르는 그곳을 벗어나고 싶었다.

프레드리크는 자유의 몸이 되었지만 갇혀 지내는 건 여전했다. 신문도 읽지 않고, 텔레비전도 보지 않았다. 한 여자아이가 살해당했고, 그 아이의 아빠는 딸아이의 살인범을 죽였다. 그에게 중요한 건 그게 다였다. 그런데도 언론이 아직까지 그 이야기를 떠들어대는 이유를 알 수 없었고, 사람들이 그 이야기에 관심을 보인다는 건 더더욱 이해할 수 없었다. 그에게도 사생활이 있었다. 그런데 그 사생활은 더 이상 존재하지 않았다. 언론은 그의 사생활을 고스란히 도려내 모두의 눈앞에 까발려 보여주고 있었다.

집으로 돌아온 지 이틀째 되는 날 역시 프레드리크는 미카엘라의 곁에 붙어 있었다. 두 사람은 계속해서 여러 차례 사랑을 나누었다. 온 힘을 다해, 온 슬픔을 다해, 죄책감과 위로의 감정을 실어 사랑을 나누었다. 마지막에는 거의 기계적으로 섹스를 나누며 최대한 단시간 내에 절정에 다다르기 위해 애썼다. 서로를 바라볼 힘도, 상대를 느낄 힘도 없다. 신경이 팽팽해지고 불안감에 휩싸여 마침내 둘 다 울음을 터뜨리고 말았다. 더 이상 관계를 지속할 수 없을 정도로 기력이 소진되었다. 하지만 두 사람은 알고 있었다. 두려움은 항상 그 순간을 노리고 있었다고. 그렇게 공허한 느낌이 드는 바로 그 순간, 그들의 머리와 마음속을 파고들 거라는 걸.

셋째 날, 드디어 프레드리크는 술을 마시기 시작했다. 훗날, 늙고 병든 몸이 되어 살날이 얼마 남지 않게 되면 미친 듯이 술을 퍼마시다 죽을 거라고 옛날부터 생각해온 그였다. 가장 손쉽게 죽는 방법일 거라는 계산이었다. 그래서 먼저 시험을 해보기로 한 것이다. 결과적으로 얻은 것이 하나 있다면, 술을 마시면 마실수록 세상일에 무관심해질 수 있다는 것이었다. 하지만 두려움의 위력은 줄어들지 않았다. 오히려 외로움과 짝을 이뤄 무섭게 달려들었다.

그 뒤로 프레드리크는 하루의 대부분을 침대에 누워서 보냈다. 잠 한숨 못 이루고 보낸 게 벌써 사흘째였다. 비록 사랑을 나눌 수는 없었지만 프레드리크는 미카엘라의 곁에 꼭 붙어 있었다. 술병을 가지러 갈 기력도, 무언가를 먹을 기력도 없었다. 걱정이 된 미카엘라는 의사를 부르려 했지만 프레드리크는 극구 반대했다.

그렇게 무기력한 상태 때문이었는지 크리스티나 비엔숀이 전화를 건 어느 밤, 프레드리크는 아무런 반응도 보이지 않았다. 밤 11시 반, 뜬금없이 집 안의 전화벨이 울려댔다. 미카엘라와 프레드리크는 아마 기자들일 거라고 생각하면서도 일단은 수화기를 들었다.

비엔숀의 설명을 듣던 미카엘라는 신경질적으로 강하게 항변했고, 비엔숀은 상대를 진정하고 달래려 애썼다. 내용인 즉, 검사가 상급법원에 항소를 제기했고, 프레드리크는 바로 다음날 다시 구치소에 수감되어야 한다는 것이었다. 그 소식에 프레드리크는 오히려 안도하는 분위기였다.

누군가가 또다시 그의 일상을 앗아갈 일을 벌인 것이다. 그의 낮과 밤, 그리고 한 시간 한 시간을 그의 의도와는 상관없이 정해진 절차에 따라 흘러가도록 만든다는 말이었다. 거스를 수는 없는 일이었다. 그 덕에 그는 자신이 짐처럼 짊어지고 있던 현실에서 벗어날 수 있었다. 이제부터 영원히.

그는 수화기를 내려놓고 침대에 드러누웠다. 그러고는 한참 동안 미카엘라를 끌어안고 있었다. 다시 한 번 미카엘라와 뜨거운 사랑을 나눠보리라는 결심으로.

대략 최근의 일

*

검정색 세단은—그들이 타고 다니는 차는 항상 검정색이었다.—확장형 룸미러가 설치되어 있었고 창유리도 온통 검은색으로 선팅이 돼 있었다. 경찰 세 명이 이른 아침부터 그를 데리러 왔다. 그들 중 둘은 이미 안면이 있었다. 다리를 저는 노형사, 그리고 항상 공손했던 다른 형사. 운전을 하고 온 세 번째 형사는 덩치가 큰 젊은 형사였다. 그의 집으로 들어온 세 명의 형사는 별다른 말을 건네지도, 주고받지도 않았다. 그리고 그가 미카엘라와 작별의 포옹을 하는 동안 묵묵히 문 앞에서 기다려주었다. 그는 그렌스 형사와 나란히 뒷자리에 앉았다. 그들이 탄 차량은 조용히 스트렝네스를 빠져나가 E20 고속도로에 진입한 뒤 속력을 냈다. 그들의 차는 사이드카 한 대를 앞세우고 후방에는 다른 경찰 차량의 지원을 받았다.

에베트는 앞자리에 앉은 두 형사에게 경찰 무전기 볼륨을 낮추라고 말한 뒤 시디 한 장을 건네며 틀어달라고 부탁했다. 그러자 스벤이 차 안에서까지 꼭 그걸 들어야겠느냐고 불평을 늘어놓았다. 그 말에 에베트는 성가신 듯한 말투로 뭐라고 구시렁거렸다. 결국 운전을 하던 젊은 형사가 끼어들었다.

"그냥 이리 주세요. 틀어드릴게요."

그러고는 플레이어 안에 시디를 집어넣었다.

424

프레드리크는 음악이 시작되자마자 노래의 주인공이 시브 말름크비스트라는 걸 알아차렸다.

당신은 저 하늘과 땅을 내게 주겠다고 약속했지만
당신의 마음은 강철보다도 단단했어.

에베트는 두 눈을 감고 흥겨운 듯 리듬에 맞춰 천천히 몸을 흔들었다. 하지만 프레드리크는 터럭이 곤두서며 소름이 돋았다. 경쾌한 목소리로 뽑아내는 싸구려 연애편지 같은 멍청한 가사는 마치 50년대 말에서 60년대 초의 스웨덴을 연상시키는 것 같았다. 미래에 대한 희망과 순진무구함이 가득했던 세상, 성장신화를 향해 달려가기 이전의 시대를. 당시 그는 아이였다. 하지만 머릿속에 남아 있는 당시의 기억은 무서운 아버지와 그 아버지가 휘두르던 주먹, 그리고 담배를 피우며 남 일이라는 듯 먼 산만 바라보던 어머니가 전부였다. 당시에는 시브 말름크비스트가 슬픔을 잊게 해주지 않았다. 그건 지금도 마찬가지였다. 그녀의 노랫말은 거짓말투성이였다. 하나의 현실 도피에 지나지 않았다. 프레드리크는 옆자리에 앉아 지그시 눈을 감고 있는 나이 든 시브 팬에게 무엇에서 그렇게 도망치고 싶어 하는지, 도대체 언제부터 그렇게 무거운 돌을 짊어지고 살아왔는지 묻고 싶어졌다.

크로노베리 구치소로 향하는 50여 분 동안 시브는 쉬지 않고 노래했다. 에베트는 단 한 번도 감은 눈을 뜨지 않았다. 앞자리의 두 형사는 전방만 주시하고 있었다.

그들은 베리스가탄 가로 접어들자마자 이전보다 불어난 군중과 맞닥뜨렸다. 2백여 명을 훨씬 넘어 족히 5백 명은 되어 보이는 사람들이 시위를 벌이고 있었다.

그들은 구치소를 향해 피켓을 흔들며 슬로건 같은 문구를 외쳤다. 그러면서 출입문을 향해 침을 뱉거나 제법 묵직한 돌멩이들을 던지고 있었다. 그때 누군가가, 사이드카를 앞세운 검정색 승용차를 발견했다. 그러자 사람들은 인간사슬을 만들어 행렬을 둘러싸고 그대로 길바닥에 드러누워 버렸다. 차는 오도 가도 못하는 신세가 되어버렸다. 운전을 하던 젊은 형사는 지원 병력을 찾는 듯 주변을 살펴보다가 무전기를 들었다.

"지원 요청 바람! 지원 요청 바람! 긴급 상황이다!"

그 즉시 스피커에서 누군가의 목소리가 들려왔다.

"현재 위치는?"

"크로노베리 구치소 앞이다. 시위대 수백 명에게 갇혀 있다."

"즉시 지원을 요청하겠다. 금방 도착할 것이다."

"호송 중인 구치소 수감 예정자에 대한 탈취 시도가 있을지도 모른다."

"일단 차에서 내리지 말고 계속 접근하라."

프레드리크는 차량을 에워싼 시위대를 쳐다보았다. 고래

426

고래 고함을 지르는 그들의 목소리를 듣고, 피켓에 적어놓은 내용도 읽어보았다. 하지만 그들의 행동을 이해할 수 없었다. 도대체 이 많은 사람들은 여기서 뭘 하고 있는 걸까? 아는 얼굴도 하나 없었다. 왜 내 이름을 부르는 걸까? 나에게 일어난 일은 그들과는 아무 상관없는데. 이건 내가 치르는 전쟁이자, 지옥 같은 현실일 뿐인데. 그런데 몇몇은 목숨을 걸고 차 앞에 드러눕기까지 했다. 프레드리크는 그들에게 아무것도 부탁한 적이 없었다. 시위대나 그의 집 앞에서 죽치고 앉아 있던 기자들이나 다를 게 하나도 없었다. 그저 남의 인생을 끄집어내 왈가왈부하는 피곤한 존재일 뿐이다. 하지만 도대체 무엇 때문에? 그들도 하나밖에 없는 딸을 잃었단 말인가? 어떤 사람을 죽이기라도 했단 말인가? 그는 창문을 내리고 그들에게 묻고 싶었다. 그리고 자신의 눈을 똑바로 쳐다보며 대답해보라고 소리치고 싶었다.

세 명의 형사는 그냥 가만히 앉아 있었다. 운전을 하던 젊은 형사는 어쩔 줄 몰라 초조해하는 눈치였다. 그래서 거친 숨을 몰아쉬며 핸드 브레이크를 올렸다가, 다시 변속기를 조작해 1단으로 옮겼다를 반복했다. 스벤과 에베트는 침착하게 앉아 있을 뿐이었다. 그다지 걱정하는 눈치도 아니었다.

계기반에 달린 무전기 스피커에서 다시 목소리가 흘러나왔다.

"모든 순찰차는 들어라. 베리스가탄 가에 있는 크로노베리 구치소 진입로로 출동하기 바란다. 5백여 명이 넘는 시위대가 돌멩이로 무장한 상태다. 즉시 시위대를 해산하고 호송차량에 길을 터주기 바란다. 일단 개인적 견해는 시위대를 해산한 뒤에 생각해보기 바란다. 임무가 우선이다."

에베트는 자신들이 호송하는 구치소 수감 예정자의 분위기를 살펴보려 슬쩍 옆자리를 훑어보았다. 하지만 그는 아무런 반응도 보이지 않았다. 프레드리크는 경찰의 무전 내용을 듣고 깜짝 놀랐지만 그런 감정의 변화를 겉으로 드러내진 않았다.

운전대를 잡고 있던 젊은 형사는 변속기를 후진으로 바꿔 넣고 가속페달을 밟았다. 그러고는 바닥에 드러누운 시위대들의 결심이 얼마나 단호한지 시험해보기 위해 차를 뒤로 조금 움직여보았다.

사람들은 비명을 지르긴 했지만 그 자리에 그대로 드러누워 있었다.

형사는 다시 1단 기어를 넣고 몇 미터 앞으로 전진해보았다. 시위대는 여전히 그 자리에서 꿈쩍도 하지 않고 오히려 노래를 부르고 경찰들에게 욕설을 퍼붓기 시작했다.

그런데 갑자기 그중 몇 명이 바닥에서 일어나더니 그들이 타고 있던 차로 다가왔다.

순간, 돌멩이가 뒤쪽 유리창을 깨고 안으로 들어와 프레드리크와 에베트 사이로 떨어지고는 다시 튀어 올라 운전석 등받이를 때리고 다시 바닥으로 떨어졌다. 젊은 형사는 흥분한 듯 욕설을 내뱉고는 창문을 내리고 총을 뽑아들어 하늘을 향해 공포탄을 한 발 쏘았다.

시위대들은 바닥에 납작 엎드렸다. 그런데 총을 들고 있던 그 형사의 손으로 무언가가 날아들더니 이내 권총이 바닥에 떨어지고 말았다. 그 즉시 20대로 보이는 한 남자가 권총을 집어 들고 총부리를 젊은 형사의 얼굴에 들이댔다.

에베트 그렌스는 고함을 질렀다.

"밀어! 젠장, 밟으라고!"

운전대를 잡은 형사는 자신의 권총을 빼앗기고 위협을 받는 상황인 데다, 시위대마저 차의 앞뒤를 막고 길바닥에 드러누워 있었다.

젊은 형사는 잠시 망설였다.

순간, 날아든 총알이 그의 왼쪽 귀를 살짝 지나쳐 앞 유리를 산산조각내고 말았다.

아무 소리도 들리지 않았다. 젊은 형사는 다소 멀리 서 있는 나무에 시선을 고정한 채 가속페달을 밟았다. 시위대는 차가 자신들을 향해 달려오자 비명을 내질렀다. 그들의 차는 그렇게 베리스가탄 가를 벗어났고 그와 동시에 두 대의 순찰차가 현장에 도착했다. 시위대는 다시 몸을 일으킨 뒤 방금 도착한 순찰차량을 향해 쏜살같이 달려들었다. 차 안에는 시위대를 해산시키기 위해 출동한 여러 명의 경관들이 타고 있었다. 시위대는 그들이 차에서 내리기도 전에 차를 에워싸고 미친 듯이 흔들다가 급기야 여럿이서 힘을 모아

차를 들어 올려 결국은 거꾸로 뒤집어버렸다. 그러고는 뒤로 물러선 뒤 일렬로 서서 진압 장구를 착용한 경찰들이 차 밖으로 기어 나올 때까지 기다렸다. 시위대 몇 명은 바지를 내리더니 경찰을 향해 오줌을 갈겼다.

*

먼젓번과는 다른 수감실이 배정되었다. 층도 달랐고 위치도 달랐지만 분위기는 거기서 거기였다. 너비는 4평방미터. 침대, 좁은 테이블, 세면대, 수인복. 그리고 신문, 텔레비전, 면회가 금지된 완전한 고립 상태.

그 정도면 충분했다.

마음이 흔들릴 일도 없으니까. 어차피 뭐가 됐든 읽거나 보고 싶지 않았고, 누가 됐든 만나고 싶지도 않았다.

교도관을 따라 수감실로 향하던 중 낯익은 죄수가 눈에 띄었다. 프레드리크는 언론매체를 통해 몇 번 그의 얼굴을 본 적이 있었다. 그는 스웨덴에서 가장 악명 높은 범죄자 중한 사람이었기 때문이다. 붙임성 좋고 외모도 호감형인 그 범죄자는 죄수에서 민간인 신분으로 돌아갈 때마다 이런저런 범죄행위를 멈추지 못하는 것 같았다. 아마도 교도소 담장 밖의 세상에선 못 살아가는 부류의 사람 같았다. 그는 프레드리크를 알아보고 깜짝 놀란 표정으로 다가와 등과 어깨를 툭툭 치며 그에게 영웅이라는 말과 함께 절대로 무너지지 말라는 말을 건넸다. 그러면서 만약 교도관들이 짜증나게 굴면 자신을 찾아오라고 덧붙였다. 직접 문제를 해결해주겠노라고.

그를 담당한 교도관은 제법 많은 호의를 베풀어주었다. 자발적인 행동이었는지 외부의 압력이나 권고를 받았는지는 알 수 없었다. 감시창으로 들여다보는 횟수도 전보다 훨씬 줄어들었고, 정규배급 외에 추가로 커피를 가져다줄 뿐만 아니라, 옥상에 설치된 철창에서 하늘을 바라보며 신선한 공기를 쐴 수 있도록 허락된 규정 시간도 고무줄처럼 늘려주곤 했다.

크리스티나 비엔숀은 이틀에 한 번 꼴로 그를 찾아왔다. 그녀는 관련 서류와 자신이 어떤 식으로 변론해나갈 건지에 대한 전략 등을 설명해주었다. 하지만 1심 재판 때와 달라진 상황은 거의 없었다. 변호인 접견을 자주 갖는 이유는 단지 그에게 용기를 북돋워주고, 미카엘라의 메시지를 전달해주면서 미래에 대한 희망을 심어주기 위해서였다.

물론 고마운 일이었다. 그녀는 명성대로 최고의 변호사였다. 하지만 프레드리크 스테판손이라는 피고소인을 위해 할 수 있는 건 아무것도 없었다. 1심 재판 당시, 유일하게 법적인 지식을 갖춘 판사만이 그의 무죄방면에 반대했다. 그러나 항소심에서는 법률조항을 통해 옳고 그름을 따지는 법조계 전문가가 대거 지목되었다. 프레드리크는 희망을 아예 버렸다. 그리고 중형을 받아들이겠다는 자신의 생각을 변호

사에게 털어놓았다. 비엔숀은 홍분해서 말했다. 자포자기해
버리면 유죄가 확정된 것이나 마찬가지라고. 그런 자포자기
의 심정은 재판정에서 자연스레 겉으로 드러나니까. 그렇게
되면 범행에 대해 자백하는 셈이라고. 그러면서 자신이 경
험했던 여러 가지 사건을 예로 들어주었다. 유죄가 확실한
범인의 변호를 맡는 일이 종종 있는데, 그들은 거의 대부분
무죄로 풀려난다는 것이었다. 그 이유는 자신이 무고하다는
확신과 자신감이 얼마나 충만했는지 그런 분위기가 판결에
도 영향을 미친다는 것이었다.

교도관이 문을 두드렸다. 그는 오렌지주스와 약간의 고
기, 그리고 감자요리가 담긴 식판을 가지고 왔다. 프레드리
크는 고개를 절레절레 흔들었다. 그런 것 따위는 관심도 없
었다. 음식이 형편없어서가 아니었다. 단지 배가 고프지 않
았기 때문이다. 무언가를 먹는 행위만으로도 구역질이 치밀
었다. 허기를 채우기 위해 먹는 행위는 즉, 아무런 일도 없
었던 듯이 살아가는 것이다. 그건 일종의 배신행위다. 먹지
않는다는 것, 그건 따라가지 않겠다는 의미였다. 그가 선택
하지 않은 이 삶을.

항소심 공판이 시작되자 매일 아침 프레드리크는 베리스
가탄에 있는 새로운 법정으로 이송되었다. 수많은 협박이
잇따랐던 관계로 모든 절차와 장소는 철저한 보안에 붙여졌
다. 항소심 재판은 사흘간 진행될 예정이었다. 여러 증인의
목격담은 녹음된 자료로 대체되었다. 그는 매번 똑같은 자

리에 앉아 똑같은 질문에 똑같은 대답을 내놓았다. 무슨 연극 연습을 하는 것 같았다. 1심 재판은 총 리허설이고 이번이 본 공연 같은 느낌이었다. 프레드리크는 똑바로 서서, 침착한 태도로 자신은 죄인이 아니라는 표정을 지어 보이려고 애썼다. 하지만 쉽지는 않았다. 솔직히 자신이 정말로 그런 걸 바라는 건지 확신이 들지 않았고, 얼굴 표정에서 그런 분위기가 읽히는지도 알 수 없었기 때문이다.

막연한 희망 따위는 버렸다. 재판이 이어지는 밤마다 그는 침대에 누워 누렇게 뜬 천정을 바라보며 혹시라도 그 안에 삶의 단면과 비슷한 무언가가 있을까 찾아볼 뿐이었다.
한 시간.
지금까지 살면서 많은 친구를 두지도 않았다. 그나마 남아 있는 친구들도 대부분 멀리 살았다. 하나는 예테보리, 다른 하나는 크리시안스타에 살고 있었다. 그의 일상에 속했던 친구들도 아니었으니 구치소에 수감된 처지라고 원래 소원했던 관계가 갑자기 돈독해질 이유도 없었다.
한 시간.
부모님은 이미 돌아가셨다. 남은 형제자매도 없었다.
한 시간.
그에겐 미카엘라가 있었다. 자신은 그녀를 사랑한다고 생각했다. 물론 사실이긴 하다. 하지만 그녀는 젊고 아름다웠기에 여생을 평생 죽은 딸아이만 기리며 슬퍼하고 지낼 남자와 함께할 수는 없었다. 그건 불공평한 일이었다.

한 시간.

그래도 미카엘라는 그럴 수 있다고 자신 있게 말했고, 프레드리크 역시 그 말을 믿었다. 하지만 언젠가, 변태에게 살해당한 다섯 살짜리 아이의 죽음이 던져준 슬픔의 무게를 더 이상 감당하기 힘든 날이 분명히 찾아올 터였다.

한 시간.

천정은 누렇게 떠 있었다.

한 시간.

신기하다는 생각이 들었다.

한 시간.

그는 평생 매 순간을 소중히 여기고 즐기기 위해 분주하게 살았다. 공허감이 찾아올까 두려웠기 때문이다.

한 시간.

예민해진 신경을 달래고 외로움에서 벗어나기 위해 약속도 항상 연달아 잡곤 했다.

한 시간.

그는 항상 자신이 기댈 수 있는 사람들에게 둘러싸여 지냈고, 그런 순간이 찾아올 때마다 그들을 찾아 나서곤 했다.

한 시간.

이제 더 이상 그런 사람들도 없다. 아니, 그 빌어먹을 존재감 따위는 이제 필요없다. 그에게 남은 것, 아니 그가 필요로 하는 것은 누렇게 뜬 천정, 남아도는 시간, 그리고 그의 생각뿐이었다. 그 이상 중요한 것은 없었다. 무언가에 영향을 주고, 무언가를 바꿀 힘도 없었다. 그런 생각이 들자 오히려 그 어느 때보다 마음이 차분히 가라앉았다. 마치 죽은 사람처럼.

재판은 일주일 가까이 걸렸다. 두 차례나 연기되었기 때문이다. 게다가 평결문 전문이 언론에 게재되고 개별 언론의 분석이 뒤따를 예정이라 법정 관계자의 말 한 마디, 한 마디가 갖는 의미도 대단히 중요했다. 화면발 잘 받는 법률 전문가들이 텔레비전에 나와 재판 결과에 대한 다양한 분석을 내놓는 특집 프로그램들이 줄을 잇게 될 터였다. 다섯 살짜리 여자아이를 살해한 살인범을 자신의 손으로 직접 죽인 어느 아빠의 사건을 두고 모두의 관심이 집중됐다.
　아이를 잃은 슬픔과 고통을 이해하는 사람들.
　동기를 떠나 살인은 단지 살인일 뿐이라고 생각하는 사람들.
　과감한 그의 결단과 사회를 보호하려 했던 그의 마음을 높이 사는 사람들.
　변명의 여지가 없는 단순 복수극이라며 본보기를 위해서라도 중형을 선고해야 한다는 사람들.
　정당방위를 주장하며 성범죄 전과가 있는 시민에게 집단 폭행을 가한 사람들.
　온갖 사람들의 시선이 프레드리크 스테판손을 향하고 있다.

항소심의 판결 선고가 떨어진 건 토요일 오전 9시 14분이었다. 판결문은 스톡홀름 법원 서기과에서 열람이 가능했다. 기자들은 판결이 내려지자마자 각자의 언론사 데스크에게 연락을 하기 위해 한 손에 휴대전화를 들고 서기과 앞에 길게 줄을 서 있었다. 오게스탐 검사와 크리스티나 비엔숀 변호사도 그 자리에 나와 있었다. 그 외에 호기심을 참지 못한 일반인 몇 명도 대열에 동참했다. 프레드리크는 끔찍이도 싫어하는 수감실 감시창을 통해 그 소식을 전해 들었다. 그를 이해한다는 듯 정중하게 대해주던 교도관은 분노에 찬 목소리로 그에게 재판 결과를 알려주면서 말도 안 될 정도로 불공평할 뿐만 아니라 온 시민들이 들고 일어날 판이라고 덧붙였다.

10년.

항소심 법원은 피고 프레드리크 스테판손을 징역 10년에 처하기로 결정했다.

*

릴마센은 괜한 화풀이로 힐딩을 죽도록 두들겨 팬 게 내심 마음에 걸렸다.

'그런데 그 자식, 남은 마리화나는 왜 혼자 다 해 처먹은 거야? 그리고 소화기에 숨겨둔 술은 또 어느 놈하고 다 처마신 거고?'

436

가만두지 않으려야 가만두지 않을 수가 없었다. 힐딩을 제멋대로 행동하게 둔다면 다른 죄수들이 어떻게 생각할까 걱정되었기 때문이다. 그건 절대로 간과할 수 없는 문제였다. 하지만 그렇게 심하게 다룰 필요까지는 없었다는 생각이 앞섰다. 힐딩의 얼굴은 바라보기도 흉측할 만큼 뭉개져버렸다. 물론 꿰매고 치료도 해주겠지만 다시 그 구역으로 돌아올 리는 없었다. 다른 형무소로 이송될 예정이라는 것이다. 이런 사건이 발생하고 나면 절대로 먼저 있던 곳으로는 보내지 않는다는 게 원칙이었다.

이제 그가 군림하는 구역의 죄수 수도 현격히 줄어들었다.

힐딩은 당분간 의무실 신세를 지게 되었다. 거지 같은 성폭행범, 악셀손은 예고된 '환영인사'를 피해 어딘가로 숨어버렸다. 베키르는 끝도 없이 구시렁거리기만 할 뿐 별 도움이 되지 않는 존재였다.

남은 거라곤 스코네와 드라간, 그리고 독자노선을 걸으며 로마니어를 구사하는 대머리 요쿰과 러시아 친구. 나머지는 씨알데기 없는 병신들이었다.

멈추지 않고 끝도 없이 주먹을 휘두른 게 계속 마음에 걸렸다. 힐딩이 쓰러져 기절했을 때 멈춰야 했는데.

밖에는 비가 내리고 있었다. 거시기를 세우기도 힘들 만큼 폭염이 기승을 부리더니만, 이제는 밖에 나가 바람 쐬는 것도 힘들 만큼 연일 폭우가 쏟아지고 있었다. 어떻게 하루아침에 뚝딱하고 기후가 달라질 수 있는 건지 신기할 따름

대략 최근의 일

437

이었다.

그는 창밖을 내다보았다. 빗방울이 교도소 담벼락을 타고 흘러내리고 거센 바람은 축구장 골대의 그물을 사정없이 흔들어대고 있었다. 두 사람이 운동장을 돌고 있다. 그런데 모자가 달린 비옷을 입고 있어서 누구인지는 알아볼 수 없었다.

릴마센은 다시 뒤를 돌아보았다. 네 명의 죄수가 당구를 치고 있었다. 러시아 친구가 초크로 큐대를 문지른 다음 공 여러 개를 구멍 속에 집어넣었다. 그다음은 야노스 차례였는데 보기 좋게 헛방을 날렸다. 릴마센은 단 한 번도 당구를 좋아해본 적이 없었다. 계집애들이나 하는 놀이라고 생각했기 때문이다. 쳐보고 싶었던 적도 없었다. 요쿰은 스코네와 드라간과 둘러앉아 카드를 치고 있었다. 하지만 힐딩이 없는 카드 판은 있으나 마나였다.

릴마센은 궂은 날씨에도 밖으로 나갈 준비를 했다. 비가 오든 말든 바깥공기를 쐬고 싶었다. 그는 외부로 나가는 출입구 쪽에서 담당 교도관이 무얼 하는지 살펴보았다.

'개 같은 자식들, 하루 종일 저기 처박혀서 세금이나 축내고 시간이나 때우는 거지 같은 놈들!'

그러다가 유리문 앞에서 잠깐 멈춰 섰다. 교도관들의 얼굴은 보이지 않았지만 반대편에 있던 그들의 대화 내용은 들을 수 있었다. 단단히 화가 난 듯 큰 소리로 말하고 있었기 때문이었다. 문장 전체를 다 알아들을 순 없었고 단편적인 단어 몇 개로 간신히 유추만 가능할 뿐이었다.

그중에서도 "성범죄자"라는 단어가 여러 차례 귀에 들어왔다. 그 뒤로 명확히 들은 단어는 "중형 선고"였다. 맨 마지막에 그의 귓전을 때리고 간 문장은 "오스카숀……. 특별감호구역……"이라는 말이었다.

'빌어먹을, 도대체 또 무슨 소리를 씨부리고 있는 거야? 설마, 또 다른 성범죄자를 데려오겠다는 건 아니겠지? 아직도 정신들을 못 차린 거야? 악셀손이라는 자식이 기겁을 하고 도망간 걸 뻔히 아는데 말이야!'

원래 교도관들은 순찰을 돌 때 입을 여는 경우가 거의 없었다. 그저 쩔렁쩔렁 열쇠 소리를 내며 복도를 어슬렁거릴 뿐이었다. 그러던 인간들이 뭔가에 단단히 화가 난 모양이었다. 릴마센은 그들의 대화에서 '영웅'이라는 말과 '살인범'이라는 단어를 알아들었다. 그리고 또다시 '성범죄자'라는 단어가 뒤를 이었다.

'변태가 또 들어온다는 거야! 이런 젠장!'

릴마센은 주체할 수 없을 정도로 화가 났다. 온몸이 부르르 떨리고 치밀어 오르는 분노로 목이 턱 막힐 정도였다.

순간 의자 끄는 소리가 들렸다. 교도관들이 앉아 있다 일어나는 모양이었다. 릴마센은 뒤로 한 걸음 물러나, 밖으로 나오며 계속해서 이야기를 주고받는 교도관들을 쳐다보았다. 한 사람은 말을 하면서 유독 과장된 동작으로 대화를 이어나갔다. 그들이 복도로 나오자 무슨 말을 하고 있는지 명확히 들렸다. 첫 번째 교도관은 그 영웅이라는 사람이 여기와서 뭘 하겠느냐고 물었다. 두 번째 교도관은 자신도 잘 모르겠다며 원칙대로라면 중형을 선고받은 죄수들은 보통 이곳으로 보내지 않는다고 했다. 첫 번째 교도관은 이제 위험 요소가 사라졌다는 말과 함께 상황이 종료되었으니 더 이상 누굴 헤치지도 못 할 거라고 덧붙였다. 교도관들은 그 말을 뒤로 하고 멀어져갔다. 당구를 치던 러시아 친구가 눈을 들어 그 장면을 보고는 소리쳤다.

"떴다!"

릴마센은 자신의 치수에 맞는 우비와 장화를 골라 들고는 장대비가 쏟아지는 밖으로 터벅터벅 걸어 나갔다. 숨이 막힐 정도로 목을 조이던 분노도 조금이나마 사그라졌다. 하지만 여전히 온몸이 부들부들 떨렸다. 그는 욕설을 내뱉었다. 그러고는 그 개자식이 들어오거든 아주 특별한 '환영인사'를 해주리라 굳게 다짐했다. 자신의 구역에 또 다른 변태 자식들이 들락거리는 건 도저히 참을 수 없었기 때문이다. 만약 그 변태 자식이 그의 구역에 들어온다면, 절대로 살려서 내보내지 않을 거란 결심을 다졌다.

*

그는 그냥 세면대에 소변을 보았다. 교도관을 대동한 채화장실에 가고 싶지 않고, 평결문과 관련해 그가 던질 은밀한 질문에 답을 하기도 싫었기 때문이다.

징역 10년.

그는 그것이 과연 무엇을 의미하는지조차 알지 못했다. 전날, 크리스티나 비엔쇤이 오후 무렵 그를 찾아왔다. 그녀는 그런 판결이 나온 이유에 대해 설명해주었다. 그러면서 대법원에 상고를 하자고 권유했다. 그녀는 정당방위가 인정되는 구금형을 얻어보겠다는 계획이었다. 프레드리크는 그녀에게 자신은 거기서 그만 두고 싶다고 속뜻을 내비쳤다. 넌더리가 났다. 관심도 없었다. 이미 엎질러진 물이었다. 그는 딸아이 목숨을 앗아간 살인범을 살해했다. 그거면 충분했다. 교도소에 갇히거나 말거나, 그런 건 아무래도 상관없었다.

그는 손을 씻고 자신의 수감실 중앙에 섰다.

징역 10년.

만기 출소를 하게 되면 거의 쉰에 가까운 나이가 될 터였다.

형을 선고받고 복역 중이던 성범죄자 하나가 탈옥을 감행했다. 그 아이의 아빠인 그는 성범죄자가 다시는 똑같은 범행을 되풀이하지 못하도록 조치를 취했다. 그랬기 때문에 그는 외부세상과 단절된 상태로 쉰이 될 때까지 교도소에서 썩어야 할 운명에 처해진 것이다. 그는 세면대를 발로 한 번 걷어차고는 숨이 막힐 때까지 웃었다.

교도관이 문을 두드린 뒤 감시창을 열었다.

"무슨 일입니까?"

"뭐가요?"

"소란스러운 소리가 나서요."

"난 뭐 웃을 권리도 없습니까?"

"아닙니다."

"그럼 그냥 내버려두십쇼."

"단지 극단적인 선택을 하는 건 아닌지 확인할 생각이었습니다."

"극단적인 선택 같은 건 안 합니다."

"그런 어처구니없는 판결을 받은 사람들은 종종 상상을 초월하는 행동을 하는 편입니다."

"더 웃어도 되겠습니까?"

"알겠습니다. 몇 분 뒤에 다시 올 테니 그때까지 소지품을 챙겨두십쇼."

"소지품을 챙겨요?"

"선생은 이송대상자입니다."

프레드리크는 침대에 앉았다. 누렇게 뜬 천장, 무미건조한 벽, 그리고 지저분한 바닥. 그것들에게 작별을 고할 시간이 온 것이다. 챙기고 자시고 할 것도 없었다. 비닐봉투에 담아온 칫솔과 치약, 그리고 비누가 전부였으니까. 그는 자리에서 일어나 비닐봉투를 열고 세면도구를 챙겨 넣었다. 그게 전부였다. 준비 완료.

잠시 뒤 교도관이 다시 노크를 한 뒤 수감실 문을 열었다. 그는 많아봐야 스물다섯 정도 돼 보였는데, 머리는 위로 삐

죽 솟아 있고 코에는 피어싱을 하고 있었다. 뮤지션이 꿈인 그는 프레드리크가 조금의 관심이라도 보이지 않을까 하는 생각에 틈만 나면 음악 이야기를 하곤 했다. 구치소의 교도관들도 심장을 가진 인간이고 그들에게도 역시 꿈과 희망이 있다는 말을 하고 싶었을지도 모른다. 음반 제작자의 연락을 기다리며 교도관 일을 하고 있다고 말했다. 그렇게 기다린 게 벌써 몇 년째였지만 조금은 더 기다릴 수 있다고 했다. 퇴물 취급을 받는 서른 전까지.

교도관은 수감실 안으로 들어와 프레드리크의 어깨에 한 손을 얹었다.

"제가 어떻게 생각하는지 알고 계시죠?"

"미안하지만 당신이 무슨 생각을 하든 솔직히 관심 없습니다."

"선생을 여기 가둬둔다는 것 자체가 말이 안 됩니다. 이번 판결처럼 어이없는 경우는 정말 살다 살다 처음입니다."

"상관없습니다."

"이곳 사람들은 다 같은 생각이에요. 교도관이나 재소자들이나 다들 똑같습니다. 구치소에서 이렇게 의견이 일치된 일은 생전 처음이에요."

프레드리크는 그에게 세면도구가 담긴 비닐봉투를 건넸다.

"소지품은 이게 답니다."

"큰 위로가 되지 않을 거란 거, 저도 압니다."

"떠날 준비는 끝났습니다."

"선생은 당연히 무죄방면으로 풀려났어야 했어요."

"그래요. 아무튼 준비 다 됐습니다."

"나가면 아시겠지만, 밖에 사람들이 많이 몰려왔어요. 선생이 이송되어 가는 길목에 아예 줄을 서 있다니까요."

"나도 모르는 걸 그 사람들은 어떻게 알고 있습니까?"

"아는 사람은 많습니다. 소문은 쉽게 퍼지니까요."

"아까 말한 것처럼 별로 위로가 되는 말은 아니군요."

프레드리크는 다시 홀로 남아 기다렸다. 교도관은 잠시 뒤 갈아입을 옷을 가지고 왔다. 하지만 그 옷도 몇 시간 뒤면 다시 벗어야 할 터였다. 알몸으로 보안검색을 거쳐야 하고 벗은 옷은 자유의 몸이 되는 날까지 사물함 구석에 처박히게 될 것이다. 대신 다른 옷이 지급된다. 교도소 죄수복.

갑자기 수감실 문이 열렸다. 이번에는 노크도 없었다. 교도관 두 명이 정복 차림의 경관 두 명과 함께 들어왔다. 문 뒤로 에베트 그렌스와 스벤 순드크비스트 형사가 보였다.

프레드리크는 그들이 찾아오리라고 예상은 했지만, 그래도 뜻밖이었다.

그는 수감실로 들어온 네 명은 무시하고 열린 문 뒤로 보이는 그렌스 형사와 눈을 마주치려 했다.

"여기까지 오신 이유가 뭡니까?"

에베트는 못 알아듣는 척 딴청을 피웠다. 대답은 스벤이 대신했다.

"필요한 조치라고 판단했습니다."

"무슨 이유로 그럴 필요가 있다는 겁니까?"

"선생을 아스프소스 교도소로 이송해 가는 데 문제가 적지 않을 거라는 연락을 받았기 때문입니다."

"아스프소스라고요? 제가 가게 될 곳이 거깁니까?"

"그렇습니다."

"아스프소스라면…… 그자가 있던 교도소 아닙니까!"

"하지만 선생은 일반감호구역으로 가시게 됩니다. 룬드는 성범죄자 특별감호구역에 수감되어 있었습니다."

프레드리크는 스벤에게 한 걸음 더 가까이 다가갔다. 제복경관이 즉시 끼어들어 그의 두 팔을 붙잡았다. 프레드리크는 다시 수감실 안으로 끌려들어가 그들이 팔을 놓아줄 때까지 몸싸움을 했다.

"무슨 문제가 있다고 경찰까지 대동해야 하는 겁니까?"

"선생은 경찰의 호위를 받으시는 겁니다."

"내가 탈옥이라도 할 사람처럼 보입니까?"

"지금으로선 제가 드릴 수 있는 말씀은 그게 전부입니다."

여전히 이른 시간이었다. 창문 밖으로 돌출된 함석판을 때리는 빗소리는 이전처럼 시끄럽고 성가시게 들렸다.

이제 그 소리마저 그리울 것 같다는 생각이 들었다.

대략 최근의 일

*

억수같이 내리는 비 때문에 구치소 정문을 나와 시동이 걸린 채 대기 중이던 호송차량까지 불과 몇 미터 거리를 걸어가는데도 뼛속까지 다 젖은 듯했다. 프레드리크는 양발에 채워진 족쇄 때문에 종종걸음으로 걸어야 했다.

걷는 것도 힘든데 그 상태에서 빠져나갈 수는 없었다. 그가 또다시 살인을 저지를 가능성도 극히 희박했다. 그는 이 세상에서 없어져야 할 단 한 사람을 이미 죽인 뒤였다.

그런데도 그의 호송에는 이례적으로 경비가 삼엄했다. 경광등을 번쩍거리는 두 대의 경찰차량이 호송차 앞에서 길을 텄고, 제복경관이 탄 사이드카 두 대가 그 뒤를 따랐다. 2주 전, 구치소 앞에서 벌어진 시위대의 난동은 모두의 뇌리에 여전히 남아 있었다. 차를 막아선 채 바닥에 드러누운 시위대, 위급한 상황을 벗어나기 위해 그들을 향해 돌진한 경찰차량, 시위대의 손에 굴러들어가 경찰을 겨눈 총, 전복된 경찰차, 거기서 빠져나오는 경관들을 향해 오줌을 갈기던 성난 시민들의 모습을 두 번 다시 보고 싶어 하는 사람은 아무도 없었다.

프레드리크는 뒷자리에 앉아 있었다. 양옆으로 에베트 그렌스와 스벤 순드크비스트 형사가 나란히 붙어 앉았다. 마리가 실종된 날 비둘기집 앞에서 처음으로 만난 이후로 제법 오래 알고 지내온 느낌이 들었다. 두 번째는 법의학 연구소 부검실에서였다. 그다음 두 형사는 마리의 장례식에 참석했었다. 검찰의 항소심 재판 때는 스트렝네스로 직접 그를 데리러 오기까지 했고, 그 차를 타고 가는 한 시간여 동안 시브 말름크비스트의 노래를 원 없이 듣기도 했다. 그리고 이번에도 역시 그들은 프레드리크를 찾아왔다. 이제 교도소로 들어가면 더 이상 볼 일도 없으리라.

그랬기 때문에 그들에게 뭐라고 말을 해야 할 것만 같았다. 뭐라도 한 마디.

하지만 그럴 엄두가 나지 않았다.

그래야 할 필요도 없었다.

그래도 뭔가 통했는지 스벤 형사가 먼저 말을 걸었다.

"따님이 살해당하던 날이 제 마흔 번째 생일이었습니다. 차에다 와인 한 병하고 케이크를 들고 퇴근 준비를 하던 시점이었지요. 그날 이후 지금까지도 생일파티를 하지 못했습니다."

프레드리크 스테판손은 그 말의 의도를 이해할 수 없었다. 심지어 자신을 무시하는 건지, 아니면 그 자신을 불쌍히 여겨달라는 건지도 알 수 없었다. 어찌됐든 그는 아무런 대꾸도 하지 않았다. 상대 역시 굳이 대화를 하려는 눈치는 아니었다.

"형사 노릇만 20년째입니다. 젊은 날을 통째로 바쳐온 일입니다. 더럽게 힘든 일이지만 그래도 유일하게 할 줄 아는 일이 이겁니다."

대략 최근의 일

아스프소스까지는 대략 50여 킬로미터를 가야 했다. 3, 40분 정도 걸리는 거리였다. 프레드리크는 더 이상 그의 이야기를 듣고 싶지 않았다. 그냥 눈을 감고 앞으로 다가올 10년이라는 시간을 계산하고 싶었다.

"이 일을 하면서 항상 저 자신이 이 사회에 쓸모 있는 인간이라고 믿고 살았습니다. 제가 하는 일이 옳은 일이라고 생각하면서요. 아마 개중에는 잘한 것도 있었을 겁니다."

바로 옆자리에 앉은 스벤의 입 냄새까지도 느껴졌다.

"그런데 이번 일은 정말이지 아닙니다! 선생도 이해하실지 모르겠습니다만…… 아니, 분명히 알고 계실 겁니다. 지금 여기, 이 자리에 앉아서 선생을 감시하고, 선생이 10년 동안 수감될 곳으로 호송해가야 하는 저 자신이 얼마나 수치스럽게 느껴지는지 말입니다. 솔직히 제가 경찰치고 거의 욕을 안 하는 편이긴 하지만 정말…… 지금 이 상황은 정말 씨발, 완전히 미친 짓입니다!"

물론 사건을 담당했던 수사관으로서 동정심을 느끼는 건 당연한 일이었다. 하지만 프레드리크는 그러거나 말거나 아무런 상관이 없었다.

스벤은 상체를 더욱 프레드리크에게 가까이 가져가 비에 젖은 셔츠의 소매 깃을 잡아당겼다.

"몇 달 전, 벤트 룬드는 선생이 앉은 바로 그 자리에 앉아 있었습니다. 그리고 오늘은, 제가 감시해야 할 대상이 바로 선생입니다. 정말, 진심으로 유감스럽습니다."

그때까지 침묵을 지키고 있던 에베트 그렌스가 헛기침을 하며 입을 열었다.

"스벤, 이제 됐어."

"뭐가 돼요?"

"그만하라고."

그 말을 마지막으로 한동안 호송차량 내에 정적이 내려앉았다. 여전히 비가 내리고 있었다. 와이퍼가 열심히 앞 유리를 닦고 있다.

호송차량은 원형 교차로에서 국도를 벗어난 뒤 휴게소 두 군데를 지나 주택이 모여 있는 한적한 길로 접어들었다. 거기서부터 첫 번째 시위대가 진을 치고 기다리고 있었다. 그들은 인간사슬을 형성하고 길게 줄을 서서 노래를 하고 구호를 외치며 피켓을 흔들고 있었다.

프레드리크는 크로노베리 구치소에서 겪었던 것처럼 경련이 일어난 듯 속이 뒤틀렸다. 그와는 아무런 상관도 없는 생면부지의 사람들이 거리로 몰려나와 그의 이름을 부르짖고 있었기 때문이다. 도대체 무슨 권한으로? 시위대는 그를 위해 거리로 뛰쳐나온 게 아니라 자기 자신들을 위해 그 자리를 지키고 서 있는 것이다. 그의 눈에 보이는 것이라곤 시위대의 두려움과 증오가 전부였다. 그를 위한 감정은 전혀 느껴지지 않았다.

교도소 가까이 다가갈수록 점점 더 많은 군중이 몰려 있었다. 특히 교도소 철조망이 늘어선 비포장도로 앞에서는 그 수가 절정에 달했다. 그나마 시위대의 행동은 침착해 보였다. 덜 위협적이고 덜 공격적인 모습이었다. 하지만 프레드리크는 그들을 똑바로 쳐다볼 수가 없었다. 보기만 해도 구역질이 치밀어오를 것 같았기 때문이다.

호송차량은 거대한 철망 몇 미터 앞에서 멈춰 섰다. 차를 타고 더 이상 갈 수 없는 지점이었다. 에베트 그렌스는 차량과 교도소 정문 사이를 가로막고 선 시위대의 수를 재빨리 가늠해보았다. 대략 2천여 명.

"여기서 일단 대기."

에베트 그렌스가 말했다.

"도발적인 행동은 금물이야. 지난번과는 달라. 이들은 단지 법원의 판결에 동의하지 않는다는 의사를 표현하고 싶을 뿐이라고. 금방 해산할 거야."

프레드리크는 시선을 떨어뜨린 채 앉아 있었다. 피곤이 몰려왔고 어서 빨리 잠자리에 들고 싶었다. 한시라도 빨리 호송차량에서 벗어나 더 이상 떼로 몰려 있는 군중이 보이지 않는 곳으로 가고 싶었다. 죄수복을 입고 자신의 감방 침대에 누워 천장을 바라보며 흘러가는 시간이나 계산하고 싶었다.

그들은 그 상태로 20여 분을 기다렸다. 시위대의 노래도 멈췄고, 더 이상 구호 소리도 들리지 않았다. 그들은 묵묵히 인간 벽을 형성한 채 가만히 서 있었다. 시위 진압용 방패를 들고 나타난 60여 명의 지원 병력은 신속히 시위대를 해산했다. 호송차량은 서서히 앞으로 움직이며 시위대와 몇 센티미터 정도 간격으로 그들을 지나쳤다. 사람들은 호송차량이 철조망 앞으로 다가가 교도소 안으로 들어가는 장면을 물끄러미 보고 있었다.

에베트와 스벤은 프레드리크의 양쪽에서 각각 한쪽 팔을 부축하고 정문 초소로 걸어갔다. 그러고는 교도관에게 인계하고 고갯짓으로 그에게 인사를 건넨 후 뒤돌아 나왔다. 프레드리크 스테판손은 이제 그들의 손을 떠났다. 두 형사는 그를 체포했고, 그는 재판을 받아 교도소에 오게 되었다. 똑같은 범행을 다시 저지르지 않도록 거기서 10년을 복역해야 했다.

프레드리크는 발걸음을 돌려 자신과는 다른 바깥세계로 돌아가는 두 형사의 모습을 바라보았다. 두 명의 교도관이 그를 데리고 현관 왼쪽의 방으로 데리고 갔다. 교도소 수감과 관련된 형식적인 절차를 거쳐야 했기 때문이다.

교도관은 그가 옷을 벗는 모습을 지켜보았다. 그러고는 손에 비닐장갑을 착용하고 프레드리크의 입 안과 항문을 조사했다. 그리고 그가 벗어놓은 옷도 조사를 한 뒤 서랍장에 집어넣었다. 프레드리크는 죄수복을 걸쳤다. 이제 영락없는 죄수의 모습이었다. 교도관들은 그를 데리고 다음 방으로 옮겨갔다. 침대와 의자, 그리고 창문 앞에 책상이 놓인 방이었다. 교도관은 잠시 후에 그가 사용하게 될 감호구역의 감방으로 데려다주겠다고 말한 뒤 밖에서 열쇠로 문을 잠그고 떠났다.

*

딱딱한 의자에 앉아 기다린 지 벌써 한 시간이 지났다.

밖을 내다보니 쇠창살로 가로막힌 창문과 회백색 콘크리트 벽 사이의 잔디밭에 폭우 때문에 여기저기 커다란 물웅덩이가 만들어져 있었다.

프레드리크는 마리를 떠올려보려 했다. 하지만 뜻대로 되지 않았다.

마리는 아빠의 머릿속에 머물고 싶지 않은 듯, 잡아보려 해도 잡히지 않았다. 얼굴도 윤곽만 떠오를 뿐 목소리도 들리지 않았다.

누군가 문을 두드렸다. 자물쇠 돌아가는 소리가 들렸다. 문이 열리고 제복 차림의 교도관 한 명이 들어왔다. 프레드리크는 어렴풋이 어디서 본 것 같다는 느낌이 들었다.

"미안합니다. 방을 잘못 찾아왔습니다."

교도관은 재빨리 내부를 훑어보더니 황급히 나가려고 했다.

프레드리크는 기억을 더듬어보았다. 분명히 낯이 익은 얼굴이었지만 또 그만큼 생소하게 느껴졌다.

"잠깐만요."

교도관은 뒤를 돌아보았다.

"네?"

"무슨 일입니까?"

"말씀드렸다시피, 잘못 찾아온 겁니다."

"어디선가 분명히 당신을 본 적이 있습니다. 당신, 누굽니까?"

교도관은 머뭇거렸다. 자신을 짓누르는 죄책감을 털어내기 위해 몇 달 동안 몸부림을 쳤던 그다.

"제 이름은 렌나트 오스카숀입니다. 일반적으로 변태라고 불리는 성범죄자를 수감하는 특별감호구역 책임자입니다."

그제야 기억이 났다. 텔레비전에서 인터뷰를 하던 이 남자의 얼굴이.

"당신 잘못이었어."

"그렇습니다. 탈옥사건이 발생하던 날, 룬드를 병원으로 이송하라는 명령을 내린 건 저였습니다."

"이 모든 게 다 당신 잘못이었어."

렌나트 오스카숀은 몇 미터 앞에 앉아 있는 남자를 쳐다보았다. 그러자 룬드가 도주하고, 지금 자신을 탓하고 있는 이 남자의 하나밖에 없는 딸아이가 살해당한 날부터 지금까지의 모든 사건들이 떠올랐다. 이미 그때에도 죄책감에 시달리고 있던 그였다. 아내를 속였다는 죄책감. 연인 닐스에 대한 감정을 보듬어주지 못했다는 마음의 짐. 그는 두 사람과 사랑을 공유하고 싶었지만 도저히 그럴 수가 없었다. 그 와중에 어린아이가 룬드에게 무자비하게 살해당하고 말았다. 그 사건 뒤로 렌나트는 아내와 연인에게 도저히 마음을 쓸 수 없었다. 마리아, 닐스, 벤트 룬드, 마리와 프레드리크 스테판손의 얼굴이 밤낮으로 그를 괴롭혔다. 심지어는 잠에서 깬 뒤에도 침대에서 일어날 엄두가 나지 않는 날이 계속되곤 했다. 도저히 그들의 얼굴을 마주대할 용기가 없었기 때문이다.

"동료 교도관에게 스테판손 씨에 대한 이야기는 많이 들었습니다. 전적으로 신뢰하는 동료이기도 하고 현재 저와 매우 가까운 사이이기도 합니다. 그 친구 말을 들으면 들을수록 저희가 똑같은 생각을 하고 있다는 사실을 깨닫게 되더군요. 맞습니다. 룬드는 이곳 죄수였습니다. 하지만 저희는 놈을 관리하는 일을 소홀히 한 적도 없고 최선을 다해 수감하고 있었습니다. 뿐만 아니라, 놈의 정신 상태를 바로잡기 위해 할 수 있는 모든 치료법을 동원했습니다."

렌나트 오스카숀은 밖으로 나가려던 상태로 계속해서 문턱에 서 있었다. 두 사람은 비슷한 연배였다. 렌나트의 이마엔 굵은 땀방울이 맺혀 있었다.

"스테판손 씨에게 일어난 일은 정말 유감입니다. 이젠 가봐야 할 것 같습니다."

"당신 잘못이었어."

렌나트는 프레드리크에게 다가와 손을 내밀었다.

"모쪼록 잘 지내시기 바랍니다."

"당신 같은 사람하고 악수할 마음 없어."

그의 대답에 마치 뺨이라도 한 대 얻어맞은 것 같았다. 렌나트는 두 다리가 휘청거리고 숨이 가빠졌다. 그는 애원하는 눈빛으로 프레드리크를 바라보았다.

앞으로 내민 그의 손마저 부들부들 떨렸다. 하지만 프레드리크는 끝내 그 손을 외면했다.

렌나트는 조금 더 기다렸다가 결국 내밀었던 손을 제자리로 가져갔다. 그러고는 잠시 프레드리크의 어깨에 손을 얹었다가 방을 빠져나갔다.

유리창을 타닥타닥 때리는 빗소리만이 귓전을 때리는 유일한 소리였다. 그런데 점심시간이 지나자 갑자기 고요해졌다. 연일 쏟아지던 폭우가 물러가고 빗소리가 사라지자 공허함이 빈자리로 몰려들었다. 그는 창문 가까이 다가가 두 눈을 들어 하늘을 올려다보았다. 먹구름이 물러가면서 점점 지평선이 모습을 드러내기 시작했다.

그 상태로 여섯 시간이 더 흐른 후에 곤봉을 착용한 두 명의 교도관이 문을 열고 들어왔다. 힘이 넘쳐 보이는 데다 죄수 다루는 일에 일가견이 있는 듯한 분위기를 풍겼다. 새로운 죄수가 들어오면 누구 명령에 복종해야 하는지를 은연중에 각인하는 능력을 타고난 것 같았다. 두 사람 중, 파란 테안경을 쓴 교도관이 손에 든 서류 뭉치를 훑어보았다.

"스테판손 씨, 맞습니까?"

"맞습니다."

"따라오시오. 당신 감호구역으로 데려다줄테니."

프레드리크는 여전히 앉아 있다.

"여기서 일곱 시간을 기다렸습니다."

"그런데?"

"그 이유가 뭡니까?"

"별 다른 이유는 없습니다."

"신병교육이라도 하자는 겁니까?"

"무슨 소릴 하는 겁니까?"

"그래서 일곱 시간이나 여기서 기다리게 한 거 아닙니까?"

"거기에 특별한 이유는 없습니다. 그럴 때도 있는 겁니다."

프레드리크는 한숨을 내쉰 뒤 자리에서 일어났다.

"어디로 데려가는 겁니까?"

"당신이 머물게 될 감호구역으로 간다지 않았습니까."

"거긴 어떤 곳입니까?"

"일반감호구역입니다."

"거긴 어떤 사람들이 있는 곳입니까?"

교도관은 화를 드러내지 않으려는 듯 별 의미 없이 방을 둘러보았다. 휑한 벽, 이불 없는 침대, 빈 의자.

"거, 질문 참 많은 양반이네."

"그냥 알고 싶을 뿐입니다."

"일반감호구역이 그냥 일반감호구역이지 뭘 더 설명해달라는 말입니까? 거긴 온갖 종류의 범죄를 저지르고 잡혀온 사람들이 수감되는 곳입니다. 단, 성범죄자는 예외입니다. 그들은 특별감호구역에 수감됩니다."

교도관은 잠시 말을 멈추고는 두 팔을 펼치고 어깨를 한 번 들썩인 다음 말을 이었다.

"아직 이해를 못하고 계시는 것 같은데, 여긴 이제부터 스 테판손 씨가 머물게 될 집이고, 나머지 사람들은 전부 당신 친구들입니다."

프레드리크는 교도관을 따라 느린 걸음으로 복도를 지나갔다. 복도에는 뭘 의미하는지도 모르겠고 그린 솜씨도 영 형편없어 보이는 그림들이 벽에 걸려 있었다. 아마도 수감자들의 심리치료의 일환인 것 같았다. 프레드리크와 교도관은 보안 게이트를 세 차례 지나쳤다. 통과 방식은 매번 똑같았다. 교도관이 감시카메라를 쳐다보면 철컥 소리와 함께 철문이 열렸고, 통과하기 전, 마치 고맙다는 인사를 하는 것처럼 다시 감시카메라를 쳐다보았다. 복도를 따라 걷는 동안 프레드리크는 몇 걸음 정도 되는지 세어보았다. 적어도 4백 미터는 넘는 것 같았다. 가는 길에 다른 교도관의 인솔을 따르는 죄수들도 여럿 마주쳤다. 그들은 프레드리크를 보자 고갯짓으로 인사를 건넸고, 프레드리크 역시 그들을 따라했다. 복도 끝 쪽에 이르자 여러 개의 화살표가 달린 표지판이 'H구역'을 가리키고 있었다. 그가 가게 될 최종 목적지인 것 같았다.

두 층을 더 올라간 그들은 새로운 문과 마주쳤다. 문에 쓰인 표지판을 통해 목적지에 도달했음을 깨달았다.

안으로 들어가자마자 생선 튀김 냄새가 진동을 했다. 문을 열어준 교도관은 인상을 쓰고 있는 프레드리크의 얼굴을 쳐다보았다.

"다른 죄수들은 방금 식사를 끝냈습니다. 당신 차례는 조금 기다려야 합니다."

그들 앞으로 을씨년스러워 보이는 복도가 펼쳐졌다. 그들은 텔레비전 휴게실을 지나쳤다. 그 앞에는 죄수 몇 명이 소파에 앉아 카드를 치고 있었다. 그다음으로 프레드리크의 눈에 들어온 것은 길게 이어진 감방의 행렬이었다. 감방 문은 대부분 열려 있었다. 그리고 맨 끝 쪽에 있는 작은 방에는 탁구대도 설치되어 있었다.

"조금만 더 가면 14호실입니다."

카드를 치던 죄수들은 그가 지나가자 고개를 들었다. 얼굴에 흉터가 있고 쇠사슬 같은 금줄을 목에 건 밤색 머리 남자가 그를 뚫어지게 쳐다보았다. 그 옆에는 말총머리를 한 거구의 사내가 앉아 있고, 맞은편에는 수염을 기른 밤색 머리에 왜소한 외국인—그리스 아니면 터키일 것이다.—이 앉아 있었다. 구석에는 핀란드 사람처럼 보이는 남자 하나가 있었는데 얼굴만 봐도 마약 중독자라는 게 티가 날 정도였다.

프레드리크는 빈 감방 안으로 들어갔다. 크로노베리 구치소보다 조금 큰 수감실이었다. 침대, 탁자, 의자, 작은 서랍장, 세면대. 창살이 쳐진 창문은 교도소 건물 담장 쪽으로

나 있었고 벽은 연초록색, 천장은 전에 있던 곳과 마찬가지
로 누렇게 뜬 색이었다. 그는 침대에 앉았다. 발치에는 시트
와 이불이, 머리맡에는 베개가 놓여 있었다.

프레드리크는 이송되기 전에 크로노베리 구치소에서 그
랬던 것처럼, 손바닥으로 벽을 쿵쿵 치며 소리 내어 웃었다.
마음의 고통을 일시적으로 달래는 그만의 방식이었다.

교도관이 파란 테 안경을 들어 올리며 그를 쳐다보았다.

"웃음이 나옵니까?"

"왜요, 여긴 웃을 권리도 없습니까?"

"순간 실성했나 했습니다."

프레드리크는 시트와 이불을 펼쳐 누울 준비를 했다. 쉬
고 싶었다. 침대에 누워 멍하니 천장만 바라보고 싶었다.

"아까 했던 말, 완전히 틀린 말은 아닙니다."

프레드리크는 의아하다는 표정으로 교도관을 쳐다보았다.

"아까 선생이 필요 이상으로 기다렸다는 거, 맞습니다. 샤
워라도 하는 게 좋을 겁니다. 그럴 생각이라면 타월을 가져
오겠습니다."

프레드리크는 베갯잇을 집어 들다 그냥 내려놓았다.

"나쁠 건 없겠군요."

"다시 돌아오겠습니다."

프레드리크는 교도관을 붙잡았다.

"혹시 위험하진 않습니까?"

"뭐가 말입니까?"

"샤워하는 게요."

"그게 왜 위험합니까?"

"강간당할 위험은 없습니까?"

교도관은 피식 웃으며 대답했다.

"그런 걱정은 할 필요 없습니다. 스웨덴 교도소에서는 성
범죄자와 동성애자들이 별로 환영을 받지 못합니다. 샤워실
에서 강간당할 일은 절대 없습니다."

프레드리크는 펼치다 만 침대에 앉았다. 세면도구를 꺼내
놓으려다가 그는 먼저 그 감방을 차지했던 사람이 빨간 색
연필로 벽 아래쪽에 그어놓은 굵은 선의 개수를 세어보았다.
116개까지 세었을 때 교도관이 타월을 손에 들고 다시 나타
났다.

프레드리크는 슬리퍼를 신고 복도로 나섰다. 옆 감방 주
인이라는 남자 두 명이 그를 보자마자 인사를 건네고 힘차
게 악수를 청했다. 그는 텔레비전 휴게실에서 카드를 치고
있던 사람들을 다시 지나쳐갔다. 마약 환자가 이상하게 패
에 킹이 한 장 더 있는 것 같다며 불평을 하자, 금사슬을 건
밤색 머리 남자는 그에게 닥치고 카드나 치라고 쏘아붙였
다. 그런데 방금 소리를 지른 그 남자는 프레드리크를 발견
하더니 영문을 알 수 없는 증오의 눈빛으로 노려보았다.

샤워실에는 부스가 네 개 있었는데, 아무도 없었다. 그는
복도로 이어지는 샤워실 문을 닫았다. 샤워하는 동안에는
바깥 소리를 듣고 싶지 않아서다. 그러고는 세차게 물을 틀

고 물줄기 아래로 들어갔다. 다만 몇 분간이라도 모든 걸 씻어내고 아무 생각 없이 있고 싶었다.

신참을 발견한 릴마센은 교도관들의 대화가 떠올랐다. 쓰레기 같은 자식이 어깨에 타월 하나를 걸치고 자신의 앞을 지나가자 그는 들고 있던 카드를 내려놓았다.

"나 화장실에 좀 가야겠어."

그러고는 스코네를 쳐다보며 말했다.

"자네, 내 대신 카드 좀 치고 있어. 그 패를 가지고도 잃으면 반 죽을 줄 알아."

그는 스코네에게 카드를 건네고 화장실로 향했다. 몇 미터 정도 걸어간 그는 동료들이 계속 카드를 치고 있는지 확인하기 위해 뒤를 돌아보았다. 그러고는 화장실을 지나쳐 바로 옆에 있는 샤워실 문을 열고 들어갔다. 그가 샤워실 안에 머문 시간은 불과 1, 2분 정도였다.

마치 누군가 문에 부딪히는 소리가 난 것 같았다. 처음으로 현장을 발견하고 조치를 취한 교도관이 보고한 내용에 따르면 그랬다. 마치 어느 죄수 하나가 자신의 존재를 알리기 위해, 밖으로 나가기 위해 문을 두드려 소리를 내는 것 같았다고 했다. 그리고 곧바로 샤워실 문을 열고 나오는 프레드리크를 발견했다는 것이다. 그는 비틀거리며 샤워실 문을 열고 나왔는데 복부를 움켜쥔 손에서는 피가 철철 흐르고 있었다고 했다. 그 교도관은 즉시 비상벨을 울리고 바닥에 쓰러진 죄수를 향해 달려갔다. 프레드리크는 무슨 말을 하려고 했지만 입에서 피만 토해낼 뿐이었다. 말로 설명이 불가능하자 그는 눈을 돌려 공포로 가득찬 눈빛으로 릴마센 쪽을 바라보았다. 다른 교도관 두 명이 달려들어 부상당한 죄수의 맥박을 짚어보고 지혈을 위한 응급처치를 했다. 그리고 즉시 부상자를 일으켰지만, 그들이 들쳐 엎은 사람이 이미 죽었다는 걸 확인하는 것 외엔 달리 할 수 있는 게 없었다.

카드를 치던 죄수들은 그대로 카드를 테이블 위에 내려놓은 상태였다. 그들은 신참이 피범벅이 되어 바닥에 쓰러지자 카드놀이를 중단했다. 복부에 칼 두 방을 맞게 되면 어떤 일이 벌어지는지 너무나 잘 알고 있었기 때문이다. 그리고 그 장면을 보자마자 순식간에 신참의 숨통이 끊어지겠구나 생각했다. 요쿰은 한 발짝 뒤로 물러섰다. 순식간에 민머리까지 땀에 젖어버렸다. 불과 몇 분 전, 스테판손에게 환영인사를 건네고 자신은 옆방에 사는데, 텔레비전으로 그의 사연을 다 알고 있다는 말을 건넸었다. 그러면서 뭐든 필요하면 자신을 찾아오라고도 했었다. 그런데 그랬던 사람이 이제 저세상 사람이 되어 있었다. 그는 프레드리크를 다시 눕혀놓고 상태를 살피던 교도관들 앞을 지나쳐 카드를 치고 있던 테이블로 향했다. 그러고는 릴마센의 얼굴에 바짝 다가가 불쑥 한 마디를 던졌다.

"도대체 왜 그런 거야?"

릴마센은 입술을 한 번 쓱 문지르고 대답했다.

"신경 끄고 니 일이나 잘 해."

요쿰은 언성을 높였다.

"이런 개새…… . 너, 씨발 지금 누굴 죽인 건지나 알아?"

릴마센은 만족스럽다는 듯 씩 웃으며 중얼거렸다.

"당연히 누군지 알지. 빌어먹을 변태 새끼 아니야. 저 자식, 이제 더 이상 꼬맹이들 괴롭히진 못 할 거라고."

갑자기 H감호구역의 문이 활짝 열렸다. 헬멧과 방패 등을 착용한 진압부대원들이 안으로 들어와 반원을 그리며 죄수들을 둘러쌌다.

"너희들, 지금 우리가 왜 여기 와 있는지 잘 알고 있지!"

요쿰은 릴마센을 확 밀치고 곤봉으로 테이블을 내리치는 진압부대장 쪽으로 시선을 돌렸다.

"각자 자신의 감방으로 돌아간다, 실시!"

감방이 복도에서 가장 가까운 죄수들이 가장 먼저 명령에 따랐다. 두 명의 교도관이 돌아다니며 감방 문을 하나씩 잠갔다. 구역 전체가 쥐죽은 듯 고요해졌다. 명령을 내린 진압부대장은 여전히 소파에 앉아 있던 죄수들을 지목했다.

"너!"

스코네는 자리에서 일어나 진압부대원들을 노려보았다. 끔찍하게 싫어하는 그들을 향해 주먹감자를 해보이고 자리를 떠났다.

"그리고 너!"

교도관은 릴마센을 지목했다. 그는 꿈쩍도 하지 않았다.

"감방으로 돌아가!"

"너나 가, 이 새끼야."

"명령에 복종한다, 실시!"

하지만 릴마센은 자신의 감방이 있는 복도 쪽으로 움직이는 게 아니라, 일어나려는 듯하다가 허리를 숙여 테이블을 진압부대원들 쪽으로 집어던졌다. 위에 있던 카드가 하늘로 솟구쳤다가 그들의 발아래에 떨어졌다. 릴마센은 소파 위로 올라가더니 벽에 붙은 커다란 어항을 향해 몸을 던졌다.

"야, 이 개 같은 파시스트들아! 조용히 앉아 카드도 한 판 못 치냐? 에이 쌍, 내가 오늘 아주 단단히 가르쳐주지!"

그는 계속해서 고함을 지르며 어항을 밀어댔다. 결국 어항은 바닥에 떨어져 산산조각이 나고 말았다. 4백 리터의 물이 순식간에 바닥으로 퍼져나갔다. 릴마센은 진압대원들을 피해 당구 큐대를 하나 집어 들고 사정없이 휘두르기 시작했다. 그러고는 가장 가까이 있던 교도관의 목을 한 대 가격한 뒤 감시초소로 미친 듯이 뛰어 들어가 문을 잠가버리고 안에 있는 집기들을 닥치는 대로 부수기 시작했다. 텔레비전, 냉장고, 전구, 화분, 유리…… 진압대원 다섯이 달려들어 겨우 문을 부수고 방패를 앞세워 죄수를 포위했다.

진압부대장은 깨진 어항 조각이 널브러진 복도에 서 있었다.

"그 새끼 잡아서 독방에 처넣어!"

순식간에 벌어진 일로 미처 자신의 감방에 돌아가지 못했던 카드 멤버들은 여전히 복도에 멍하니 서 있었다. 그들은 릴마셴의 광기 어린 행동, 도주를 시도하는 장면, 그리고 그가 체포되기 직전의 상황을 증인처럼 지켜보고 있었다. 요쿰은 감시초소의 방탄 유리문 너머로 릴마셴을 바라보고, 그를 에워싸는 교도관들의 분위기를 살폈다. 그러고 난 뒤 드라간에게 고개를 돌려 귓속말로 뭐라고 중얼거렸다. 드라간은 고개를 끄덕인 뒤 난데없이 진압대원 한 명에게 달려들어 그의 배를 강하게 걷어찼다. 그는 배를 움켜쥐면서 바닥에 쓰러졌고, 나머지 네 명의 대원이 갑자기 동료 쪽으로 고개를 돌렸다. 요쿰은 그런 혼란을 틈타 자신과 가장 가까이 있던 교도관에게 주먹을 한 방 날린 뒤, 릴마셴이 포위되어 있던 초소 안으로 재빨리 들어갔다.

그는 릴마셴을 둘러싼 방패를 뚫고 그의 옆에 어깨를 마주대고 섰다.

릴마셴은 좋다고 껄껄대며 동료를 맞이했다.

"야, 씨발, tjavon(친구들)! 오늘 본때를 보여주자고!"

그는 대원들을 향해 큐대를 휘두르며 기세등등하게 소리쳤다. 주먹깨나 쓰는 동료가 가세하자 천하무적이 된 듯한 기분이 들어 정작 자신의 얼굴과 복부로 연이어 날아드는 요쿰의 주먹을 인식할 틈조차 없었다. 그는 그 자리에서 쓰러져 신음소리를 냈다.

"뭐야, 왜 그래? 젠장."

요쿰은 그의 머리채를 휘어잡고는 있는 힘껏 벽에다 찧기 시작했다. 진압대원들이 다가와 요쿰의 두 팔을 붙잡아 그가 손을 놓자, 릴마센은 그대로 의식을 잃고 말았다.

＊

에베트 그렌스는 차 문을 닫고 고개를 가로저으며 후배를 바라보았다.

"도대체 끝이 있긴 한 거야? 이 빌어먹을 여름 말이야!"

스벤 순드크비스트는 바닥으로 눈을 돌려 발로 차버릴 돌멩이가 있나 찾아보았다.

"유나스에게 이제 다 끝났다고 말해줬어요. 그 아이의 아빠는 감옥에 가게 되었고, 몇 년 뒤에나 다시 나올 거라고요. 그랬더니 '되게 좋다.'고 하더라고요. 요즘 자주 쓰는 말이에요. 되게 좋다는 말. 그 아빠가 벌을 받는 것도 되게 좋대요. 그래야 공평하니까. 얼마 뒤에 다시 자유의 몸이 된다는 것도 공평해서 되게 좋다네요. 왜냐하면 먼저 죽임을 당한 건 그 여자애이기 때문이래요. 그런데 이제 애한테 뭐라고 말을 해줘야 할지 모르겠습니다. 모르죠, 벌써 텔레비전 보고 알았을지도요."

두 사람은 담장으로 다가가 벨을 눌렀다.

"누구십니까?"

"스톡홀름 시경에서 나온 그렌스와 순드크비스트 수사관이오."

"알겠습니다. 들어오세요."

두 사람은 아스프소스 교도소로 들어가 널찍한 현관로비에서 걸음을 멈췄다. 멀리 갈 필요도 없었다. 바로 옆에 있는 방문객 면회실을 이미 잡아두었기 때문이다. 별로 크지 않은 공간이었다. 에베트는 비닐로 된 침대 덮개와 테이블 위의 두루마리 키친타월을 가리켰다. 한 달에 한 번 정도 재소자들이 아내나 애인을 만나 애타는 욕망과 불안을 토해내는 곳이었다. 이런 곳에서 면담 조사를 해야 한다는 생각에 속이 거북해졌다. 두 사람은 테이블을 정중앙으로 옮기고 의자 두 개를 마주보게 배치한 뒤 의자 하나를 더 찾으러 밖으로 나갔다. 그리고 녹음기를 테이블에 올려놓고 그 옆에는 마이크를 설치했다.

그는 두 명의 교도관에 이끌려 안으로 들어왔다. 에베트가 교도관들에게 밖에서 기다려달라고 하자 파란 테 안경을 쓴 교도관이 강하게 거부반응을 보였다.

"필요한 일이 있으면 언제든지 불러드릴 테니 일단은 나가 계시라니까."

에베트 그렌스(EG): 녹음을 시작하겠습니다.

요쿰 랑(JL): 그러시죠.

EG: 이름은 어떻게 됩니까?

JL: 요쿰 한스 랑입니다.

EG: 우리가 왜 여기까지 찾아왔는지 알고 있습니까?

JL: 모릅니다.

에베트는 슬쩍 스벤을 쳐다보았다. 그는 벌써부터 피곤에 지친 모습이었다. 조만간 도움이 필요한 상황이 올 것 같았다. 쓰레기 같은 죄수 놈이 사건의 전모를 다 알면서도 수사에 협조하길 거부하고 있었기 때문이다.

EG: 프레드리크 스테판손이라는 사람에 대해 몇 가지 묻겠습니다. 그리고 그 사람이 무슨 이유로 샤워실 문을 열고 나와 바닥에 쓰러진 뒤 곧바로 사망했는지에 대해서도 말입니다.

1분 정도가 흘렀다. 에베트는 요쿰을 쳐다보았다. 그는 쇠창살 너머로 창문 밖만 바라보고 있었다.

EG: 경치를 감상하는 중이신가?

JL: 그렇습니다.

EG: 이봐요, 요쿰! 프레드리크 스테판손을 살해한 게 릴마센이라는 건 다 아는 사실이잖소!

JL: 그렇게 잘 알고 계시는데 왜 저한테 물어보시는 겁니까?

EG: 당신은 사건이 발생하자마자 릴마센이 기절할 때까지 두들겨 팼습니다. 난 그 이유가 궁금한 거요.

에베트는 요쿰이 대답하기를 기다렸다. 떡 벌어진 어깨와 민머리, 그리고 그 눈빛만으로도 사회에서는 위험인물로 분류되었을 거란 사실을 알 수 있었다. 아마 몇 사람 정도 살해한 경험도 있을 것 같았다.

JL: 나한테 빚을 졌기 때문입니다.
EG: 개소리 집어치우시지!
JL: 액수가 좀 많았습니다.
EG: 보자보자 하니까 아주 가관이네! 당신, 내가 그렇게 만만하게 보여? 드라간이 교도관 하나를 치고 혼란스러운 틈을 타서 자네가 릴마센을 반병신으로 만들었잖아. 당신은 릴마센에게 화가 난 상태였어. 왜냐하면 그 자식이 스테판손의 배때기에 칼을 쑤셔 넣었기 때문이라고.

에베트 그렌스는 붉으락푸르락한 표정으로 자리를 박차고 일어났다. 그러고는 요쿰을 내려다보며 낮은 목소리로 말을 이었다.

EG: 이봐, 잘 들으라고. 당신하고 난 한 배를 탄 사람들이야. 당신이 릴마센이 그런 짓을 벌였다고 증언을 해주면 비밀은 철저히 보장해줄 수 있어. 하지만 그 사실을 밝히지 못한다면 프레드리크 스테판손을 살해한 범인은 아무런 벌을 받지 않게 된다고.

JL: 난 아무것도 못 봤습니다.

EG: 당신 증언이 필요하다고!

JL: 아무것도 못 봤다고 하지 않았습니까!

EG: 교도관!

JL: 일단 녹음기부터 끕시다.

에베트는 어떠냐는 눈빛으로 스벤을 쳐다보았다. 그는 어깨를 한 번 으쓱하고는 고개를 끄덕였다. 에베트는 녹음기의 정지 버튼을 찾아 눌렀다.

"이제 만족하신가?

요쿰은 녹음기가 제대로 꺼졌는지 확인하기 위해 테이블 위로 몸을 숙인 뒤 긴장한 표정으로 눈을 들어올렸다.

"이봐요, 그렌스 형사님! 여기 규칙이 어떤지 잘 아시지 않습니까? 여기서 무슨 일이 벌어지건 간에 주둥아리 잘못 놀리면 그대로 죽는다는 거요. 그러니까 딱 한 번만 말씀드릴 테니 잘 들으쇼. 스테판손을 죽인 놈, 누군지 다 압니다. 그리고 그런 짓을 한 놈은 조만간 여기서 나가게 될 겁니다. 하지만 그 새끼, 절대로 살아서 나가진 못할 겁니다. 드릴 수 있는 말씀은 이게 전부입니다. 이제 제 방으로 돌아가겠습니다."

그는 자리에서 일어나 문으로 향했다. 에베트 그렌스는 굳이 그를 붙잡으려 하지 않았다.

＊

8시 15분. 요쿰 랑에 대한 면담 조사는 30분도 채 넘기지 않았다. 에베트는 한숨을 내쉬었다. 특별한 걸 바란 건 아니었다. 교도소 재소자들을 상대로 쓸 만한 자백을 얻어낸 적은 단 한 번도 없었다. 그 빌어먹을 '명예의 규칙'이란 것 때문이었다. 누군가를 죽이는 행위는 아무래도 좋다. 문제될 것도 없다. 하지만 밀고자는 절대 용납되지 않는다. 그런데 뭐, 명예? 미친놈들!

그는 주먹으로 테이블을 쾅하고 내리쳤다. 스벤이 소스라치게 놀랐다.

"자네 생각은 어때, 스벤? 이젠 어떻게 할까?"

"사실 다른 대안도 없잖아요."

"맞는 말이야."

에베트는 녹음기 전원을 켜고 테이프를 되감은 뒤 제대로 녹음이 됐는지 들어보았다. 요쿰의 목소리는 느리고 무관심한 투였다. 반면 자신의 목소리는 흥분한 상태였다. 화가 나면 언제나 흥분한다는 건 본인도 익히 아는 바이지만, 생각보다 훨씬 더 날카롭고 사나워 녹음을 들을 때마다 깜짝깜짝 놀라곤 했다. 스벤도 녹음된 내용을 같이 들었다. 그는 눈을 들고 선배를 쳐다보았다.

"오늘은 그냥 넘기는 게 좋을 것 같습니다. 이미 들을 건 다 들은 상태니까요. 릴마센이라고 요쿰보다 더 많은 걸 불겠습니까? 그냥 형식적인 방문이라고 생각하고 눈도장이나 찍고 가는 걸로 하죠."

그날 저녁, 아스프소스 교도소장은 H감호구역 전체를 격리시켰다. 재소자 전원은 각자의 감방에서 나올 수 없었다. 그들은 각자의 감방에서 혼자 밥을 먹고, 용변을 해결하고, 흘러가는 시간을 계산하면서 무료함을 달래야 했다. 그랬기 때문에 에베트와 스벤은 텅 빈 H감호구역 복도를 활보할 수 있었다. 그곳에서 한 남자가 살해당했다. 두 형사에게 경의와 호감을 품게 했던 한 남자가. 에베트와 스벤은 요쿰이 릴마센의 머리채를 잡고 벽에 찧었다던 감시초소 안으로 들어가 보았다. 난장판이 된 상태였다. 에베트는 손으로 벽을 한번 만져보았다. 격렬했던 당시의 상황을 말해주는 흔적이 여기저기 보였고, 벽지가 뜯겨져나간 부분에는 핏자국이 묻어 있었다. 유리조각과 무전기 파편들이 신발 밑창에 들러붙어 자각자각 소리를 냈다. 텔레비전 휴게실에는 테이블이 뒤집혀 있고, 카드들이 바닥에 널브러져 있었다. 조금 더 위쪽으로는 산산이 부서진 어항의 잔재들이 깔려 있었다. 유리조각, 모래알, 죽은 물고기들. 두 사람은 물기가 다 마르지도 않은 바닥을 걷다가 하마터면 넘어질 뻔했다.

두 형사는 샤워실 앞에 멈춰 섰다. 그리고 한동안 여기저기에 남아 있는 혈흔을 멍하니 쳐다보았다. 에베트는 스벤을 쳐다보았고, 스벤은 고개를 절레절레 흔들 뿐이었다. 두 사람은 혈흔을 따라 안으로 들어가 보았다. 스테판손은 칼로 수차례 공격을 당한 듯 보였다. 세면대 근처의 하얀 타일에 시뻘건 피 얼룩이 잔뜩 묻어 있었다.

릴마센은 트레이닝복 차림에 웃통을 벗고 자신의 감방 침대에 드러누워 있었다.

그는 말아 피우는 담배 하나를 피웠다. 얼굴은 만신창이에 눈까지 부풀어 올랐지만, 두 형사와 악수를 나누며 미소를 지어보였다. 가슴까지 늘어진 금사슬 목걸이는 여전히 반짝거렸다.

"그렌스 형사님과 그의 충견이라……. 내가 또 무슨 짓을 한 거지? 무슨 이유로 내가 이런 영광스러운 대접을 받는 거요?"

두 형사는 호기심 어린 눈초리로 감방을 살펴보았다. 마치 제집처럼 여기고 사는 분위기가 느껴졌다. 텔레비전, 전기주전자, 화병, 심지어 빨강과 하양이 섞인 체크무늬 커튼까지 달려 있었다. 벽에는 각종 포스터를 비롯해 크게 확대된 사진 한 장이 붙어 있다.

"내 딸년이요. 저것도 그 아이고."

릴마센은 머리맡 테이블 위의 액자를 가리키며 말했다. 금발 머리를 리본으로 묶은 소녀가 웃고 있는 사진이었다.

"뭐 좀 드시겠습니까? 커피나 차?"

대답은 에베트가 했다.

"고맙지만 사양하지. 커피는 이미 마셨거든. 요쿰 랑이란 친구하고 말이야."

릴마센은 두 수사관이 자신을 그 지경으로 만든 장본인과 면담 조사를 했다는 말에도 꿈쩍하지 않았다.

"그럼 혼자 마셔야겠군."

그는 주전자에 물을 채운 뒤 플라스틱 상자에 있던 차 몇 잎을 그 안에 넣었다.

"앉으십쇼, 침대든 어디든."

에베트와 스벤은 침대를 차지하고 앉았다. 감방 내부는 가지런히 정돈되어 있었다. 커튼 봉에는 방향제까지 달려 있었다. 에베트는 손으로 감방 전체를 가리키면서 말했다.

"자네, 아주 제대로 자리를 잡았군그래."

"적지 않은 시간을 머물 곳인데 집처럼 편안해야지요."

"꽃도 있고 커튼까지……."

"형사님 집에는 없습니까, 이런 게?"

에베트는 이를 꽉 깨물었다. 스벤은 순간, 선배의 집에 과연 화분이나 커튼 같은 게 있는지 자신도 모르고 있다는 사실을 깨달았다. 단 한 번도 집에 가본 적이 없었기 때문이다. 에베트는 여러 차례 스벤과 아니타의 집을 찾아왔었다. 하지만 그 반대의 경우는 단 한 번도 없었다. 하지만 두 사람은 서로를 잘 알고 있었고, 매일 붙어 다니며 잘 지내왔다.

릴마센은 차를 마셨다. 에베트는 그가 찻잔을 내려놓을 때까지 기다렸다.

"스티그. 우리가 이렇게 얼굴을 마주하고 대화를 하는 게 처음은 아니지?"

"지당한 말씀이시죠."

"그때가 생각나는군. 자네가 어렸을 때 말이야. 블레킹에로 자네를 잡으러 갔었지. 자넨 얼음송곳으로 삼촌 불알에 난도질을 했었고 말이야."

릴마센은 머릿속에 떠오르는 당시의 장면을 밀어내려고 애썼다. 피투성이가 된 페르 삼촌의 모습이 눈에 선했다. 당시 그는 삼촌을 병신으로 만든 뒤 깔깔대고 비웃어주고 싶었다.

"내가 자네한테, 몇 시간 전에 발생한 프레드리크 스테판손 살인사건의 유력한 용의자가 자네라고 말해준다고 해도 자넨 그리 놀라지 않을 거야."

릴마센은 눈을 들어 위를 쳐다보며 한숨을 내쉬었다.

"제가 혐의를 받고 있다는 거, 저도 압니다. H감호구역 전체가 다 용의선상에 올랐으니까요."

"우린 지금 자네 얘길 하고 있는 거라고."

"제가 드릴 수 있는 말씀은, 그런 변태 자식은 마땅히 받아야 할 대접을 받은 것뿐이라는 겁니다."

에베트는 순간 상대의 말을 이해할 수 없었다.

"이봐, 스티그. 지금 우리가 같은 사람 이야기를 하고 있는 게 맞나? 왜냐하면 프레드리크 스테판손이 어떤 사람이 었건 간에, 그 사람은 변태 자식이라고 욕을 먹을 사람이 아니야. 오히려 그 반대라면 모를까."

릴마셴은 입에 가져가려던 찻잔을 내려놓고 두 형사를 번갈아 쳐다보았다.

"지금 무슨 소릴 하시는 겁니까?"

에베트는 순간, 그의 놀라는 모습이 연기가 아니라는 사실을 깨달았다.

"자네, 가끔 텔레비전은 보고 사나?"

"간혹 보긴 하는데, 그게 변태 자식 죽은 거하고 무슨 상관입니까?"

"그럼 자네 최근에 다섯 살짜리 아이를 살해한 범인을 죽인 아버지에 대한 이야기, 들어본 적은 있겠지?"

"듣긴 했지요. 처음만 조금 보다 말았지만. 그런 소식은 듣는 것만으로도 역겹거든요. 도대체 그런 어린애들한테 어떻게 그런 짓을 할 수 있는 건지, 내 딸년처럼 어린……."

그는 다시 딸아이의 사진을 가리키며 말을 이었다.

"아무튼 뭐 관련 소식을 속속들이 다 들여다본 건 아니지만, 그 아버지란 인간이 대단한 영웅이라는 건 알 정도로 보긴 했습니다. 그런 변태 자식들은 싸그리 잡아 죽여야 해요! 여기 있었던 그 자식처럼!"

에베트는 스벤을 돌아보았다. 두 사람은 순간, 똑같은 생각을 하고 있었다. 그러고는 다시 릴마셴을 쳐다보았다.

"왜요? 뭐가 문젠데 그래요, 그렌스 형사님?"

"그 영웅이라는 아빠 말이야, 그 사람이 바로 프레드리크 스테판손이었어."

릴마센은 의자에서 벌떡 일어났다. 온몸을 부들부들 떨면서.

"에이, 씨발, 그딴 개소리가 어딨습니까!"

"나도 그래. 방금 내가 한 말이 제발이지, 그딴 개소리였으면 좋겠어."

그러고는 스벤을 쳐다보며 서류가방을 가리켰다.

"그거, 이 친구한테 보여줘."

스벤은 서류가방을 뒤적여 신문 두 장을 끄집어내 테이블 위에 놓았다. 에베트는 그 신문을 릴마센에게 건넸다.

"자. 내 말을 못 믿겠으면 이걸 읽어봐."

프레드리크 스테판손이 벤트 룬드를 죽였다는 기사가 실린 각기 다른 석간신문이었다. 기사제목은 대문짝만 하게 찍혀 있었다.

외동딸 살해범을 죽이고 두 명의 또 다른 아이를 살린 남자!

그 옆에는 벤트 룬드 부검 당시 그의 소지품에서 발견된 두 장의 사진도 게재되어 있었다. 차기 희생자로 '낙점'된 두 명의 아이. 룬드는 이미 엔셰핑 어린이집 운동장에서 자신의 먹잇감을 물색해놓은 상태였던 것이다. 두 아이 모두 웃고 있었다. 금발 머리를 한 아이도 있었다.

릴마셴은 두 신문을 한참 쳐다보았다.

그리고 기사를 읽어보았다.

그리고 다시 두 아이의 사진을 들여다보았다.

그러고는 테이블 위의 액자 속 사진과 벽에 붙은 커다란 사진을 유심히 살펴보았다.

모든 사진 속 아이가 똑같은 아이 같았다. 신문에 실린 그 아이, 그 아이는 바로 그토록 보고 싶었던 릴마셴의 딸이었던 것이다.

그는 선 채로 온몸을 부들부들 떨고 있었다.

그리고 절규하듯 비명을 질러댔다.

소설을 쓴다는 것은 매우 기이한 작업 과정을 거치는 일
이라고 할 수 있다. 자판을 두드리면서 마치 이 세상을 끌고
나가는 듯한 기분이 들고, 이 세상이 닮아가야 할 그런 모델
을 제시하고 있다는 착각을 하게 만들기 때문이다.

우리는 바로 그런 일을 했다. 교도소와 사건 현장인 숲 등
에 관한 세부사항은 모두 창작의 결과였고, 스트렝네스와
엔셰핑으로 가상의 어린이집을 옮겨다놓았을 뿐만 아니라
스톡홀름 시경의 내부 분위기도 상상으로 꾸며 넣었다.

동시에, 상상 속에서만 존재했으면 하는 것들을 소설 속
에 풀어내기도 했다. 전적으로 과장된 것들을 비롯해 단지
책 판매 부수를 높이기 위한 수단에 그치기만을 바라는 심
정으로.

하지만 불행히도 그렇지 않았다.

여자아이들의 발을 혓바닥으로 핥고, 금속성의 뾰족한 도

구로 그 아이들의 성기를 찌르면서도 아무런 죄책감도 느끼지 않는 벤트 룬드 같은 인간들은 실제로 존재한다. 마찬가지로 폭력이라는 주술을 동원해서라도 자신이 어렸을 때 겪었던 그런 추악한 기억을 덜어내려는 사람들도 존재한다. 또한 삶의 유일한 이유였던 자식을 하루아침에 잃고 상실의 아픔 속에서 지내야 하는 프레드리크와 앙네스 스테판손 같은 사람들도 엄연히 존재한다. 자신이 관리해야 할 성범죄자들을 인간 취급도 하지 않지만 출세와 입신양명의 지름길로 여기는 렌나트 오스카숀, 교도소에서 살아남겠다는 일념으로 우두머리에게 복종하는 힐딩 올데우스, 단 한 번의 실수로 평생 낙인이 찍힌 채 살아가는 노출광 예란, 법의 보호를 받지 못한다는 생각이 들면 자신이 직접 그 법의 심판관이 될 수도 있다고 여기는 한 가족의 가장, 벵트 쇠델룬드.

보기에 따라 비정상적으로 보이는 이 소설 속 인물들은 창작의 세계를 넘어서서 엄연히 현실 속에, 우리 주변에 얼마든지 존재한다.

몇몇 지인들께 감사의 말을 전하고 싶다. 감방 안에 갇힌 한 남자의 심리 상태를 이해하는 데 많은 도움을 준 롤레. 우리의 편집자, 소피아 브랏셀리우스 툰포르스. 그녀의 보살핌과 엄격함 덕분에 하늘을 굳이 날지 않고 현실 속에 발을 붙이고 지낼 수 있었다. 우리 글을 가장 처음으로 읽어준 피아. 필요할 때마다 대문을 활짝 열어준 에바. 원대한 계획을 실천에 옮길 수 있도록 용기를 북돋워준 딕. 마지막으로, 이 책을 끝까지 읽어주신 모든 독자 분들께 감사드린다.

2004년 3월, 스톡홀름
안데슈 루슬룬드, 버리에 헬스트럼

　마지막 페이지를 넘긴 뒤, 치밀어오르는 격한 감정을 추스르느라 한동안 아무것도 할 수가 없었다. 아드레날린이라는 부신수질 호르몬이 역자의 머리와 심장을, 아주 기분 나쁘게 쿡쿡 찌르고 있었기 때문이다. 더불어 분노, 부조리, 범죄, 단죄, 사법제도, 가해자, 피해자, 복수, 국민 정서, 상처, 짐승 같은 단어와 개념들이 격한 감정과 뒤섞이며 마치 서로 유리한 고지를 점령하겠다는 듯 수시로 힘자랑을 하며 역자가 지니고 있던 나름의 가치관을 무섭게 뒤흔들었다. '범죄자에 대한 단죄'라는, 어찌 보면 단순명료한 명제 앞에서 과연 무엇이 옳고 무엇이 그른지 도저히 그 해답을 찾을 수 없었다. '딜레마'라는 개념의 참뜻이 몸과 마음으로 느껴지는 것 같았다.

　이 소설이 이토록 극단적으로 역자의 심리를 자극했던 이유는 공동 작가 중 한 사람인 헬스트럼의 전력에서 찾아볼 수 있다. 그는 유년기인 다섯 살, 일곱 살, 그리고 아홉 살 때 성인 남성들에게 성폭행을 당했다고 한다. 자존감조차 제대로 자리 잡기도 전에 한 번도 아닌 세 번이나 겪어야 했던 성폭행의 기억 때문에 그는 자신을 죽도록 혐오하게 되었다고 한다. 누군가를 만나도 자기를 비난할 것 같았고, 어른을 믿을 수 없게 되었을 뿐만 아니라 자신을 성폭행한 사람이 나쁜 사람이라는 생각은 했지만 모든 잘못을 자신에게서 찾았다고 한다. 그렇게 자신을 학대하다 열세 살의 나이에 술과 마약을 접하게 되었고 술과 약에 취할 때마다 괴로움과 수치심, 두려움과 공포가 사라지는 '묘한' 경험을 한 뒤로 계속해서 그것들에 의존했다고 한다. 그런 생활로 인해 범죄의 길로 빠져들게 된 그는 결국 경찰서와 구치소를 들락거리던 끝에 두 번에 걸쳐 교도소에 수감되었다.

이 소설에는 성폭행의 피해자이자, 폭력을 비롯한 각종 범죄의 가해자이기도 했던 작가의 생생한 경험과 기억, 상처와 아픔, 그리고 회한과 고민이 그대로 묻어나 있다. 그리고 소설을 읽는 내내 결코 평범하지 않았던 작가의 과거가 마지막 페이지까지 읽는 이로 하여금 격한 감정의 소용돌이 속에 빠져들게 만든다.

아동성폭행 범죄에 대해 작가는 이렇게 말한다.

"아동을 대상으로 한 성폭행 범죄는 그 피해아동에게 형언할 수 없는 끔찍한 정신적 트라우마를 남긴다. 살인사건

옮긴이의 말

의 초동수사나 암과 같은 중대 질환의 조기 발견이 사건의 해결이나 완치의 열쇠이듯, 그런 상처를 겪은 아동에게 조기상담과 치료를 병행해주지 못한다면 그 아픔과 괴로움은 평생을 두고 아이를 괴롭힐 것이다. 그리고 더 충격적인 것은, 그렇게 아픔을 눌러 담고 불안한 시기를 보낸 피해아동들의 60퍼센트가 훗날 성인이 되어 또 다른 폭력의 가해자가 되기도 한다."

　적지 않은 시간을 교도소에서 보낸 헬스트럼은 사회로 돌아온 뒤, 출소를 앞둔 재소자를 대상으로 진정한 교화의 손길을 뻗어 그들이 다시는 범죄에 손을 대지 못하도록 이끌고 도움을 주는 일을 했고, 그 과정에서 스웨덴 교도행정에 관한 특집 다큐멘터리를 준비하던 언론인 루슬룬드와 조우하였다. 가정을 꾸리고 자식을 둔 부모 입장이었던 두 사람은 취재 과정에서 성폭행의 기억을 떨쳐내지 못하고 평생을 괴로워하게 될지도 모를 아동성폭행 피해자들에 대한 이야기, 그리고 그 부모들이 느낄 슬픔과 분노를 글로 풀어보자는 데에 뜻을 같이 하게 되었다. 그 첫 번째 작품이 바로 이 소설《비스트》인 것이다.

　그런 이유로 이 소설은 기자 출신인 한 작가가 비판적인 시각으로 사회를 조명하고 여러 가지 사건을 철저하게 파헤치며 팩트의 씨실로 하나의 얼개를 짜내면, '과거' 전과자이자 '과거' 성폭행 피해자인 또 다른 작가가 리얼리티라는 날실로 그 얼개를 마무리 하는 구조로, 그 어느 작가도 쉽게 흉내 낼 수 없는 사실성을 그려내는 데 성공하였다. 가해자와 피해자의 경계를 넘나든 사실적인 경험이 이 콤비 작가가 그려내는 소설의 힘이라고 할 수 있다. 또 그렇기 때문에 독자에겐 충격, 그 이상의 것을 전해줄지도 모른다.

이들 콤비의 소설은 벌써 다섯 권이 출간되었고 세계적으로도 많은 사랑을 받고 있다. 특히 최근작인 《스리 세컨즈》(2009년)는 그 해 스웨덴 최고의 범죄소설의 자리를 차지했고 범죄소설 작가협회(Crime Writer's Association)에서 수여하는 2011년 인터내셔널 대거(International Dagger) 상을 수상하였다. 국제범죄조직 소탕을 위해 고군분투하는 잠입요원의 실화를 바탕으로 한 《스리 세컨즈》는 할리우드에 영화 판권까지 팔린 상태라 대형 스크린을 통해 두 사람이 그려낸 사실적인 범죄 현장을 만나보게 될 날도 멀지 않았다.

이 작품은 스웨덴 소설이지만 부득이하게 역자가 영국판과 프랑스판 번역본을 서로 대조하고 상이한 부분은 스웨덴 원서와 사전을 참고해 옮겼다. 그 과정에서 여러 차례 잔혹한 상황 묘사가 반복되었고 영어와 프랑스어로 들어도 소설 속 인물의 격렬한 감정 상태가 고스란히 전달될 정도로 적나라하고 상스러운 욕설이 난무했다. 처음에는 그 느낌을 그대로 살려 독자에게 소개하고 싶었지만 편집자와 오랜 상의 끝에 심하게 반복되는 일부 잔혹한 장면 묘사는 덜어내고 필요 이상으로 거친 욕설은 다소 순화하기로 하였다. 그리고 이 자리를 빌어 스웨덴 스톡홀름 대학에서 수학하는 와중에, 바쁜 시간을 쪼개어 어려운 스웨덴어 자료 번역과 고유 명사 표기에 많은 도움을 주신 이유진 님께 감사드린다.

사견이지만 이 소설은 음식으로 표현하자면, 분명 먹기 전에는 어떤 요리인지 어떤 식재료가 들어갔는지 어떤 맛인지 잘 알고 있었는데 막상 먹어보니 강렬한 맛에 숟가락을 놓을 수 없었지만 그 뒤로 느껴지는 불쾌한 맛 때문에 먹는 도중에도 구역질이 치미는 그런 요리였다. 하지만 다 먹고 나자 탈이 난 것 같은 기분과 그간 가슴속에 얹혀 있던 무언가가 싹 내려간 것 같은 기분이 동시에 들기도 했다. 그 이유를 곰곰이 따져보니 똑같은 요리도 천의 얼굴을 가진 가면처럼 바꿔준다는 레시피 때문이라는 결론에 이르게 되었다. 첫째, 이 소설을 쓴 작가는 한 사람이 아니라 두 사람이라는 점. 둘째, 이 두 사람은 한국 정서와 결코 쉽게 동화할 수 없는 유럽 대륙에서도 끄트머리에 붙어 있는 북구의 스웨덴 사람이라는 점. 셋째, 두 작가 중 한 명이 쉽게 접할 수 없는 남다른 경험을 가진 인물이라는 점.

작업을 마치고 편집 과정을 거치는 동안 어느 형법 변호사가 쓴 책 한 권을 접하게 되었다. 그 변호사는 자신의 책

에 '딜레마에 빠진 법과 정의 이야기'라는 부제를 달아놓았
는데,《비스트》를 읽고 가졌던 역자의 생각이 꼭 그랬다. 확
신을 넘어 절대적 신념처럼 지녀왔던 가치관들이 내 속에서
또 다른 외적인 요인에 의해 무참히 무너져내리는 순간을
목도하는 심정, 아마《비스트》를 끝까지 읽은 독자의 심정이
그럴 것이다.

비스트

2011년 8월 4일 초판 1쇄 발행
2011년 8월 24일 초판 2쇄 발행

지은이 ┃ 안데슈 루슬룬드, 버리에 헬스트럼
옮긴이 ┃ 이승재
발행인 ┃ 전재국

본부장 ┃ 이광자
단행본개발실장 ┃ 박지원
책임편집 ┃ 박윤희
마케팅실장 ┃ 정유한
책임마케팅 ┃ 정남익 노경석 조용호
제작 ┃ 정응래 박순이

발행처 (주)시공사
출판등록 1989년 5월 10일(제3-248호)
브랜드 ┃ 검은숲

주소 ┃ 서울특별시 서초구 서초동 1628-1(우편번호 137-879)
전화 ┃ 편집(02)2046-2852 · 영업(02)2046-2800
팩스 ┃ 편집(02)585-1755 · 영업(02)585-0835
홈페이지 www.sigongsa.com

ISBN 978-89-527-6278-8 04890
ISBN 978-89-527-6277-1 (set)

검은숲은 ㈜시공사의 브랜드입니다.
본서의 내용을 무단 복제하는 것은 저작권법에 의해 금지되어 있습니다.
파본이나 잘못된 책은 구입하신 서점에서 교환해 드립니다.